조선 여인 금원

일러두기

1. 이 책은 역사적 인물을 모델로 하고 있지만 내용은 순전히 작가의 상상력에 의존하여 이야기를 전개한 허구의 역사소설이다.
2. 이 소설에 등장하는 인물들의 성격과 시대배경은 가능한 한 사실(史實)과 흐름을 같이하려 애썼으나 내용 전개에 따라 연대가 다소 상이한 부분에 대해서는 독자들의 양해를 구한다.

안동일 지음

인북스

차례

추사와 묵패

아랫마당에서 깨끼춤을 추는 말뚝이의 널찍한 등판과 거들먹춤을 추는 소무의 주름진 이마 위로 초여름 아침, 수박색 수막새에 달린 풍경이 내는 소리가 바람처럼 흐르고 있었다. 이를 바라보는 선상(選上) 김금원(金錦園)의 아직 고운 태가 남아 있는 붉은 뺨 위로는 강물에 반사된 아침 햇살이 반짝이고 있었다. 저들이 놀고 있는 곳에서 보면 마당과 강물은 같은 높이였다.

남한강과 북한강이 만나는 두물머리 언덕에 있는 부용사는 가파른 터에 자리 잡고 있어 마당이 위아래 두 군데로 나뉘어 있었다. 큰법당과 석탑이 있는 윗마당과는 달리 행랑과 장승이 있는 아랫마당은 늘 분주하고 홍겨웠다.

"어허 넘차, 아미타불, 어허 넘차, 관세음보살, 해동은 조선국이라. 이씨 마마 출입하옵신다. 어떤 배를 잡아타나, 종이배를 잡아

타니 종이라고 미어지고, 나무라고 잡아타니 나무라고 썩어지고 흙이라고 풀어지고 무쇠라고 녹이 슷네, 어허. 어허 넘차 아미타불 어허 넘차 관세음보살……"

이씨 왕조가 무너지고 있다는 풍자다. 별산대 팔목중놀이 가운데 염불놀이 대목의 말뚝이와 쇠뚝이의 수작을 도둠 가락과 결합한 소리였다.

"어허 넘차 할 때 넘에서 한 호흡 쉬고, 쇠뚝이 어깨는 한 번 씰룩하고……"

금원은 모처럼 두물머리 놀이패들의 소리와 춤을 봐주는 중이다. 동패들은 다들 금원행수 혹은 선상누님이라고 하면서 금원을 따랐다. 저들의 깨끼춤과 거들먹춤이 유난히 멋들어지게 된 것이며 저들이 목청껏 읊어대는 여덟 과장 대사의 운율이 찰지게 된 것도 금원이 손봐주고 나서부터였다.

송파의 산대와 구분해 별산대라 부르면서 풍자는 더 신랄해졌고 해학이 더 넘쳐났기에 잘못된 세상, 켜켜이 억눌려 사는 이들에게 탈춤은 청량의 들숨과 날숨이었으며, 세상을 바로 세우는 정혁(鼎革)의 바람이며 연습이기도 했다.

미륵을 기리는 용화종에서는 신도회를 낭가계(郞家契)라고 했다. 두물머리 상두계 놀이패는 부용사 낭가계의 중추였는데 그 꼭두가 바로 금원의 고향 이웃인 덕배 아재였다.

"잘됐구먼. 이젠 금앵 선상이 우리 패를 봐주면 꼭 되겠네."

덕배 아재가 지난해 낭가계회서 금원과 십수 년 만에 만났을 때

손을 덥석 잡고 한 첫마디였다. 선상은 생각시들을 가르치는 일패 행수기생을 말했다. 아재는 금원이 있던 원주 홍루의 북잡이로 일한 적이 있었다. 그래서 그는 금원이 그때 불리던 이름 금앵으로 불렀다.

흔히 상여꾼으로 불리는 상두는 상여를 메고 품을 받는 이들이다. 두물머리 상두계 계원 가운데 끼 있는 이들이 나서 만든 놀이패가 바로 양주 별산대 두물머리패였다.

오늘도 이 탈패는 별내촌 오일초상의 대도둠과 소어뜸에 지칠 법도 했는데, 금원이 와 있다는 소식을 듣고 첫새벽에 부용사로 몰려온 참이다. 도둠은 출상하기 전 상두꾼들이 상주들을 위로하기 위하여 빈 상여를 메고 선소리에 맞춰 발춤 어깨춤을 추는 것을 일렀고, 어뜸은 하관 후 상여를 제자리에 돌려놓을 때 하는 처연하면서도 익살스러운 장례놀이 몸짓이었다.

'곤지곤지 곤지요, 봉지봉지 봉지요, 계수나무 요분 틀 너도 타고 나도 타고 에헤 네 것도 받고 내 것도 받고 얘~ 얘~ 그만하면 쓰겠다.'

키들키들 웃음소리가 여기저기서 들린다. 금원을 놀리려는 수작이다.

"인제 그만 됐어."

선상이 말뚝이의 소리를 멈추게 했다. 더 나가면 더욱 민망한 대목이다.

이때였다. 수박색 수막새 사이로 태을 노스님이 마당으로 내려오는 모습이 보였다. 다른 것은 몰라도 이 절 법당과 요사채 지붕의 수막새는 썩 잘 구운 물건이었다.

스님은 빠른 걸음으로 아랫마당까지 이내 왔다. 연습하던 대목이 스님에게 민망한지라 자연 소리가 잦아들었다. 스님은 틈만 나면 상두계원들을 세상에서 가장 귀한 일을 하는 사내들이라고 추어주곤 했다.

"이보게 박 존위, 나 좀 보시게."

스님이 저만큼에서 덕배 아재를 불렀다. 금원이나 동패들은 아재를 이무롭게 대했지만 남들은 꼭두인 그를 각별히 예우했다. 조선 땅에서 상례는 매우 중요한 의례였다. 왕가의 종친도 정승 판서도 자신 존속의 초상 때면 상두계의 눈치를 봐야 했다. 특히 존위(尊位)라고 부르는 꼭두에게는 누구도 하대하지 못했다. 상놈이 대접받는 거의 유일한 예였다.

하기는 운구뿐 아니라 하관도 봉분도 상두꾼의 손이 가야만 하는 일이었다. 간혹 심사 틀린 상두가 몽니를 부려 상주의 애를 먹이는 일도 왕왕 있었다.

전국 웬만한 지역에는 군현 단위로 상두계가 조직돼 있었는데 두물머리패의 규모와 솜씨는 전국에서도 손꼽혔다. 몇 년 전 흥선군 이하응이 자신 아버지 남연군의 묘를 이장할 때도 이 패에 운구를 부탁해 경기도 연천에서 충청도 예산까지 수백 리 길에 도둠과 어뜸을 뿌렸었다.

상두계는 품앗이 계였기에 품앗이 한 일이 없는 양반들은 꽤 비싼 삯을 주고 이들을 불러야 했다. 남들이 꺼리는 것을 잠시 만져야 해서 그렇지, 동무들과 어울려 저 좋아하는 소리 하고 춤추면서 얻는 용채가 명목상 본업인 농사에서 얻는 소출 저리 가라였다. 이들이야말로 애들을 굶기지 않았다. 그리고 양반네들은 몰랐다. 중인환시리에 가장 상스러운 말로 한껏 고상한 척하는 저들을 냅다 욕해주는 이른바 능상(凌上)의 그 쾌감을.

행랑채 앞에서 얘기를 나누는 스님과 덕배 아재 두 사람의 표정이 심상치 않았다.

스님이 그쪽을 쳐다보는 금원을 손짓으로 불렀고 금원이 냉큼 달려갔다.

때는 병진년(1856, 철종 7년) 7월이었다.

구룡재 소롯길에 샌님의 행차가 보였다. 행차라고 해야 흰 수염을 휘날리고 앞장서 걷는 깨끗한 차림의 노선비 뒤로 바랑을 짊어지고 광주리 하나를 든 총각 한 사람이 일행의 전부였다.

과천 주암리에서 송파나루 아래 봉은사로 가려면 우면산 자락 구룡재 언덕을 넘어야 했다. 구룡산 산자락 앞쪽 언덕으로 작은 길이 나 있었다. 말죽거리까지 나가면 큰길이 있기는 했지만, 우마차 먼지 때문에 사람들은 구룡재 길을 택하곤 했다.

"같이 가요, 샌님. 웬 노인네가 걸음이 그리 빨라요. 귀신처럼 먹고 장승처럼 간다더니……"

"녀석아, 네 걸음이 청년답지 않게 굼떠 그렇지."

주종 간의 대화가 꽤 친밀하다.

노선비는 이 길을 걸을 때면 우리도 청국처럼 수레를 상용화해야 한다던 북학 선배의 말을 떠올리곤 했다. 과천에서 송파로 이어지는 꽤 중요한 길인데도 수레 하나 다니기가 어려웠다.

사람들이 길이 있어야 수레가 다닐 수 있지 않냐고 반문했을 때 그 선배 연암은 수레가 다니면 길이 생긴다고 했던가. 그 말이 나온 지 벌써 반백 년. 언제쯤에나 이 땅의 물산이 청국의 절반 아니 반의반이라도 따라간단 말인가. 이젠 그런 청국마저 무릎 꿇린 구라파 양인들의 흑선이 바로 코앞에 있는 형국 아닌가.

하기는 물산이 문제가 아니었다. 백성들의 삶이 더 궁핍해지고 있었다. 오죽하면 '산지옥 장김조선'이란 말이 나오겠는가. 장동에 사는 김가, 안동 김씨들의 조선이라는 얘기다.

"덥지 않으십니까? 마님, 찬 수건 올릴까요?"

땀을 뻘뻘 흘리며 노인 앞에 선 청년이 노인을 향해 물어왔다. 노인은 진작부터 자신을 부를 때 대감 자는 떼고 부르라 일렀다. 아니면 샌님이라 부르라고 했다. 벼슬이 자랑스럽지 않았기 때문이리라.

"어찌 이런 것도 다 준비했냐?"

총각이 작은 소금 대광주리에서 꺼내 건네는 젖은 명주는 아직도 찼다. 그 수건으로 노인은 목덜미를 닦으며 기특하다는 투로 말했다.

"달준이 네 궁량은 아닐 텐데……"

"예, 아침에 길성 어멈이 해준 겁니다. 소금 광주리는 전에 용산 아씨가 가르쳐 준 것이고……"

"흠 용산 아씨라……."

아씨라고 부르면 예법에 어긋나는데도 길성네와 달준은 그렇게 불렀다.

두 사람은 내친김에 나무 그늘로 가 잠시 숨을 돌리기로 했다.

"이번에 가시면 경판일 끝날 때까지 절에 머무시겠다면서요?"

달준이 걱정스러운 듯 조심스럽게 입을 열었다.

"아니, 아예 출가를 해서 집에 돌아가지 않으련다. 왜?"

짐짓 어깃장을 놓는 말투 였지만 영 허투루 던지는 말은 아니었는데 달준은 전혀 믿지 않았다.

"설마요. 마님이 어떻게 스님이 되십니까?"

"왜 나라고 중 되지 말란 법 있는가?"

"동국 최고의 유학자께서 스님이 되신다면 나라에서 난리가 날 겁니다."

"동국 최고라……."

노인은 피식 웃었다.

"제가 말씀을 안 드려서 그렇지 저도 다 압니다. 마님 먹 간 지 벌써 5년입니다."

하긴 자신이 불문에 귀의하겠다고 나선다면 집안이며 붕우들 심지어 조당까지도 파문이 일 것이 분명했다. 자신이 불교를 가까이하고 또 이를 굳이 숨기지 않는 까닭은 지금의 조당과 사설 서원으로 대표되는 성리학 무리에 대한 시위의 뜻이 있는 것도 사실이다. 그리고 무엇보다 불교에는 차별이 없었다. 그래서 어려서부터 친숙하게 여겼고 가까이했었다. 불가에서는 양반 서얼도 양민 노비의 차별 없이 모두 불성을 지니고 있다고 했다.

하지만 그런다 한들 뭐 크게 세상이 달라질 것인가, 이미 병든 노과가 된 터에. 다만 벌떼처럼 달려들 왜(倭), 양(洋), 서세(西勢)의 침탈에 온갖 환난 신고를 겪게 될 이 땅의 백성들이 걸리기는 했다. 경세제민 실사구시를 주창했던 북학자 관료로서 혼자 숨듯이 불문에 드는 것은 부끄러운 일 아닌가.

그때 초립을 쓴 털보 청년이 땀을 훔치면서 바삐 언덕을 올라오는 모습이 보였다. 청년은 노인 일행을 보더니 얼굴에 반가운 기색을 보이며 이쪽으로 달려올 태세였다.

그런데 바로 그때 후두두 하면서 여럿의 기척이 나더니 난데없는 괴한들이 초립 청년보다 먼저 두 사람 앞에 섰다. 창졸간이었다. 덩치 다섯 명이었다. 대뜸 괴한이라고 하는 것은 그들 모두 이 염천에 검은 옷, 검은 얼굴 수건을 하고 있었다. 몇은 거기다 삿갓까지 쓰고 있었다.

"누구요?"

달준이 소리쳤다.

"유생 사대부의 도리와 강상의 법도를 어긴 논당의 치욕, 완당 노친네는 공맹 성인의 심판, 사충서독을 받으시오."

일갈과 함께 삿갓은 한지로 된 누런 봉투를 던지듯 노인에게 건넸다.

봉투를 열어 서한의 내용을 확인한 노인의 표정이 일그러지더니 서한을 부르르 움켜쥐었다.

"이런 고연……"

"순순히 따라나서시겠소, 아니면 우리가 손을 써야만 되겠소?"

"무슨 짝에 사립 서원의 훈도들이 나를 오라 가라 한단 말인가?"

"우리는 도유사 합하의 명을 받드는 별동 자경단이오. 얘기는 원에 가서 하시오."

"못 간다, 이놈들아. 어디서 되지 못하게스리……"

사충서원이 이런저런 악폐를 저지르고 있고 그 가운데 서독(書牘)이 있다는 것을 들어 알고는 있었지만, 막상 실물을 보니 더 분통이 터졌다.

"엄연히 국법이 있는데 이 무슨 해괴한 망동이란 말이냐?"

완당 노친네라 불린 노선비 추사 김정희 목소리가 준열했다.

"할 수 없군."

순식간에 괴한이 목검을 수평으로 찔러왔다.

노인은 괴한이 창졸간에 찌른 목검을 명치에 맞고 쓰러졌다. 진검이 아닌 것이 천만다행이었다. 그리고 손속에 얼마쯤 여유를 둔 모양이다.

"대감마님!"

달준이 비명을 지르며 달려들었으나 그도 다른 삿갓의 박달나무에 배를 강하게 찔리곤 쓰러졌다. 나무 뒤에서 이를 보던 초립동 청년의 표정이 변했고 자신이 나서려는 듯 바랑을 고쳐 맸다.

그때였다. 징과 꽹과리 소리가 아래쪽에서 들려오더니 이내 연희패 십수 명이 후다닥 들이닥쳤다. 하나같이 산대놀이 탈을 쓰고 있었다.

"멈춰라, 백주에 무슨 짓들이냐!"

연희 이력이 만만치 않은 걸진 목소리였다. 복면 괴한들은 쓰러진 노인을 새끼줄로 묶으려 하고 있었다.

"가던 길 가거라, 다치지 말고."

한 복면 사내가 근엄하게 한마디 했지만 거기서 그칠 연희패였다면 징을 쳐댈 리 없었다.

"어라 이치들 보게. 한번 놀아 볼거나……"

옆 몸 굴리기를 하는 취발이의 태가 예사롭지 않다.

"애들아, 놀아 보잔다."

취발이가 동료들을 얼렀고 먹중과 말뚝이가 얼쑤 호응하고 나섰다. 먹중의 지팡이가 복면의 목검에 부딪혔다. 탈패들이 단숨에 복면들을 제압하기 시작했다. 수적으로나 기량 면에서 탈 쪽이 월등했다. 징재비는 계속 징만 쳐대고 있었다.

그런데 복면들이 저쪽으로 밀리자 작은 체구의 탈이 냉큼 다가가 쓰러진 노인의 기색을 살폈다. 가슴을 문지르고 손발을 주무르는 하얀 손속에 잔뜩 정이 배어 있었다.

엄엄했던 노인의 기식이 다소 돌아오는지 얼굴에 화색이 올랐고 숨이 차분해졌다.

그런데 복면 패 중 한 사람이 작은 탈의 뒤로 다가서고 있었다. 처음부터 망을 보는 소임이었는지 저쪽 나무 둥치 쪽에 있었던 작자였다. 복면이 노인을 돌보는 작은 탈 머리 위로 대나무 몽둥이를 내려치려는 순간 비호같이 달려드는 장한 하나가 있었다. 그는 순식간에 복면을 뒤에서 안아 냅다 뒤로 던져 버렸다. 아까부터 이쪽의 소동을 지켜보던 초립 청년이었다.

"어이쿠, 누 누구야?"

복면이 나뒹굴면서 비명을 질렀고 손에 여유가 생긴 탈패들이 우르르 달려와 몽둥이찜질을 안겼다. 복면은 비명을 지르며 팔로 드러난 얼굴을 감싸며 일어나 동무들을 따라 줄행랑을 쳤다.

작은 체구의 할미탈이 도움을 준 초립 청년에게 고개를 숙여 고마움을 표시했다. 어린 총각들이 쓰는 초립을 썼지만 부리부리한 눈에 수염이 덥수룩한 호남형 장년 사내였다.

"허, 뉘신지 고맙수다."

노장탈이 급히 다가가 탈을 벗지 않은 채 탈춤 대사조로 고마움을 표시했다.

"고마워할 것 없소, 나야말로 추사 대감님을 찾아온 손이오."

취발이가 달준의 어깨를 흔들자 달준이 눈을 떴고 인상을 찌푸리며 일어섰다.

"정신이 드는가?"

"예, 정말 고맙습니다. 그런데 마님은?"

달준이 추사 노인을 먼저 챙겼고 노인을 흔들어 깨우려 하는 것을 할미탈이 손짓으로 말렸다.

"잠시 혼절하신 것이니 걱정 말고 일단 집으로 옮기세."

말을 하지 않는 할미탈을 대신해 노장이 말했다.

"예. 그러지요."

달준은 주섬주섬 광주리며 행장을 챙겼다.

탈패가 익숙한 솜씨로 대나무막대 두 개와 깃발 광목천을 이용해 들것을 만들었고, 노인을 가뿐히 들어 뉘었다. 탈을 쓴 장정 둘이 앞뒤로 들고 오던 길을 되짚어 뛰듯이 앞장섰다. 달준이 급히 그 옆에 붙었고 나머지 탈패와 초립동은 그 뒤를 따랐다.

인적이 뜸해지자 탈패들은 하나둘씩 탈을 벗었다. 얼굴은 온통 땀투성이들이었다. 하지만 노장과 할미는 탈을 벗지 않았다.

"어디 사는 뉘신지 물어도 되겠소?"

노장이 옆에서 바삐 걷는 초립동에게 물었다.

"그쪽이 알리지 않는데 나만 알리란 법이 어디 있남유? 날 밤 포졸처럼."

할미는 그 말에 푸훗 하고 웃었다.

"아녀자라는 것 다 알고 있는디 그만 벗지유. 그것도 고운 처자라는 것 알고 있슈."

초립 털보가 그렇게 느물대며 말했다. 충청도 억양이 강했다.

그러자 아직 탈을 벗지 않은 말뚝이가 뒤쪽에서 앞으로 튀어나오며 나섰다.

"어허라, 이 털보놈 보게, 어디다 대고 예쁜 아녀자더러 벗으라느냐?"

그러자 초립이 그 운을 그대로 따라 하면서 대꾸했다.

"어허라, 이 못생긴 놈 보게. 어디다 대고 어르신한테 이놈 저놈 하느냐?"

"허허 보통이 아닌 놈일세. 안 되겠다. 트구 놀자."

말뚝이가 춤추듯 탈을 벗고 한 바가지의 땀을 훔쳤다. 아무리 낮게 봐도 초립의 아버지뻘이 되는 초로의 얼굴이 나타났다.

초립 청년이 멋쩍은지 배시시 웃는다.

말뚝이도 웃었다.

"아까 보니 힘이 장사던데, 무술을 좀 했소?"

"무술은 무슨 그냥 택견 좀 했습니다."

"그래도 그리 나서기가 쉽지 않았을텐데……"

"지두 서원놈들이라면 이를 갈고 있으니께유……"

충청도 말투가 다시 배어 나왔다.

"저들이 서원 패라는 것은 어찌 알았수?"

"저들이 나타날 때부터 봤기에 말하는 것 들었수다."

빠른 걸음을 옮기며 던진 말이다.

노장탈이 빠른 걸음으로 그에게 다가서 무언가 서로 작은 얘기를 주고받더니 함께 앞서 걷기 시작했다. 나누는 대화 소리는 할미탈이며 다른 동패들에게는 들리지 않았다.

송파나루

할미탈을 썼던 용산 아씨 금원과 노장탈을 썼던 꼭두쇠 덕배가 마주 앉았다. 송파나루에 있는 주막 평상 위였다. 탁배기 한 잔씩 걸치고 나면 탈패들은 두물머리로 떠나고 금원은 춘궁리로 갈 셈이다.

"어째 그 추사 대감 어르신은 아무 일 없으시려나 모르겄네. 잘 들어가셨겠지?"

덕배 아재가 막걸리 사발을 비우면서 입을 열었다.

주암리 삼거리까지만 함께 갔고 그다음부터는 달준과 초립동에게 들것에 실린 추사 대감을 맡기고 나루로 왔기 때문이다. 우르르 몰려갈 필요는 없었다. 초당 앞에는 언제부터인지 감시하는 눈이 있었다.

금원은 구룡언덕에서 젊은 선비들을 태운 말들이 말죽거리 큰

길에서 주암리 쪽으로 급하게 달려가는 모습을 보았었다. 전갈을 받고 달려온 추사의 제자들일 터였다.

"예, 그럼요, 삼거리에서는 댁이 바로 코앞인데요. 잠시 혼절한 것이기 때문에 괜찮으실 겁니다. 더구나 그 털보 초립동청년이 힘깨나 쓰던데요, 뭐."

"그렇두만."

"아무튼 오늘 아재네 패가 마침 부용사에 올라와 있었던 게 참으로 다행이었습니다."

"자네 덕이지, 자네가 있다고 해서 몰려간 것이니. 암튼 나도 자네와 큰스님을 이렇게라도 도울 수 있어서 그나마 면이 섰네. 자네한테 신세를 한두 번 졌는가?"

"아재와 저는 늘 동패가 아닙니까?"

"그렇게 생각해 줬다면 고맙고. 그려, 그 동패라는 말 힘이 부쩍 나게 하는 말이지. 나는 이제야 뭐 사람답게 산다는 생각 한다니까. 신관은 고달파도……"

오늘 탈패가 부용사에 왔던 것이 정말 절묘했다. 그렇지 않았다면 추사 김정희 대감은 단단히 곤욕을 치렀을 거다.

오늘 아침, 노스님의 고갯짓에 따라 금원이 스님과 덕배 아재 두 사람이 심각하게 대화를 나누고 있는 곳으로 달려가자 스님은 대뜸 구룡재 언덕과 과지초당에 대해 물어왔다.

"왜 추사 어르신에게 무슨 일이 생겼습니까?"

과천 과지초당은 추사 김정희 대감의 처소였다. 추사는 금원의 스승이자 집안 어른이기도 했다. 세상을 떠난 서방 김덕희의 육촌 형이었다.

"추사 대감에게 사충서원 작자들이 서독이라는 것을 발행했다는군."

서독이란 서원에서 임의로 만들어낸 일종의 소환장이다. 관가의 그것보다 더 악명을 떨치고 있는 물건이다. 근자에 들어 더 횡행하고 있었다. 다 재물을 갈취하려는 수작이었다.

"무슨 꼬투리로 그런답니까? 그 어른께 돈이 있는 것도 아닌데."

"원춘에게 돈을 바라겠는가? 따르는 이들에게 거는 수작이지. 거기다 원춘이 요즈음 부쩍 송파 봉은사 출입을 한다지 않는가. 아예 불문으로 출가를 하려 한다는 얘기도 있고……"

원춘은 추사의 자였다. 호는 아랫사람도 부를 수 있지만 자는 절친한 친구나 집안 어른들만이 불렀다. 다행히 저들이 추사를 납치하려던 장소와 시간을 알아냈기에 놀이패 장정들을 보내 급한 불을 끄려 한다고 했다. 덕배 아재의 상두계는 계회의 행동대이기도 했다.

"오시(午時)라면 급히 움직여야 하겠네요. 저도 함께 가겠습니다, 스님."

두물머리 나루에서 배를 타면 오시 전에 구룡재에 닿을 수 있었다.

"나나 박 존위는 구룡언덕 지형이나 일러주고 저쪽 토굴로 돌아갔으면 하는데……"

"아닙니다. 제가 꼭 가야 합니다. 그래야 일도 수월해지고……"

금원은 완강했다.

"알았네, 그렇게 하세나. 대신 너무 앞에 나서진 말게."

노스님에게 가슴 찍기 합장 인사를 하곤 돌아서 동패들이 탈을 벗고 휴식하고 있는 곳으로 돌아갔다. 두 사람이 다가가자 동패들이 무슨 일인가 싶어 우르르 일어섰다.

"회주님 당부가 떨어졌소이다. 벗님들 얼른 준비하고 가십시다. 자세한 얘기는 가면서 하고……"

"선상님도 같이 가는 겁니까?"

그렇다는 말에 모두들 와 하고 함성을 올렸다.

일행은 나루로 내려가기 전, 아랫마당 입구의 장승 매향비로 먼저 몰려갔었다. 매향비는 기묘한 형상을 하고 있는 돌 장승이었다. 사람들은 그 형상이 철을 먹고 불을 뿜는 전설 속의 괴수 불가사리의 모습이라고 했다. 용화종의 장엄신물(莊嚴神物)이다.

금원이 쌓아둔 더미에서 나뭇가지 하나를 집어 올리려는데 손끝이 따끔했다. 작은 가시에 찔린 모양이다. 크게 개의치 않고 한 조각 뜯어내 향로로 쓰이는 뒤집어놓은 수막새 위에 올려놓고 나머지는 아래쪽 구덩이에 던지곤 합장을 했다.

"메태야 메태야 메태에하라 사바하."

미륵의 현존을 비는 주문이다.

향나무를 땅에 묻는 것은 장차 미륵불이 세상에 출현하면 그때 피우기 위해서였다. 언덕을 내려가면서 가시를 뽑으려는데 매끄럽게 잘 뽑히지 않았다.

생각에 잠겼던 금원은 따끔거리는 손끝을 내려다보았다. 긴장이 풀리면서 잊었던 따끔거림이 다시 나타났다. 까만 점이 보였다. 아무래도 바늘로 파내야 할 것 같다.

“그나저나 우리 계회 대단혀.”

탁배기를 입에 털어 넣은 덕배 아재가 한마디 했다.

“뭐가 그렇게 대단합니까?”

“어떻게 딱 그 시간에 구룡재 언덕에서 놈들이 일을 벌일 것이라고 알아낸단 말이여? 그러니까 그 살벌한 놈들 사이에도 우리 동패가 떡 하니 있다는 얘기 아니겠어?” 금원은 웃으며 고개만 끄덕였다.

“녀석들이 그래도 손속에 여유를 둔 것 같더군. 그렇지 않았으면 큰일 났을 게여.”

덕배 아재가 계속 추사 대감 걱정이다.

“당초부터 김 대감을 크게 위해하고 해코지하려는 생각은 없었던 것 같아요. 그저 끌고 가서 단단히 망신을 주려 했을 겝니다.”

“그놈들이 통문계 놈들이면 하바리 놈들인겨. 손 매서운 축들이 왔었더라면 우리도 애를 좀 먹을 뻔했는데……”

통문계는 서원의 무력인 자경단의 정예들이 모여 결성했다는 조직이다.

“아닙니다, 우리 동패님들 아주 대단했어요, 언제들 그렇게 무예들을 익혔는지 정말 든든해요."

"그럼, 나름대로는 다들 한가락 하던 이들이니까."

"아재만 할라구요."

덕배는 원주 기방(妓房)에서 어린 생각시와 삼패 기생들을 괴롭히던 악덕 마름집사를 흠씬 두들겨 패고 그길로 종적을 감췄던 전력이 있었다. 금원이 당시 상황의 생생한 목격자였고 동조자였다. 벌써 20년 가까운 세월 전의 일이다. 덕배 아재는 아버지가 가끔씩 들르는 금원의 집에서 남정네 일을 도맡아 해주었던 친근한 이웃사촌이었고, 동리 농악대원이었다. 금원이 원주 기방에 입적하고 보니 그곳에서 고수 노릇을 하고 있었다.

자세한 내막은 듣지 못했지만, 그 역시 동향인 현봉 때문에 부용사 신도가 되었고 낭가계에 든 모양이다.

"참 아까 텁석부리 초립 청년하고는 무슨 말씀 하셨어요?"

그 시각에 역시 절묘하게 나타났던 초립동 청년의 부리부리한 눈이 떠오른다. 대감을 맡기고 돌아서면서 금원도 도저히 더위를 참을 수 없어 탈을 벗었었다. 머리 뒤부터 탈을 벗고 비 오듯 흐른 땀을 씻으려는데 털북숭이 청년의 얼굴이 몇 발자국 앞에 그대로 있는 것 아닌가.

눈이 빤히 마주쳤는데 빙긋이 웃는 눈매가 어울리지 않게 순박하고 선량했다. 그런데 금원은 자신의 얼굴이 제사상의 돼지머리처럼 퉁퉁 불어 있을 것 같다는 점이 먼저 신경 쓰였다. 참으로 오랜만에 느끼는 여자의 감정, 내외의 감정이었다. 얼른 얼굴을 돌려 뒤에서 땀을 씻었다.

"응, 왜 그리 서원 놈들을 싫어하냐고 물었더니 꽤 많은 얘기를 해주더군."

"그랬군요."

"사연이 만만않지만 재밌는 청년이야. 충청도 진천에서 왔다는데 그 사람 부친이 화양서원 자경단 패의 농간으로 천주당으로 몰려 치도곤을 당한 끝에 그 후유증으로 세상을 떠났다고 하더군."

"그런 일이 있었군요. 짧은 사이에 많은 얘기를 하셨네요."

"그런 셈이지 사람이 서글서글한 게 붙임성이 꽤 좋아."

잠시 틈이 있었고 금원이 다시 물었다.

"이름은 안 알려 주던가요?"

"왜 내가 알려주니까 지도 알려줬어. 외자로 필, 성은 이가."

"이필이군요. 그런데 아재 이름까지 알려 주셨다고요?"

"그 청년 보아하니 굳이 숨길 것 없어 그랬네. 그리고 자기가 먼저 앞으로 볼일이 꽤 있을 것이라면서 모른 척 말자고 하던데."

금원은 고개를 끄덕였다. 이름은 기억하기 쉬웠다. 이필이라…… 어쩐지 그와의 인연이 간단한 것 아니라는 느낌이 든다.

"아무튼 우리 놀이패 다시 보게 됐습니다. 아재가 수고 많으셨어요."

"수고는 뭐, 참 추사 어르신 직접 뵈니 체구가 아주 작으시데?"

"예, 크진 않으시죠."

"그 양반의 서화 재주가 그렇게 뛰어나다면서?"

"예, 그래요. 아재도 어르신을 잘 아시네요."

"그럼 천하의 추사를 모르는 이 나라 백성이 어디 있나? 청나라 황제도 인정해서 글씨 한 점 갖기를 그렇게 원했다면서? 그 때문에 시샘을 당해 두 번이나 귀양 가고……."

막힘이 없었다.

"하기는 그런 재주가 문제가 아니지. 지금 이 나라 안에서 안동 김가들에게 그래도 바른 소리 하고 대항할 수 있는 유일한 어른이시라지 않은가?"

아재가 다시 보였다. 하긴 그는 한다하는 상두패의 존위이자 계회의 기둥이었다.

"다 현봉 덕이지, 얻어들은 말이네. 내가 무슨 아는 게 있나."

자신을 새삼스럽게 쳐다보는 금원의 의중을 읽기라도 한 듯 한마디 보탰다.

"그렇긴 하죠. 현봉 스님이 그간 애를 많이 쓰셨지요, 하지만 아직 갈 길이 멀다고 하시네요."

금원과 덕배와 한 고향인 현봉 스님, 그가 없었으면 계회의 오늘은 없었다. 그때 주모의 큰 목소리가 들려왔다.

"배 떠난대요, 어서들 나서세요."

덕배 아재가 두 손으로 가슴을 한 번 찍고 손을 모으는 편조(遍照) 합장을 하면서 배에 올랐고, 금원도 같은 합장으로 동패들을 배웅했다.

메테야 메테야

금원은 발길을 재촉했다.

경기도 광주 초입의 춘궁리. 기록이나 흔적도 없이 폐사된 고찰 미륵동사가 있던 동사지(桐寺址)의 허름한 사찰촌. 그곳이 금원의 주 거처이자 도반 동패들을 만난 곳이었다. 그곳은 스승 태을 스님이 주석하는 곳이다.

제대로 된 금당도 없었고 번듯한 강원과 선방도 없었지만, 그곳은 빛나는 곳이었고 사람의 향기가 넘쳐나는 곳이었다. 토굴이라고 하면 사람들은 진짜 흙으로 된 굴을 생각하는데, 언제부턴가 스님들은 자신의 남루한 거처를 토굴이라고 불렀다.

외출했다가 그곳으로 돌아가는 길은 언제나 설레었다. 예전에 동무들과의 시회(詩會)가 열리던 정자 삼호정에 올라갈 때도 이만큼은 아니었다. 두려우면 지고 설레면 이긴다고 했는데…….

실의에 빠져 있던 금원에게 살 용기와 희망을 준 이가 바로 태을 스님과 현봉 스님이었다. 기실은 희망뿐 아니라 살아야 할 명분과 소명을 주었다고 해야 맞는 말이다.

남편이었던 시랑(侍郎) 김덕희가 갑작스레 세상을 떠나자 금원은 모든 것을 잃은 여자가 돼야 했다. 오래전에 부모님에 이어 애틋했던 동생마저 세상을 떠나 외톨이였기에 한 몸 마땅히 건사할 곳도 찾아갈 데도 없었다. 남편 시랑의 본가와는 너무 크게 척을 졌다. 시랑이 외직으로 나갈 때 본댁을 제치고 첩실이었던 금원을 동부인했던 것이 결정적인 연유였다. 사실 그때 금원은 그답지 않게 남편에게 매달렸고 고집을 부렸었다. 그만큼 북관을 돌아보고 그곳의 풍속을 알고 싶은 욕심이 컸던 탓이다. 열네 살 어린 시절, 남장 차림으로 금강산을 비롯한 명승을 유람하며 시를 지었던 금원에게 담장 밖 세상, 규방 이외의 세상은 늘 관심의 대상이었다. 하지만 기생첩이 본댁을 제치고 동헌 안주인이 된 일은 보통 일은 아니었다.

"이제 자네는 자네의 갈 길을 찾아야 할 것이네."

아무리 동년배라 해도 그래도 아버지의 부인이었는데, 시랑 대감의 큰아들은 금원에게 하대를 하며 살던 집에서 매정하게 내쫓았다. 하긴 북관으로 나갈 때도 찾아와 이렇게 집안 망신을 시킨다면 추후에 식구들도 가만히 있지 않겠다고 겁박했던 그였다.

기생 첩실의 운명이 그랬다. 이 땅의 잘못된 신분제도가 그토록 억울하고 서럽게 다가선 것은 생을 통해 처음 있는 일이었다.

그래도 자신을 괄시하지 않을 곳이라고 찾은 곳이 소요산 자재

암이었다. 녹녹했던 시절 시주도 적잖이 했던 곳이다. 처음에는 주지 스님이며 공양주 보살 등이 예전처럼 반갑게 대했지만, 몸을 의탁하고 싶다고 하니 반응이 싸했다. 어느 날 공양주 보살과 사하촌 아낙들이 하는 말을 우연히 듣게 됐는데 금원의 가슴을 치는 말이었다.

"춘영당 마님은 이제 완전히 여기 계시겠다고 합니까?"

"마님은 무슨 마님, 저나 우리나 다 상것인데……"

"자기가 언제부터 마님이었다고 아직 저리 뻣뻣하게 구는지 모르겠어."

"아무래도 습관이 되어 있을 테니……"

"절집에서 살려면 콧대 저리 세우고는 힘들지, 힘들어."

공양주 보살이나 덕이 엄마를 홀대한 적 없다고 생각했는데 저들에게는 거들먹거렸던 것으로 비쳤던 모양이다. 곰곰 생각하니 그럴 수도 있겠다 싶었다. 절에만 오면 한시를 좋아하는 주지 스님이 금원을 잡고 놓아주지 않았었다.

금원은 다음 날 저녁, 사람들이 잘 찾지 않는 명부전에서 삼천 배에 돌입했다. 누가 시킨 것도 아니었지만 그렇게 해야 할 것 같았다.

바구니에 가득한 천 알짜리 염주를 세 번 돌려야 삼천 배다. 염주 오백 알쯤부터 부처님이 무릎에 쾅쾅 부딪혔다. 그다음엔 관세음보살이 허리에 칼날처럼 파고들었다. 그리고 석가모니가 이마에서 뺨에서 젖어들었다. 아미타불이 뱃가죽에서 백 번이고 천 번이고 당겨왔다. 어깨부터 시작해 나중에는 정수리로 모락모락 피어나는 김처럼 금원이 빠져나가고 그 자리에 하심이 들어왔다.

"옴 살바 못자모지 사다야 사바하"

밤을 꼬박 새우며 눈물과 땀 범벅의 삼천 배를 끝내고 아침 나절에야 후들거리는 다리로 명부전을 나서는데, 법당 앞마당에서 원주 스님과 이야기를 나누는 중년 스님의 얼굴이 낯익었다. 금원이 절뚝거리며 그 앞을 지나려는데 그 스님이 먼저 반갑게 말을 걸어왔다.

"보살님, 혹시 원주 강소리에 살던……"

승복을 입고 있었어도 대뜸 알아볼 수 있었다. 고향인 원주 한 마을에 살던 명수 아재였다. 금원이 네 살 때 하늘 천 자를 가르쳐 준 아재였다. 몇 년 전 세상을 뜬 평생지기 죽서의 외삼촌이기도 했다. 그가 바로 태을 스님의 맏상좌 현봉이었다.

현봉은 그동안 금원의 소식을 듣고 있었고 먼발치에서 몇 번 본 적도 있었다고 했다. 금원이 사정을 다 말하지도 않았는데 다짜고짜 자신과 함께 가자고 했다. 금원에게는 그야말로 친 살붙이의 등장과도 같았다.

"자네와 나, 보통 인연인가, 어쩌면 이렇게 만나게 된 것이 우리 이번 생애 가장 큰 인연 이자 섭리 같네, 우리가 자네 같은 사람이 진정으로 필요함일세."

그곳은 서러운 사람 핍박받은 사람들이 모여 있는 곳이라는 말에 고개가 주억거려졌다. 그날 그렇게 현봉 스님을 만나지 않았으면 시골 기방에서 생각시 가르치며 얹혀사는 퇴기가 됐을 터였다.

현봉을 따라 춘궁리 금암산 널바위 언덕을 내려와 오른쪽 방죽길로 들어서는 순간, 고향에 온 것 같은 포근함을 느꼈다. 30년 전 남장 차림으로 충청도, 강원도, 황해도, 평안도 일대, 즉 호동서락(湖東西洛)의 명승지를 주유 관람할 때 첫 여행지였던 제천의 의림지를 떠올리게 했다. 신록이 푸른 산 사방에 번지기 시작해 마치 수놓은 비단 장막에 들어선 듯 가슴 깊은 곳 티끌까지 말끔히 씻기는 느낌이었다. 입구에 서 있는 부리부리한 눈에 코가 우뚝한 불가사리 돌 장승에도 묘하게 처연한 정감이 느껴졌다. 문득 평생을 사숙하고 있는 추사의 절구가 떠올랐다.

濃抹秋山似畵眉	짙게 가을을 바른 산들은 흡사 그린 눈썹을 그린 듯
圓潭平布碧琉璃	둥근 못에는 푸른 유리 골고루 깔렸구나.
如將小大論齊物	작고 큰 것을 논하며 따지려 하지 말자
直斷硯山環墨池	벼루 산이 먹물 연못을 둘러쌓은 여기서 끝을 보리라.

그때 그랬다. '여기서 끝을 보리라.'

큰 돌탑 두 개가 금원에게 잘 왔다고 손짓을 하는 것 같았다.

태을 노스님이 반갑게 금원을 맞았다. 처음 보는 것 같지 않았다. 자상한 친척 어른을 만난 느낌이었다.

"그래 촛불은 바람 불면 꺼지지만, 큰불은 바람이 불수록 더 타오르는 법이지. 잘 왔네."

스님은 그때 그렇게 말씀하셨다. 하심(下心)에 차 있던 금원은 쇠락한 곳이기는 해도 여남은 명 남짓 대중이 있는 곳이기에 정주간 공양주 보살이나 정통과 소지의 소임을 맡겠다고 나섰다. 절집에서 정통은 해우소 청소, 소지는 법당이나 요사채 청소하는 소임을 말했다.

"아닐세, 자네는 공부와 글 쓰는 게 어울리는 사람이네"

큰스님은 금원더러 명등(明燈)을 맡아 절의 필객 일을 하라고 했다. 명등은 등불을 켜고 끄는 소임을 말하는데 이 절에서는 서책과 서찰까지 관리하는 모양이었다. 동사로 오면서 이곳이 이 땅에 미륵부처 강림을 바라는 이들의 중심이 되는 사찰이기에 이런 저런 서책과 서찰의 교류가 많기에 금원이 꼭 필요하다는 얘기는 들었었다.

스님도 현봉이 가져온 금원의 문집『호동서락기』를 읽었단다. 스님은 자신이 입산 출가했던 금강산 유점사 부분이 특히 좋았다고 했다. "밖의 백성들은 주리는데 산속 중들이 선경 속에서 배불리 먹고 있구나"라는 부분이 그랬단다. 금원이 열네 살 때 세상의 눈을 피하고자 머리를 동자처럼 땋고 남자 옷을 입은 채 관동과 관서를 둘러보고 쓴 시와 기행문을, 세월이 한참 지난 연후에 엮어낸 책이다. 그런 맹랑한 시절이 있었던 자신의 지금 처지가 금원은 새삼 서글프기도 했다.

어차피 세속의 고통을 잊고자 찾아든 곳, 명등이자 필객으로 때론 공양주 일로 절 살림을 도우면서 새롭게 부처님 공부를 시작했다. 자신을 내려놓고 엎드려 마음을 다잡는 공부도 좋았지만, 그곳 사람들이 참 좋았다. 태을 스님을 위시해 다들 남에게는 관대하고 자신에게는 엄격했다. 무엇보다 남의 아픔을 자신의 것으로 느낄 줄 아는 사람들이었다. 다들 사연이 있는 사람들이었다. 스승 태을 스님은 세상 뭇 중생의 아픔을 외면하지 않고 자신의 아픔으로 알아 서로 돕고 이끌어주는 하화중생을 유난히 강조했다. 화엄과 미륵의 세상에서 한데 어우러져 모두 함께 잘살아야 한다는 가르침을 하루도 거르지 않았다.

경각(經閣)을 겸한 서방으로 쓰이는 뒷방에서 책들을 정리하는 일은 금원의 소임이었다. 서방 정면 벽에는 절집 사람들이 진영이라 부르는 초상화가 한 점 걸려 있었다. 많이 낡기는 했지만 채색과 형상이 화려했다. 국사쯤 되는지 금박이 장식된 승복을 입고 환하게 웃고 있는 잘생긴 청년 스님의 모습이었다. 정면 초상이 아니고 약간 왼쪽으로 돌아서 있는 전신 초상이다. 분명 남자 스님인데 작은 고깔을 쓰고 있는 것도 이채로웠다.

'을해개벽 낭가결사 시창주 청한거사 편조대종사 근영'

거사이면서 대종사라…….

그때 노스님이 안쪽에서 금원을 불렀다. 스님은 틈만 나면 밭에도 나갔지만, 요사채에서 두꺼운 한문책을 언문으로 번역하는 작업을 했다.

금원이 앞에 앉자 스님이 입을 열었다. 스님의 손에는 그리 두껍지 않은 책이 들려 있었다.

"편조 스님 신돈을 어찌 알고 있는고?"

"고려를 망하게 한 공민조의 현승이라고 알고 있습니다."

요승이라는 말이 먼저 떠올랐지만 들은 말이 있기에 숨을 고른 표현이었다.

"허허, 대개들 그렇게 알고 있는데 그것이 잘못 알려진 게야. 그래서 역사란 승자의 기록이라고 하지."

"역시 제 알음이 짧았군요"

"스님이야말로 노비의 자식으로 태어나 각고면려 끝에 득도하고 중생 속으로 들어간 참보살이라고 나는 믿네."

스님의 목소리에 힘이 들어가 있었다.

"어떻게 그런 이가 이 땅에 올 수 있었는지 신기할 따름이지. 글도 제대로 깨우치지 못했던 무지렁이 매골승 출신 중이 백성을 위해 그처럼 큰 뜻을 세우고 또 실행할 수 있었느냐는 말이지."

스님의 눈이 반짝였다.

"우리 종회가 바로 스님의 그 보살 정신과 평등정신을 이어받았다네. 말하자면 신돈 편조대종사가 우리 회와 계의 비조라고 할 수 있다네."

금원이 고개를 끄덕였다.

"이 책을 읽어 보도록 하게나."

'편조종사 행장록'이라는 한문 제목이 붙어 있는 언문책이었다.

"진흙 속에서 핀 아름다운, 하지만 슬픈 연꽃을 보게 될 것일세."

여러 뜻이 함축된 말이었다.

따져보니 이 땅의 역사 속에서 신돈만큼 권력을 잡았을 때 백성, 민초를 생각하고 그들을 위한 정치를 펴려 했던 정치가는 없었다. 고려와 조선뿐만 아니라 그 이전 삼국시대 때도 명재상 혹은 충신으로 추앙받는 이들은 그저 왕과 나라의 기강과 질서구축을 위한 정치를 폈던 이들이었고, 그를 위해 목숨을 던진 이들이었다. 하지만 신돈은 달랐다. 그에게는 임금 공민왕도 개혁의 동지였고 동맹군이었다. 어쩌면 도구였는지도 모른다. 태을 스님 말대로 대단한 인물이 아닐 수 없다.

며칠 뒤 금원은 동도들과 함께 동도들의 성원 속에 낭가총림에 가입하는 의식을 가졌다.

전적으로 자신이 선택한 일이었다. 금원이 원치 않으면 하지 않아도 되는 일이었다. 정진은 참회와 원력이 교차하는 불자의 수행이었다. 마음의 결정을 하자 모든 게 환해졌다. 세상이 달리 보였다. 나만을 위해 살았고 내 재주만이 잘난 것으로 알았던 과거의 자신은 그리도 작아 보였다.

신입 낭가 몇 사람과 함께 수계식도 했는데, 불자들이 대개 받는 오계와는 다른 미륵계(戒)였다. 불명도 새로 받았다. 자성행. 미륵 부처님의 가르침을 항상 지키며 행하라는 의미다. '자성행(自

省行).

수계식에서 법사들은 미륵을 마냥 기다리는 것이 아니라 미륵이 되자고 사자후를 토했고, 수계하는 낭가들은 뜨거운 눈물로 각오를 피력했다.

"우바이 자성행은 이 땅에 미륵이 오실 것을 앙망합니까?"

서러운 사람들을 위로해 주는 보살이 안 계신다면 한순간도 살 수 없을 것 같았다.

"예."

"미륵낭도 자성행 보채는 미륵부처의 현존을 위해 정진할 것을 서원합니까?"

어차피 한 번뿐인 인생, 높은 곳에 뜻을 두고 이곳 사람들과 함께라면 지옥불도 두렵지 않을 것 같았다.

"예."

"우바이 가채 자성행은 미륵의 현존을 믿는 신도들의 결사, 용화낭가총림의 맹원이 되어 목숨을 걸고 규약을 지킬 것을 서원합니까?"

동무들과 함께 뚜벅뚜벅 걸어가는 자신의 모습이 그려졌다.

"이제 자성행 법우는 바로 미륵이십니다."

호법 스님이 옷을 반쯤 내린 금원의 어깨에 불가사리 인두 도장을 찍었다. 살타는 냄새가 났지만 역겹지 않았다. 각오와 원력이 피어오르고 있었기 때문이다.

"메테야 메테야 메트레야 보디삿따 사바하."

호동서락기

추사 노대감이 정신이 든 것은 저녁 무렵 자신의 서실로 쓰는 초당의 안방에서였다.

"정신이 드십니까, 마님?"

"응 그래. 그냥 집으로 왔구나."

"기억나십니까?"

"대강은 기억이 난다. 연희패가 나타나 우리를 구했지?"

"예, 천행이었습니다요."

"그런데 용산 아씨가 왔더냐?"

"용산 아씨라니요?"

달준은 전혀 모르는 모양이다.

"그래 알았다."

체구 작은 할미탈이 자신을 무릎에 올려놓았을 때 청포 향이 강하게 났었다는 이야기를 달준에게까지 할 필요는 없었다. 그 청포향은 금원의 내음이었다.

"아, 그러면 그 각시탈이……"

달준도 그제야 상황이 짐작되는 모양이었다.

불명(佛名)을 태을로 한다는 옛 동학(同學) 임만성이 주석하고 있는 광주 춘궁동 동사의 서동이 금원의 편지를 가지고 온 것은 재종제 덕희가 세상을 떠난 지 반년 가까이 되는 계해년 늦봄의 일이었다.

서신에서 금원은 안부에 이어 과한 칭찬에 몸 둘 바 모르겠다고 일전 자신의 「제망부가」에 대한 추사의 경탄을 먼저 언급하고 있었다. 그러면서 일간 과지초당으로 찾아와 직접 가르침을 받고 싶으니 좋은 날짜를 일러 달라고 썼다.

추사는 서동을 세워놓고 그 자리에서 답신을 썼다. 새달 보름 이후에는 언제든 좋다고. 그리고 이태 전 시집을 엮었다는데 그것도 가져와 줬으면 좋겠다고 썼다.

임만성과 함께 있다는 것이 다소 마음에 걸리기는 했다. 다 알지는 못하지만, 미륵을 내세우고 있는 태을과 그 주변이 결코 온건하지 않을 것 같았기 때문이다.

막상 그녀가 오늘내일 중에 당도할 것이라 여겨지는 무렵부터 부쩍 밖의 기척에 신경이 써졌다. 사립문 열리는 소리라도 날라치면 더 그랬다.

이태 전 겨울, 덕희가 돌연 세상을 떠났을 때 금원이 지었다는 제문은 가히 명문장이었다. 그때 초당을 떠날 수 없었던 추사는 상가에 가지 못했지만, 덕희의 친형 도희가 서동을 통해 보내온 제문을 볼 수 있었다. 재종형 도희도 적잖이 감탄했던 모양이다. 추사는 이내 서찰을 보내 소감을 토로했다.

"제문(祭文)을 읽어 보니 그 문장이 정(情)에서 나온 것인지, 문장에서 정이 나온 것인지 알 수가 없습니다. 글의 기운이 편안하고 구성이 반듯하며, 움직임은 패옥 소리에 맞고 면목은 역사를 기록하는 사관의 그것과도 같습니다. 화장을 짙게 한 여인의 기미는 한 점도 없고 옛 선비의 요조한 품격만 있어, 턱 아래 3척 수염을 휘날리고 가슴속에는 5천 자의 글을 담고 있는 제가 곧장 부끄러울 뿐입니다."

후학의 글을 평가하는 데 인색했던 추사로서는 파격이다. 글에 대한 칭찬은 사람에 대한 칭송으로 이어졌다.

"우리 집안에 이런 보배가 있었는데도 어떤 이인지 알지를 못하고 보통 사람으로만 여겼으니 한갓 이 사람만 위하여 슬퍼하고 탄식하는 것이 아닙니다."

실은 약간의 과장이 있었다. 집안에 이런 보배가 있는지 처음 알았다는 대목도 사실과는 조금은 달랐다.

화장을 짙게 한 여인의 기미라…… 금원의 글을 설명하면서 자신도 모르게 부지불식간에 사용한 표현이다. 그랬다. 추사가 처음 본 금원은 화장한 여인이었다. 그리고 유학자 완당에게 금기의 단어였던 호색(好色)이란 단어를 휘호하게 했던 장본인이기도 했다. 용산 시절의 일이었다.

긴 세월의 제주도 유배를 마치고 도성으로 돌아왔지만 추사는 아직 근신해야 하는 처지였다. 마포나루에서 노들나루로 이어지는 용산 강가 언덕 위 낡은 초옥이 그의 한정된 기거였다. 초옥을 마련해준 이가 바로 덕희였다.

초옥에 든 지 며칠 지나지 않은 어느 날 저녁, 퇴청한 덕희가 찾아와서는 자신의 별장으로 가자고 권유해왔다. 원춘이 망설이자 보는 눈 없는데 어떠냐고 졸랐다. 해배된 이의 초옥 밖 출입을 금하는 것은 관례였지 지엄한 법으로 정해진 일은 아니었다.

원춘은 못 이기는 체 덕희를 따라 세 마장쯤 떨어져 있는 그의 정자로 향했다.

가는 길에 덕희는 오늘 형님을 꼭 보고 싶어 하는 사람이 있다면서 자신의 첩실 금원의 얘기를 했다.

"자네 같은 샌님한테도 그런 풍류가 있었네그려."

"다 형님 덕분 아닙니까."

금원은 강원도 원주의 한다하는 시기(詩妓)였는데 그 지역 동학들과 어울리다 알게 되었단다. 미모와 재주가 뛰어나 이내 눈에 들었는데, 덕희가 추사의 종제가 된다는 사실을 알고부터 그녀가 먼저 부쩍 다가왔으며 마침내는 머리를 얹혀 집안에 들여앉히게 됐다는 얘기였다. 덕희는 금원이 자신에게는 과분한 여인이라고 연방 칭찬을 감추지 않았다.

이내 덕희의 별장 삼호정에 당도했다. 말이 별장이지 문도 담도 없이 초옥 한 채와 정자가 전부인 단출한 곳이었다.

"누추합니다. 집으로 모셔야 하겠지만 보는 눈들이 있어서……"

"무슨 소리, 이만해도 황감일세."

정자에는 조촐하지만 정성이 엿보이는 주안상이 차려져 있었다. 초옥 정주간에서는 집에서 따라왔을 찬모가 술과 음식을 데우는 기색이 있었다.

덕희의 권유에 따라 강이 내려다보이는 상석에 앉았다. 한강의 본류인 용산강의 초봄 저녁 어스름 경치는 일품이었다.

"아우 덕에 모처럼 내 눈이 호강하네그려."

쌀쌀하지는 않았지만 화로가 여럿 놓여 있어 상석에는 더 온기가 돌았다.

잠시 풍광을 눈에 두고 있을 때 술병쟁반을 든 금원이 사부작이 정자에 올라섰다. 나름 고심 끝에 골라 입었을 터였기에 그리 화려한 복색이 아니었건만 추사의 눈에는 하늘에서 내려온 선녀 항아가 따로 없었다.

"자네가 그리 뵙고 싶어 하던 추사 정희 형님일세."

금원이 다소곳한 자태로 큰절을 했다. 십여 년 만에 받아보는 점고였다. 원춘도 엉거주춤 고개를 숙여 응대했다. 막내딸뻘의 나이고 기녀 출신이라지만 제수씨 아닌가.

"제가 복이 많아 어르신을 이렇게 뵙게 되는 광영을 누립니다."

그날 술은 달았고 음식은 잠자고 있던 미각을 다시 깨웠다. 추사는 모처럼, 아니 거의 10년여 만에 거나하게 취했다.

이날 술자리서 금원은 특별한 글재주를 보여주지는 않았다. 추사가 대정 유배 시절 제자 이상적에게 그려준 세한도에 대해 몇 마디 했고, 동파의 「적벽부」 주요 대목을 추사와 덕희와 함께 주고받았을 뿐이다. 추사의 기억에 「적벽부」를 다 외우는 시기(詩妓)는 없었다.

그날 밤길 살펴드리라며 덕희가 딸려 보낸 마당쇠를 앞장세워 초옥으로 돌아오면서 추사는 계속 「적벽부」를 흥얼거렸다. 어느새 금원의 가락을 배우고 있었다. 노장의 세계관이 담긴 유장한 시였지만 그날 그의 「적벽부」는 흥겹기만 했다.

흥이 남은 추사는 초옥에 돌아와서 지필묵을 꺼내 일필휘지로 글을 썼다.

'일독 이호색 삼음주(一讀 二好色 三飮酒)'

첫째는 독서요, 둘째는 여자요, 셋째는 술이라. 쿡쿡 웃음이 나왔다. 한 번 더 썼다. 이번엔 사람들이 추사체라고 말하는 예서로 썼다. 제주 시절 끝 무렵에 개발한 재미있는 필체다. 풍자와 은유에 적합한 글씨체이기도 했다.

하지만 삼호정 적벽부의 풍류와 호사는 그날이 끝이었다. 모두 호시탐탐 꼬투리를 잡으려는 안동 김가들 때문이었다.

그날 주연이 있었다는 얘기가 새나간 모양이었다. 원춘의 초옥 앞집에 사는 우포청 나졸이 장김의 끄나풀이었던 모양이다. 주연이랄 것도 없는 다담상 규모의 작은 술자리였음에도 심히 과장돼 기생 연회를 했다고 말이 퍼진 모양이었다. 안동 소배들이 벌떼처럼 일어나 추사를 다시 벌줘야 한다고 했다.

그때나 지금이나 안동 김가들에게 추사는 눈엣가시였고 위협이었다. 특히 저들은 추사 주변으로 사람이 모여드는 것을 크게 경계했다.

다행히 실제의 상황이 소명됐고 추사 쪽 사람들이 나서 적극적으로 움직인 덕분에 추사에게는 큰일이 생기지 않았지만, 덕희는 여기저기 불려 다니며 곤욕을 치러야 했다. 급기야는 변방 외직인 의주부윤으로 좌천되기까지 이르렀다. 그러니 삼호정은 그 뒤 갈 수 없었고 금원도 다시 볼 수 없었다. 그리고 얼마 뒤 추사는 또 북청으로 유배를 가야 했다. 역시 안동 김문의 무고 때문이었다. 새 임금과 먼저 임금의 촌수가 격에 맞지 않는다는 바른 소리를 한 것이 꼬투리였다.

북청 유배는 다행히 일 년 조금 넘는 짧은 기간이었다. 유배에서 풀려난 추사는 이곳 과천 주암리 과지초당(瓜地草堂)으로 들어왔다. 초당은 부친이 생전에 가끔 찾았던 별장으로 당신의 묘소도 초당 뒤쪽에 있었다.

겉으로나마 모처럼의 평온하고 여유로운 일상을 보낼 수 있었다. 이런저런 과거를 반추하면서도 금원에 대해서는 잊고 있었는데 「제망부가」를 접하면서 새록 떠올랐고 그 글이 금원과 추사를 다시 이어주는 끈이 됐던 것이다.

마침내 금원이 당도했다. 아침 차 맛이 유난히 달았다. 모처럼 전각도를 꺼내 돌에 댔는데 유난히 소봉래의 래(來) 자가 멋들어지게 파인 날이었다.

그녀는 개량한 잿빛 승복을 입고 아랫마을 사는 여자아이 하나를 앞세워 초당에 도착했다. 마침 마당에 나와 있을 때 그녀가 들어섰다.

"어서 오시게."

온화한 목소리로 그녀를 맞았다.

"금원이 왔습니다, 어르신."

마치 자신의 집에 온 듯 정겨운 목소리를 내는 그녀의 얼굴에 홍조가 띠었다. 마루에 오르자 그녀가 인사를 올리겠다고 했다.

추사는 그녀를 자신이 서방(書房)으로 쓰는 큰 방으로 들였다. 당초는 그녀를 묵게 할 건넛방으로 먼저 안내할 생각이었다.

서책이 놓여 있던 탁자를 한쪽으로 밀어내고 마주 앉았다. 금원이 다소곳이 큰절을 했고 추사는 반 배로 답했다.

"오랜만에 뵙습니다. 그동안 일이 많으셨지요?"

사실은 두 번째 보는 셈이다. 그럼에도 두 사람은 모두 격조하기 이전에는 자주 봤던 것 같은 절친한 태도로 서로를 대했다. 실제 두 사람의 느낌이 그랬다.

"자네야말로 얼마나 신고가 많았나?"

추사의 말투는 그때 삼호정에서 금원이 우겨 그리 정한 일이었다. 제수보다는 제자가 되고 싶다고 했었다. 덕희도 그게 좋겠다고 했다.

"신고라니요? 어르신이 저희 때문에 겪은 간난에 비하겠습니까?"

"왜 자네들 때문인가? 시절이 하 수상하니 그렇지."

"그래 시랑의 일은 어떻게 된 것인가? 그리 급작스레."

추사는 덕희를 생전에 그가 지낸 벼슬 이름으로 불렀다.

"저도 임종 못 했습니다. 흉통을 호소하더니 졸지에 숨을 거뒀다고 하더군요. 심장 급환이었던 모양입니다."

덕희의 심통도 다 장김의 전횡 때문에 생긴 울화였다는 얘기는 추사도 들었다.

"그래, 자네는 만성과 함께 있다지?"

"예, 오갈 데 없는 저를 거두어주신 은인이시지요."

"어떻게 그리 인연이 닿았는가?"

"태을 스님 밑에 현봉이라는 동향 스님이 있어서……"

"그랬군. 평소 절집과 인연이 많았는가?"

"그런 건 아니었는데 어쩌다 보니, 부처님만이 저를 받아 주시더군요."

"허허."

금원의 말에 뼈가 있는 듯해서 추사는 헛웃음을 지었다.

"그것이 제수씨 자네 시집인가?"

추사가 자연스레 화제를 돌렸다. 바랑 위로 두툼하게 삐져나온 책에 눈길이 갔기 때문이다.

"예, 다행히 몇 권 남아 있어 가져오기는 했지만, 어르신 앞에 내놓기 정말 부끄럽습니다."

금원이 바랑에서 『호동서락기』 한 권을 꺼내 조심스럽게 탁자에 올려놓았다.

손으로 들어 보니 두툼했다. 추사는 책을 죽 넘겨 훑어본 뒤 탁자에 다시 올려놓았다.

"오늘 밤 한번 읽어 봄세."

"따끔한 가르침을 주십시오. 그리고 책을 묶고 난 뒤 여러 일을 겪었습니다. 나라 안을 다시 돌아보았는데 그랬더니 더 부끄러워집니다."

"그건 왜인고?"

"나라 안 백성들의 삶이 이토록 고단한 줄 정말 몰랐습니다. 건성으로 지나쳤지요. 소싯적이었다고는 하나 경치와 인심 타령만 했으니까요."

"허허 자네가 만성과 어울리더니 경세가가 다 됐군그래. 아무튼, 자네 말대로 소싯적 경험이니까……"

추사가 다시 책으로 눈을 가져갔다.

"이 제목은 자네가 썼는가?"

꽤 공들인 글씨이기는 했다. 호동서락기(湖東西洛記).

호(湖) 자의 삐침과 동(東) 자의 파임 등 예서의 기본인 팔분을 따르려 애쓰고 있었다.

문득 '서락'을 강조 변형해 서인들의 몰락을 바란다는 은유를 한 것이 아닌가 생각이 들기도 했다. 몇 년 전부터 생겨난 일종의 기예며 습관이다.

"아닙니다. 동무가 썼습니다. 아직 저는 예서에 견식이 없어서…… 그것도 꼭 한번 어르신께 배우고는 싶습니다."

"그래, 하지만 서도란 배우는 게 아니지, 깨우치는 것이니까. 가장 중요한 게 글씨에 담긴 정신이라고 나는 보네."

잠시 사이가 있었다.

"아무튼 잘 살펴봄세."

금원은 경인년(1830년) 열네 살 나이에 남장을 하고 여행을 떠났다고 했다. 맹랑한 일이 아닐 수 없다. 그리고 쉽지 않은 긴 여행이었을 게다.

> 눈으로 산하의 넓고 큼을 보지 못하고 마음으로 온갖 세상사를 겪지 못하면 식견이 넓을 리 없다. 어진 사람은 산을 좋아하고 지혜로운 사람은 물을 좋아한다고 했지만 여자라서 규방 문밖을 나가지 못하고 세상과 단절된 채 생활하고 있는 탓에 아무것도 세상에 남기지 못한 채 자취 없이 사라지고 만다면……

금원의 『호동서락기』 서두 부분이었다. 추사는 그날 밤 늦도록 발문까지 다 읽었다. 몇 군데 걸리는 부분이 있기는 했어도 그녀의 여로와 역정에 따라 기개와 감수성, 그리고 세상에 대한 반항이 드러나 있어 미소를 머금으며 단숨에 읽어 내려갈 수 있었다.

제천 의림지를 뜻하는 호중(湖中) 인근 4군과 관동의 금강산과 팔경, 한양 일대 그리고 관서의 의주를 유람하면서 보고 느낀 것을 시로 쓴 모양이다.

> 세상의 모든 물줄기 동쪽으로 흘러드니
> 아득히 깊고 넓어 그 끝을 알 수 없구나
> 이제야 알겠노라 하늘과 땅은 그토록 커서
> 내 작은 가슴 속에는 도저히 담을 수 없다는 것을……

금원 자신이 쓴 발문의 제목 '호동서락기'가 전체 시집의 명칭이 된 모양이었다.

시집의 마지막은 이렇게 끝맺고 있었다.

> 천지도 한순간이요, 평생의 일도 헛된 것으로, 함께 돌아가는 것은 평생의 꿈이다. 황량(黃粱)의 베개는 평생이 괴상한 꿈임을 깨우쳐준다. 그렇다면 평생의 꿈이 하룻밤의 꿈과 어찌 다르겠는가. 나 역시 꿈속의 사람으로 꿈속의 일을 기록하려 하는 사람이니 이 또한 어찌 꿈속의 일이 아니리.

추사에게 이 대목은 차하(次下)였다. 너무 멋을 낸 문장이 걸렸기 때문이다. 하지만 서권기에서는 크게 빠지지 않았다. 14세에

『열자』 황제 편을 읽었다는 얘기인데 놀라운 일이다. 다른 이들 같았으면 이 대목에서 대뜸 『장자』의 호접몽 이야기를 인용했을 터였다.

원춘은 금원이 성경현전 고전을 어떤 체계로 공부했는지가 궁금해졌다. 또 훈고와 실사의 이치는 어떻게 알고 있는지 궁금해졌다.

학문이 학문을 위한 학문이 되어서는 안 된다는 것이 추사의 일관된 생각이었다. 글씨 한 글자를 쓰더라도 난 한 폭을 치더라도 경세유표의 뜻을 담으려 했고 절박한 현실을 고발하려 했다. 그만큼 현실이 암담했다. 이 나라는 망국의 길로 가고 있었다. 당쟁보다 농단이 백 배는 더 해악이 심했다. 하지만 어느 순간부터 그 또한 아무도 알아주지 않는, 아니 누구도 모르는 그런 혼자만의 몸부림이자 자위가 아닌가 하는 생각이 문득문득 들었었다. 이처럼 벽에 막혀 있던 순간 금원이 나타났던 것이다.

다음 날 아침 닭이 울기 전에 일어났는데도 금원은 벌써 부엌에 나와 있었다. 양주네와 이내 친해진 모양이다.

나물 소찬의 아침을 마치고 서탁에 마주 앉았다.

"엊저녁 자네의 시집을 읽었는데 과연 그 재주가 놀랍더군. 자네 『시경』은 어떻게 읽었는가?"

"읽기는 했지만 급히 읽었다는 기억입니다. 하지만 다른 경서와는 달리 흥이 났었습니다. 특히 국풍 편의 시들이 그랬습니다……"

"어찌 그랬을꼬?"

"천 년도 넘은 오랜 시절의 이야기인데도 우리네 현실과 별반 다를 게 없었고 특히 백성과 관의 대비며 풍자가 마음에 들어왔었다는 기억입니다."

"그렇지, 왜냐면 거기에는 살아있는 사람들의 이야기, 백성들의 이야기가 그대로 들어 있기 때문일세. 그래서 『시경』을 한마디로 사무사의 정신, 바를 정(正)을 일깨우는 경전이라고 한다네."

금원은 눈을 반짝이며 고개를 끄덕였다.

"사람이 살아가는 것, 백성이 살아가는 것보다 중요한 것은 없다네, 그 기반 위에 무엇이 바른가, 어떤 생각을 하며 살아야 하는가 그것을 아는 게 바른 배움이라고 생각하네. 솔개는 하늘 높이 날고 물고기가 연못에서 뛰어오른다고 하지 않던가."

그해 여름 금원은 과지초당에 열흘가량 머물면서 많은 공부를 했다. 실은 추사에게도 자신을 다시 추스르는 시간이기도 했다. 자신이 해야 할 일은 사무사의 정신을 구현할 젊은 인재들을 키워내는 것이라는 다짐을 다시금 상기했다. 오래전 자신을 처음 보고 단박에 마음을 열었던 이국의 스승 옹방강, 완원 선생의 마음이 그랬으리라 여겨졌다.

이런 추사에게 금원은 하나를 말하면 열을 알아듣는 기재였다. 금원은 초당의 기둥 대련으로 걸어 놓은 주련과 편액의 숨겨진 뜻까지 갈파해 냈다.

대팽두부과강채(大烹豆腐瓜薑菜)

고회부처아녀손(高會夫妻兒女孫)

'좋은 반찬은 두부 오이 생강 채소

기쁜 모임은 부부 아들 딸 손자 손녀'

"많은 무리들이 잘못된 방향으로 가고 있지만 뜻있는 선비는 바른길을 고집한다는 뜻으로 읽힙니다."

어쩌면 추사 자신의 본뜻보다 더 현묘했다.

마침 초당을 찾았던 환재 박규수와 우선 이상적 등 제자들에게도 금원의 재주를 자랑해 소개했고 흔쾌히 동문으로 받아들이라는 이런저런 무언의 암시를 꽤 했다.

추사는 금원에게 칼과 돌을 쥐여 줬다. 전각의 오묘함은 자칫 급해지기 쉬운 성정을 다스리는 데 제격이었다.

"돌을 칼로 새긴다는 것은 깨끗한 마음에 정확한 가르침을 새기는 일과 같아서 한 치도 소홀함이 있어서는 안 된다네."

칼은 인고가 만들어지고 자형이 돌 위에 떠진 뒤에야 위에서 아래로 오른쪽에서 왼쪽으로 대야 하는 법이다. 성급한 한 치의 실수는 참혹한 결과로 이어지게 마련이다. 이 이치를 알게 해주고 싶었다.

금원에 대한 회상이 여기까지 이르렀을 때 밖에서 마당 쓰는 소리가 들렸다.

고변(告變)

"밖에 누가 와 있느냐?"

추사가 달준에게 물었다.

"참, 탈패 말고도 마님을 도운 선달님이 있어 같이 왔습니다. 일지암 스님 소개로 찾아오던 길이었다고 하던데요."

"초의당이 소개했다고? 들라 해라."

초립 털보 청년이 방에 들더니 넙죽 큰절을 올렸다.

"그만하시기를 천만 다행입니다유, 참으로 숭칙한 놈들이지유."

부리부리했지만 선한 인상이 담겨 있었고 사내다운 무인의 기상과 함께 끈기가 느껴지는 상이었다. 추사의 고향인 내포 지방과는 다른 북부의 억양이었지만 충청도 억양도 정겨웠다.

"고마움이야 두고 표하기로 하고. 그래, 초의가 보냈다고?"

"여기 스님 편지가 있시유."

봉서를 열자 낯익은 초의의 필체가 펼쳐졌다.

밑도 끝도 없이 '세상에 불만이 많은 이필이라는 청년이니 잘 달래서 불쏘시개로 쓰던지 활활 타는 장작 희나리로 쓰던지 원춘께서 알아서 하라'는 내용이었다. 무과에 든 선달이라는 얘기를 덧붙이고 있었다. 원춘은 추사의 자였다.

"실은 어르신께 꼭 여쭤보고 싶은 것이 있어 찾아뵈었시유."

"그것이 무엇인가?"

"어르신은 효명세자의 돌연한 죽음을 어떻게 생각하시는지요?"

충청도 억양이 사라진 말투로 이필이 단도직입으로 물어 왔다.

"자네가 어찌 새삼 그 일을 거론하는가?"

추사는 격하게 반응했다. 젊은 시절 추사는 개혁을 주도했던 효명세자의 최측근 신료였다. 효명은 정력적으로 대리청정 중이던 약관의 젊은 나이에 돌연 세상을 떠난 비운의 세자였다.

순조 27년(1827) 2월, 순조는 '과인이 건강 때문에 여러 해 동안 정사를 소홀히 하고 지체시켰다. 이제 세자가 총명하고 영리하니 대리청정을 시키라'고 명했다. 효명세자는 19세였고 순조는 38세였다.

순조는 안동 김씨를 제압할 정치력이 없는 데다 세도정치로 인해 계속되는 민란과 천재지변을 수습할 의욕이 없었다. 그러니 대리청정을 반대하는 대신들도 없었다.

효명세자가 대리청정 기간 동안 정치의 이상으로 삼았던 왕은 할아버지 정조였다. 세자는 집권하자마자 안동 김씨와 맞섰다. 저들에게 편중된 세력을 약화시키려고 권력의 중심이었던 비변사 조직을 개편했고 그곳 당상들 전부에 감봉 조치를 내려 타격을 주었다.

기존 신료 세력인 삼사의 길들이기에도 눈 하나 깜박하지 않고 맞서는 단호함을 보였는가 하면, 정치적으로 소외당했던 소론과 남인, 북인을 등용하는 등 강력한 왕권을 회복시키려는 의지를 보였고 단호한 일 처리로 조정의 기강을 잡았다. 지방 방백들이 백성을 괴롭혔다는 소리가 들리면 가차 없이 벌을 내렸다.

시를 잘 짓고 궁중무용을 창작할 만큼 예술에도 재능이 있었으며 학문을 소홀히 하지 않으려 「만기일력」이라는 일기를 쓰기도 했다.

이런 효명세자와 추사의 인연은 각별했다. 과거에 늦게 등과한 추사가 처음 제수받은 벼슬이 시강원 설서(說書). 세자를 가르치는 직책이었다. 추사는 대리청정 기간 삼사의 실무 요직을 맡아 개혁의 선두에 나섰다. 조인영, 성혼, 서유구 등이 함께 포진해 있었고, 추사의 생부인 노경공이며 남공철 김사목 등 중신들이 후원하고 있었다. 세자와 동년배였던 박지원의 손자 박규수는 이때 발탁된 대표적 신진 기예였다.

젊은 인재들을 등용하고 개혁정치를 펼치려 했던 효명세자는 안타깝게도 3년 3개월이란 짧은 대리청정을 끝으로 세상을 떠났다. 조선이 마지막으로 회생을 걸어볼 수 있었던 희망이 너무도 아쉽게 꺾이고 만 것이다.

세자는 을유년(1830) 윤사월 22일, 갑자기 각혈하면서 쓰러지더니 5월 초엿새 세상을 떠났다. 당시에도 이 죽음을 두고 말이 많았었다. 많은 이들이 안동 김문에 의혹의 눈길을 보냈지만 구체적 증좌를 찾을 수 없었다. 또 그때는 저들의 힘이 너무도 강했다.

그런데 이필이 30년 가까운 세월 전의 세자의 죽음을 거론하고 있는 것 아닌가. 그의 다음 말은 더 충격적이었다.

"제 아비가 세자의 죽음이 독살이었다는 증좌를 임금에게 고하려다 살해되었습니다."

그런 고변 사건이 있었다는 이야기는 처음 듣는다.

"좀 더 자세히 얘기해보게."

추사는 청년 쪽으로 몸을 당겨 앉았다.

들어보니 이필의 이야기는 앞뒤 아귀가 맞았다. 허풍이나 거짓이 아니었다.

효명세자의 죽음에 책임을 지고 내의원 의관 이명윤이 향리 진천으로 귀양을 왔단다. 필의 부친 이종원 선비의 친한 벗, 허진수 의원이 보수주인으로 지정됐다. 두 의원은 동문수학한 사이였다. 약재상과 의원을 열고 있는 허 의원은 진천의 알부자였기에 귀양 온 동문 선배의 뒷바라지에 적격이었다. 향리안치에는 숙식을 제공하고 유배를 관리하는 보수주인이 있어야 했다.

"세 분이서 매일같이 어울려 세상을 한탄하고 장김과 서원패들의 농단에 분통을 터뜨렸답니다. 특히 청주의 화양서원에 대해 격분을 감추지 않으셨다고 하더군요. 주변 친지들도 저러다 셋이서 무슨 일을 내는 게 틀림없다고 걱정을 했더랬죠."

그러던 어느 날 세 사람이 모두 관가와 화양서원으로 차례로 끌려가 심한 고문을 당했고, 그 때문에 이명윤 의관과 필의 부친은 장독으로 며칠 앓다가 세상을 떠났다. 그나마 고초를 덜 당한 허 의원만 간신히 살아남았다. 끌려간 명목은 엉뚱하게도 천주교인들과 어울렸다는 이유였다. 당시 필은 일곱 살이었다. 허 의원에게도 아홉 살 난 아들 선호가 있었다. 필은 허 의원 집에서 자랐다.

필과 선호는 나이가 들어가면서 부친들이 억울한 일을 겪었다는 것을 짐작은 했지만, 다들 쉬쉬하기에 더 이상 어떻게 할 수가 없었다. 그런데 허 의원도 몇 년 전 병으로 세상을 떠났고 근자에 그의 서재를 정리하다 임금께 올리는 상소로 보이는 서찰 한 통을 발견했다는 것이다.

"바로 이것입니다. 여기에 구체적인 내용이 다 들어 있습니다."

필이 서찰을 서탁 위에 올려놓았다. 추사가 받아 들어 펼쳤다. 그의 말대로 임금에게 올리는 상소문이었다.

첫 대목부터 추사의 손과 가슴을 떨리게 했다. 고친 자국이 아직 여럿 남아 있는 것으로 보아 초안이 맞았다. 흉거 3년 뒤, 부친 노경공의 유배 때문에 정신이 없었던 때에 쓰인 글이다.

충청도 진천 고을에 사는 유생 이종원과 내의원 의관이었던 이명윤이 함께 피를 토하는 심정으로 소를 올립니다.

이 나라는 태조 대왕께서 용비하시어 개국하신 이래 성군 열조들이 그 위를 높이셨고 충신 효민들이 그 세를 넓혀 왔습니다. 환난과 위기가 왕왕 있어 왔지만 성군과 충신의 부조로 이를 극복해 왔던 차, 지난 을유년 망극한 환난을 다시 당하여 백관과 만백성이 오열하면서도 성충을 합하여 대계를 마련했던 바 있습니다. 그런데 오열했던 만백성이 공노하게도 그 망극한 일, 을유년 효명세자 저하의 훙거에 국기를 흔드는 음모가 게재되어 있었음을 인지하였기에 이제 피를 머금고 전말을 금상께 고하고자 합니다. 차마 입에 담지 못할 불충과 패악이지만 삼가 말씀드리면 세자 저하의 훙거는 치밀한 음모에 의한 독살이었습니다.

추사의 손이 심하게 떨렸고 눈가에는 물기가 어렸다.

저들이 조직적으로 나서 세자의 수라와 다과에 장기간 소량의 투구꽃 씨앗, 부자, 황기를 넣어 체질을 바꾼 뒤 마지막에 산수유와 하명주를 사용했던 것입니다. 당시 대전의 소주방과 동궁전의 소주방이 병합돼 있었던 것도 저들의 치밀한 간계였던 것입니다. 저들은 그때 소주방이 내의원 옆에 있었던 지형을 이용해 ……

내용은 당시 내의원과 궁중 사정을 잘 알지 못하면 쓰지 못할 내용이었다. 거기다 구체적인 약명까지 거론하고 있었다.

흉계의 진원지는 청주 화양동의 화양서원, 특히 서원과 함께 있는 만동묘입니다. 흉사에 쓰인 약재도 그곳 화양동 금산에서 채취돼 궁궐 소주방으로 들어간 것입니다.

화양서원과 만동묘에 대한 설명이 이어졌다.

우암 송시열을 배향했다는 이 서원은 겉으로는 문자향 서권기 있는 명문 서원을 표방하고 있지만, 실제는 속 시커먼 흉폭한 역당의 소굴입니다. 이들은 대놓고 자신들은 조선의 왕에게는 의리가 없고 중화의 상징인 명나라 황제에게 직접 의리가 있다고 공언하곤 합니다. 이들은 궁궐의 소주방과 내의원에 심복들을 심어 두고 있어 무엄하게도 조선 왕들의 명줄을 자신들이 쥐고 있다고 기고만장해 합니다.

실로 엄청난 고변이다. 음모에 가담한 사람 몇몇의 이름을 구체적으로 적시하고 있었다. 소주방 주부, 내의원 의관들 화양서원 만동에서 고직 일을 하는 의생들의 이름이었다. 어떤 이름은 먹으로 지워져 있었다. 당시 도제조였던 좌의정과 부제조의 이름들도 거명되고 있었지만 이들이 가담했는지는 적시하지 않았다.

그러면서 상소자 이종원은 구명에 도움이 될까 싶어 그랬겠지만 위험한 거명을 하고 있었다. 당시 귀양 가 있던 추사의 생부 김노경 대감이 이 음모를 어느 정도 갈파하고 있었다고 적고 있었던 것이다. 이런 상소에 거명되는 것이 얼마나 중대한 의미를 지니는 것인지 몰랐던 모양이다. 이 때문에 필이라는 청년도 이처럼 추사 자신에게 들이대고 있는 것 같았다.

추사는 생각에 잠겼다. 그림은 선명하게 그려졌다. 당시에도 의심했던 상황과 과정이 설명되고 있었다. 하지만 치는 떨리지만 인제 와서 어쩌란 말이냐 싶은 생각이 이내 들었다.

'자그마치 27년 전의 일인 것을……'

거명된 이들 열에 아홉은 세상을 떠났다. 그럼에도 이 상소가 세상에 나오게 되면 또 한 번 피바람이 불게 될 것이 자명했다. 음모와 악행의 범인인 노론 벌열과 장김, 그리고 만동묘 고직들은 별 탈 없는데 발고한 측만 우르르 엮여 당하는 그런 그림이다. 상소의 내용대로 부친 노경공이 내막을 알았다 해도 증거가 불충분했고 폭발력이 워낙 큰 위험한 사안이었기에 자식에게까지도 말하지 않았던 것으로 여겨진다. 또 그 때문에 안김은 기를 쓰고 부친과 자신을 제거하려 했던 모양이다.

"이 상소문을 언제 발견했다고 했는가?"

"지난해 허 의원 서책들을 정리하다가 책표지 틈에서 발견했습니다."

"대단한 내용을 담고 있기는 하군. 하지만……"

"하지만이라니요? 내용이 미덥지 않아서 그러십니까?"

"내용은 나로서는 신빙성이 있다고 여기기는 하네만 너무 오래 전 일이기도 하고……"

"그렇다고 그냥 덮어둘 수는 없는 노릇 아닙니까? 특히 그 만동묘와 화양서원이 악의 소굴이라는데……"

"그럼 자네는 어떤 생각을 하고 있는가?"

"소인은 일단 대감께서 이 일에 적극 관심을 가지시고 앞으로 명나라에만 자신들의 의리가 있다는 만동묘 화양서원 노론 벌열들의 면모를 색원하고 백일하에 드러내 척결하는 일에 적극 나서 주셨으면 하는 바람으로 이렇게 대감을 찾아왔습니다."

추사는 이 대목에서 필의 얼굴을 빤히 쳐다보았다. 감탄의 심정이 담겨 있었다. 갑자기 사투리를 거둔 단도직입적인 말투도 그렇지만 내용이 무척이나 당돌했다.

"나야 이미 늙고 힘없는 몸 아닌가, 무얼 할 수 있겠는가?"

"아닙니다. 꼭 해주셔야 할 일이 있습니다. 대감마님, 가능하시다면 상소에 나오는 소주방 주부와 서리, 그리고 내의원 제조와 부제조의 이름 특히 화양서원 만동묘와 연락을 맡았다는 의생의 이름과 행적을 수소문해 주십시오. 그러면 지가 찾아가서 어찌 한번 해보렵니다."

추사에게 이래라저래라 하고 있었지만, 왠지 기분은 나쁘지 않았다. 보아하니 단순히 부친을 신원하고 복수하려는 것만이 아니었다. 청년은 '노론 벌열을 척결한다'는 일에 추사를 끌어들이려 하는 것이다. 그래도 처음 보는 청년에게 상소문 초안 한 장 보고 덥석 그러자고 나설 수는 없는 일이었다.

"자네, 올해 나이가 몇인가?"

"그건 갑자기 왜 그러십니까?"

"자네 태도가 매우 성숙해서 그러네."

"병술생 서른둘입니다."

"상당히 나이가 들었군. 그런데 왜 그리 어리게 하고 다니고, 일부러 사투리를 쓰는가?"

"그래야 사람들이 경계를 하지 않지유."

추사는 고개를 끄덕였다. 겉보기와는 달리 상당히 깊이와 분별이 있는 청년이다.

신경을 썼더니 가슴에 동통이 밀려 왔다.

"자네 뜻은 충분히 알겠네. 하지만 알다시피 간단한 일이 아닐세. 차분히 생각 좀 해보도록 하세나."

이필은 불만의 표정이기는 했지만 다른 내색은 하지 않았다.

"이 초안은 내가 가지고 있어도 되겠는가?"

"그러시쥬. 하지만 아주 드리는 것은 아닙니다."

필이 흔쾌히 답했다.

그때 마루 곁에서 소리가 들렸다.

"스승님 안에 계십니까?"

"차근히 함께할 일을 논의해 나가세나. 며칠만이라도 내 집에 머물도록 하게. 그럴 수 있겠지?"

추사가 상소문을 서랍에 갈무리하면서 필에게 말했다

"예, 그러지유."

필의 표정이 밝아졌다.

"들어들 오시게나."

추사가 밖을 향해 말했다.

일행이 추사의 서방으로 들어섰다. 이상적과 오경석, 변원규였다. 천인 연희패에 이어 이제는 중인 역관 제자들이 스승을 지켜주러 달려온 모양이다.

이필은 일행을 향해 고개를 꾸벅 숙이곤 밖으로 나갔다. 곧이어 박규수며 남병철 등 연배가 조금 있는 양반 제자들이 들어왔다. 책상 앞에 앉은 추사를 제자들이 위호하듯 앞에 둘러앉았다.

"무어 이리 호들갑스럽게 몰려들 오는가. 바쁜 일 하는 사람들이. 무슨 큰일 났다고……"

추사가 제자들을 둘러보며 말했다.

"큰일이 아니라니요, 이보다 큰일이 어디 있습니까?"

이상적은 두 손으로 스승의 손을 잡았다.

"이만하시길 천만다행입니다."

"지금 나간 청년은 누굽니까?"

"그 청년이 바로 오늘 날 구해준 청년일세."

"탈패와 함께 나타났다는 남도 청년이군요."

"남도는 아니고 충청도라는군. 내 남도 동무의 소개장을 가지고 왔어. 당분간 집에 머물게 할 생각이네."

"예, 나가다 각별히 다시 인사하겠습니다."

"그렇게들 하게나. 앞으로 서로 교통할 일이 있을 것 같기는 하네. 이름은 이필일세."

경석과 원규가 고개를 끄덕였다.

일행은 행랑에서 길성 아범에게 오늘의 소동 전모를 들은 모양이다.

"양주패를 동원하고 우리한테도 기별을 해준 이가 삼호당이었다면서요?"

경석이 확인하듯 누구에게랄 것 없이 물었다. 제자들은 금원을 삼호당이라 불렀다. 그녀가 동무들과 시회를 열던 용산의 정자 이름이 삼호정이었다.

"그렇다는군."

"양주 연희패가 실제로는 바로 그 유명한 양수리 향도계 아닙니까?"

원규가 말했다. 향도계는 상두계의 한자식 표현이다.

"자네는 그런 걸 어떻게 알았나?"

"제 아비가 하는 말 들었습니다."

"자네 춘부장 말씀이라면 맞을 게야."

원규의 부친 변광운 역관은 당대의 부자이면서 세상사에 관심 많은 소문난 마당발이었다.

"삼호당 금원이 상두계원이라는 얘기입니까?"

"어째 어울리지 않는데요? 자칫 위험할 수도 있고……"

"이 시대에 어울리지 않는 일이 어디 한두 가지입니까?"

다시 밖이 소란스럽더니 샌님 한사람이 서실로 들어섰다.

“어이구, 스승님 괜찮으신 겁니까? 하응이 왔습니다.”

5척 단구 작은 키에 후줄근한 도포와 낡은 갓을 쓰고 있었지만, 눈매는 형형했다.

사내가 들어서자 추사도 자리에서 일어났다.

“아니 외씨께서도 이리 오십니까? 민망하게.”

바로 홍선군 이하응이다. 추사는 홍선군을 외씨라고 불렀고 공대했다. 외씨는 외가 쪽 친척을 가깝게 부르는 말이다. 실제로 추사의 백모이자 양모인 홍씨 부인과 홍선군의 모친 민씨 부인이 절친한 이종사촌 간이었다.

추사의 홍선군 사랑, 홍선군의 스승 존경은 각별했다. 북청에 유배가 있는 동안에도 1년여 남짓의 기간에 서로 8차례나 편지를 보내 건강과 주위 평판을 염려했고 스승의 안위를 간구했다. 그리고 스승은 제자의 난(蘭)을 지도하고 격려했다. 북청으로 떠날 때 제일 멀리까지 배웅한 이가 홍선군이었고 해배를 제일 먼저 알려준 이도 홍선군이었다.

‘외씨는 귀한 몸이시니까 부디 은인자중하셔야 합니다.’

추사가 주문처럼 홍선군에게 되뇌이곤 했던 말이었다. 이쯤 되면 영민한 제자들은 추사의 뜻이 무엇인지 알아차렸고, 그들 역시 남들이 뭐라 하건 평판이 어떻건 홍선군을 예우했다. 또 홍선군도 추사 동학들에게는 속내를 털어놓는 편이었다.

상석까지 양보하려는 추사의 손을 홍선군이 잡아끌어 앉혔고 모두 자리에 다시 앉았다.
책상 위에는 문제의 사충서원 서독이 놓여 있었다. 경황 중에도 달준이 챙겼던 모양이다.
"이게 바로 그 서독이라는 것이군요."
좌중은 모두 실물은 처음 보는 듯 돌려 봤다.
내용이며 서체가 조악하기 이를 데 없었다.
"이따위 수준으로…… 쯧쯧."
"꼴에 인장은 꽤 잘 판 인장이군."
"이것을 조(彫)라 부르면서 그리 귀한 보물로 여긴다지요."
"자기들 깐에는 옥새처럼 여긴다더군."
"아무튼 춘부장 변 대감이 사충 일유사 만나 이 사단을 해결한다고 했는가?"
이상적이 변원규를 쳐다보며 말했다.
"해결까지는 아니더라도…… 아무튼 지금쯤 가셨을 겝니다."
부친이 비싼 장서 몇 질을 기부하고 은자 꾸러미가 건네질 모양이라고 원규는 짐작하고 있었다. 원규가 알기에 저들이 원하는 것은 돈이었다. 저들은 오늘 추사 추포 계획을 변씨가에도 넌지시 미리 흘렸던 모양이다.
"저도 나서겠습니다."
흥선군이 나섰다.
"대감이 나서면 역효과가 나지 않을까요?"
"스승님과 내가 각별하다는 것 세상이 다 아는데 가만있으면 더 이상하죠, 이런 일 들이댈 때 나름대로 요령이 다 생겨났습니다. 허허"

좌중 모두 같이 웃었다.

"그나저나 스승님, 정말로 불문에 출가하시려는 것은 아니시지요?"

누군가 물었다. 추사는 빙긋이 웃기만 했다.

"오죽하면 스승님이 그러시겠나? 세상 돌아가는 것을 봐요. 특히 유자를 자처하는 우리 벼슬아치며 서원 패거리 하는 짓들을 봐요. 스승님이 공연히 그러실까."

"그러게 말입니다. 그러니 더 몸 둘 바를 모르겠습니다."

"그나저나 홍선군 대감께는 누가 기별을 했습니까?"

"삼호당이라는 사람이 보냈다며 어느 서동이 전서구 편지를 가지고 구름재로 왔더군요."

구름재는 운현궁 홍선의 집을 말한다. 금원과 홍선은 아직 일면식이 없었다.

금원과 덕배 패가 부용사를 떠난 직후 태을 스님은 지필묵을 꺼내 작은 기름종이에 세필로 해동청 서신을 적었다. 엽전 크기로 접은 편지들 위에는 통인동 변대감, 가회동 박규수, 그리고 운현재 등의 수신자와 행선지가 적혔다. 해동청매가 동대문의 연락책에게 당도하면 서동들은 각처로 달렸다,

"용케도 댁에 계셨구료."

"요즘은 집에 꼬박꼬박 들어갑니다."

다들 웃었다.

"이번 일이야 삼호당 덕에 이 정도에서 끝났지만, 오히려 저들을 자극해서 앞으로 더 힘들어 질 수도 있음입니다."

"허, 언제부터 우리가 이렇게 의기소침하게 되었다는 말이오. 엄연히 국법이 있는데 법대로 하면 되는 것 아닙니까. 법을 어긴 이는 누구라도 발고를 하고……"

"말이야 쉽지, 말로는 뭘 못하겠나."

이 자리에서는 아무래도 결론이 나지 않을 의론이기에 마침내 스승이 나섰다.

"이제 그만들 하지, 자네들이 무엇을 걱정하고 있고 또 무엇을 바라고 있는지 또 금원에 대해서도 따로 생각해 둔 것이 있음일세."

홍선군과 박규수 남병철 등 조금 늦게 왔던 제자들은 돌아갔고 젊은 오경석과 변원규는 놈들이 다시 집으로 찾아올지 혹 모르는 일이라면서 하룻밤 묵어가겠다고 건넛방에 들었다. 그리고 보니 양반들은 떠나고 중인들은 남았다.

추사는 책상 앞에 앉아 오늘 일을 다시금 되새겨 보았다. 엄청난 하루였다. 안동 김문의 사충서원에서 자신이 봉은사에 자주 가고 경판 일을 돕는 것에 쌍심지를 돋우면서 방해하고 겁박을 주려 하고 있다. 더구나 저들은 무엇 때문인지 무언가에 쫓기는 듯한 급한 모양새를 보이고 있었다.

오늘 효명세자 죽음과 관련한 일에 대해 다시 듣게 된 것도 우연은 아닌 듯싶다. 아무리 약한 사람이라도 온 힘을 집중하면 무언가를 이룰 수 있지만, 아무리 강한 사람이라도 힘을 분산하면 뜻을 이룰 수 없는 법이라 했거늘…….

추사는 붓을 들어 서탁 위에 있던 한지에 예서로 휘호했다. 전에 없이 손이 떨렸다.

일광출동 여왕월(日光出洞 如往月)
옥기상천 위백운(玉氣上天 爲白雲)
'일광이 떠올라 골짜기를 비추니 마치 만월과 같고
옥기가 하늘에 오르고자 함은 백운을 위함이라.'

사충서원

경기도 과천, 노들나루가 내려다보이는 한강 변 사충 언덕이야말로 장김의 성지였고 아성이었다. 그곳에 안김의 문중 서원이 돼버린 사충서원이 있었다.

도제전이라는 현판이 걸린 도유사(원장)실. 서원 제일 높고 깊숙한 곳에 위치한 전각이다. 노들나루 노량진과 강 넘어 도성이 한눈에 들어왔다.

안에 사람들이 모여 있었다.

"합하, 아무리 그래도 그건 무리입니다."

합하는 정일품 벼슬아치를 높여 부르는 호칭이다.

"무리라고 해도 이번만은 꼭 제때에 해내야 하네. 지난번에 기간 내에 목표를 채우지 못해 내가 젊은 사람들 앞에 얼마나 면구스러웠는지 아는가?"

잘 차려입고 아랫목 보료 위에 앉아 있는 초로의 선비가 좌상인 모양이다. 주위에는 노소의 선비들이 모여 앉아 있었다. 평복을 입었지만 하나같이 고급 비단에 한껏 멋을 낸 티가 역력했다.

"아닙니다. 청주의 화양에서도 여주의 고산에서도 이번 할당은 무리라고 하고 있습니다. 시작하기 전에, 기정사실이 되기 전에 조정을 거쳐야 합니다, 숙부님."

"허허. 예판 이 사람, 몇 번 말했나, 불가역적이라고. 그 얘기는 그만함세."

합하라고 했다가 숙부라고 했다가 종잡을 수 없는 호칭에 예판까지 등장했다.

"그 많은 돈을 어디다 쓰려고 하는지……."

"혹 반청복명의 일 아닙니까?"

"쉿, 이 사람이……"

중구난방이었다지만 말이 어째 이상했다. 반청복명이라면 청을 몰아내고 명을 다시 세운다는 얘기인데, 조선 땅 서원에서 나올 말은 아니다. 거기다 거금의 돈을 쓴다는 얘기라면 더욱 이상하다.

그때 하릴없는 쥐상의 사내 한 명이 들어왔다. 집사 일을 하는 유사다. 원장 앞에 부복하고 고개만 바짝 들더니 한마디 했다.

"전라 좌수사로 나가 있는 천가 호신이 이번 가을 제향 제수에 보태라고 벼 오십 섬을 보내왔습니다."

"그런 일까지 합하에게 보고한단 말인가? 자네도 참 답답하이."

옆에 있던 인사가 통박을 줬다.

"그것이, 그 일뿐만 아니라 전부터 꼭 도유사 합하께 아뢸 말씀이 있었기에……"

"무슨 일인데 그러나?"

"천 수사뿐 아니라 여러 곳 무반들의 한결같은 민원입니다."

"민원?"

"저들이 일개 백성도 아니면서 민원이라……"

"그래 뭔가?"

"춘추 향제사 때 무반들의 자리도 대청 쪽 몇 자리 할애해 달라는 간곡한 부탁이 계속 빗발치는 통에……"

"무반들이 뭐 그리 우리 할아버님께 의리가 있다고 그러누?"

"몇몇은 그 일이 성사되지 않으면 부조를 할 수 없다고들 하는 통에……"

"뭣이 부조라고? 이런 무엄한 자들을 봤나? 저들은 이 나라 관리, 이 나라 백성 아니란 말인가. 이 나라가 누구 때문에 건사 됐는데……"

"그리 흥분만 하실 일이 아니오, 예판."

"저들도 서럽긴 했을 거요."

"그래서 내 전에도 말하지 않았소. 무반 위패도 하나 배향하자고……"

"그거 좋은 생각이오, 형님."

"무슨 소리 무반의 사당도 아닌데 격 떨어지게……"

"그래요, 신분질서는 이 나라의 근간입니다, 근간."

"그렇지요. 상놈이 양반을 넘보고 무반이 문반을 넘보면 나라가 무너집니다."

의론이 분분해지기 시작했다. 그런데 형님이라, 이건 또 무슨 말인가. 도제전이란 현액도 그렇고 이들이 아까부터 사용하는 합하라는 호칭도 최소한 의정부 영의정에게나 쓰는 경칭 아닌가. 그럴 만큼 행정구역상으로는 과천에 속하는 노량진, 노들나루 언덕 위의 이 서원은 괴상한 곳이 되어버렸다.

이곳 사충서원은 신임사화 때 사사된 노론 네 신하의 위패가 있어 사충이다. 영조 임금이 자신을 옹립하려다 희생당한 이들을 기리기 위해 즉위하자마자 건립을 명했다.

그 후 안동 김문의 세도정치가 시작되면서 주 배향자 김창집은 희대의 충신으로 추앙되었고, 이곳의 존재 가치가 높아졌다. 안동 김문의 성지가 됐던 것이다.

나랏님 옥새보다 이곳의 인장인 조가 더 무섭다는 바로 그곳이다. 원장 도유사가 바로 김좌근. 지금의 임금 대에만 영의정을 두 차례나 지낸 안동 김문의 좌장이다. 순조비 순원왕후가 그의 바로 손위 누이다.

그를 위시해 안동 김문 세도가들이 오늘 도유사실에 모두 모여 있었다. 김좌근이 모처럼 도유사실에 행차했기 때문이었다. 김좌근은 엊그제 영의정직을 사직하고 비변사 도제조직만 지닌 채 이곳 서원으로 내려왔다. 김좌근이 사충으로 간다고 하자 조정에 있는 일가붙이 형제 조카들이 환송 겸 해서 모두 따라 내려왔다. 저들도 이곳 유사 직함을 갖고 있었다.

면면을 보면 이조판서 병기는 좌근의 아들, 호조참판 병학, 부제학 병국, 형조판서 병교, 예조 판서 병국은 병 자 돌림 조카들이다. 대사헌 형근은 사촌, 대사성 호근은 육촌동생이었다. 사충서원 유사회의가 아니라 이 나라 최고 권부라는 비변사 회의를 해도 거의 이 면면 그대로였다. 비변사는 임란 때 만들어진 문무 합동 비상기구였는데, 장김이 자신들 편의에 의해 부활시켜 의정부를 무력화시키면서 전횡하는 기구였다.

"그런데 그 중요한 일을 진상하면서 겨우 오십 섬밖에 올리지 않는단 말인가?"

"요즘 영산포 형편도 녹녹지 않은 모양입니다."

"형편은 무슨 형편, 정성이 문제지."

"언제 형편 좋은 적 있었나?"

"맞아요, 세상에 남는 시간 남는 돈은 없는 법이지요."

"무반 수사직이라도 그게 어디인가. 자고로 벼슬이라는 것이 20만 가운데 1천, 2백 대 1의 경쟁을 뚫고 차지하는 것인데……"

사실 그랬다. 생각보다 조정에 벼슬이 많지 않았다. 문반 무반 내직 외직 합쳐 천을 넘지 않았다. 그간의 당파싸움, 당쟁도 따지고 보면 밥그릇 싸움이었던 것이다. 그랬던 싸움이 이제는 안동 김씨들이 모여 살고 있는 한양의 장동과 이곳 과천 사충의 김문

손으로 들어왔다고 해도 틀린 말이 아니다.

장김은 순조, 헌종에 이어 지금의 임금에 이르기까지 3대의 왕비를 모두 저들 가문에서 차지하면서 나라의 모든 일을 좌지우지하고 있었다. 가렴주구와 매관매직이 저들의 보도였다.

관직은 돈으로만 사고파는 것이 되어버렸다. 과거제도가 완전히 무너지는 바람에 가난한 유생과 영민한 양민들은 좌절했다. 웃어른을 공경하던 예의범절, 이웃과 서로 돕고 나누던 미풍양속도 역시 무너져 내렸다. 사색당쟁이 극성을 부리던 시기에도 이렇지는 않았다.

"참, 지난번 김 추사에게 서독을 발행한 일 어떻게 된 것입니까? 합하."

누군가가 그 일을 물었다.

"그것이 어찌 도유사님이 하신 일인가? 장 유사하고 전 총관이 주관한 일일세."

"제대로 처리도 못 하고 망신만 당했다면서요?"

"그게 다 전 총관이 예상했던 일이라네. 소기의 목적은 충분히 달성했다고 하지."

"예상했다니요?"

"아직도 추사를 따르는 자들이 누구인가, 또 추사가 위급해지면 누가 달려오는가 보려 한 것일세."

"그깟 털 다 빠지고 이빨 없는 노인네 그리 신경 쓸 일 있습니까?"

"그렇긴 한데, 지금 우리한테 위해를 가할 수 있는 집단은 추사를 따르는 한 줌 북학패와 중인 무리밖에 없으니 경계를 늦추지 말자는 것이기도 했고, 어쨌든 잘 마무리 지었네."

"추사 제자를 자처하는 역관 변광운이 와서 싹싹 빌고 갔어. 큰 권선을 했다지?"

"부자 역관 변가가요? 그 사람 아직도 추사 타령이군요."

"그렇다니까……"

"돈이 들어왔다니 헛짓한 건 아니겠지만 어차피 중인 돈 아닙니까? 그 추사 노친네, 워낙에 마음에 드는 구석이 없지만, 왕가의 외씨쯤 되는 이가 왜 그리 중인, 서얼, 천출 중놈들과 체통 없이 어울려 다니는지 도통 마음에 안 듭니다. 심지어는 노복까지 감싸고 돈다지요."

"누가 아니랍니까? 아까도 말했지만 신분질서야말로 이 나라 존립의 근간인 것을…… 아직 고생을 덜 해서 그래요."

같은 시각 사충서원 바로 아래 노들나루로 가는 길목에 있는 사충객관.

봄가을 향사 때 지방서 올라온 유생들을 위한 객점이다. 음식은 성균관의 진사 식당 수준이었지만 숙박이 가능했고, 근자에는 술까지 팔고 있었다.

검은 수건으로 아래 얼굴을 가린 장한들이 하나둘씩 안채 큰방으로 모여들고 있었다.

정면에 모임과는 어울리지 않는 커다란 노선비의 영정이 붙어 있었다. 탁자 한가운데에는 커다란 사발이 큰 한지 위에 엎어져 놓여 있다.

12등분된 사발의 선 따라 사람들이 앉았고 각자의 위치가 따로 있는지 그 위에 목패들을 올려놓았다. 12개 유력 서원들의 이름이 모두 올라와 있었다. 그러면서 지역적 안배가 이루어져 있었다. 과천의 사충, 양주의 석실, 여주의 고산, 충청 괴산의 화양, 황해도 배천의 문회, 장산의 봉양, 전라도 장성의 필망, 태인의 무성, 해남의 미산, 경상도 경주의 옥산, 평안도 평산의 부영 등 전국의 내로라하는 서원들의 이름이 망라돼 있었다. 하지만 영주의 소수, 안동의 병산은 보이지 않았다.

이들이 바로 서원 자경단의 통문계 총관들이었다. 얼굴 수건은 관례에 따른 장식인 모양으로 충분히 얼굴이 식별됐다.

"이제 다들 모인 것 같군, 그럼 시작하지."

가운데 앉아 있는 흑의가 근엄한 목소리로 시작을 선언했다.

"송자 대본원께 인사를 올립시다."

모두들 자리에서 일어서 정면의 초상을 향해 허리를 두 번 굽혔다. 송자라면 송시열을 이르는 말 아닌가. 이들은 그를 대본원이라고도 부르는 모양이다.

"그러면 이쪽부터 각 지부의 현황을 보고 하도록."

한 사람씩 돌아가며 각 지역 상황을 얘기했다. 먼저 자신들 자경단의 현황을 말하는지 알 수 없는 숫자와 용어가 나왔다. 그리고는 일반 상황이 이어졌는데 거기서부터는 알아들을 만했다. 삼남의 홍수 북관의 대화재가 거론되는데 사람들의 고단한 삶, 백성들의 고충을 얘기하는 것이 아니었다. 그런 천재지변의 와중에 백성들의 불온한 동향을 자신들이 어떻게 수집 파악했고 어떻게 대처하고 있는가 하는 보고였다. 딱한 노릇이다.

서원이 민생파탄, 저항탄압의 복마전으로 변했다는 것을 그대로 보여주고 있었다. 서원에 부속된 토지에는 조세를 과하지 않았기에 탈세의 근원이 되었고, 소속 노비를 포함해 종사자들에게는 군역을 면제해 줬기에 양민이 노비가 되어 군역을 기피하는 곳이 되었다.

더욱이 문중 서원의 경우에는 경쟁적으로 세 과시에 나섰는데 그 패악은 세도정치와 맞물리면서 끝 모르게 이어지고 있었다.

'누구는 저렇게 먹는데 나라고 못 먹을 소냐.' '먹고 보자, 먼저 먹는 사람이 임자다.' '패고 보자 먼저 패는 쪽이 먹게 된다.' 이런 되지 않는 말이 서원 간에 퍼져 있었고 그 중심에 이들 자경단이 있었다.

또 흥미를 끄는 것은 지역마다 주시하고 있는 인사가 있는지 그들의 근황에 대해서도 꽤 장황하게 거론했다. 아마도 요시찰인에 관한 보고인 모양이었다. 저들은 오가작통제와 연동해 전국의 이른바 불온 인사들을 상시로 감시하고 있었고, 이들의 활동은 즉각 비변사의 장김 무리에 보고되었다.

그뿐 아니라 자경단의 체탐을 통해 일종의 인재 발굴까지 해내고 있었다. 조정 내에서 자신들의 손발이 될 벼슬아치를 뽑는 것이었다. 지역 내 누가 유망하고 똑똑한 인물이라는 것을 알아내면 이들은 장김의 포섭과 회유의 대상이 됐다. 그들은 그 지원을 바탕으로 매직을 하거나 급제라도 해서 조정에 들어가게 되면 벌열을 대표하는 장김의 주구 노릇을 했다. 무슨 일이 나면 성균관과 삼사 그리고 지방의 서원에서 빗발치듯 올라오는 장김을 엄호하는 상소들은 다 이들이 하는 짓이었다. 그리고 주목할 만한 얘기가 하나 오가고 있었다. 패총관이 각별히 불교 쪽 특히 미륵종파의 불온한 움직임에 신경을 써야 할 것이라고 강조한 대목이다.

그러면서 저들은 저마다 서원동맹, 다시 말하면 장김과 노론 벌열에 대한 충성을 맹세했다.

"요즘 원상회의의 지시사항인 분담금 때문에 각 지부가 모두 바쁘게 움직이고 있다는 것은 잘 알고 있소."

"예, 정신이 없습니다, 패총관님."

"이럴수록 우리 통문계가 중심을 잡고 흔들리지 않아야 할 것이오."

모두 고개를 끄덕였다. 저들은 최근 들어 백성들을 더 쥐어짜고 있었다. 분담금이라면 상위 큰 조직에서 하위 작은 조직, 또는 참여 조직에 지우는 책임 액수를 말하는 것 아닌가. 원상회의라는 말이 나오고 천하의 장김이 분담금 때문에 전전긍긍하고 있는 것을 보면 장김 뒤에 똬리를 틀고 있는 어떤 그림자가 있는 것이 틀림없었다.

잠시 사이가 있었다.

"우리는 이 나라 최고 기구인 비변사의 순검부 기능을 맡고 있는 조직이오. 거기에 유림 최고 어르신들인 원상들께서 우리를 주시하면서 기대를 보내고 있소이다. 자부심과 소명의식을 갖고 소임에 충실하도록 합시다."

패총관이 마지막으로 한 말이었다. 자경단은 장김 독재의 적토마였고 언월도였다.

피랍

장시가 열리는 천호리에서 춘궁리는 가까운 거리는 아니었지만 그렇다고 질릴 만큼 먼 거리는 아니었다. 금원은 천호리 시장에서 종이를 사 오는 길이었다. 다른 식재료나 옷감 등속은 천동 아범이나 한 처사가 사왔지만 종이만은 금원이 직접 구매했다.

구룡언덕의 그 일이 닷새 전이었기에 며칠 만에 이 길을 다시 걷는 셈이었다. 추석이 바로 코앞인데도 한낮의 볕은 여름처럼 따가웠고 어스름 저녁 무렵인데도 더위는 가시지 않았다. 심한 가뭄이었다. 그러니 백성들의 삶이 더 말이 아니었다.

사색과 붕당이 조정과 나라를 망쳐먹었다지만 세도정치는 붕당에 비할 바가 아니었다. 당쟁은 타당의 눈치라도 보고 명분을 따지고 염치라도 지키려 했지만, 세도정치는 염치도 체면도 없었다. 그저 먹고 보자, 쥐어짜고 보자였다. 근자에 들어 쥐어짜는 강도가 더 해가고 있었다. 금원은 땀에 젖은 베 수건을 쥐어짰다.

손끝이 아직 따끔거렸다. 그날 박힌 작은 점 같은 가시가 아직 박혀 있는 모양이다. 바늘로 파낸다고 파냈는데도 그랬다.

잠실도회가 설치돼 있었던 동잠실의 뽕나무밭이 거지반 쇠락해 있었다. 가꾸지는 않고 수확만 해대니 어떤 작물이건 배겨 낼 수 있으랴. 둔촌리를 지나면 나오는 감골의 감나무들에서는 까치밥 하나조차 찾기가 어려웠다. 제대로 영글어 보지도 못했을 텐데…….

사실 아무리 흉년이 들었다 하더라도 장김과 탐관오리들의 수탈만 없다면 백성들이 저토록 주릴 이유가 없었다. 풍족하지는 않더라도 나누면 배를 주릴 지경은 아니었다. 이앙법의 보급으로 논의 소출이 두 배 이상으로 늘었던 것이 백 년 전의 일이다.

상업과 무역도 전대에 비해 꽤 발달해 있었다. 중국 사람들이 조선의 인삼을 그리도 좋아했고 조선산 짐승 모피와 가죽, 그리고 삼베와 한지 닥종이는 부르는 게 값이었다. 고령토와 철광도 비싼 값에 거래되기에 중인 부자들이 여기저기 등장해 있었다. 하지만 장김의 비호와 연대에 속한 자들에 국한한 일이다. 그랬다, 맹자님도 백성은 주린 것보다 고르지 않은 것에 더 화낸다고 했는데…….

널바위언덕에 다다랐을 때 어스름 저녁 빛이 돌기 시작했다. 오가는 행인이 급속히 줄어들었고 문득 불안감이 엄습했다. 늘 다니던 길이었는데도 그랬다. 꼭 누군가 뒤를 쫓고 있는 것 같았다. 한 걸음 떼면 바스락, 멈추면 조용했다. 너무 예민해진 모양이다 싶어 걸음의 속도를 최대한 높였다. 그런데 불길한 예감은 적중하는 법인지 언덕을 팔 부쯤 올랐을 때 뒤에서 후다닥 하는 소리가 들리더니 검은 복면을 한 괴한 셋이 금원의 앞을 막아 섰다.

"꼼짝 마라, 김금원."

복색이 닷새 전 그날 낮에 구룡언덕에 나타났던 사충서원 패와 같은 검은색 일색이었다. 어느 서원 소속인지는 알 수 없었지만 자경단이다. 이들은 진검을 뽑아 들고 있었다. 대나무 지팡이 안에 칼날이 숨겨져 있는 횃대 검이었다.

"무슨 짓들이요? 썩 물러서시오. 나는 당신들이 누군지 알고 있소."

금원의 목소리가 찌렁찌렁 언덕에 메아리쳤다.

"안 되겠군. 천박한 기생 출신 주제에 겁이 없어."

그리고는 금원은 정신을 잃었다. 가운데 괴한이 칼 손잡이 대봉으로 금원의 명치를 순간적으로 가격했기 때문이다. 자경단 저들은 명치 가격을 특별히 수련하는 모양이다.

놈들은 쓰러진 금원을 둘러업고 왔던 길 쪽으로 내달리기 시작했다.

금원이 정신을 차린 것은 송파에서 여주의 조포 나루로 가는 배 안에서였다. 진작 정신이 들었지만 금원은 내색하지 않고 정황을 살폈다. 눈이 가려져 있고 결박되어 난간에 묶여 있었지만 흔들림과 물소리, 그리고 저들 사내끼리 하는 소리를 듣고 배 안이라는 것과 행선지를 알 수 있었다. 경강 일원 자경단은 공동으로 큰 배를 운용하고 있었다. 이름깨나 있는 큰 서원들은 하나같이 강과 나루가 있는 풍광 좋은 곳에 자리하고 있었다.

이리 끌고 가는 것으로 보아 일단 쉬 죽이지는 않겠다는 생각이 들었다. 죽을죄를 지은 적이 없음에도 죽지 않을 수 있다는 생각에 다소 안심이 된다.

여주의 조포 나루라면 고산서원으로 가는 것이 틀림없었다. 저들이 서원 이름까지 말하지 않았지만, 조포 나루를 통해 포동의 서원으로 간다고 했다. 여주 포동의 고산서원은 금원도 전에 가본 적이 있는 경치 좋은 서원이었다. 정면에 남한강이 흐르고 좌우에 나지막한 산줄기가 감싸고 있는 곳이다.

고려 말의 유학자 이존오(李存吾)를 기리기 위해 세워진 서원이다. 배향된 이존오의 성정만큼 강직한 서원으로 정평이 나 있었지만 근자에 들어 장김 서원들과 교류하면서 민폐 서원으로 전락했다는 얘기가 여기저기서 들려왔었다.

그런 서원에서 왜 자신을 찾는단 말인가. 자신을 끌고 간다는 것은 뭔가 원하는 것, 알고 싶은 것이 있다는 얘기다. 그것이 미륵종단과 청계에 관한 일이건 추사 김정희 대감에 관한 일이건 간에, 심각한 고문이라도 해대면 어쩌나 하는 두려움이 밀려온다.

사실 큰 조직인 청계에 관해서는 아는 게 없었다. 미륵절 낭가계보다 더 큰 조직이 있다는 것을 짐작만 하고 있을 뿐이었다. 또 동사와 부용사가 신돈을 기리는 미륵절이라는 것도 공식화된 것은 아니었다. 미륵 그리고 신돈 하면 권부의 주목을 받고 취체와 체탐에 시달려야 했기 때문이다. 그래서 드러내 놓고 편액을 걸 수는 없었다. 대충 구성원 신도들끼리 암암리에 알고 넘어가자는 그런 모양새였다. 그래서 용화종이라는 이름을 사용하고 있었다. 용화는 미륵이 내려온다는 용화세계에서 따온 말이었다.

"부용사 동사패 중에는 남정네들도 많을 텐데 다 놔두고 저런 아녀자만 끌고 가는 게 가당한 일인감?"

"다 총관님 지시사항일세. 우린 시키는 대로 하면 돼."

아래쪽에서 사내들끼리 대화를 나누는 목소리가 들렸다. 사위가 조용했기에 위에 묶여 있는 금원에게도 다 들렸다.

"그나저나 어제 무술 훈련 때 맞은 어깨가 많이 쑤시는데……"

"그러니 우리같이 몸으로 먹고사는 인생, 무엇보다 맷집을 길러야 해."

사내들은 금원에 대해 알고 있었다. 눈치로 보아 용화종과 관련해서 무언가를 알아내려고 하는 것 같았다. 표면적으로 용화종은 관에 척을 지지 않고 있었다. 현봉은 양주목 아전들이며 광주부 관헌들과 좋은 관계를 유지하고 있었다. 하긴 그들이 관의 전부는 아니었다.

설마 죽기야 하겠냐, 한번 부딪혀 보자. 호랑이에 물려가도 정신만 차리면 살길이 있다지 않은가 싶으니 각오가 생겨난다.

이윽고 조포 나루에 닿은 모양이다. 나루에 횃불을 밝혀 놓았는지 눈가리개 위로도 환하다는 느낌이 들었다. 사내의 목소리가 들렸다.

"일어나시오."

금원은 배에서 내리자마자 결박당한 채 큰 자루 속에 넣어져 등짐처럼 부려졌다. 한참 만에 언덕을 올라가는 느낌이 들었다. 금원을 메고 언덕을 올라가던 사내들이 누군가와 마주쳤고 떳떳지 못했던지 몸을 숨기는 기색이 금원에게도 느껴졌다. 어느덧 큰 가옥으로 들어가고 있다는 느낌이 들었다.

금원이 자루에서 풀려 난 곳은 흙냄새 짙은 어느 헛간이었다. 사내들은 금원을 의자에 앉히고는 다시 묶었다. 말로만 들었던 고신 의자였다. 그리고는 혼자 놔두고는 모두 나갔다. 눈이 가려져 있는 것이 엄청난 공포를 불러왔다.

한참을 궁리하고 있으려니 문 열리는 소리가 났고 사람들이 들어왔다. 두 명은 넘는 것 같았다.

"눈가리개 풀어줘. 손도 풀어주고."

차분하지만 약간 쉰 듯한 중년 사내의 목소리였다.

"예, 총관 어르신."

명령한 그자가 바로 총관인 모양이다.

눈가리개가 풀렸지만 한참 만에야 사위가 눈에 들어왔다. 큰 저택의 헛간 느낌이 들었다. 헛간은 거의 관가의 취조실처럼 꾸며져 있었다. 다행스럽게 특별한 고문 기구는 눈에 띄지 않았다. 한 사내가 금원의 앞에 앉아 있었고 두 사내가 옆에 서 있었다. 모두 흑의를 입고 있었다. 얼굴 수건은 쓰지 않고 있었다. 가운데 앉아 있는 옅은 수염의 선비풍 중년이 총관인 모양이다.

"삼호당이라고 부른다지, 기생 김금앵."

총관이란 사내의 첫마디였다.

"세상이 그렇게 만만한가?"

뭐라 대꾸할 수가 없었다.

"그쪽이 윤씨와 길씨가 아닌 줄은 알고 있었지만 그렇게까지 막무가내인 줄은 몰랐소."

윤씨와 길씨를 아는 것으로 보아 역시 글줄깨나 읽은 자였다. 그것도 꽤 깊이.

"나를 어찌 알고, 어떻게 알았기에 그리 폄훼하십니까? 내 호경에 살지는 않았지만, 세상 이치와 도리는 알고 있습니다."

굳이 사나운 언사를 써 상대를 자극할 필요는 없다 싶어 공손한 어투로 대답했다. 나이도 자신보다 훨씬 위로 보였다.

금원의 대답에 사내의 표정이 일순 변했다. 놀랍다는 눈치다.

윤씨와 길씨는 예법을 아는 여인네를 일컫는 말이다. '도인윤길(都人尹姞)'이라는 고사성어에서 나온 말이다. 윤씨(尹氏)와 길씨(姞氏)는 주(周)나라 때 왕실과 혼인했던 대표적 세족으로 당시 사람들이 예법 있는 도성의 부녀자는 전부 윤씨와 길씨라고 했다는 『시경』의 얘기에서 비롯된 말이다. 호경은 바로 주나라의 도읍이었다.

“그렇게 도리와 예법을 아는 여인이 그런 행색으로 그런 불량한 사당패와 어울린단 말이오? 더구나 한때는 정경부인의 대우도 받던 사람이……”

생각보다 예의를 갖춘 말투였다. 금원에 대해 많은 것을 알고 있는 것 같기도 했다.

“무슨 말씀을 하는지 모르겠지만 엄연히 국법이 있는데 이렇게 사사로이 인신을 납치하고 겁박하는 것이야말로 도리에 어긋나는 일 아닌가요?”

금원이 따지듯 대꾸했다.

“이곳이 어딘 줄 아시오?”

“공맹의 도리를 배우는 유명 서원의 한곳으로 알고 있소만……”

“역시 당신은 영리한 사람이오. 그런데 서원이 강상의 도리를 지키지 않는 사람을 계도하고 발고할 수 있다는 것을 왜 모르오?”

“그래도 이런 폭력적인 방법까지 용인한 것은 아니라고 알고 있습니다.”

“진짜 폭력이 어떤 것인지 알고 하는 소리요?”

금원은 대꾸하지 않았다.

“그건 나중에 따지기로 하고 당신 어떻게 해서 부용사의 불량한 중들과 어울리게 됐는지 말 좀 해보시오.”

“왜 내가 그걸 그쪽에 말해야 하는지 그 이유를 모르겠습니다.”

불량한 중이라는 표현도 그렇고 마음에 들지 않아 대답이 그렇게 나왔다.

"허허 좋소. 그럼 함께 다니던 놀이패는 어디 패들이오? 엊그제 사단도 그렇고."

"나를 이렇게 꼭 집어 끌고 온 것도 그렇고, 다 알고 계실 텐데 왜 힘을 또 쏟으려 하십니까?"

"허허, 그렇긴 하군. 양주 부용사 연희패들 아니오? 부용사."

금원은 잠시 혼란에 빠졌다. 비슷하기는 하지만 정확하지 않았기 때문이다.

무슨 연유인지는 몰라도 전국 각지의 연희패, 사당패들이 대부분 사찰을 근거로 하고 있어서 무슨 사의 연희패 이렇게 부르는 것은 사실이었다. 하지만 양주 별산대패의 경우 남사당패도 아니고 민간 풍물패였고 굳이 소속으로 말하면 양수리 상두계 쪽이었다. 그러니 총관이란 사내가 왜 일부러 그렇게 말하는지 가늠할 수 없었기 때문이다.

하지만 속을 끓일 필요가 없었다. 금원이 대꾸를 하지 않자 총관이 먼저 정리를 하고 나섰기 때문이다.

"그래, 우리 일도 아닌 일 가지고 시간 끌 필요 없이 본론으로 들어갑시다."

본론이라니 이 사내가 원하는 얘기는 따로 있다는 얘기다.

"당신이 그러고 다니는 것이 세상 떠난 부군과 그 집안에 얼마나 큰 누를 끼치는지 알기나 하는 거요?"

다소 안심이 됐다. 시아주버니 김도희 대감이나 남편의 맏아들인 상호 등이 개입된 경고와 겁박이라는 것을 짐작할 수 있었기 때문이다.

"그쪽 집안은 내 행처며 행색에 이래라저래라 할 권리도 없고 그럴 생각도 없는 것으로 알고 있소. 저들이 나를 어떻게 내쳤는지 알기나 하시오?"

그 일이라면 금원도 할 말이 많았다.

"그건 내가 잘 모르겠고, 아무튼 불량한 사내들과 어울리지 마시오."

사내도 대강의 사정을 아는지 꼬리를 슬며시 내렸다.

"특히 능상과 음담패설을 자제하도록 하시오."

"무슨 말씀인지……"

"당신이 탈놀이패들에게 해괴한 노래를 가르치고 있는 것 아니요?"

"아닙니다. 잘 모르시는 모양인데 별산대놀이 가사는 몇몇 사람이 만드는 게 아니라 전승돼 오는 것이오."

"그 역시 나는 모르겠고 해괴한 노래는 제발 삼가시오. 어디 입에 담기도 어려운……"

더 실랑이할 일이 아니라 입을 다물었다. 침묵이 이어졌다.

총관 사내가 금원을 무심한 듯 쳐다보며 입을 열었다.

"실은 우리로서는 더 신경 쓰는 것이 부용사 임만성이하고 여말의 요승 신돈과의 관계요, 신돈."

"임만성이라니요? 누굴 말하는지…… "

정말 처음 듣는 이름이었다.

“법명을 태을이라고 부른다지? 노비 만성이를.”

깜짝 놀랄 이야기였다. 은사 태을 스님이 노비라니…….

“풍석 서유구라고 들어보았소?”

“이름은 들어보았소. 몇 년 전에 돌아가시지 않았습니까?”

풍석의 이름은 추사로부터 들은 바 있었다.

“임만성이 바로 풍석의 가노이자 먹 가는 시중을 들던 먹동이었소.”

금원은 저도 모르게 고개를 끄덕였다. ‘그랬었구나.’ 싶었기 때문이다.

신돈과 이존오

총관이란 사내가 다시 입을 열었다.

"'구름이 무심탄 말이 아마도 허랑하다'로 시작되는 시 들어보았소?"

"이곳 서원에 배향된 석탄 선생의 시 아닙니까?"

놀라는 눈치다. 『청구영언』에 나와 있는 시였다. 금원은 10여 년 전 이곳에 왔을 때 이존오 행장비에 적혀 있는 것을 보았더랬다.

뒷부분은 이렇게 돼 있던 것으로 기억된다. '중천에 떠이셔 임의로 다니면서 구태여 광명한 날빛을 따라가며 덮나니.'

난데없이 왜 이 시조를 언급한다는 말인가. 잠깐 염두를 굴리니 그 연유를 알 만했다.

이 시조는 고려말 우정언에 오른 유학자 이존오가 신돈을 탄핵하다 왕의 미움을 사 옥에 갇히자 신돈을 원망하며 지은 시조였다. 태양은 군주인 공민왕을, 구름은 신돈을 가리키는 은유였다.

"나에게는 외가 쪽이기는 하지만 선조이신 석탄 선생이야말로 나라의 기강을 가장 먼저 생각한 유학자요. 그 시가 누구를 탄핵하고 있다는 것 또한 알고 있겠지요?"

금원은 대꾸하지 않았다.

"바로 신돈이요 신돈. 임만성이 그리 존숭한다는 신돈."

잠시 사이를 두었다가 사내가 말을 이었다.

"부용사와 동사의 사람들은 고려조의 요승 신돈을 신봉한다는데 사실이오?"

"금시초문이오."

"절에 요승 신돈의 초상과 위패가 있다고 하던데 그렇지 않소?"

"역시 금시초문이로소이다."

일단 그렇게 답했다. 편조 스님, 신돈의 초상이 동사의 경우 장경각에, 부용사에는 탑전에 편조종사 진영으로 걸려 있는 것은 사실이었다.

"우리 석탄공이 요승 신돈 때문에 뜻을 펼치지도 못하고 요절하셨다는 얘기는 알고 있소?"

"석탄 선생이 젊은 나이에 세상을 떠난 것은 알지만 그 이상은 나로서는 모르는 일입니다."

일단은 그렇게 대답했다.

이존오는 한마디로 신돈과 철천지원수 사이였다. 그는 공민왕 9년에 실시된 문과에서 소년 급제한 신동이었다. 신돈이 공민왕에 발탁되어 욱일승천하던 시기 그의 벼슬은 언관인 우정언(右正言)이었다. 아무도 신돈의 권세에 대항하지 못했지만 25세의 젊은 유학자 이존오만이 드러내놓고 반대와 불만을 표출했다.

이존오는 여러 차례 '요승이 나라를 그르치고 있다'며 신돈을 탄핵하는 상소를 올렸다가 끝내 왕의 격분을 사 옥에 갇혔다. 이색, 정몽주 등의 구명으로 간신히 풀려난 뒤 향리인 공주 석탄(石灘)에 은둔하여 울분 속에서 지내다가 31세의 나이에 화병을 얻어 죽었다.

"당신이 그리 시침을 뗀다면 우리도 달리 생각해야 할 것 같소."

총관이란 사내는 짐짓 화가 난 표정을 지었지만, 그리 위협적으로 보이지는 않았다.

"이 나라는 신분질서라는 기강 위에서 존속하고 있다는 사실을 당신도 잘 알고 있을 텐데……"

"그 신분질서라는 것을 누가 어떻게 공정하게 정했느냐가 문제가 되겠지요."

금원이 그렇게 나오자 사내가 멈칫하는 눈치다.

그때 헛간 문이 열리면서 흑의 사내 하나가 들어 왔다. 젊은 축이었다. 그는 총관이란 사내에게 목례를 하더니 무언가 귀에 대고 속삭였다. 지척에 있는 금원은 누군가 총관을 급히 찾고 있다는 내용이라는 것을 감지할 수 있었다. 총관이 일어섰다.

"내 급히 다녀올 곳이 있으니 부용사의 신돈을 좇는 역당 무리들의 움직임과 면면을 머릿속에 잘 정리해 놓도록 하시오. 당신이 가르쳤던 해괴한 소리 가사와 함께……"

총관이 돌아온 것은 반 시진쯤 지나서였다. 분위기가 확 바뀌어 있었다. 들어서면서 턱짓으로 수하들에게 금원의 결박을 가리켰다. 허리와 의자와의 결박이었다.

"당신 운이 참 좋은 사람이야. 몇 가지만 확인되면 더 이상 고초를 겪지 않아도 되겠어. 세상이 온통 추사 바람이라는 것이 빈말이 아닌가 보더군."

모르는 소리를 계속하고 있었지만 누군가 추사 측 인사, 자신이 태을 스님에게 거명했던 인사 가운데 한 사람의 손씀이 이 시각에 절묘하게 통했던 것이 틀림없었다.

그래도 계속해서 추사와 불교 얘기 그리고 신돈 얘기가 나왔다. 추사는 신돈을 어떻게 생각하고 있냐는 금원으로서는 한 번도 생각해 보지 않은 얘기도 나왔다. 그리고는 엉뚱하게도 변광운 역관의 얘기가 나왔다. 변 역관과 얼마나 친하냐고 물어왔기에 아는 대로 답해줬다.

긴장이 풀리자 요의가 몰려 왔다. 차마 말이 나오지 않았지만 워낙 요의가 강했기에 측간에 가고 싶다고 모기만 한 소리로 얘기했다.

잠시 생각하는 듯하더니 총관이 옆의 수하에게 뭐라고 했다. 잠시 후 열너댓 살짜리 여자아이 하나가 문을 빼꼼히 열고 들어와 고개를 꾸벅했다.

"초롱이 왔구나. 이 아주머니 모시고 측간에 좀 다녀와야겠다."

"예, 그러지요."

자다가 나왔는지 머리가 헝클어져 있었고 눈을 비비고 있었다. 금원과 눈이 마주치자 배시시 웃는다. 안쓰러울 정도로 옷이 낡고 허름했지만 그런 와중에도 이름처럼 눈이 참 크고 초롱초롱한 아이라는 생각이 들었다.

초롱이의 안내를 받아 헛간 밖으로 나오니 꽤 넓은 마당이 나왔다. 마당은 조용했다. 길가 쪽에 이 층으로 된 큰 건물이 있었고 헛간은 안쪽 단층 기다란 건물의 끝에 있었다. 측간은 쉰 보쯤 떨어진 좌측에 길게 지어져 있었다.

마당 안은 쥐죽은 듯 고요했고 지금 나온 헛간 앞에만 관솔불이 있었기에 전체적으로 어두웠다. 초롱이가 초롱이를 들고 앞장을 섰고 금원은 바로 뒤에 따라갔다. 사내 둘이 몇 발짝 뒤에서 따라오고 있었다.

오랫동안 묶여 있었던지라 온몸이 뻣뻣했다. 허리를 펴고 팔을 돌리고 고개를 들어 하늘을 보았다. 달은 구름에 가려 있었지만, 별들이 초롱초롱 박혀 있었다.

"초롱이라고 했니? 누가 지어준 이름인지 너무 예쁘구나."

"원래 이름은 귀분인데요, 총관님이 새로 지어주셨어요."

그에게 그런 면이 있구나 싶다.

측간은 마당보다 조금 낮은 곳에 있어 대충 만들어 놓은 돌계단 서너 개를 내려가야 했다.

"조심하세요."

초롱이가 작은 손을 내밀었다. 그 손을 잡고 금원은 깜짝 놀랐다. 작은 손이 너무 거칠었기 때문이다.

"나 때문에 잠도 못 자고……"

초롱이는 자신도 측간 가고 싶었는데 잘됐다면서 아씨야말로 무슨 일인지 모르지만 고생한다고 오히려 금원을 위로했다.

다시 헛간으로 돌아가니 탁자 위에 삶은 옥수수와 감자가 작은 소쿠리째 놓여 있었다.

"시장할 텐데 요기나 하시오."

사실 온종일 제대로 먹은 게 없었다. 염치 불고하고 감자를 하나 들어 베어 물었다.

초롱이가 물을 떠왔다. 어린 것의 마음 씀이 살갑다. 물을 마시라며 사발을 밀어주면서 총관이 말했다.

"내일 아침 나가게 되면 우리가 주시하고 있다는 것을 임만성에게 단단히 전하시오. 쓸데없는 평지풍파 만들지 말라고. 특히 요승 신돈과 관련된 일은 우리 고산이 좌시하지 않는다는 것을. 그리고 앞으로 임만성의 동향에 대해 우리에게 일러주기를 바라는데 어찌 생각해 보겠소?"

아침이면 내보내주겠다는 말은 반가웠지만, 그다음 말은 말도 안 되는 소리다.

"나더러 첩자 노릇을 하라는 말이오? 천부당만부당이오."

"당신과 추사 김정희 대감, 그리고 애꿎은 신도들을 보호하려고 하는 것임을 왜 모르시오? 만성이 신돈을 신봉하는 한 불온한 세력이 끼어들 수밖에 없기 때문이오."

"지나는 소가 웃겠습니다. 고산이나 사충서원에서 추사 대감을 보호하려 한다니……"

총관은 그쯤에서 끝내겠다는 결심을 했는지 탁자를 세게 한 번 짚으며 일어섰다.

"아무튼 탈패들과 어울리고 불온한 중과 어울리는 일 자중하시오, 자중. 세상 그리 만만하지 않소이다."

금원은 대꾸하지 않았다.

"오늘은 어차피 늦었고 내일 다시 얘기하기로 하고 가서 눈 좀 붙이도록 하시오. 이곳이 객점이기에 더 깨끗한 방이야 있기는 하지만, 그쪽과 우리가 아직 그런 사이가 못 된다는 것이야 잘 알 테고……."

"언감생심 바라지도 않습니다."

금원도 한마디 했다.

객점 여점원들이 쓰는 방은 헛간 옆쪽 객사의 끝 부엌 옆에 있었다. 금원은 초롱이 내주는 구석 자리에서 자다 깨다를 반복하면서 잠깐 눈을 붙일 수 있었다. 이내 닭 우는 소리가 들렸고 여자들은 모두 일어나 부엌으로 나갔다.

금원은 어떻게 해야 하나 싶었다. 날이 밝았으니 그냥 내빼듯 가버릴까 생각도 들었다. 감시하는 기미도 없었기 때문이다.

하지만 새로 산 종이며 책자가 들어 있는 바랑이 걸렸다. 어디 있는지 몰랐다. 배로 납치한 흑의 사내들이 가지고 있을 게다. 그리고 이상하게 총관이란 사내는 무섭지 않았다. 그자와 마지막 담판을 짓고 가야 뒤탈이 없을 것 같았다.

멋쩍게 객사 건물과 헛간 앞을 서성이고 있는데 엊저녁의 흑의 사내 둘이 선비 한 사람과 함께 금원 앞에 섰다.

"이 여자입니다, 일유사님."

일유사라고 불린 초로의 사내가 금원의 위아래를 쳐다보았다. 그 눈초리가 어쩐지 곱지 않았다.

"역시 생긴 건 반반한 년이군."

말뽄새는 더 나빴다. 금원은 인사를 하려다 말고 그자를 빤히 쳐다보았다.

"뭐 하고 있어, 저년을 광에 다시 가두지 않고……"

두 사람이 양쪽에서 금원의 팔을 잡아 끼었다.

"왜들 이러시오. 엊저녁에 얘기 끝난 것 아니오? 총관은 어디 있소?"

뿌리치려 했지만 사내들의 힘은 완강했다.

"총관보다 높은 어르신이오. 조용히 하시오."

한 사내가 나직이 말했다.

저들이 헛간 문을 열고 금원을 밀어 넣은 뒤 다시 문을 닫았기에 큰 헛간에 혼자 갇히게 되었지만, 다행히 결박하지는 않았다.

금원은 어제의 책상 앞 의자에 앉아 생각을 가다듬었다. 어찌해야 한단 말인가. 이럴 줄 알았으면 신새벽에 부리나케 빠져나갈

걸 공연히 꾸물댔다는 자책이 먼저 들었다.

하지만 이제 어차피 엎질러진 물이다. 호랑이에 물려가도 정신만 차리면 된다는 심정으로 마음을 다스리려 애를 썼다. 이럴 때는 역시 주문이 효험이 있었다.

'메테야 메테야 메테레야 보디삿따 사바하'

하늘이 노래진다. 청천벽력도 이런 벽력이 없다. 도대체 일유사라는 쥐 같은 작자가 왜 이리 독하게 나오는지 모를 일이었다.

조금 전 서독이 발행돼 여주 현청 옥으로 가게 된다는 얘기는 순돌이라는 자경단 청년이 초롱이와 함께 와서 얘기를 해줘 알고 있었지만, 현청으로 가는 길에 조리돌림까지 시키겠다는 얘기는 충격과 공포 그 자체였다.

순돌은 장 총관이 나서 어떻게 해보려 했지만 실무를 맡은 상관인 일유사가 워낙 완강해 어쩔 수 없었다고 했었다. 한나절 만에 급변된 상황이다.

"강상의 도를 어긴 죄인 김금원 나오시오."

자경단원의 목소리가 들리더니 헛간 문이 열렸다. 마당에는 현청에서 금원을 인수하러 온 포졸 두 명을 포함해 이곳 자경단원들이며 남녀 하인들이 웅성대고 있었다. 쥐수염의 일유사가 그 중앙에 서 있었다.

금원은 자경단원 두 사람에 의해 가운데로 끌려나가 꿇어 앉혀졌다. 그녀는 다시 묶여 있었다.

"시작해라."

취수염 일유사가 곁의 자경단원에게 말했고 그가 금원의 서독을 읽었다. 발음도 좋지 않고 문장이 하도 괴상해 무슨 말을 하는지 알아들을 수 없었다.

그런데 금원은 자신이 꿇려진 자리 옆에 놓인 얇은 한지판 위에 씌어 있는 언문을 보고 깜짝 놀라야 했다. 목에 걸 끈까지 있는 것으로 보아 졸리돌림을 할 때 금원이 걸어야 할 팻말이었다.

이녀자난 남정네랄 조아하는색녀로 본디기생인데 탈춤을추는풍물남정내달과오얼려엽색행각을벌이고시때업시 음담패설을주고받는악종인데 이녀자때문에 망가진집에 전국방방곡에 수십군데나된다. 하여강상의도리를 세워조리돌림하야일벌백게한다

일유사가 언문으로 팻말의 글을 썼다더니 이것이었다. 놈들은 이것을 금원의 목에 걸고 등에는 북을 지게 하여 현청까지 끌고 가겠다는 얘기였다.

금원은 온몸에 피가 솟구치는데 머리가 하얘지면서 아무 생각이 들지 않았다. 완강한 힘으로 옆의 남자 두 사람을 뿌리치고 일어났다.

"내 혀를 물고 죽는 한이 있어도 이 해괴한 글을 목에 걸고는 한 발자국도 움직이지 않을 것이오. 마음대로 해보시오."

금원은 부르르 떨면서 고함치듯 부르짖었다. 손이 자유롭지 못

한지라 발로 판자를 걷어찼지만 헛발질이었다.

"어허 저년이!"

쥐수염 일유사가 맞고함을 쳤다.

"엄연히 국법이 있는데 당신들이 뭐라고 이런단 말이오?"

"이 일이야말로 국법을 집행하는 일이다, 이년아."

"말끝마다 사람한테 이년 저년 하지 마시오. 꼭 쥐새끼같이 생겨가지고……"

"뭐라?"

일유사는 화가 머리끝까지 뻗친 듯했다.

"네년이 어디 얼마나 버틸 수 있는가 보자. 얘들아 저년을 멍석에 말아라."

남자 하인들이 광에서 멍석을 꺼내 왔고 자경단 흑의가 금원을 그곳으로 끌고 갔다. 멍석이 펼쳐졌고 금원이 그 위에 놓였다.

매캐한 흙내음과 비린내가 밀려왔다. 얼굴에 닿는 멍석이 너무 껄끄럽다고 생각되는 순간, 무슨 고함 소리가 들렸고 등짝에서 둔통이 몰려 왔다. 둔통은 전신으로 퍼지면서 엄청난 통증으로 증폭되었다. 한 번 더 엉덩이 쪽에서 그리고 한 번 더 옆구리 쪽에서 시작된 통증이 밀려왔을 때 눈앞에 불이 번쩍하면서 금원은 정신을 잃고 말았다.

현몽

깨어 보니 어제의 그 헛간이었다. 흙바닥이 아닌 널빤지 위에 누워 있었고 초롱이가 옆에 있었다.

"깨어나셨어요?"

온몸이 천근만근이기는 했어도 특별히 부러지거나 찢어진 곳은 없는 듯했다.

"천만다행이셨어요, 일유사 어른보다 훨씬 높은 대감님이 마침 오셔서 그 소동이 금방 끝날 수 있었지요. 그렇지 않았더라면……"

초롱의 얘기를 들어보니 더 얻어맞지는 않았던 모양이다. 금원이 정신을 잃었을 때 마침 부원장을 맡고 있는 호조참판이 마당에 들어서서 멍석말이를 중단시켰다는 것이다. 호조참판 이언주라면 시아주버니인 김도희를 잘 따르는 절친한 동문 후학이었다. 김문에서는 경고만 하라 했지 그처럼 여자에게 멍석말이를 안기라고 하지는 않았을 거다.

그런데 초롱이는 장 총관이 참판에게 급히 부탁했을 것이라고 철석같이 믿고 있었다.

"아씨가 유명한 시인이라면서요? 저는 시가 뭔지는 모르지만 정말 대단하세요. 그리고 좌의정이라고 높은 정승 벼슬에 있는 친척이 계시다고 하던데요?"

김도희 대감이 정승 자리에 있는 것은 맞았다. 부끄럽게도 안동 김가들의 들러리를 서고 있는 셈이다. 시아주버니 그이는 금원이 쓴 「제망부가」를 추사 대감에게 보내 자랑했던 이다. 하지만 거기까지였고 금원의 딱한 사정에는 전혀 개입하지 않았다. 오히려 금원의 요즘 행동을 달갑지 않게 여겨 제재하려 했던 이가 아닌가.

그때 문이 열리더니 장 총관이 대원 한 명과 함께 들어왔다.

"괜찮소, 그대로 앉아 있으시오."

금원이 꼭 일어서려 하기보다는 자세를 고쳤더니 총관이 그렇게 말했다.

"꽤 신경 써주셨다는 말, 초롱이에게 들었습니다. 고맙습니다."

"어제 끝냈더라면 이런 사단은 없었을 텐데, 어쨌든 안됐소."

총관은 간략하지만 저간의 상황을 설명해 줬다. 안동 김씨인 신임 일유사가 추사 일문과 구원이 깊은 이라고 했다. 금원을 추포하라고 처음 말을 낸 이도 그였단다. 결론은 금원이 현청에 가는 것을 일단 보류는 시켰지만 풀어주는 것은 시간이 더 필요하다는 얘기였다. 그 일유사가 자신의 집안을 믿고 위세가 대단하다는 것이다. 참으로 낭패였다. 그나마 다행스러운 것은 천하에 수치스러운 조리돌림은 하지 않기로 했다는 것이었다.

그런데 고약한 일이 생겼다. 총관이 나간 뒤 얼마 안 있어 사내 둘이 들어오더니 금원을 헛간에서도 흙 계단을 더 내려가는 지하로 옮겨 가 기둥에 묶어 놓은 것이었다. 도대체 얼마나 가둬 놓으려고 이러는가 싶다. 그래도 죽을 고비는 넘겼다는 생각이 든다.

사람의 몸이 묘했다. 이 와중에도 잠이 쏟아진다.

누가 어깨를 흔드는 것 같아 눈을 떴다.

헛간에 웬 비구 스님이 앞에 서 있었다. 금박 장식을 한 화려한 승복을 입은 스님이었다.

"김금원, 자네가 이러고 있을 때인가?"

목소리에 위엄이 넘쳤다.

"누구신지요, 스님?"

"날세, 편조일세."

"아, 편조 큰스님이시군요."

반갑게 아는 체를 하면서 손 모음 합장을 했다.

스님도 맞받아 같은 합장을 하는데 스님의 손에서 금빛 광채가 눈부시게 퍼져 나왔다.

스님 옆에는 면류관을 머리에 쓴 보살과 동자가 함께 있었다. 한없이 너그러운 미소로 사람을 편하게 해주는 보살과 잘생긴 소년이었다. 보살과 동자가 처음에는 웃었는데 나중에는 금원을 보고 화난 표정을 지었다. 보관을 쓴 보살은 미륵보살이고 소년은 화엄경 속의 선재 동자가 아닐까 하는 생각이 들었다.

금박 옷의 편조 스님이 그쪽 그만 보고 자신을 보라면서 도대체 어떻게 하려느냐고 닦달하는 것 아닌가. 뭐라고 대답을 해야 할 것 같은데 입이 떨어지지 않았다. 막 버둥거리는데 저쪽에서 조선 선비 한 사람이 걸어왔다. 흰 수염을 날리면서 이쪽으로 오고 있는 이는 추사 김정희 대감이었다. '어르신' 하고 부르려는데 이번에도 입이 떨어지지 않았다.

그리고는 꿈에서 깼다.

초롱이가 노란 수건으로 땀을 닦아주고 있었다. 결박은 풀어져 있었다.

깜깜한 어둠 속에서 반짝이는 초롱이의 눈이 바로 보살의 눈이었다.

"고맙구나, 초롱아."

밤낮을 정확히 구분할 수 없었기에 얼마나 지났는지 알 수 없었다. 초롱이가 몇 번 물과 먹을 것을 가져왔고 결박을 풀고는 정성으로 몸을 주물러주고 바깥에서 소리가 들리면 얼른 나가곤 했다. 족히 사흘은 지난 것 같았다. 흙 계단 위에서 새어 들어오는 빛을 보면서 그저 상념에 잠겨 있을 뿐이었다.

입에서 저도 모르게 그동안 의지가 돼주었던 미륵진언이 다시 나왔다.

'메테야 메테야 메테에라 보디삿따 사바하'

그때였다

'우지끈' 하는 소리가 들리더니 위쪽 헛간 한구석이 허물어져 내렸다. 처음에는 작은 구멍이었지만 몇 번 더 힘을 가하는 소리가 들리자 구멍이 커졌다.

흙과 짚으로 돼 있는 벽이었기에 밖에서 몽치로 가격하자 쉽게 허물어진 것이다. 뽀얀 흙먼지가 일면서 사내 하나가 들어왔다. 밖은 대낮이었던 모양이다. 복면을 하고 있었지만, 체구며 느낌이 며칠 전 구룡언덕에서 만난 이필 같았다.

"고생하셨소. 얼른 나갑시다."

사내가 초롱이 대충 눈가림으로 묶어둔 결박을 풀어주면서 등을 돌려 냉큼 업을 태세였기에 놀라 등을 밀어냈다.

"허허, 이 판국에도 내외를 하슈?"

몸이 천근만근이었지만 움직일 수는 있었다. 사내의 부축을 받아 구멍을 빠져나와 언덕 아래까지 가는 데 한참의 시간이 흘렀다. 금방이라도 누가 쫓아올 것 같아 두근거렸지만, 서원 본채 쪽에서는 아무런 움직임이 없었다.

겨우겨우 나루까지 갔더니 뜻밖에도 태을 스님이 기다리고 있었다.

"고생했구먼."

스님이 눈물이 그렁그렁한 눈으로 금원의 손을 꼭 쥐어 주었다.

며칠씩 씻지 못한 상거지 꼴이라는 생각이 먼저 들었다. 처음 잡아보는 스승의 손이었다. 스승의 손은 매일 텃밭을 가꾸는데도 의외로 거칠지 않았다.

다시 보니 대가족이 금원을 기다리고 있었다. 동사의 동자승 인주도 있었고 과지초당의 달준도 있었다. 모르는 청장년도 두 명쯤 있었다.

금원을 구한 복면은 초립 털보 이필이 맞았다. 그는 나루에 다다르자 복면을 벗었다. 이번에도 금원이 얼른 얼굴을 돌렸다. 워낙 자신의 꼴이 말이 아니라는 생각이 들었기 때문이다.

그리고 반가운 초롱이도 있었다. 초롱이는 금원의 바랑을 가져다주려고 달려왔단다. 너무도 의외였고 고마웠지만, 경황이 없어 어떻게 알았냐고 묻지도 못했다.

이번에는 금원이 초롱이의 손을 꼭 잡아 주었다. 전에도 느꼈지만 작은 초롱의 손은 갈라지고 더 있어 안쓰러웠다. 아이들은 벌써 친해졌는지 초롱이와 인주의 대하는 태가 남다르다.

이필과 초당의 달준 그리고 초롱이는 남았고 동사 일행은 배에 올랐다.

광나루에서 내려 스님과 함께 달구지도 얻어 타고 절뚝이며 걷기도 하면서 동사로 돌아왔다. 오면서 대강의 사정을 들을 수 있었다. 추사 대감이며 여러 사람이 애를 썼기에 금원이 쉬 나올 수 있었단다.

이필 그 털보 청년의 역할이 제일 컸다. 금원이 고산에 잡혀갔다는 것을 가장 먼저 알게 된 사람이 바로 이필이었다. 일이 되려고 그랬는지 금원이 잡혀가던 순간 우연히도 송파나루에 이필이 있었던 것이다. 그 시각 이후 그가 이리저리 뛰어다니며 일을 풀어 갔단다. 최후의 순간에 곳간 벽을 허문 것도 그였다.

추사가 적극 나섰고 김도희 대감, 변광운 영감 등 여기저기서 거들고 손을 썼단다. 결정적으로는 고산 유사들과 자경단이 일유사 김유봉을 따돌리고 슬쩍 눈감아 줬기에 가능했던 일이라 했다. 당초 금원의 추측대로 처음에는 옛 시댁 김문이 금원의 행동에 경계를 보내고 고산과 사충의 자경단은 그들대로 부용사와 동사의 동정을 파악하려 했던 모양이었다. 그런데 쥐수염 김유봉이 자신 형제의 구원을 폭발시켜 일을 키웠던 것이다. 그가 바로 지난 시절 암행어사 김정희에 의해 봉고파직 당한 비인 현감 김유원의 막냇동생이었다. 저들 형제는 평생을 추사와 그 주변을 모함하고 물고 내게 하는 데 심혈을 기울인 독종들이었다. 세상 떠난 남편 시랑의 좌천이며 울화병 심통과도 무관치 않은 작자들이었다.

태을 스님은 무슨 뜻에서인지 이렇게 말했다.

"하늘과 부처님이 다 자네를 필요로 하기 때문 아니겠는가. 아무리 어려운 일이라도 간절히 바라면 그 일은 이루어진다고 하지 않던가?"

응무소주 이생기심

태을 스님과 인주의 부축을 받으며 동사에 돌아온 금원은 처소에 들자마자 다시 쓰러져 며칠을 끙끙 앓아야 했다. 몇 대 맞지 않았다고 해도 멍석을 뒤집어쓰고 맞았기에 멍이 전신으로 퍼져 있었다. 지하 옥에 갇혔을 때보다 더 아프고 쑤셨다.

"넘어진 김에 쉬어간다고 하지 않던가. 오래간만에 푹 쉬면서 몸 좀 추스르게나."

스님은 손수 토굴 뒷산 금암산에서 캐온 하수오를 달여줬다. 전보다 스승의 인자함을 한층 더 애틋하게 느낄 수 있었다.

사실 몸과 마음 모두에 휴식이 필요했다. 어찌 보면 철 들고 나서 처음으로 가져보는 휴식다운 휴식이었다. 사람 몸이라는 것이 이처럼 귀하고 살아 있음이 다행이라는 것을 실감할 수 있었다.

여주 지하 옥에서 나오던 날, 동사로 함께 돌아오면서 금원은 태을당이 가슴속에 두었던 속내며 신상에 관한 얘기들을 들을 수 있었다.

널바위 언덕길을 오르려는데 다람쥐 사체가 눈에 띄었다. 스님과 인주가 사체를 한쪽 나무 밑에 묻었다. 금원은 몸을 구부리기 힘들었다. 허리를 펴고 일어서면서 태을당이 무심한 듯 입을 열었다.

"우연히 황해도 장연 널다리에서 양반에게 매 맞아 죽은 노비의 시신을 염하고 매장까지 한 일이 있었다네. 30년도 더 지난 일이지. 평생 고생만 하다 죽은 그 노비의 시체를 묻으면서 그날 내 길이 정해졌다고 할 수 있다네."

동물의 사체이지만 매장해 주려니 문득 생각이 났던 모양이다.

"평생 따듯한 밥 한번 못 먹고, 수의도 없이 맨살로 이렇게 죽으려고 태어났는가 싶으니 세상이 원망스럽고 세상을 그렇게 만든 양반네들이 증오스럽기까지 하더군. 그러면서 매골승 편조 스님의 심정이 그대로 이해되는 것 아니겠나."

편조 스님이 기를 쓰고 권력을 잡으려 했던 이유를 알 것 같았다는 말이었다. 세상을 바꾸고 싶었을 것이다.

"나도 세상을 위해, 세상을 바꾸기 위해 사람을 모아야겠구나 싶었지. 그래서 사람을 만나러 먼저 간 곳이 상두계였다네."

스승이 상두계와 그 계원들을 좋아하고 존중하는 이유를 알 만했다. 그러면서 당신의 얘기를 자분자분 이어갔다.

종모법에 의해 노비가 돼야 했던 만성은 아비가 누군지 몰랐다. 명석한 만성은 주인집 아들 눈에 들었고 그에게 글을 배웠다. 그가 바로 추사의 절친한 동문 선배 풍석 서유구였다. 젊은 주인 풍석의 배려로 스물한 살 되던 해 면천이 됐다. 그때 서씨댁을 자주 왔던 어느 식객이 만성의 부친이 임씨 성을 가진 이였다고 해서 임씨 성을 취했다. 만성은 그 무렵 제 갈 길을 마련하고 있었다. 따지고 보면 그 역시 풍석에서 비롯된 길이다.

풍석은 백 권이 넘는 대작인 백과전서『임원경제지』를 집필하면서, 글을 깨우친 만성에게 중요한 심부름을 곧잘 시키곤 했다. 만성의 성정과 재주를 간파했던 향적이란 법명의 용화종 스님이 바로 만성의 거처요 갈 길이었다. 황해도 은율의 향적은 농사일, 특히 채소 재배에 일가견을 지닌 승려였지만 실은 숙종 연간 미륵사상으로 정혁을 기도했던 여환 스님의 숨겨진 제자였다. 여환과 동지들은 모두 형장의 이슬로 사라졌지만, 그는 살아남았다.

향적 스님이야말로 신돈을 숭상하는 이였기에 만성도 이내 영향을 받았다. 사노비에서 일인지하 만인지상에 오른 신돈의 일대기는 똑똑한 청년 노비 임만성을 흥분시키기에 충분했다. 스승 향적이 만성에게 태을이라는 불명과 함께 가장 먼저 준 책이 바로『편조행장록』이었다.

서는 위치가 다르게 되면 보이는 풍경이 달라지는 것은 명약관화한 이치였다. 만성에게도 이 이치는 그대로 적용됐다. 민초들의 고단한 삶을 눈으로 목격하고 피부로 느끼면서 할 일이 무엇인지 깨달은 만성은 자신도 호사를 누린 것이 아니었음에도 과거의 자신이 부끄러워졌다. 배부른 돼지의 삶에 만족하며 살아왔다는 생각이 들었던 것이다. 금원도 느꼈던 바로 그 생각이었다.

사제는 동사길로 접어들면서 미륵 하생주를 간절히 암송했다.

'메테야 메테야 메트라야 수바타 보다삿따 사바하'

'미륵이시여, 자비원만 미륵보살이시여, 현생을 기원하며 귀의합니다'

삭신은 아직 간간이 쑤셨지만 책 읽는 일은 금원에게는 활력과 즐거움을 주는 일었다. 초가였지만 동사 서각에는 읽을 책이 무척 많았다. 실학 서적과 불경에 손이 자주 갔다. 몇 번이나 되풀이해서 들추던『금강경』이 마침내 가슴으로 읽혔고,「보왕삼매론」은 자신을 향한 경구였다. 이따금 갖게 되는 스승과의 문답은 금과옥조였고 정문일침이었다.

"노승이 삼십 년 전 참선하기 전에는 '산은 산이고 물은 물이었다.' 그 뒤 선지식을 만나 경지에 이르렀을 때 '물은 물이 아니고 산은 산이 아니었다' 그러나 이제 마지막 쉴 곳인 깨달음을 얻고 보니 '산은 진정 산이고 물은 진정 물이로다."

당나라 때 임제종 청원유신 선사의 상당법어다.

스승 태을 스님은 바로 색즉시공 공즉시색의 가르침이라고 했다. 우리가 살고 있는 현상계는 자성이 없는 허상의 세계이지만 인연으로 인하여 분명히 존재하는 세계이므로 집착 없이 최선을 다하여 살아야 한다는 뜻이라고 스승은 명쾌하게 해석했고, 금원도 이를 가감 없이 받아들였다.

그러면서 역대의 많은 조사들이 출가해 수행하면서 속세에 대한 집착을 놓는 모습은 보여주었지만, 세상 속에서 중생들과 더불어 살면서 그들을 구제하는 대승 수행자의 모습은 보여주지 못했다고 했다. 귀가 번쩍 뜨이면서 고개가 끄덕여졌다.

스승은 참된 수행자라면 세상의 공한 이치만을 깨치려고 노력할 것이 아니라 공한 세상을 열심히 값지게 사는 방법 또한 깨치도록 노력해야 한다고 몇 번이고 힘주어 말했다.

용화종이 받드는 대승의 핵심은 색즉시공을 근본으로 삼아 이 세상의 집착과 욕심이 허망한 허상임을 깨치면서 동시에 집착 없이 세상을 위하여 열심히 사는 것이기에 위로는 깨달음을 구하고 아래로는 중생을 제도하는 것, 곧 상구보리 하화중생(上求菩提 下化衆生)의 구현이었다.

스승이 강조하는 가르침도 그것이었다. 집착과 서원은 다른 것이라고 했다.

그러자 『금강경』의 응무소주 이생기심(應無所住 而生其心)이 가슴으로 다가왔다. 머무는 바 없이 그 마음을 내라. 색즉시공이 백척간두였다면 그곳에서의 진일보가 금원에게는 이생기심(而生其心)이었다. 색즉시공이 관념이라면 이생기심은 행동을 담고 있었다. 전자가 이(理)라면 후자는 기(氣)였다. 『금강경』의 가르침 응무소주(應無所住)에서 나온 이생기심이었다.

응무소주는 바탕이었고 근본이었다. 그래서 사람들이 금강경,

금강경 하는 모양이었다.

서각에는 『성호사설』을 필두로 북학자들의 저서는 거의 다 망라돼 있었다. 풍석 대감으로부터 물려받은 책들이지 싶었다. 연암의 『열하일기』는 한번 잡으면 손을 놓기 어려웠다. 그런데도 정조 임금은 문체가 경박하다고 반성문을 쓰게 했다는데, 시도 때도 없이 피워대던 담배 연기로 신하들이며 궁인들을 괴롭혔던 골초 임금의 완고함이 실소를 자아내게 했다. 『편조행장록』도 머리맡에 두고 수시로 정독했다. 생명은 존중받아야 한다는 사해평등 사상이 가슴으로 다가왔다. 실학, 북학파 들의 평등사상을 찾아봤지만 의외로 평등을 언급한 이가 없었다. 반계 유형원 정도만이 노비제도의 부당함을 설파하고 있었다. 추사는 평등 문제며 노비제도에 대해 어찌 생각하고 있는지 궁금해졌다. 추사의 저술에는 그런 얘기가 없었다.

휴식의 나날이 보름 넘어 지속됐다. 이래도 되나 싶어 좀이 쑤셨다. 모처럼 텃밭에서 가지를 따고 있는데 스승이 금원을 찾는다고 했다.

금원이 방에 들어서자 스님은 옆에 놓여 있던 책 보퉁이를 들어 책상 위에 올려놓으면서 싱긋 웃었다. 금원은 책 심부름임을 직감했다.

"아무래도 추사 대감에게 한 번은 다녀와야겠지?"

"스님, 제 맘속에 들어왔다 나가셨습니까?"

그렇지 않아도 그날따라 추사 대감 생각이 부쩍 났더랬다.

"원춘이 먼저 연락을 해 왔어. 다회를 열겠으니 자네가 움직일 만하다면 보내달라는군."

"제가 무슨 차를 압니까?"

"긴히 할 말이 있는 게지. 오늘은 벌써 해 떨어질 때 되었으니 내일 일찍 인주와 함께 출발하도록 하게나."

"예, 고맙습니다. 스님."

"고맙긴 내가 고마워해야지. 수고스럽지만 이걸 가져다드리게."

스님은 책이 든 보퉁이를 들어 금원에게 건넸다. 책상 위로 손을 뻗어 받아 들려는데 꽤 묵직했다. 보자기 묶은 사이로 임원(林園)이라는 두 글자가 보였다.

"바로 이 책이군요……"

태을 스님이 틈만 나면 언문으로 번역하던 그 책이었다.

"그렇다네. 추사 대감에게 가져다주면 알고 계실 것이네. 실을 붙여 표시해 둔 부분이 아무리 궁량해 보아도 내 실력으로는 역을 할 수 없었던 부분이라고 말씀드리게나."

하늘 또한 괴롭다 하네

금원이 주암리 과지초당에 당도해보니 마침 추사가 마당에서 두 청년과 이야기를 나누고 있었다. 한 사람은 제자인 역관인 오경석이었고 다른 한 사람은 바로 이필이었다. 이날은 수염을 말끔하게 깎고 있어 알아보기가 어렵기는 했다.

"어서 오시게, 기다리고 있었네."

추사가 반갑게 금원을 맞았고 경석과 필도 눈인사를 해왔다. 추사는 조금 마른 듯했지만, 얼굴은 전에 없이 온화하고 평온해 보였다.

금원은 모두에게 미소를 띠며 목례를 했다. 각별히 필에게는 오래 머리를 숙였다. 지난번 일에 대한 감사의 표시였다. 그때는 제대로 아는 체도 못했었다.

달준이와 여주네, 순옥이도 우르르 나와 반갑게 인사를 해왔다.

"어서 오세유, 아씨."

추사와 금원 두 사람이 큰방으로 들어 마주 앉았다. 언제나처럼 금원이 큰절을 했고 추사가 반 배로 답했다. 이런저런 안부가 오간 뒤 금원이 서탁 위에 태을당이 준 봉서와 서책을 올려놓았다.

"임원경제지(林園經濟志) 언문책을 가져왔군."

"문외한인 제가 보기에도 대단한 책 같습니다."

"대단하지. 어떻게 조선 땅에 이런 책을 쓸 수 있는 선비가 나왔는지 놀라울 따름이라네. 실학자 서유구 선생이 36년 동안 저술한 농업 백과사전으로, 총 113권 52책으로 구성돼 있는 책이지. 북학파 선배들의 학문적 업적을 농정 분야에서 체계화하고 총정리하여 필사한 저술이라네."

태을 스님이 이 책을 언문으로 번역하고자 하는 이유는, 전원생활을 하는 선비에게 필요한 지식과 기술 등을 상세히 설명하고 있기 때문이다. 식량을 어떻게 마련할 것인가, 가축을 어떻게 기를 것인가, 옷은 어떻게 만들 것인가, 집은 어떻게 지을 것인가, 가정경제는 어떻게 운용할 것인가, 가계부는 어떻게 쓸 것인가, 취미와 여가는 어떻게 활용할 것인가, 동네 사람들끼리는 어떻게 지낼 것인가 등등, 놀랍도록 구체적인 사실들을 망라하여 세상의 모든 농사 지식을 담아냈다고 한다.

이런 지식을 한문을 모르는 농부들이나 여인들이 습득할 수 있다면 그나마 피폐하기 이를 데 없는 조선 민중들의 삶이 나아지지 않겠냐는 생각 때문에 번역에 손을 댔노라고 스님은 금원에게 설명한 바 있다. 아마도 언문 번역의 감수를 추사에게 부탁했던 것이리라.

"비단 농사 기술뿐 아니라 사람이라면 누구든 신분 고하를 가리지 말고 열심히 땀을 흘리며 일해야 한다는 가르침과 함께 사람답게 사는 마음가짐에 대한 당신의 생각이 깃들어 있기도 하지. 아무리 글만 읽는 선비라도 자신의 먹거리를 스스로 마련해본 이들만이 궁핍의 시절을 견뎌내는 천민들의 어려움에 눈길을 줄 수 있다는 의미도 있는 것이지."

"그러니 제가 쓴 시집이 더 부끄러워졌습니다. 철모르던 시절의 객기에 지나지 않은 것 같아 다 회수해서 없애고 싶은 마음입니다."

"허허 굳이 그럴 것까지는 없네. 그런 심회야말로 자네가 계속 발전하고 있다는 증거이기도 하네. 어느 선배가 그러더군. 과거에 자신이 쓴 글을 보고 새삼 감탄하는 이야말로 퇴보하고 있는 것이라고."

추사가 금원의 얼굴을 빤히 보며 미소를 띠었다.

"그래 이번에는 며칠이나 초당에 머무시겠는가?"

"며칠 여유가 있습니다"

"밖에 심재와 이 선달 다들 들어오라고 하지."

추사가 칠성이더러 일렀다.

잠시 사이를 두었다가 추사가 다시 말을 이었다.

"자네들 '앙면문천 천역고'라는 말 들어봤는가?"

"처음 듣습니다."

세 사람 다 그랬다.

"얼굴을 들어 하늘에게 물어보니 하늘 또한 괴롭다고 하네. 앙면문천 천역고(仰面問天 天亦苦), 송나라 때 정유라는 시인의 인장시(印章詩)일세. 도장에 시를 새겼다는 얘기지."

가슴이 쿵 하고 저려온다. 다들 나름대로 힘들다는 얘기다.

"제주 대정에 있을 때 이 인보를 보고 내 많은 위안을 얻었다네."

제주 대정이라면 유배 시절을 말한다.

"하지만 세상이 다들 괴롭다고 그냥 그러고만 있을 수는 없지 않습니까?"

필이 나섰다.

"그렇지 역시 자네일세."

칠성은 슬며시 방을 나갔다. 추사는 찻상을 한쪽으로 밀고 작심한 듯 자세를 고쳐 앉더니 옆쪽 문갑에 놓여 있던 글씨를 세 사람 앞에 펼쳤다.

"고고증금(攷古證今) 산해숭심(山海崇心)"

'옛것을 상고하여 오늘의 증거로 삼고자 하여도, 높은 산과 깊은 물이 위업을 막아서네.'라는 뜻의 글이었다.

"연전에 쓴 글일세. 옛글을 뒤져 보았더니 이런 글도 나오더군."

금원은 이 글귀가 장김과 노론 벌열을 겨냥한 글이라는 것을 단박에 알아차렸다. 산과 바다가 비틀려 있었는데, 그 안에 노와 벽이 보였고 숭에는 김 자가 보였다.

"바다같이 깊은 물이 노, 소, 벽, 시, 청, 탁, 그리고 김이겠군요."

"그렇지, 그래서 내가 오늘 자네들에게 들려줄 얘기가 이 나라를 농단하고 있는 세도의 핵심이자 뿌리인 노론의 적폐에 관한 것일세. 먼저 자네들 이 상소문을 한번 보게나. 이 상소를 쓴 분이 바로 여기 있는 필의 부친이라네."

그러면서 추사는 필을 쳐다보았다. 필이 고개를 끄덕였다. 두 사람 간에는 얘기가 있었던 모양이다.

경석과 금원 앞에 펼쳐진 필 부친의 상소문은 두 사람을 격분하게 하기에 충분했다. 하지만 그 강도는 사뭇 달랐다. 경석은 아예 몸을 떨기까지 했지만, 금원은 그 정도는 아니었다.

두 사람이 상소를 다 읽고 고개를 들자 추사가 입을 열었다.

"장김을 포함하는 노론이라고 일컫는 붕당 집단이 혁파해야 할 이 나라 종사와 민생의 공적이자 적폐라고 오래전부터 생각해 오긴 했는데, 필이 부친의 이 글을 보고 다시금 마음을 다잡았지. 삼호당 자네가 고초를 겪은 일 때문에 고산과 사충의 서원패와 접촉해야 했을 때 저들과 부닥뜨리면서 확실히 깨달을 수 있었네. 저들이 생각보다 훨씬 조직적으로 움직이고 있다는 것을……"

세 사람은 추사의 다음 말을 기다렸다.

"나라를 이 꼴로 만든 저들을 몰아내는 것, 그것이 정치한 사람으로 내가 이 땅에서 받은 은혜에 보답하는 길이 아닐까 싶네만, 이제 나는 늙어 힘없는 몸, 직접 나설 힘이 없다네. 내 살면 얼마나 더 살겠나?"

"무슨 그런 말씀을 하십니까? 스승님."

오경석이 말했다. 추사파 3천이라고들 해도 추사를 스승님으로 부르는 사람은 많지 않았다. 추사가 손을 들어 그의 말을 막았다.

"어쨌든 자네들이 내 말을 명심하고 어떻게 해서든 자네들 세상에서는 패역도배들의 전횡에 시달리지 않는 세상을 만들어 주게나."

패역도배라는 말까지 나왔다.

"다 아는 얘기지만 한 사람보다는 두 사람이, 두 사람보다는 세 사람이 힘이 있는 법이지. 동무들과 회를 만들고 계를 조직하는 일에 승설이 있지 않을까 싶네만……"

사람을 모으고 뜻을 모으고 그리고 힘을 모아야 한다는 말씀이었다.

"명심하겠습니다."

추사가 벽장에서 책을 한 권 꺼내 들었다.

"이 『한비자』의 '망징' 편에 나오는 얘기가 지금 조선의 처지와 너무도 똑같으니 큰일이 아닐 수 없다네."

일동은 추사가 넘겨가며 짚어주는 필사본의 쪽들을 눈으로 함께 읽었다.

'나라는 적은데 군신(群臣)의 저택은 크고, 군주의 권력은 약한데 대신의 세력이 크면 멸망한다.' 『한비자』 15편 망징(亡徵)의 첫 구절이다.

'법령, 금제를 소홀히하여 그에 따르지 않고, 모략에 열중하여

국내를 다스리지 못하고, 외국의 원조만 믿고 있으면 멸망한다.'

'군주가 궁전과 누각과 정원과 연못 같은 토목건축을 좋아하고, 수레와 말, 의복과 기이한 물건 그밖에 오락물에 골몰하고, 그 때문에 백성들을 고달프게 하여 재정을 낭비하면 망한다.'

이어지는 조항은 더 절절하다.

'중신의 알선으로 관직이 주어지고, 뇌물을 바쳐 작록을 얻을 수 있는 나라는 망한다.'

'군주의 성격이 아둔하고, 일을 처리한 적이 별로 없으며, 의지가 유약하고 결단력이 미약하며, 기호가 분명치 않고, 남에게 의지하여 자립정신이 없으면 그 나라는 망한다.'

이 밖에 망징은 25가지로 요약돼 있었는데 어느 항목 하나도 조선에 해당하지 않는 것을 찾아보기 힘들었다.

"정말 놀랍습니다. 어쩌면 이렇게 우리 현실을 그리고 있답니까?"

"그렇지? 조정에 나가 나라의 정치를 했던 사람으로서 참담하기 이를 데 없는 일이네."

추사의 눈은 눈물로 그렁그렁해져 있었다.

"큰일 아닙니까? 이렇게 나라가 망한다면……"

별생각 없이 금원의 입에서 이런 말이 나왔다. 이 조정에서 벼슬살이했던 추사를 생각해서 나온 말이었다.

"큰일은 무슨 큰일, 잘된 일이죠. 이런 나라 빨리 망해버려야 하는 것 아닙니까?"

이필이 나섰다.

"흐흠 그런가……"

의외로 추사가 담담하게 받았다. 그로서는 그렇게 말할 밖에 없을 터였다.

"어쨌든 안동 김가의 세도 권력은 하루빨리 종식시켜야 합니다."

경석도 한마디 했다.

"그렇다네. 저들의 굴기와 전횡을 못 막고 오히려 키운 우리 같은 사람들의 책임이기는 하지만……."

"장김의 전횡이야말로 망징이죠. 이 나라를 망치고 있는 원흉 아닙니까. 사색당쟁보다 더 나쁩니다."

제자의 말에 고개를 끄덕이는 스승의 눈에 물기가 어려 있었다.

다음날 등청 때문에 경석은 돌아갔고 금원과 필은 과지초당에서 사흘을 더 묵었다.

시간이 빠르게도 흐르고 늦게도 흐른다는 것은 진작 알았지만 이처럼 빨리 지나가는 경우는 없었다. 그 빠른 시간 속에 금원과 이필은 연방 추사의 수많은 휘호들에 둘러싸인 채 차와 서예의 훈향을 만끽했다.

휘호한 글씨들에 은유되고 형상화된 사연과 비밀에는 추사가 얻은 하늘 땅의 이치와 지식, 그리고 정치적 바람이 담겨 있었다.

초당에서 마지막 날 추사와 금원, 필 세 사람은 초당 뒤 청계산

초입에 있는 추사의 부친 김노경 대감의 무덤을 찾았다. 승지와 이조참판을 거쳐 경상도, 평안도의 관찰사를 지냈을 뿐 아니라, 예조판서를 비롯하여 6조의 판서, 대사헌, 판의금부사, 광주부유수, 지돈녕부사 등의 요직을 두루 역임했던 김노경 대감. 명필로 이름을 떨쳐 추사의 글솜씨에 크게 영향을 미쳤던 그는 익종(翼宗, 효명세자)이 대리청정할 때 중직에 있으면서 전권을 휘둘렀을 뿐만 아니라 이조원의 옥을 덮어버렸다는 이유로 의정부와 삼사의 탄핵을 받았다. 효명세자의 급서 직후 안김의 집요한 농간으로 고금도에 유배를 가서 사사되었다. 사후에는 추사가 제주로 유배가야 했던 윤상도 옥사 사건 때문에 부관참시를 당할 뻔했었다. 추사는 그때 자신의 목숨보다 부친의 부관참시를 더 걱정했다. 다행히 벗 조인영 대감의 기지 어린 구명으로 제주 위리안치로 형이 감해졌고, 노경 공의 부관참시도 사후 삭탈관직으로 마무리됐었다. 묘에는 비석조차 없었다. 아직 신원되지 않았기 때문이다.

금원의 남편 시랑 김덕희는 생전에 재당숙인 김노경 대감에 대해 몇 번 말하곤 했었다. 사서 고생을 하는 분이라고. 충분히 편히 살아도 되는 사람이 올곧은 성정 때문에, 위민의 정신 때문에 고초를 치르고 있다고 혀를 차곤 했지만 내심의 존경은 컸다.

무덤에 재배한 뒤 추사는 봉분의 잡초를 한두 개 뽑았고 세 사람이 동리를 내려다보며 섰다.

"중환이 이 자리가 학이 알을 품는 자리라고 하던데……"

추사가 무심한 투로 한마디 했다. 『택리지』를 저술한 이중환 선생을 말하는 것이었다.

그때 소동 하나가 징을 메고 산길을 오르고 있었다. 소동은 추사를 보고 고개를 숙여 인사를 했다.

"대감마님 나오셨습니까?"

"그래 순욱이로구나. 절에 올라가느냐?"

"예, 대감마님."

위쪽 절에 행사가 있는 모양이다. 추사가 소동에게 징을 잠시만 보자고 했다. 소동이 징과 채를 건네자 익숙한 솜씨로 징 줄을 잡아 손을 틀어 꿰고는 다른 손으로는 채를 잡았다. 검지를 늘여 붙이는 태가 그냥 잡는 솜씨가 아니다. 징을 허리 높이로 쳐들었다. 한바탕 칠 기세였다.

"징도 칠 줄 아십니까?"

"예전에 격쟁을 하느라 연습 좀 했었지."

지금 이곳에 묻힌 부친 김노경 대감이 고금도에 유배돼 있을 때, 추사는 임금의 행차 앞에서 징을 쳐 억울함을 호소하는 격쟁을 감행했었다. 사대부 최초의 격쟁이었다.

'채앵'

징 소리가 울려 퍼졌다.

'챙 채앵'

이번에는 다른 소리가 울려 퍼졌다. 놋쇠가 부서질 듯 뿜어대는 소리의 기운이 소동까지 네 사람을 숙연하게 했다.

추사가 징채를 잡은 손을 한 번 더 강하게 내리쳤다.

'채에에앵'

그 소리는 학이 알을 품는 자리에서 알이 깨지는 소리였다. 모처럼 힘을 그러모으느라 창백해진 얼굴에 붉게 핏발이 선 추사가 잠시 숨을 고르더니 목청을 가다듬고 시를 읊었다.

안배화의진명화(安排墶意盡名花)
잘 꽂아 놓자꾸나, 모두 이름난 꽃인데
오백년자비색과(五百年瓷秘色誇)
오백 년 묵은 도자기도 신비한 빛깔을 자랑하네
향택불교용이개(香澤不教容易改)
향기와 윤택함이 쉽사리 바뀌지 않으니
세간풍우거상가(世間風雨拒相加)
세간의 비바람이 어찌 서로 해치리오.

금원의 가슴이 뜨거워졌다. 눈에는 이슬이 맺혔다.

다음날, 하얀 삼베옷을 입은 추사의 배웅을 받으며 두 사람은 과지 초당을 나섰다.

구룡재 언덕을 넘어가는 금원의 귀에는 어제 오후의 그 징 소리가 다시 들렸다. 온몸에 잠자고 있는 감각 기관과 세포를 죄다 일깨우는 징 소리였다.

을해결사

금원과 이필에게 금과옥조를 들려주고 징 소리를 울렸던 추사는 꼭 한 달 뒤인 병진년 시월 십일 저세상으로 떠났다. 봉은사 판전(版殿)의 큰 현판을 진산마 대필을 들어 일필휘지로 쓰고 과천 초당으로 돌아온 그다음 날, 학이 하늘로 오르듯 깨끗한 모습으로 승천했다. 대필의 녹모가 꼬리 날개였던 양.

그날, 철종 7년의 가을 하늘은 청명했다.

추사는 초당 안채의 마루에 앉아 오후 햇볕을 즐기고 있었다. 봄 햇볕은 며느리 쏘이게 하고 가을 햇볕은 막내딸 쏘이게 하라고 했듯이 오곡을 마지막으로 살찌우는 햇볕이었다.

문득 추사는 나를 좋아하는 내가 진정한 나인가, 나를 싫어하는 내가 진정한 나인가 아니면 이런 생각을 하는 내가 진정한 나인가 의문이 들었다.

왜 좋은 일 싫은 일, 잘한 일 못한 일이 죄 떠오를까. 다 부질없는 분별심이다. 분별이 없는 경지. 차이가 없는 경지.

평화로운 고향 가야산 정경이 눈앞에 펼쳐진다. 자신이 젊은 시절 화암사 병풍바위에 새겨 놓았던 글씨, 천축고선생댁(天竺古先生宅)이 스친다. 아, 조금만 더 올라가면 천축 고선생 댁으로 가는 길이 나올 텐데…….

달준이 다가와 물었다.

"필요한 것 없으십니까? 마님."

"아니다, 아주 평안하다. 다만……"

입술만 겨우 달싹였다. 노인이 허리를 펴고 손을 앞쪽으로 모으며 곧게 앉았다. 하얀 손과 목의 파란 심줄이 유난히 도드라져 보였다.

그리고는 한참의 시간이 흘렀다. 노인의 자세는 목과 등이 약간 구부러져 내렸을 뿐 흐트러짐이 없었다.

달준이 다가가 다시 물었다.

"마님 여여 하십니까?"

아무런 대답이 없었다.

'풀썩'

달준이 어깨 쪽 팔뚝에 손을 얹자 노인은 스르르르 무너졌다.

한시도 병석에 눕지 않고 홀연히 떠난 그의 상(喪)을 사람들은 천하의 호상이라고 했다. 그가 왜 죽는 날까지 노심초사하며 눕지 않았는지는 따져 묻지 않았다.

금원은 추사의 부음을 달포가 지나서 전라도 익산에서 들었다. 미륵사의 미륵불 앞에서 그곳 호남의 도반들과 회합을 갖고 있을 때였다. 대웅보전에서 향 연기 한 줄을 피어 올리면서 금원은 존경하고 은애하던 스승의 입적을 결연히 받아들였다.

'메테야 메테야 메테에라 보디싯따 사바하 나무 아미타불'

아미타불을 붙여 외었다. 색으로 향미촉법으로 자신을 구하지 말라 했던 스승. 국경을 초월해 뛰어난 평가를 받았던 예술인이었으면서도 백성의 아픔을 외면하지 않는 경세가의 길을 걷고 싶었던 스승. 백성의 아픔을 치유하지 못한 것을 못내 아파했던 스승.

금원의 볼에 눈물방울이 주르륵 흘렀다.

스승은 평생의 원이었던 경세유표 실사구시 정치의 실현을 보지 못한 채 떠났지만, 그는 그가 할 수 있는 안배를 하고 떠났다. 미륵불 아래서 금원은 그렇게 생각했다. 자신이 추사 안배의 형광, 즉 반딧불이 돼야 한다고.

슬픔을 달래려 애쓰던 금원은 문득 유배 시절 추사가 부인 예안 이씨의 부음을 듣고 쓴 한시를 떠올렸다.

那將月老訟冥司	어찌하면 매파가 저승 관리에게 송사하여
來世夫妻易地爲	내세에는 우리 부부 바꾸어 태어나게 할 수 있을까
我死君生千里外	내가 죽고 당신이 천 리 밖에 태어나

使君知我此心悲 나의 이 마음의 슬픔을 알게 하고 싶은데……

산 사람은 살아야 한다고, 세상을 떠난 추사를 뒤에 두고, 그리고 많은 이들의 한과 슬픔과 바람을 뒤에 두고 세월이 흘렀다.

겨울이 가고 봄이 가고 여름이 물러간 자리에 다시 가을이 들어섰다.

그 사이 나라 안에 일이 꽤 있었다. 그중에도 순원왕후 김씨가 세상을 떠난 일이 큰일 중의 하나였다. 안동 김씨의 세도정치가 60년을 이어지게 한 주역의 한 사람이었던 그이가 철종 8년 8월 4일 창덕궁에서 69세를 일기로 세상을 떠났다.

순정왕후 조 대비가 왕실의 가장 큰 어른으로 등극했다. 개혁군주가 되고 싶어 했던 효명세자의 부인 바로 그이다. 궁중 대소사의 최고 결정권이 안동 김씨에서 풍양 조씨로 넘어온 것이다. 금원과 태을당에게도 중요한 의미를 지니는 일이었다.

하지만 백성들의 삶은 달라지지 않았다. 백성들은 계속 굶주렸고 안동 김문에 이어 풍양 조씨에 줄을 댄 탐관오리가 극성을 부렸다.

부쩍 동사와 부용사의 식솔이 늘었다. 동사의 경우에는 고골 저수지를 중심으로 사하촌 아닌 사하촌이 형성되어 있었다. 처음엔 한두 채였던 움막 초가집이 열두어 채로 늘어 있었다. 그만큼 세간서 살기가 어려워진 탓이다. 이리로 들어온다고 해서 크게 달라지는 것은 없지만 사람들은 숨통이 트인다고 했다.

세상은 분명 무엇인가 대책이 필요했다. 백성을 먹고살게 해주는 것이 나라와 나라님의 일인데, 그 둘 아무것도 민초들의 눈에 띄지 않았다.

금원은 그럴수록 계속 스승 태을 스님을 열심히 바라보았다. 성심으로 쳐다보며 그의 말을 기다렸다. 무언가 대책이, 무언가 시키실 일이, 그래서 할 일이 있을 텐데 싶어서였다.

얼마만큼은 초조하고 얼마만큼은 울분에 찬 나날이 그렇게 지나가고 있었다.

마침내 어느 날, 태을 스님이 자신이 직접 쓴 봉서 한 장을 건네면서 춘궁리 향교에 금원이 꼭 만나야 할 '귀인'이 와 있으니 편지를 건네고 오라 했다.

봉서의 겉면에는 해(亥) 자가 쓰여 있었다.

동사에서 방죽을 오른쪽에 두고 언덕을 오리쯤 내려가면 광주향교가 나온다. 명륜당과 대성전을 다 갖춘 꽤 큰 향교다. 비위와 비리 없이 운영되는 몇 안 되는 향교라고 했다. 그러려니 전체적으로 한적했다.

금원이 홍살문을 지나 외삼문에 들어섰을 때 그곳 수호목인 오백 년 된 은행나무 아래 평상에서 두 노인이 담소를 나누고 있었다. 백결 노사와 운학 노사였다. 두 사람 다 웃옷의 소매에 검은 문양이 보였다. 전설의 불가사리였다. 부용사와 동사의 매향비에 세워져 있는 형상이기도 했다. 한 노인은 두루마기와 저고리 바지

할 것 없이 기운 자국이다. 하지만 깨끗이 빤 옷이었기에 흰 수염 흰 눈썹과 썩 어울렸다. 그가 백결 노사였고 부리부리한 이가 운학이었다. 금원은 두 노인 모두 태을 스님과 만나는 모습을 먼발치에서 본 적이 있었다. 계회에서는 원로들을 노사(老師)라고 불렀다.

두 노사는 금원이 올 것을 알았던지 다가가자 담소를 멈추고 온화한 표정으로 금원을 쳐다보았다.

"복이 많아 이렇게 노사님들을 뵙습니다. 금원 자성행입니다."

"어서 오시게, 기다리고 있었네. 난 백결일세. 기울 결이 아니라 굳을 결이네. 자네가 그동안 보내준 서찰이며 전서는 잘 받아 보았다네. 듣던 대로 눈과 이마에서 총기가 뚝뚝 떨어집니다그려 운학."

"백운학일세. 수리가 매의 알을 품은 형국의 상입니다그려."

두 노인은 자신이 느낀 금원의 상을 서로에게 얘기하는 형식으로 금원에게 들려줬다. 금원은 봉서를 전했다.

"전인께서 드디어 움직이려 하시는군."

봉투에 적힌 글씨를 보면서 백결이 입을 열었다. 운학이 옆에서 고개를 끄덕였다.

"태을당께서 우리 을해결사(乙亥結社)의 전인회주(傳人會主)라는 사실은 처음 듣겠지?"

서한을 읽어본 뒤 백결이 금원을 쳐다보며 말했다. 을해결사라는 말이 귀에 꽂혔다.

"예, 그렇습니다. 실은 결사에 대해서도 짐작만 하고 있던 터여서 처음 듣습니다."

"그랬군. 전인께서 자네에게 결사에 대해 일러주고 자네의 생각을 들어보라고 쓰셨다네."

"무슨 생각을?"

"자네가 스스로 결정하는 데 부담을 주지 않으려 하신 것이지. 대개들 그렇게 한다네."

금원은 속으로 고개를 끄덕였다.

"전인께서 발탁하신 이들은 우리가 만나 마지막으로 생각을 듣고, 우리가 천거한 이들은 전인 태을당께서 점검하고 결정을 내리는 그런 방식이라네. 무엇보다 본인의 자발적 의지가 중요하니까."

충분히 이해할 만했다. 가끔 태을당이 꽤 은밀하게 사람을 만나는 것을 목격하기도 했었다.

"우리는 태을당을 회주로 받드는 을해결사 청계의 계원들일세. 우리 결사는 여말 개혁승 신돈 편조 스님의 유지를 받들어 세상을 바로 잡자는 원력으로 결성된 연원 있는 조직일세."

"예, 말씀드린 대로 짐작은 하고 있었습니다."

전인회주를 전인 또는 회주로 줄여 쓰기도 하는 모양이었다.

"그렇겠지 그동안 전인의 옆에서 함께한 세월이 얼마인가. 또 자네는 이미 결사의 일을 많이 도왔지."

"과찬이십니다."

"이번에 전인께서 결사의 큰일을 도모하시면서 자네를 결사의 정식 맹원으로 맞아들여 중요한 일을 맡기시려 하시네. 자네의 생각은 어떤가?"

"큰 광영으로 알고 신명을 다하겠습니다."

"역시 그렇게 나오는군. 이 길이 위험하고 고생스러운 길인데도 굴하지 않고 초심을 다 할 수 있겠는가?"

"예, 틀림없이 그리하겠습니다."

"자네 뜻은 이제 알았네. 그러면 며칠간 이곳에서 우리와 함께 있으면서 몇 가지 의논을 하도록 하세. 그 의논이 끝나고 나면 그때 매조지를 하도록 하세나. 내일 몇 사람 만날 이도 있고."

의논이라고 표현했지만 일종의 시험이라는 얘기였다.

"그러면 함께 들어가세나."

금원은 노인들을 따라 향교 안으로 들어갔다. 그곳 사람들이 일행을 친절히 맞았다. 이곳 장의가 백결과 동문수학을 한 절친한 사이라고 했다. 향교에서는 금원에게도 저녁에 묵을 방 하나를 내줬다.

이곳에서 금원은 결사 조직에 대해 자세히 들을 수 있었다.

을해년이었던 조선 태조 4년(1395년) 경기도 광주의 미륵동사(彌勒桐寺)에서 제폭구민 만민평등을 내세운 결사가 결성됐다. 억울하게 참형된 신돈 스님의 개혁 정신과 평등 정신을 기억하는 이들의 결사였다. 초대 회주는 미륵동자로 불렸던 신돈의 양자이자 제자인 신해인. 을해년에 결성됐기에 을해결사라 불렀다.

고려의 신진 사림과 변방의 무력이 결합해 조선을 세운 직후였다. 을해결사의 회주를 위시해 맹원들은 새 왕조에 기대를 걸면서 주시했으나, 저들 역시 자신들 사대부만의 나라를 꾀하고 있었기에 이내 희망을 버렸다. 자체의 힘을 비축해 신돈의 염원이었던 민초들의 세상을 만드는 일에 원력을 세우기로 했다.

하지만 억불과 함께 중앙집권 정책을 강력하게 추구하던 신정권에 이내 체탐되어 무자비한 탄압을 받아야 했다. 그때 실패의 흔적이 바로 동사, 미륵동사의 멸실이었다. 부상을 입고 도피하던 회주는 후일을 기약하며 전인(傳人)을 세웠다. 그 뒤 을해결사는 비밀조직으로 전승되어왔다. 동사지(桐寺址)는 결사의 오랜 성지였는데 태을노사 대에 이르러 결사가 다시 그곳에 둥지를 틀면서 비약적인 발전을 했다고 했다.

노사들은 결사의 수뇌부를 노반회의 혹은 청계라고 부른다고 확인해줬다.

"특히 우리 청계는 그림자 조직일세."

"그림자라면, 무슨 의미인지요?"

"겉으로 드러나지 않으면서 세상을 위한 일을 하는 사람과 조직을 돕는다는 그런 얘기일세."

금원은 비로소 모든 상황이 이해가 됐다. 산하 조직과의 관계에 대해서도 그림이 그려졌다.

을해결사 자체가 존재를 아는 맹원이 한정된 상층부 조직이었다. 신돈의 평등 정신, 신해인의 미륵사상을 바탕으로 결성됐지만, 불자들만을 고집하지는 않았다. 불교뿐 아니라 유교 쪽의 향교, 농촌의 향촌계 전국의 상두계, 이런 계와 조직들이 결사에 적극적으로 참여하고 있었다. 용화종처럼 노출된 조직이 서넛쯤 되고 그 외 비밀스러운 소조직이 여남은 되었다. 산하 조직의 일반 신도나 계원들은 상층부 조직인 결사에 대해 알지 못한다고 했다.

세상을 보는 눈은 결사의 맹원으로서 어떻게 행동해야 하는가를 가늠하는 중요한 문제였다. 근본은 모든 인간은 태어날 때부터 귀천이 따로 없다는 사해평등 정신이었다. 두 노사는 이 나라 조선이 상하질서를 강조하는 유학을 숭상하고 통치 이념으로 삼는 바람에 양반과 상민의 차별을 엄격하게 고집하는 한, 인정할 수 없는 타도의 대상이라고 했다. 하지만 그 격분의 정도가 사뭇 달랐다.

운학은 조선의 역사를 훈구와 사림의 대립, 그리고 사색당쟁이 이어지는 가운데 사대부, 양반들의 양민에 대한 수탈의 역사로 보고 있었다. 운학은 연전 추사가 그랬던 것처럼 조선이 유학을 숭상하면서 정치 과잉의 나라가 됐다고 진단하고 있었다.

"유학이라는 학문이 워낙에 정치적인 학문이기 때문이지. 유학의 근본이 무언가. 효 아닌가? 이는 충을 강요하기 위한 전제로서의 강령 아닌가."

그의 정치과잉론은 경청할 만했다.

"이 땅의 양반이라 일컫는 사람들은 천자문을 읽는 순간부터 유학으로 포장된 정치의 물결에 휩싸이게 되게 마련이지. 세상의 이치와 도리를 깨달아 성인이 되는 길이라 하여 도덕을 얘기하고 군자의 도를 얘기하지만, 실제는 자신과 가문의 이익, 당파의 이익을 좇아온 것이 조선 사대부들의 본모습이 아닌가. 사대부들이 그토록 중시한다는 제사도 따져보면 가문의 위세와 후광을 과시하고 내세우는 정치 행위로 변질되지 않았는가."

반면에 백결은 그래도 유학이 인간의 학문이기에 너무 모든 것을 부정하고 타파해야 한다고 몰아세울 것까지는 없다는 온건론을 폈다. 백결은 사색당쟁에 긍정적인 측면이 있다고 했다. 하긴 당신 스스로가 당쟁의 한복판에 서 있던 조정 신료였기 때문에 그럴지도 몰랐다.

"붕당이 바람직하다는 것은 아니지. 하지만 서로 견제의 역할을 톡톡히 했다고 볼 수 있는 측면이 있어요. 그런 붕당이 없었으면 더 부패하고 더 문제투성이의 나라가 됐을 것이라는 게 내 생각이오. 지금이 바로 그렇지."

"형님은 아직도 그렇게 양반 습속을 버리지 못하고 계시오. 그게 바로 문제에요, 문제"

운학이 백결을 몰아세웠다.

"참, 사람도 젊은 사람 앞에서. 붕당의 역사가 피비린내 나는 살육의 반복이었다고들 하지만 내 얘기는 반대파의 집권으로 목숨까지 잃은 예는 손에 꼽을 정도라는 거라니까."

금원은 두 노사의 이런 티격태격에서 묘한 안도감을 느꼈다.

“역사의 고비마다 우리 결사의 활약은 겉으로 드러나지는 않았지만 면밀하게 이루어졌다네. 임란 때도 그렇고 호란 때도. 그리고 여러 차례의 사화 때도……”

을해결사는 조선 건국 초기인 이징옥의 난부터 가깝게는 홍경래의 서북 작변까지 조선에서 일어난 변란 정혁 개혁에 대부분 직간접으로 참여했다. 노사들은 한성 도읍까지 점령했던 이괄의 작변과 백성들의 호응이 컸던 이몽학의 정혁을 특히 안타깝게 생각하고 있었다.

조선조에 들어 성공한 두 번의 반정 그리고 정도전, 조광조, 이이, 허균, 홍국영 등 개혁 인사들의 이름이 거론되면서 그런 쪽에도 일정한 개입과 참여가 있기는 했지만 결사의 원력이 하늘에 닿지는 못했다고 평하고 있었다.

금원이 노사들에게 물었다.

“오늘 거론하신 이괄 장군이며 허균 선생이 모두 우리 결사의 성원이셨습니까?”

“그건 아닐세. 언젠가도 얘기했지만 우리 조직은 그림자 조직이어서 뒤에서 돕기만 했지. 아마 이몽학의 난에서는 군사였던 한현이라는 분이 우리 결사의 일원이었고, 이괄 장군 사변 때는 기익헌이라는 분이 직접 관계 있는 맹원이셨다고 들었네.”

“무슨 기록은 없습니까?”

“기록을 남기면 나중에라도 탈이 날 수 있기에 그런 것은 남기지 않는다네.”

그럴 만도 했다. 유학 때문에 조선을 인정할 수 없다면 그런 점에서 운학 노사의 주인론(主人論)이 더 금원에게 절실하게 다가왔다. 호령을 하고 호통을 치고 있어도 무슨 일만 나면 내빼기에 급급한 양반들은 이 땅의 주인이 아니란다. 임란 때도 호란 때도 이 땅을 끝까지 목숨 걸고 지킨 주인은 민초들이라는 얘기였다. 그들이 결사의 진정한 주인이기도 하단다.

"하늘이 알고 땅이 알지 않겠나? 누가 자신을 진정으로 위하는지."

생각대로 두 노사는 편조 스님 신돈의 정신과 교훈을 귀에 못이 박일 만큼 강조했다. 노사들은 신돈의 평등정신과 제폭구민 사상이야말로 을해결사의 근간이며 뜻을 받들어 차별 없는 세상을 만드는 일이 결사의 목표라고 했다. 차별 없는 세상, 금원의 가슴을 설레게 하는 말이었다.

"신돈 편조 종사께서는 당신을 생각하는 두세 사람만 모여 있으면 그곳에 미륵이 된 당신이 있다고 하셨네."

"공께서 가장 역점을 두고 하려 했던 일이 신분제도 혁파 아니었겠는가. 어디 사람 위에 사람 있고 사람 밑에 사람이 있겠는가."

"공께서 또 역점을 두었던 일이 토지개혁이었지. 지금이나 그때나 토지가 가장 큰 문제 아닌가. 토지를 가진 자와 못 가진 자."

"그리고 일에는 귀천이 없지, 사람들의 생각에 귀천이 있는 것이지. 농군도 상인도 역관도 공방인도 다 귀한 일을 하는 같은 사람 아닌가.”

금원이 고개를 끄덕였다. 신돈은 집권하자마자 전민변정도감이라는 기구를 설치해 부당하게 빼앗긴 토지를 원주인에게 되돌려주고 노비로 전락한 사람들을 양민으로 환원했다. 농지는 농사짓는 사람에게 분배되어야 한다고 굳게 믿었던 때문이다. 전민변정도감은 신분과 토지 문제를 한 번에 다루는 양수겸장의 기구였던 것이다.

신돈은 늘 민초들을 생각했다. 그 자신이 천민의 자식이었기 때문이다. 신돈은 자라면서 “세상에서 가장 천한 것이 니놈이다.”라는 말을 어머니에게서 줄곧 들었다. 절집에 딸린 사노가 노비 중에서도 제일 험하고 천하다는 얘기였다.

실은 옥천사 여종인 어머니에게 편조를 잉태시킨 호족이 신씨인지 유씨인지 조차도 확실하지 않았다. 편조의 처지를 안쓰럽게 여긴 옥천사 고승 천희 스님이 그를 거둬 중은 중이되 머리 기른 중으로 키웠다. 철이 들자 그에게 맡겨진 일이 바로 사람들의 시신을 염하여 매장하고 복을 빌어 주는 일이었다.

백결, 운학 두 노사 역시 이 매골승 시절의 편조가 매우 인상적이었던 모양이다.

“가장 천하다는 그 일을 하면서 그가 신망을 얻었던 것은 누구를 염하더라도 지극정성으로 했다는 사실 때문 아닌가. 차별을 두지 않았다는 얘기지. 그가 복을 빌어준 망자의 자손들은 모두 나름대로 잘됐다고 하네. 그러니 사람들이 모였지. 그러면서 그는 새 세상을 꿈꿨다네."

편조는 염하고 매장하고 왕생 독경해주는 일에서 한 소식 한 것이 틀림없었다. 그렇지 않다면 사람들이 그리 몰려들 수 없었다. 편조종사가 꿈꾼 세상은 억울한 죽음이 없는 세상이었다. 열심히 일하는 농민이 자신의 땅과 생산물에서 멀어지지 않는 세상이었다. 자기 땅을 가지고 가족과 함께 웃음꽃을 피우며 사는 세상이었다. 그는 부지런히 갈고 닦으면서 때를 기다렸고 마침내 그 시기가 왔다.

드디어 왕을 만났을 때 '세상을 복되고 이롭게 하고 싶다'는 포부를 밝혔다. "도를 알기에 욕심이 없으며, 또 미천하여 걸릴 게 없으니 큰일을 맡을 만하다."고 자신을 당당하게 소개했다. 그러면서 자신을 끝까지 믿어 줄 것을 청해 왕으로부터 "스승은 나를 구하고, 나도 스승을 구하리라."는 다짐을 받았다.

그가 권력을 행사할 수 있는 지위에 올라 억울하게 노비가 된 사람들을 면천시켜 해방하고 권문세족, 부호들이 강탈한 토지를 돌려주었을 때 백성들은 "성인(聖人)이 나타났다" "미륵이 나투셨다."고 기뻐했고 "역시 우리 매골 스님일세."라고 찬양했다.

그의 개혁은 거칠 것이 없어 보였다. 변정도감 설치 이외에도 유학의 고질적 병폐인 동문 파벌을 일컫는 좌주문생제를 타파했고, 토호와 지방관리의 노략질을 막는 사심관 제도를 부활시켰다. 그러면서 개혁적인 신진 사대부들을 포용했고 대거 등용했다.

하지만 토지를 빼앗기고 권세를 빼앗긴 기득권 권문세족은 그에 대해 이를 갈았다. 저들의 집요한 음해 공세에 천도계획이 틀어지더니 왕과의 사이가 점점 멀어졌고, 급기야 체포, 투옥되기에 이르렀다. 개혁공사 7년 만의 일이다.

"귀족, 저들이 참을 수 없었던 것이지."

"스승이라고 부르던 공민왕의 배신에는 분노가 끓어 올랐습니다."

"끝내는 참형에 처해졌지. 목이 댕강 잘렸다는 말일세."

자신은 스승을 구하리라고 철석같이 맹세했던 왕의 약속이 천하의 허언이 된 것이다.

"피하거나 저항할 수는 없었습니까?"

"그 부분이 많은 얘기를 해주고 있다네. 사람들이 말하는 대로 스님이 축첩을 했고 음행을 일삼는 요승이었다면, 순순히 체포되고 그대로 앉아서 죽음을 기다렸겠나?"

"태을 스님께서도 말씀하셨지요."

"스님은 자신이 있었던 게야. 그러니까 공민왕의 체포령이 떨어졌을 때 미리 알았는데도 피신하거나 저항하지 않고 순순히 끌려가셨던 것 아니겠어?"

"공께서는 자신의 죽음으로 후인들에게 말하고 싶은 바가 있었던 게지."

운학 노사는 신돈이 온갖 추문은 추후에 그의 정적들이 만들어낸 이야기라고 강조했다.

"고려사를 누가 집필했는가? 여말의 유교 사림을 계승했다는 사람들 아닌가? 어찌 그 사람들의 기록을 믿을 수 있단 말인가."

그 사람들은 자신들 유교의 정당성을 위해 고려의 불교가 패악을 저질렀어야 했고, 그 패악의 중심에 못된 중 하나가 있어야만 했다는 것이다. 백결 선생의 마지막 부연도 가슴에 닿았다.

"우리가 그를 완전무결한 성인으로 보는 것이 아니기에 설사 몇 가지 흠결이 있다 해도 그의 개혁정신과 평등정신이 사라지지 않는다는 말일세."

"자네 '왕부자이위신돈자손폐위서인(王父子以爲辛旽子孫廢位庶人)'이라는 시구를 들어본 적이 있는가?"

"처음 듣습니다."

"여말의 원천석이라는 이가 쓴 시구라네"

"원천석은 알지요. 편조 행장록에도 그 존함이 나오지 않습니까?"

시를 좋아하는 금원이 여말선초의 문인 원천석을 모를 리 없고 잊을 리 없다. '흥망(興亡)이 유수(有數)니 만월대(滿月臺)도 추초(秋草)로다……'로 시작되는 「회고가」의 작자이기도 했고, 금원의 고향인 원주의 칠봉서원에 배향된 강직했던 문인이었다.

"그렇지. 고려조에 끝까지 의리를 지킨 두문동 72은사의 한 사람인 그일세. 우리 신돈 공을 누구보다도 미워했던 그조차 자신의 시구에서 왕들을 신돈의 자손이라고 해서 폐서인했다는 것을 비난하고 있지 않은가."

이 시에서 원천석은 참과 거짓이 문제된다면 왜 일찍부터 분간

하지 않았느냐고 힐문하면서 저 하늘의 감계(鑑戒)가 밝게 비추리라고 했다는 것이다. 우왕, 창왕이 신돈의 자손이었다는 것은 반대자들의 억측이고 모함이라고 일갈했다는 얘기다. 그가 저술한 고려의 야사는 조선 권신들을 두려워한 후손들이 불태워버렸다는 이야기도 전한다고 했다.

정오 무렵 조정의 젊은 관리가 향교에 도착했고 이어 궁중에서 장악원 주부로 일하고 있다는 중년 사내도 왔다.

옥당에 근무한다는 젊은 관리는 백결과 은밀히 얘기를 나누었고, 장악원 주부는 운학과 오래 밀담을 했다. 노사들은 함께 차를 마시면서도 금원에게 정식 인사를 시키지는 않았다. 그저 눈짓과 목례만 주고받고는 적당한 선에서 금원이 알아야 할 이야기를 들려주게 했다. 그래도 묘하게도 동패의 정이 깊이 흘렀다.

암행어사를 지냈다는 서씨 성을 쓰는 관리가 조정 돌아가는 얘기를 하면서 전횡하는 장김에게 그나마 볼멘소리라도 던질 수 있는 이들은 추사를 따르던 이들밖에 없다는 얘기가 가슴에 남았다.

장악원 주부로부터는 최고 어른으로 등극한 조 대비가 가무를 좋아해 세상을 떠난 효명세자와 함께 궁중무를 안무하고 창작하기도 했다는 새로운 사실을 들을 수 있었다.

저녁 무렵에는 청계의 일원인 정만인 노사가 왔다. 조선 최고의 지관으로 꼽히는 그와는 안면이 있었지만, 청계 노반회의의 일원이라는 것은 몰랐었다.

"역시 자네였군, 여걸 인재가 있다 해서 달려왔더니……"

천문과 풍수의 대가 정 노사는 금원이 결사의 맹원이 될 것을 믿어 의심치 않았다면서 반가워했다.

"아직 두 분 노사의 시험에 들지 못했습니다."

"아닐세, 자네는 이미 통과일세. 자네 같은 이를 놔두고 누구를 동패로 한단 말인가."

정 노사의 말대로 더 이상의 시험은 없었고 다른 두 노사도 금원의 가입을 기정사실화 했는지 저녁 다회를 준비하라고 일렀다. 을해결사에는 까다로운 입회식이 없다. 이심전심으로 성원이 된 것을 자각하고 남들도 인정하는 것이 관례라고 했다.

청계의 해자(亥字) 회의가 다회를 겸해 열렸다.

전인회주의 주요 지침은 중요도에 따라 을, 해, 결, 사 4단계로 나뉜다고 했다. 해 자는 두 번째 등급의 주요 사안인 셈이다.

청계의 원로들 세 사람과 금원이 참석했다. 노사들은 금원에게 서기의 소임을 맡겼다. 현재 전인을 포함 노사는 모두 5인이었는데 조 삿갓으로 알려진 조병연 노선비가 참석하지 못했다고 했다.

토론이 있는 회의라기보다는 전인의 지침을 확인하고 업무를 분장하는 그런 자리였다.

"보셨겠지만 전인께서 해자 등급으로 내리신 지침은 외연의 총력 확장과 자체 무력의 확보 강화요. 조만간 일을 도모하실 생각이신 모양입니다. 각자 자신의 영역에서 최선을 다해야 할 것이오."

원로들 사이에도 각자 맡은 분야가 있고 서열이 있는 듯했다. 좌상인 백결 노사와 그의 주변은 향교며 향촌계를 관장하고 있었고, 운학 노사는 전국의 상두계와 창우패들을 이끌고 있어 덕배 아재와도 긴밀한 관계를 맺고 있었다. 이 자리에 없는 조병연 노사는 전국의 뜻있는 유자들과 보상 부상들을 묶어내려 애쓰고 있다 했다.

듣자니 노사들은 각 산하조직의 무장 방안에 대해 고심하고 있는 듯했다. 가장 큰 문제는 역시 자금, 돈이었다. 결사의 자금은 장사하는 중인들, 각지의 상단에서 은밀히 나오는 모양이었다. 그런데 상단과의 연계와 연락을 현봉이 맡고 있다고 했다. 처음 듣는 얘기였다.

노사들은 금원에게 용화종을 중심으로 절집 식구들을 연결하는 일을 계속하면서 추사와의 인연을 살려 조정에 출사하고 있는 속 깊은 양반네들이며 재력 있는 역관들과 긴밀하게 지내도록 하라고 했다. 금원에게 내리는 회주의 심모원려의 전언이기도 했다.

"이제 자네의 매일 매일은 자네가 두근거리도록 만들어 가야 할 것일세."

백결 노사와 운학 노사의 당부 말씀이었다.

어디선가 청성자진한잎을 연주하는 대금 소리가 한밤의 향교 담장을 타고 넘어 들어왔다.

가렴주구

방죽으로 내려가는 길목의 버드나무에 물이 한참 오르는 초봄이었다.

모처럼 현봉이 동사로 왔다. 부용사 보름 법회에 법문하러 갔던 큰스님을 모시고 온 것이다. 그런데 두 노장은 웬 말을 타고 왔다. 제주산 과하마 두 필이었다.

"웬 말들입니까?"

"두물머리 장 부자네 말일세, 얼마 전에 구입했다고 자랑하면서 언제든지 필요하면 이용하라고 해서 오늘 처음으로 스님 모시고 끌고 와봤지."

마정(馬政)도 문란해진 게다. 돈이 있다고 아무나 말을 살 수 있는 세상이니 말이다. 전에는 당상관 이상만 그것도 까다로운 절차를 밟아야 말을 개인 소유로 할 수 있었다.

두 스님이 대강 행장을 푼 뒤 솥단지 앞 평상에 앉아 내달의 낭가계 회합에 대한 얘기를 나눴다. 금원이 결사의 정식 맹원이 되고 난 후 이런 시간이 꽤 많아졌다.

그때 아랫마을 사는 강 처사가 급한 걸음으로 절 마당으로 들어섰다. 과천의 역참(驛站)에서 목수 일을 하는 신도였다.

그의 손에는 봉서가 들려 있었다.

"스님, 급한 전갈 같습니다. 법주사 쪽에서 왔습니다."

충주에서 과천까지 온 관용 파발에 동사로 오는 편지가 들어 있었단다. 급한 일 아니면 관의 파발을 이용하지 않는데 꽤 긴한 일이 틀림없다. 역참은 병조 소속 관부였지만 녹봉체계의 붕괴로 사문서 전달이야말로 파발꾼들의 주 수입원이었다.

현봉이 눈짓하며 금원에게 편지를 건넸다. 뜯어보니 반갑지 않은 소식이 들어 있었다. 법주사에서 동사로 보내는 급전으로 되어 있지만, 보은의 낭가계원들이 보낸 소식이다. 보은현 회남면에 사는 지역 분주인 고 생원과 그의 향촌계 동패들이 열흘 전 자경단과 관가에 크게 당해 고 생원이 내달 계회 회합에 오기 힘들게 됐다는 얘기였다.

보은 법주사 일원의 동패들을 이끄는 고영주 생원은 금원도 지난해 모임에서 만나본 적이 있었다. 여러 면에서 오래전 세상을 떠난 아버지를 생각나게 하는 인물이었기에 가슴에 더 담아 두었는데 그가 크게 다쳤다는 얘기 아닌가.

소싯적에 초시에 합격한 그는 유학의 소양도 깊었고 불교에 대해서도 식견이 있는 은자였다. 생원은 낭가계의 주요 인사일 뿐 아니라 결사에서는 백결 노사, 유영수 어른과 함께 전국의 향촌계 동계를 한데 묶는 중요한 작업을 주도하고 있었다.

그가 현청에 끌려가 곤장을 열 대나 맞았다는 것이다. 서원의 소작일 때문에 일어난 사달이라고 했다.

"장독이 올라도 한참 올라 있을 텐데……"

금원은 자신이 서너 대만 맞고도 그 고생을 했다는 데 생각이 미쳤다.

"여보게 현봉, 누가 보은에 내려가 봐야 할 것 같지 않은가?"

그만큼 그의 비중이 크다는 얘기다.

"제가 다녀오겠습니다."

현봉이 나섰다.

"어차피 안성에 가야 하지 않습니까? 고 생원님과 꼭 의논해야 일도 있고, 그리고 가능하면 진천의 이필 청년도 만나보도록 하겠습니다."

"그렇긴 하네만, 내달 회합도 있고 한데 저쪽 토굴을 비워도 되겠는가?"

"급히 끝내고 돌아와야지요."

잠깐 사이를 두었다가 태을당이 말을 이었다.

"그럼 자성행도 같이 다녀오도록 하지. 청주에 가봐야 한다고 하지 않았나? 또 초롱이라는 그 똘똘한 여자아이가 괴산 화양서원에 있다고 하지 않았던가."

반가운 소리였다. 눈이 초롱한 고산서원의 초롱이 말이다. 그때 그 사달 이후 백방으로 알아보니 적당한 속량전을 내면 그 아이를 빼낼 수도 있다고 했기에, 금원은 아끼던 값비싼 장서 몇 질을 책을 사고파는 책쾌에 넘기기까지 했었다.

그런데 일이 막 성사되려는 찰나에 취수염 일유사가 눈치를 챘는지 변덕을 부려 초롱이는 화양서원 복주촌으로 팔려가게 됐다.

금원은 이럴 때면 스승 태을 스님이 자신의 머릿속에 들어왔다 나갔나 생각하곤 했다.

"예, 스님. 그렇게 하지요. 준비하겠습니다."

흥겨운 목소리로 대답했다.

현봉이 무슨 생각이 있는지 금원을 쳐다보더니 물어왔다.

"자네, 말 탈 줄 아는가?"

"예, 떨어지지 않을 정도는 됩니다."

사실 일패기생이 되려면 말도 탈 줄 알아야 했다. 금강산 유람은 나귀를 탔지만, 남편을 따라 의주에 가서 마님 행세를 할 때 꽤 자주 말을 탔었다. 그것도 과하마가 아닌 큰 말을…….

"그래 그럼 잘됐군. 장 처사한테는 내가 사람 보내 마필 더 쓴다고 전해두지."

노스님이 정리를 해줬다.

다음 날 동이 틀 무렵 두 사람은 노스님의 전송을 받으며 말 위에 올라 남행길에 나섰다. 말 이름이 종종이와 동동이란다. 과하마는 조선 재래종으로 과일나무 아래로도 지날 수 있을 만큼 작다고 해서 붙여진 이름이다. 그런데 큰 말보다 여러모로 더 편했다. 어차피 먼 길을 기를 쓰고 전속력으로 달릴 수 없는 바에야 힘세고 쉽게 지치지 않는 우리 조랑말이 훨씬 좋았다. 몽골 원나라 기병이 세계를 제패할 때 탔던 말이 바로 이 과하마였다.

금원은 동사지 입구를 벗어나자 종종이의 옆구리를 발뒤꿈치로 찼다. 종종이가 냅다 달리기 시작했다. 금원은 말군이라 불리는 겉바지를 입고 있었다. 여자가 그냥 치마 차림에 말을 타면 경을 쳤다.

동동이가 좇아오는 기색이 없어 금원은 저수지 입구에서 기다렸다.

"뭐 그리 달리누? 착한 중 놀리려고 그러지?"

현봉은 진땀을 흘리고 있었다.

"그 솜씨로 어떻게 양주에서 여기까지 오셨수?"

"쉬엄쉬엄 왔지. 노장님도 계시고……"

모처럼 사사로운 얘기를 나눌 수 있는 시간이 됐다지만 화제는 아무래도 절 살림과 결사에 대한 이야기가 먼저 나왔다. 현봉은 금원이 아주 잘하고 있다고 칭찬을 아끼지 않았다.

"아재, 그런 재미없는 훈장님 말씀 그만하고 아재 얘기 좀 해주세요."

오랜만에 아재라고 불렀다. 사실 궁금했다. 얘기를 들을 겨를이 없었다.

"뭐 그리 궁금한가? 다 지나간 얘기인데, 재미 하나 없어."

"어떻게 해서 죽서 외삼촌 명수 아재가 현봉이라는 착한 스님이 되셨는지, 아무리 재미없어도 듣고 싶은데요."

생전의 죽서에게 들은 얘기가 있었다. 사연이 꽤 있었다.

"이 땅의 서얼들이 겪는 설움 많은 인생이지 뭐."

처음에는 꽤 오랫동안 역관 시험을 준비했지만 장김의 세도정치와 맞물려 그 시험도 부정이 판을 치는 곳이었기에 몇 번의 실패 뒤 작파했단다. 그러다 어느 양반집 집사 일을 하게 됐다. 세상에 쉬운 일이 어디 있으랴마는 집사 일이라는 것이 집안의 하인들 단속하고 가을 추수철이면 외거 마름과 함께 소작인들에게 도지를 걷는 일이었기에 그의 성격과 맞지 않았다. 거기다 만난 상전이 비위 맞추기가 여간 까다로운 인간이 아니었다. 조선의 양반들은 상민들에게 '잘 대해 주면 기어오른다'는 비뚤어진 생각에 사로잡혀 호통과 욕지거리를 일삼았다.

"잘해주면 이쪽도 성심을 다하지. 그게 인지상정 아닌가. 자신들이 아랫사람들 막 대하고 멸시하는 것을 합리화하려는 자기기만인 게야."

명수 아재는 그렇게 여기고 있었다. 금원도 고개를 끄덕였다.

그러다 어렵사리 마음에 드는 처자를 만났는데 천민 여종 신분이었다. 도저히 연심을 이룰 수 없더란다. 주인은 자신의 재산이 는다는 생각에서 적극적으로 맺어 주려 했지만, 태어날 아이들이 종의 굴레를 쓸 생각을 하니 그럴 수 없었다. 어미가 종이면 자식은 무조건 종이 돼야 하는 종모법, 그 비인간적인 엄혹한 그런 법이 문제였다. 집사 명수는 다른 집 여종과 혼인하는 남자 노비에게 꽤 큰 액수의 배상금을 받아내라는 주인의 닦달에 크게 대들었다가 치도곤을 당하곤 쫓겨나야 했다.

포도청 포졸 노릇도 잠깐 했고, 다른 집 집사를 하다가 우연히 태을 스님을 만나 아예 머리를 깎았다고 했다. 잘못된 신분질서를 깨뜨리려 한다는 말에 뒤도 안 보고 따라나섰단다.

안성의 청룡암 진재 스님은 인근의 동패들을 모아놓고 기다리고 있었다.

"많이 보고 싶었네유. 자성행이 이리 고운 보살님이셨남유."

서로의 손을 잡는 그 순간, 단박에 우리 편이라고 느낄 수 있었다. 새벽닭이 울기 전까지 이 땅 민초들이 처한 현실을 놓고 자분자분 이야기를 주고받았다. 가렴주구에 시달리는 자신들 처지에 대한 하소연이기도 했다. 역시 조세제 붕괴, 삼정 문란에 따른 관과 양반네의 수탈이 농민 백성을 못살게 하는 최대 요인이었다. 그럼에도 의외로 저들은 온건했다. 법의 테두리에서 호소하고 상소를 올리자는 축이 다수였다. 안 되면 될 때까지 해야 한다는 것이었다.

곡괭이라도 들고 일어서야 한다는 소리가 나올 법도 했건만 그렇지 않았다. 모인 사람들이 대부분 순박한 농민이어서 그랬는지 금원이 보기에도 너무 착했다.

그런 이들에게 무기를 쥐여주며 때가 되면 일어서라고 해야 하는 것이 썩 흔쾌한 일은 아니었지만, 결사의 방침이었기에 운을 뗐고 저들의 이해를 구했고 각자 각오를 다지게 했다.

보은 땅에 도착해 보니 회남면 고 생원 사건은 현 전체에 쫙 퍼져 있었다.

"생원님은 왜 찾으십니까? 스님들께서."

길을 물어보려니 대답들이 퉁명스러웠다. 보은 사람들은 법주사 중들과 만동묘 고지기들이 작당해서 고 생원을 관가에 고변한 것으로 알고 있었다.

"생원님은 댁에 누워 계시는데 앞으로 꽤 오랫동안 자리를 보전해야 할 겁니다."

다들 고 생원 걱정을 하고 있었다.

고 생원 집은 이내 찾을 수 있었다. 초가였지만 규모도 있었고 깔끔했다.

생각보다 그의 상태는 위중하지는 않았다. 옆으로이기는 했지만 일어나 앉을 만했고, 정신도 말짱했다.

"이만하시길 정말 다행입니다."

"바쁘실 텐데, 사람들이 공연히 번잡을 떨어서는……"

자초지종을 들을 수 있었다. 문제의 진원지는 역시 화양서원이었다. 이곳에서 저들의 패악질은 도를 넘어서고 있었다. 그 앞장에 자경단과 망둥이 같은 지역 인사가 있었다.

고 생원은 결사 활동 때문에 지역에서는 될 수 있으면 표면에 나서는 일을 삼갔다. 하지만 향촌계 사람들은 유난히 그를 의지하고 따랐다. 자신들 편을 들어주는 유일한 식자 양반이었기 때문이다.

이번 횡액은 고 생원의 향촌 내 영향력도 있고 해서 그렇게까지 될 일은 아니었는데, 안동 김문의 비위를 건드린 것이 그예 동티가 났다.

바로 김만기라는 인물 때문이었다. 안동 김문의 끝자락에 속한 인사로 보은 일대에서는 권세가 노릇을 했다. 화양서원 유사, 만동묘 고직 서리 직함도 갖고 있는 그는 방약무인하기 이를 데 없어, 나이가 자신보다 한참 위인 고 생원에게도 아랫사람 부리듯 턱짓을 해댔다. 정3품 이상의 고관이나 타게 돼 있는 남여를 산골 촌에서 타고 다녔다. 좁은 시골길에서 하인을 시켜 '쉬 물렀거라, 숭정대부 나으리 납신다' 하는 꼴이란. 정말 없던 배알도 벌떡 일어나 꼴릴 지경이란다.

그것도 당초에는 어디에선가 바퀴 달린 초헌을 구해 와서 타고 다녔는데, 시골길이 하도 덜컹대니 무슨 얘기를 하다 혀를 깨무는 통에 어깨에 메는 남여로 바꾼 것이었다나.

그런 그가 어느 날 문제의 남여를 타고 고 생원네 집으로 찾아왔단다. 잔뜩 거들먹거리며 쏟아놓은 용건이 보은 향안을 다시 작성해야 하는데 고 생원이 맡아 달라고 하는 것이었다. 그러면서 이랬단다.

"고 생원, 당신도 이제 축생들과 그만 붙어 지내고 인간 세상으로 나와야 할 것 아니오? 이거 원 집 꼬락서니하고는……"

"축생이라니. 그게 무슨 말이오?"

"뭘 그리 발끈하시오, 고 생원보고 한 말도 아닌데, 그 일 잘해내면 내 한양의 종제들에게 말 잘해 참봉 자리라도 얻게 해줄지 또 아오? 돈 마련할 형편은 못 될 테고……"

"일없소. 그보다 당신 앞으로는 말조심하시오, 축생이 뭐요 축생이."

"그럼 우리끼리 얘기지만 논배미에서, 산판에서, 지렁이처럼 구더기처럼 허덕이면서 불평불만만을 일삼는 것들이 사람이란 말이요?"

"정말 상종 못 할 인사로구먼. 썩 돌아가시오."

"이런 배은망덕을 보았나. 난 기껏 생각해서 찾아와 기회를 주려 했는데 그걸 모르고 당신 같은 사람이 언제 도유사 어른 만나 뵐 기회 있다고……"

고 생원은 정말 화가 머리끝까지 치밀어 올랐다.

"정순아, 여기 소금 가져와라. 정말 못 들어주겠다." 그리고는 정말 딸이 가져온 소금을 김만기 뒷등에 대고 뿌렸다.

'거름을 뿌렸어야 했는데…… 실은 거름통도 가까이 있었는데……'

분을 삭이지 못하던 고 생원에게 며칠 뒤 서원에서 사람이 나왔다. 보은 사람들이 부치는 서원 논의 소작 도지를 갑절로 올리겠다는 통보를 전하기 위해서였다. 그리고 닷새 뒤까지 향안을 내놓으라는 요구도 함께 해왔다. 심부름 온 자경단원 청년에게 말도 안 되는 소리 말라며 받아들일 수 없고 못 들은 것으로 하겠다고 했다.

사실 향안이야 자기들과 한통속인 향청이나 한가해진 향교에 얘기해야 하는 일이었다. 향안은 향촌의 양반, 양인들의 명단으로 과거 응시, 합격 여부를 가리기 위한 명단인데, 근자에는 재산목록까지 추가돼 있는 중요한 자료였다. 향안을 당사자들에게 만들라고 하면 순진한 양민들은 거짓을 고할 수 없어 숟가락 숫자까지 적어야 했다.

백성들에게는 동헌이라 부르는 관아만 해도 머리가 아픈데 향청에 향교 그리고 서원까지, 상전이 너무 많았다. 보은, 괴산의 경우 만동묘 화양서원의 위세가 가장 대단했다.

거기다 화양서원 자경단은 자체 환곡을 경영하고 있었다. 말하자면 강제 고리대금업이다. 봄의 춘궁기에 곡식을 내주고 가을 수확기에 회수할 때 장리를 부과하는 환곡이 관에서 행하는 봄 환곡이라면, 이들 자경단의 환곡은 가을 환곡이었다. 가을 수확기에 관의 환곡을 갚는 그 곡식을 대출해 줬던 것이다. 관의 환곡보다 높은 이자였다.

그래도 민초들이 그나마 버틸 수 있는 것은 향촌계와 동계, 그리고 상두계와 같은 민초들 끼리의 품앗이 조직이 있기 때문이었다. 시린 어깨를 서로 기대며 동병상련을 나눌 수 있었기 때문이다. 더러는 맞서 싸우자는 소리도 나왔지만 아직 그 목소리는 작았다.

아무튼 고 생원은 계원들을 불러 모아 자초지종을 설명했다. 절대불가라는 결론이 나왔고 도지 문제를 따져나 보자고 서원의 유사당으로 몇 명이 찾아가기로 결정했다. 정작 고 생원은 계원들이 빠져 계시라 해서 빠져 있었다.

그랬는데 관가에서 그 사달을 벌인 것이었다. 어떻게 알았는지 다음날 새벽같이 포졸이 나와 고 생원과 계의 주요 성원들을 잡아가 불온한 능상의 죄를 범했다고 볼기를 쳐댔다는 것이다.

'네 죄를 네가 알렸다?' 무조건 잡아다 이렇게 족치는 이 나라 관아의 사또와 아전들. 이러니 묶인 사람은 소싯적 수박 서리라도 불어야 할 판이다.

'다 알고 있으니 바른대로 고하거라.'

이 말은 고 생원과 동무들도 들어야 했다. 한양 도성 임금의 국청인 의금부에서 시작된 이 파렴치한 무소불위의 호통은 파발마라도 탄 듯 지방 방백에게로 전파되어 오늘도 이 순간에도 방방곡곡에서 계속되고 있었다. 이 나라의 법은 항상 가진 자의 편이었다. 늘 때리는 자의 편이었다. 한 번도 없는 자, 맞는 자의 편에 서서 형평을 이룬 적이 없는 법이었다.

고 생원은 외유내강의 전형이었다.

"저들에게 고마워할 일입니다. 망설이는 나를 확실하게 내몰아줬습니다. 목숨이 붙어 있는 한 민초들과 함께 싸워 보렵니다."

금원과 현봉이 도착한 지 사흘째 되는 날 자신의 집 사랑방에서 자리를 털고 일어난 고 생원이 현봉의 손을 잡고 한 말이다. 이번에도 노스님이 싸준 금암산 하수오가 장독 치료에 큰 몫을 했다.

고 생원은 이번 일을 겪으면서 다시 태어난 것 같다고 했다. 한마디로 잠자고 있던, 망설이고 있던 자신 안의 분노가 확실하게 응집돼 피어올랐다고 했다. 그는 자신이 맡고 있는 농민 무장단 활빈회를 꾸리는 일에 더 박차를 가하겠다고 했다. 농민 중에도 향촌계원 가운데도 힘쓰는 재인 역사가 꽤 많다고 했다.

금원은 그 말을 옆에서 들으면서 가슴이 뭉클해졌고 눈물이 왈칵 솟았다. 고개를 올렸더니 고 생원과 현봉의 뒤로 편액 휘호가 보였다. 낯익은 글씨였다.

'계산무진(谿山無盡)'

"추사 어르신의 글씨 아닙니까?"

"그래요. 자성행님이 그 어르신 인척이 된다고 했지요?"

"예, 그렇습니다."

"인연이 닿아 한 장 얻을 수 있었기에 가보로 삼아 걸어 두었지요."

추사의 예서 글씨 편액 중에서도 유난히 골계미가 돋보이는 잘된 글이었다.

계 자의 조형미와 올라간 산 자 그리고 한 줄에 내려쓴 무진.

"속리산을 예전에는 계산이라고 했지요. 계산은 다함이 없다. 그 속에 묻혀 때를 보리라. 그런 뜻으로 이해하고 있습니다."

듣고 보니 그랬다. 썩어 문드러진 장김의 횡포에 대해 은인자중하고 있는 은사들이 일어나야 한다는 웅변을 담고 있는 글로 느끼고 있다는 얘기였다.

실은 그 글에 대해서 금원은 직접 추사에게서 초본을 앞에 놓고 배경과 속뜻을 들은 바 있었다. 대동소이했기에 더 아는 체하지 않았다. 계산은 안동 김가 경화세족 가운데 한 명인 김수근의 호였다. 김좌근의 사촌이다. 원래 이 글은 그가 외직으로 나가면서 추사에게 부탁해 써준 글로 알고 있는데, 고 생원만의 또 다른 '계산무진'이 있었던 것이다.

"물이 탁하면 발을 씻고 물이 맑으면 갓끈을 씻는다 했소. 추사 선생께서는 글자 한 자라도 허투루 쓰시지 않고 뜻과 성을 다하셨다고 나는 믿소."

고 생원이 한마디 보탰다.

보은의 징치

금원과 현봉은 보은에서 일을 한판 벌이기로 했다. 옆 고을 진천에 이필이 있었기에 가능했던 일이었다.

과지초당에서의 짧은 만남 이후 이필은 부쩍 더 친근하게 금원에게 다가왔다. 동사와 부용사를 세 차례쯤 찾아왔다. 함께하는 시간은 적었지만 서로의 교감은 마치 수년 동안 서로 알고 지낸 사이 못지않았다. 아마도 지향하는 바가 서로 같았기 때문이리라.

필은 순조 25년 을유생이었다. 충청도 홍주에서 태어났다. 부친을 일찍 여의었지만 부친 친구인 허 의원의 물심양면 도움으로 글을 배울 수 있었다. 어려서부터 총기가 좋았던 데다 독서를 많이 했단다. 사람 사귀기를 좋아했고 언변이 뛰어났다.

그런 그에게는 커다란 아픔이 있었다. 이 땅에서 사람답게 살아가기에는 결정적인 결격사유가 아닐 수 없었다. 바로 서출이라는 신분 때문이었다. 천만다행으로 그의 어머니가 천출은 아니었기에 종이 되는 신세는 면할 수 있었지만, 세상살이에서 이런저런 갖가지 차별을 피할 수는 없었다. 그래서 그런지 조선의 신분제도에 대해 유난히 격분하고 있었다. 다행인 것은 그의 양부 격인 허의원과 그의 아들 선호가 깨어 있는 인물이었다는 점이다. 그래서 각별한 후원과 사랑을 받을 수 있었다. 그가 무과를 택한 것도, 선뜻 벼슬 임용에 나서지 못한 것도 적서의 차별 때문이었다.

동사와 부용사에 와서는 불교에 대해서 혹독한 비판을 쏟아 냈지만,스님들에게도 꽤 강한 인상을 주었다.

"조선의 불교야말로 일어서야 합니다. 불교의 근본정신이 무엇입니까? 바로 맞서는 겁니다. 무명과 맞서고, 불의와 맞서는 것 아닙니까? 저는 그렇게 생각합니다."

멋진 말이었다. 그런데 필이 부용사를 여러 차례 다녀간 것은 금원이나 스님들 때문만이 아니라 덕배 아재와 상두계 때문인 측면도 컸다. 자신의 말대로 그는 상두계와 탈춤패 사내들과 사귀기 원했고, 그랬기에 이런저런 볼일이 있었기 때문이다. 특히 처음부터 덕배 아재와 죽이 잘 맞았다. 아재가 기호지방 상두꾼 조직에서 가장 목소리가 큰 인물이라는 것을 알고 나서부터 부쩍 더 발걸음이 잦았다.

현봉 스님이 갑인년(철종 4년)에 치러진 무과 급제자 명단에서 진천 사람 이필의 이름을 확인했다. 하긴 그 무과에서 합격한 이가 천 명이 넘었다. 그리고 진천의 부자인 허선호라는 한의가 그의 유력한 후원자로 필이 그 집을 제 집처럼 들락거리고 있다는 것도 확인했다.

相見不答 濁世硏　이리 보고 저리 봐도 기운 세상 답이 없네
我窮他乏 悟病難　너도 곪고 나도 아프고 저도 힘드네
平世好男 誰由從　세상 바로 펴겠다고 나선이여 따르는가.
無王床說 唯鼎革　왕후장상 따로 없다 정혁만이 우리 살길.

허 의원 부자를 비롯해 주변 사람들이 감탄하면서도 두려워했다는 이 한시는 필이 스무 살 무렵에 쓴 것이었다. 자신이 정혁에 관심을 쏟게 된 것은 허균 선생의 영향이 컸다고 필은 말했다.

소년 시절 『홍길동전』을 한글본으로 읽었는데 그 책을 읽고 나서 자신의 처지와 관련해 신분질서에 대해 심각하게 생각하게 됐던 모양이다. 그리고는 허균의 다른 저작들을 찾아보았단다. 금서로 되어 있었지만 조금만 노력하면 찾아 읽을 수 있었고 그 영향으로 정혁을 생각하게 됐다는 것이다.

이 험한 시기에 너도나도 자신만 잘 먹고 잘살겠다고 어떻게 해든 출세해보겠다고 나서는 판에 불쌍한 상민을 위해 세상을 위해 몸 바치겠다고 공언하는 젊은이. 금원과 스님은 그 정신을 높이 샀다.

진작부터 현봉 스님은 필을 보은 쪽 회중과 연결시키려 하고 있

었고 얘기 끝에 필 이름이 나왔는데 서로들 잘 아는 사이라고 했기에 잘됐다 싶어 진천으로 사람을 보내기로 했다.

금원과 현봉이 보은에 와 있다는 전갈을 받은 필은 한달음에 달려왔다. 외지로 쏘다니기 일쑤인 사람이 마침 처소에 와 있었던 모양이다.

필은 변을 당한 고 생원에 대한 안부를 먼저 챙겼다.

"좀 어떠십니까? 고 숙부님."

고 생원과 필의 부친은 동문수학한 사이였다. 필은 그렇지 않아도 고 생원이 횡액을 당했다고 해서 위문하러 오려 했는데 금원과 현봉이 불러 줘서 아주 잘됐다고 떠들레했다.

"어서 오시게, 이 선달. 보다시피 큰 문제 없다네."

자리를 털고 일어나 옆 자세지만 벽에 기대 있던 고 생원은 필을 반갑게 맞았다.

금원에게는 이럴 줄 알았다면서 각별하게 나왔다.

"누님께서 우리 고 숙부님과 동패일 것이라고 예상은 했지만 이렇게 쏜살같이 병구완을 와야 하는 사이일 줄은 생각도 못했는디 정말 반가워유."

사람도 많은데 손을 덥석 잡는 것이 아닌가. 금원은 너무 매정하게 뿌리치면 그가 멋쩍어할까 봐 살며시 손을 뺐다. 의외로 그의 손은 큼직하고 우악스러웠지만 느낌은 부드럽고 따뜻했다.

필은 숙부를 이렇게 만든 놈들을 그냥 둘 수 없다고 나왔다.

"그렇게 홍분만 할 일이 아닐세."

고 생원이 오히려 말려야 했다.

"저를 부른 게 그런 뜻 아니었시유, 장사 스님?"

필은 현봉당을 장사 스님이라고 불렀다.

"그렇기는 한데 이 선달 말처럼 당장 몰려가고 그럴 일은 아닌 듯싶으이."

"성급하긴 뭐가 성급하답니까? 모든 일에는 때가 있는 법인데요. 매사 사람이 하는 일인데 사람 이렇게 모이기 어디 쉽습니까? 오면서 생각해둔 게 있슈."

듣고 보니 무조건 혈기로만 달려드는 그런 무모한 얘기는 아니었다.

현봉이 중심에 서서 논의를 진행했다. 최소한 김만기에게만큼은 뭔가 치도곤을 안기자고 결론이 났다. 지금의 사정으로 그 이상은 무리였다. 그나마도 고 생원은 마뜩잖아 했지만 계원들이 적극 찬동하고 나섰다.

"생원님은 아무것도 모르시는 겁니다. 어쨌든 앞장서는 것은 이 선달과 저희입니다."

현봉이 고 생원에게 다짐받듯 얘기했다.

"선달 조카도 김만기가 알려면 얼마든지 아는 인물인데……"

현봉이 일을 밀어붙이는 것은 필에 대한 시험의 의미도 있다고 금원은 이내 직감했다. 일은 김만기가 괴산 화양서원으로 가는 길에서 벌이기로 했다. 아무리 자경단 놈들의 위세가 대단하다고 해도 화양동 입구가 워낙 길고 굽어서 다 관장할 수는 없는 노릇이었다.

김만기를 태운 교자가 저만큼에서 보였다. 그 작자는 설마 이런 일이 있으리라고는 상상도 못 하고 아무도 보지 않건만 의기양양하게 거드름을 피우며 숲길로 들어섰다. 교자꾼 두 사람에 하인 한 명뿐이었다.

탈을 쓴 필과 현봉이 그들 앞에 순식간에 나타나 소리를 질렀다. 두 사람의 손에는 나무 지팡이가 들려 있을 뿐 살상 무기는 없었다.

"이놈들 멈춰라!"

현봉의 목소리는 워낙에 컸다.

"누, 누구냐?"

김만기는 말도 끝내기 전 어이쿠 비명을 지르며 교자에서 떨어져 나뒹굴어야 했다. 교자꾼들이 두 탈바가지가 척 나타나 고함을 지르자, 기다렸다는 듯이 교자를 내팽개치고 언덕 아래로 냅다 줄행랑을 쳤기 때문이다.

교자를 잡고 있던 하인 녀석도 어쩔 줄 몰라 하다가 현봉이 주장자 지팡이를 들어 올리자 걸음아 날 살려라 하고 내뺐다.

"누, 누구요? 무슨 일이요?"

김만기가 제대로 일어서지도 못하면서 겁에 잔뜩 질려 한마디 했다. 현봉이 주장자로 놈의 어깻죽지를 한 대 내려쳤다.

"아이고 나 죽네. 왜들 이러시오?"

"숭정대부 네놈의 교자가 탐나서 그런다"

현봉이 탈 안에서 굵직한 목소리를 냈다.

필의 박달나무 목검이 놈의 어깨를 호되게 내리쳤고 명치를 제대로 찔렀다. 비명도 못 지르고 놈은 혼절했다.

김만기는 그날 지옥 구경을 제대로 했을 게다. 필과 현봉은 놈을 발가벗겨 재갈을 물려 나무둥치에 묶어놓고 주변에 음식 찌꺼기를 던져 놓았으니 말이다. 교자는 토막을 내 저만큼 언덕 아래로 던져 놨으니 사람들이 올라온다 하더라도 찾기에 여간 애를 먹을 것이 아니었다. 그 사이 김만기는 산짐승들한테 얼마나 시달림을 받을 것인가. 낮은 산이라서 맹수는 없다고 하더라도 사람의 음식을 먹는 잡식성 동물과 곤충은 사람을 벌레 보듯 했던 놈을 충분히 괴롭히고 남았을 것이었다.

한양으로 올라가는 현봉과 보은의 형만을 배웅하고 금원은 필을 종용해 법주사로 향했다. 함께 복주촌에 가기 전에 법주사 미륵부처님께 이것저것 빌고 싶었기 때문이다. 도보였다. 금원이 타고 온 종종이는 어차피 서울에 일이 있는 보은의 맹원 서형만이 타기로 했기 때문이다.

떠들레하면서도 필은 참으로 아는 게 많았다. 유학 경전도 꽤 읽었고 시문에도 능했지만, 무엇보다 특히 외국의 사정, 청국이며 구라파라 부르는 지구 저편의 소식을 꿰고 있었다. 청나라 학자 위원의 『해국도지』를 여러 차례 독파했단다.

"누님 제 얘기를 들어보십시오. 세계만방은 지금 정혁의 질풍노도를 겪고 있습니다. 법란서를 보십시오. 깨친 중간계급이 나서 하층 백성들과 함께 낡고 부패한 귀족계급과 식충이 왕들을 몰아냈습니다. 또 미리견을 보십시오. 왕을 백성들이 직접 선출한다지 않습니까? 우리라고 못 할 것 없습니다."

"그래요? 선달님의 창의와 정혁 일이 성공해 그렇게 되도록 해 보십시다."

과연 그런 일이 가능할까 싶었지만 당장 그의 마음을 상하게 할 필요는 없었다.

"빈말로 그럴 게 아니라 약속하시는 거유?"

그러면서 필은 길에서 금원의 손을 두 손으로 덥석 잡는다. 금원도 지난번과는 달리 짐짓 오랫동안 잡혀준 뒤 천천히 손을 뺐다. 그의 손은 여전히 따뜻했다.

천년 고찰 법주사는 미륵 사찰답게 천연스럽게 두 사람을 넉넉히 품어 주었다. 천년의 세월인 터에 큰절에는 이런저런 일이 많았고 이런저런 승과 속 사람들의 허튼 욕망의 터럭이 묻어 있었지만, 그것은 그리 큰 흉이 되지 않았다. 하늘처럼 너른 계산의 한 점 홍진이라고 할까.

수백 년을 앉아 있는 거대한 금불이 금원을 지긋이 내려 보고 있었다. 미륵불이다. 법당 밖에서 뒷짐을 쥐고 있던 필은 어디로 간 모양이다. 가슴을 먼저 찍고 왼손 오른손 그리고 이마가 법당 마루에 닿았다. 두 손을 귀밑까지 뒤집어 들어 올렸다.

"중생을 다 구하오리다."

"불도를 다 이루오리다."

그러면서 힘 있는 보살의 도를 생각했다.

"진정한 보살도를 행하오리다."

보살도를 행하려면 힘이 있어야 했다.

'나무 지장보살 나무 지장보살 나무 지장보살'

지장보살은 창을 든 사천왕 같은 이필 닮은 보살이었고, 한 손에 노비해방의 전민변정도감을 든 편조 스님과 태을 스님 같은 보살이었다. 그리고 고 생원처럼 유학에도 조예가 있어 외유내강한 보살이었다. 그래서 금원은 미륵이 더 미더웠다.

'메테야 메태야 메트라야 보디삿따 사바하.

화양서원

화양서원의 서원촌을 특별히 복주촌(福酒村)이라 불렀다. 금원이 보기에는 복술이 아니라 폭리 술, 비싼 술이었다. 어쩌면 춘향전에 나오는 만백성의 피눈물이었다. 30년 전 필의 부친과 이명윤 의원이 끌려온 곳도 정확히는 이곳 복주촌이라고 했다. 막 태동했던 자경단의 총단이 이곳에 있었단다.

화양서원이 자리 잡은 곳이 좁은 계곡 안이어서 민가가 넓게 자리 잡을 터가 없었다. 그러다 보니 화양리를 벗어나 앞쪽인 도원리까지 서원촌이 뻗쳤고, 근자에는 후영리와 후평리까지 복주촌이 돼 가고 있었다.

봄가을 제사 때면 전국에서 수만의 유생이 운집하는데 어느 해에는 무려 3만이 몰려 왔다고도 했다. 그러니 복주촌은 이권이 보통 아니었다. 겉으로는 이 복주촌을 민간 상인들이 운영하는 것 같지만 사실 서원의 직영이나 다름없었다. 자경단이 관리하고 있었다.

화양길을 걸어 구곡 입구에 당도했다. 구곡으로 향하는 사람들이 꽤 있었다.

"혹시 초롱이라고 열여섯 살 난 여자아이 모르십니까? 이곳 복주촌 객점가에서 일을 하고 있다는데……"

"객점이 한두 갠가유?"

"모르겠는디유."

객점 주변에서 마주치는 사람들에게 물었지만 다들 이랬다.

이필도 이곳에서 사람을 찾고 있었지만 금원처럼 드러내놓고 찾을 사람은 아니었다.

듣던 대로 구곡 안은 우암 송시열의 작은 왕국과도 같았다. 화양동 계곡은 벼슬에서 물러난 그가 이곳으로 내려와 살면서 정자를 지어 글을 읽고 제자들을 가르치면서 알려지기 시작했다. 송시열은 주자의 무이구곡을 본떠 이 화양동 계곡의 볼만한 곳 아홉 군데를 경천벽, 운영담, 읍궁암, 파천 등으로 명명하고 화양구곡이라 명명했다.

입구에서 제일 먼저 만나는 곳이 경천벽(擎天壁)인데 층암절벽에 '화양동문(華陽洞門)'이라는 글자가 큼지막하게 새겨져 있었다. 역시 송시열이 쓴 글이란다.

경천벽을 지나면 오른쪽으로 촌락이 펼쳐진다. 바로 이곳이 말 많고 탈 많은 원조 복주촌이다. 생각보다 넓지 않다. 많아야 20여호의 점포와 객점이 있었다. 그래서 바깥쪽 부락이 복주촌으로 변한 모양이다. 그래도 사람들로 북적이면서 분주해 보였다. 마침 오늘 저녁때 통문패계 회동이 있다고 했다.

두 사람은 복주촌 부락에는 나중에 들어가기로 하고 그냥 왼쪽 길을 따라 위쪽으로 올라갔다. 서원과 만동묘를 먼저 둘러보기로 했기 때문이다.

"누님 제가 정혁이라는 말을 어디서 처음 보았는지 알아요?"

"어딘가요? 시경?"

"아녀유. 송시열이 쓴 「기축봉사」였시유."

"그래요? 그 사람이 그런 말을 썼습니까? 그것도 임금에게 올렸다는 봉사에서."

"그렇다니까유."

필은 「기축봉사」를 허 의원 서재에 있던 『송자대전』에서 읽었단다. 송시열 사후 득세한 그의 문하들이 펴낸 그의 문집이다. 제5권에 「기축봉사」가 들어 있었는데 거기서 그가 정신혁고(鼎新革故)라는 단어를 썼단다.

정신혁고는 새것을 취하고 옛것을 버린다는 뜻으로 원전은 『시경』이 맞았다. 두 자로 줄여 '정혁(鼎革)'이라 하면 이미 있던 왕조를 뒤집고 새 왕조를 세움을 이르는 강경한 말이 된다. 또 혁신이란 말도 여기서 나왔다는데, 이는 정혁보다 훨씬 완화된 뜻으로 쓰인다.

필은 정혁이라는 말을 달고 산다고 할 정도로 자주 했다. 추사의 과지초당에서도 그랬고, 동사와 부용사에 와서도 거리낌 없이 정혁을 얘기했다. 하지만 스님들은 떠들레하고 우악스러운 청년 선달에게 무슨 체계와 철학, 구체적 계획이 있겠는가, 그저 하는 소리려니 하고 받아들이는 눈치로 맞장구치지는 않았다. 그런 필의 정혁이 송시열에게서 나왔다니 참 알다가도 모를 일이다

"누님, 이 왕조는 임진왜란 때 벌써 뒤집혔어야 하는 왕조입니다. 그런데 이 왕조를 연명하게 하면서 나라를 이 꼴로 만든 원흉이 바로 서인들입니다. 임란이 끝나고 허균 선생 같은 선각자들이 나라를 엎으려 했을 때, 서인들이 이를 저지하면서 자신들 입맛에 맞는 이씨를 새 왕으로 삼으면서 연명하게 한 것 아닙니까?"

남이 들으면 경을 칠 소리였지만 맞는 말이다.

"그다음부터 노론으로 이어진 서인들, 한 줌 양반들의 나라였다고 해도 틀린 말이 아닙니다. 이렇게 긴 세도 정치는 세계에 유례가 없답니다. 역사적으로 3백 년 이상 가는 왕조는 드뭅니다. 중국뿐 아니라 서양 구라파 왕조들도 그렇답니다. 그런데 이 왕조 조선은 벌써 4백 년을 넘어 5백 년으로 가고 있습니다. 고인 물은 썩는다고……"

가만 들어보면 그의 말에는 늘 새 정보가 담겨 있었다. 추사에게서 함께 들은 이야기지만 한 걸음 더 진전돼 있는 해석이고 지재였다.

서원 전각들이 오른쪽에 나타났다. 화양서원이라는 현판이 걸려 있는 대문을 필두로 명륜전, 대성전, 보광전, 학전 등 전각들이

보였다. 생각보다 크지는 않았지만, 꽤 사람들로 북적였다.

공부하는 학생들의 모습보다는 나이든 유사들, 하인들, 자경단원으로 보이는 검은 옷의 사내들 그리고 잡상인들, 부녀자들의 모습이 더 많이 보였다.

금원과 필이 보고 싶은 곳은 서원이 아니었다.

얼마쯤 올라가자 길가에 돌기둥이 마주 보고 서 있다. 하마소(下馬所)라는 돌 팻말이 걸려 있었다. 바로 만동묘가 시작되는 곳, 여기서부터는 누구를 막론하고 말에서 내려 걸어가야 한다는 말이다. 특이하게도 왕자(王者)도 예외가 아니라고 쓰여 있었다.

서원 건물들을 왼쪽 아래로 내려다보는 저쪽 높은 곳에 만동묘 사당이 보였다. 그곳을 빙자해서 이런 하마비를 만든 모양이었다. 아무리 송시열이라 하더라도 자신 명의의 서원과 정자로는 왕과 왕자를 말에서 내리게 할 수는 없을 것이다. 하지만 명나라 황제라면 얘기가 다르다. 명의 의종과 신종이 그들이다.

묘라고 해서 봉분이 있는 묘가 있는 것이 아니었다. 사당 건물도 화려하거나 크지 않았다. 오히려 협소하고 옹색해 보였다. 저처럼 작은 사당서 제사를 지내면서 전국을 들썩이게 한다는 것이 우스꽝스럽기조차 했다. 그런데 사당으로 오르는 계단은 가파르기 짝이 없었다.

"선달님은 왜 저리 가파르게 만들었는지 알고 있나요?"

"알쥬. 명나라 황제의 사당을 오르면서 감히 두 발로 걸어 올라오지 못하게 했다는 것 아니유?"

그랬다. 만동묘를 오르는 사람들은 엉금엉금 기어 올라가서 개 구멍 같은 구멍으로 기어서 들어가야 했다는 것이다.

만동묘 건립은 전적으로 송시열의 유지였다. 송시열은 숙종에 의해 사사되면서 명나라의 신종과 의종의 사당을 세워 제사 지낼 것을 제자인 권상하에게 피맺힌 유언으로 남겼다. 조선 왕을 건너뛰고 자신들은 명 황제의 신하라는 일종의 어깃장이다. 권상하는 인근 유생들의 협력을 얻어 화양서원 내 언덕 위에 만동묘를 건립하고 제사를 지내기 시작했다.

만동묘라는 이름은 강물이 만 굽이를 돌더라도 동해로 들어간다는 송나라 시인의 시구 '만절필동(萬折必東)'에서 따온 친명사대의 적극적 표현이다.

송시열이 신원되고 노론의 시대가 열리면서 이후 역대 왕들이 융숭하게 만동묘를 예우했는데, 영조는 전답과 노비를 내렸고 정조 또한 직접 사필을 내리기도 했다.

서원은 아무래도 소재 지역과 배향된 인물의 문중이 중심이 되는 제한이 있지만, 만동묘는 그야말로 전국구였다. 이 일대에 '원님 위에 감사, 감사 위에 정승, 정승 위에 임금, 임금 위에 만동묘지기'라는 노래가 퍼질 정도였으니 말 다한 셈이다.

각종 제수전의 명목으로 각 군, 현에 그 유명한 화양 묵패를 발송해 강제로 돈을 걷었고, 춘추제향을 지낸 뒤 거액의 추렴을 강요했다.

감투팔이 또한 큰 문제였다. 이곳 화양서원에서 돈푼깨나 있는 양민이건 양반이건 간에 장의 혹은 입직 등 적당한 감투를 씌우면, 싫어도 토지와 재물을 바치고 받아들여야 했다. 멀리 있는 사람도 상관없었다. 이를 거부하면 고지서이자 체포영장인 묵패가 언제 날아들지 몰랐다. 묵패는 사충서원 서독과 마찬가지로 전국 어디서나 통용됐다.

높디높은 돌계단 아래 창고를 지키는 고직실도 떡하니 있었고, 일자 기와집 두 채가 서원과는 분리된 만동묘 부속으로 큼지막하게 나란히 서 있었다. 여기도 사람들로 꽤 북적였다.

여기저기 기웃거리고 있었지만, 앞쪽 마당을 서성이는 두 사람에게는 아무도 관심을 기울이지 않았다. 생각보다 경계는 없는 편이다. 가파른 계단 쪽과 뒤채로 가는 길목에는 금줄이 쳐 있었다.

수더분해 보이는 아낙이 대청 아랫마당서 잔풀을 뽑고 있었다. 금원이 다가가 옆에 앉아 같이 풀을 뽑아주며 말을 걸었고 역시 인상대로 친절하게 응해 줬다. 마침 필이 찾고 있는 김성순이라는 사람을 안다고 했다. 그런데 이곳에 있기는 있었는데 떠났단다. 얼마 전까지 만동묘 집강소 서리 노릇을 했던 것은 맞는데, 여기서도 농간을 부리다 들통이나 쫓겨났다고 했다.

"듣자 하니 지금은 제물포의 큰 객주가에 갔다고도 하고 석실서원이라는 곳에 갔다고도 들었는데 거기 가서도 또 농간을 부리고 있을 것이 틀림없어유. 못된 마음보 어디 가남유."

아주머니는 그에 대한 감정을 숨기지 않았다.

돌계단 위 사당을 구경하고는 싶었는데 그곳은 함부로 올라가지 못한단다. 금줄이 쳐 있는 아래쪽에 검은 옷의 자경단원 들의 모습도 보였지만 크게 경계의 모습은 보이지 않았다. 오히려 필에게 목례를 해왔다. 저녁에 있을 자경단 회의 참석자로 여기는 모양이었다.

금원과 필은 그곳에 머물 더 이상의 이유가 없었기에 일단 나오기로 했다.

서원 건물 앞 냇가에 암반 위에 구멍이 많은 희고 둥글넓적한 큰 바위가 있었다. 구곡 가운데 하나인 읍궁암(泣弓岩)이다. 효종이 41세에 세상을 떠나자 우암이 한양을 향해 활처럼 엎드려 통곡하던 바위란다.

그러나 이 이야기도 송시열 일파의 정치적 입지를 굳히기 위해 과장 조작한 혐의가 짙었다. 실제로 우암은 번번이 효종의 북벌에 제동을 걸었으며, 효종이 죽은 후에는 추호도 북벌의 의지를 보이지 않았다.

더 올라가자 개울 건너에 송시열이 세운 구곡 최초의 정자 암서재(巖棲齋)가 나왔다. 이곳이 화양구곡의 중심이며 송자 숭배자들의 성지다.

여름이 되기 전이었는데도 암서재 앞 냇가에 물에 발을 담그고 놀고 있는 남녀들이 보였다. 남자들은 선비 차림이었고 여자들은 한눈에 보아도 삼패 기생들이었다. 바위벽에는 대낮부터 질펀해진 저들과는 어울리지 않게 충효절의, 무이산공이라는 글자가 새겨져 있었다.

두 사람은 계속 계곡을 따라 올랐다. 위쪽 암벽에 만절필동(萬折必東)이 크게 암각되어 있었다. 저 글이 천하의 암군(暗君) 선조의 필치다. 명나라 마지막 황제 의종의 글씨 '비례부동(非禮不動)'도 그 옆에 새겨져 있었다. 예가 아니면 행하지 말라는 뜻인데 나라 망하게 한 암군의 글을 저리 모시고 사당에 위패를 거는 것이 예의일까 싶다.

"이 나라의 가장 큰 문제는 희망이 없다는 것입니다. 양민이라 해도 젊은 사람들에게 이 땅의 모든 제도는 전혀 희망을 주지 못하고 있음입니다. 예전에는 개천에서 용 난다고 일반 양민도 열심히 공부하면 과거에 급제도 하고 세상도 알아주고 그랬지만, 지금은 그런 희망이 없어진 절망의 땅이 돼 버렸습니다. 아무리 서당에서 성균관에서 공부를 잘해도 장김 아니면 입신할 수 없는 구조입니다. 이러니 정혁을 해야지요."

금원이 고산서원 놈들에게 잡혀가던 날, 천호리에서 토굴로 가면서 생각했던 것을 지금 필이 얘기하고 있었다.

어느새 두 사람은 화양구곡의 마지막이라는 아홉 번째 곡 파천(巴川)에 이르렀다. 길을 따라가다 오른편 냇가로 내려가야 파천이다.

논 한 마지기쯤이나 되는 꽤 넓은 협곡에 널찍한 반석들이 펼쳐져 있었고, 그 위로 물살이 굽이치고 있었다. 물소리가 우렁찼다.

필이 엉뚱한 소리를 그것도 우렁찬 목소리로 했다.

"아무리 생각해 봐도 금원 누님 당신 또한 이 땅을 정혁하기 위해 태어난 사람입니다. 어려서부터 그리 당차게 세상의 차별에 맞섰고, 그 방면의 태두 추사 어르신의 인척이자 제자가 됐으며. 개혁가 태을 스님을 만났고 깨어 있는 양반들과 교분을 나누고 있는 것이 우연이라고 생각하십니까?"

금원은 사투리를 걷어내고 진지하게 열변을 토하는 필을 쳐다보면서 씩 웃어 주곤 별다른 대꾸를 하지 않았다. 금원은 몇 걸음 더 내려가 개울가 바위에 앉았다.

진작부터 땀이 차 있던 발을 씻고 싶기도 했고, 코 없는 버선이었지만 오래 걸었더니 당혜 안에서 자꾸 쏠려서 발을 괴롭혔기 때문이다. 저 아래 오전부터 손으로 물장구치며 풍악을 울리던 양반네들이 생각난다. 금원이 버선을 벗고 하얀 발을 흐르는 물에 담갔다. 필은 멋적은지 저쪽으로 시선을 돌렸다. 구곡의 물은 시원했다. 청량한 기운이 발에서 머리까지 전해지는 느낌이다. 이 시원한 느낌이 악의 소굴로 전락한 계곡 전체에 전해지면 좋으련만……

금원과 필은 왔던 길을 되짚어 다시 계곡 입구 쪽으로 내려갔다. 저녁에 열린다는 자경단 통문계 모임에 대해 알아봐야 하고 김성순의 행적을 더 탐문해야 했고 무엇보다 초롱이를 찾아야 했다.

그런데 인연이라 그랬는지 초롱이는 너무나 쉽게 찾았다.

복주촌 객점 거리에 들어서려는데 작은 처녀가 “아씨.” 하면서 달려오는 것이 아닌가. 바로 초롱이였다.

“어머나 이게 누구야, 초롱이구나.”

와락 끌어안았고 기쁜 나머지 뱅글뱅글 돌리기까지 했다. 워낙 초롱이가 자그마했기 때문이다. 거의 2년 만에 보는데 많이 성숙해졌지만 키는 그다지 크지 않았다.

초롱이는 낮에 금사담 입구에서 금원을 보았다고 했다. 선비들 풍류놀이에 술상을 날랐는데 그때 옆모습이 금원 같았기에 구곡 구경이 끝나면 복주촌으로 올 것이 분명해서 객점 앞에 나와 기다렸다는 것이었다.

똘똘함이 여전한 그녀가 그렇게 반가울 데가 없었다.

“초롱아 다시 한번 안아보자. 아이고 기특한 것.”

초롱이는 화양구곡에 와서도 계속 금원을 기다렸단다. 금원이 자신을 찾아올 것을 철석같이 믿고 있었다. 초롱이를 빼내는 일에 중간 심부름을 했던 과천네가 오가며 초롱에게 귀띔을 했기 때문이었다. 마지막 순간에 갑자기 화양동으로 오게 됐지만, 초롱이는 금원이 자신을 찾아올 것을 믿었고 매일 복주촌 입구를 내다보는 일이 일과였다고 했다. 그리고 틈만 나면 건너편 암자에 가서 부처님한테 간절히 빌었단다. 이렇게 오기를 참 잘했다 싶다.

금원은 다시 초롱이를 꼭 안아 주었다. 워낙에 똘망한 초롱이는 이곳에 와서도 색주가의 삼패가 되지 않고 객점에서 음식 나르는 일을 하고 있었다.

문제는 초롱이를 데려올 수 있겠냐는 것이었다. 너무 엉뚱한 값을 부르지 않는다면 몸값을 치를 준비는 돼 있었다.

필이 나섰지만 객점의 서리는 자기 선에서 결정을 할 수 있는 일이 아니라면서 지배인이 잠시 후 올 테니 기다리라고 했다. 그런데 금원이 이해할 수 없는 것은 필과 초롱이가 애써 내색은 하지 않는데 분명히 서로 아는 사이 같다는 점이었다. 금원이 고산서원 지하에서 나오던 날 얼굴을 보기는 했겠지만 둘의 태도는 그 이상이었다.

일이 되려니까 한꺼번에 쉬 풀렸다. 모두 고산서원의 장 총관을 만난 덕분이었다.

그날 열린다는 자경단 모임이 마침 초롱이가 일하는 황양객점 후원에서 열리게 돼 있었다. 후원까지 갈 수는 없었지만 참석하는 면면은 객점 입구에서 확인할 수 있었다. 손목에 전갈 문신을 한 사내는 모습을 보이지 않았다. 대신 고산의 장 총관이 모습을 보였는데 그는 객점에 들어서자마자 초롱이를 찾았고 둘이 반갑게 해후하는 자리에 금원이 다가갔던 것이다.

"안녕하십니까? 장총관."

"아니 삼호당, 당신이 여기를 어떻게……"

"초롱이를 데려가러 왔지요. 그런데 이렇게 총관 어른을 만나게 됩니다."

"동사 부용사의 교세가 점점 커지고 있고 삼호당이 자리 잡아가고 있다는 소식은 들었소."

"소식이 아니라 체탐이겠지요?"

악의가 없다는 것은 느꼈지만 대꾸가 그렇게 나갔다.

"허허."

장총관도 초롱이를 금원이 데려가는 것에 적극 찬성이었다. 고산에서는 경계하는 눈, 신경 써야 하는 눈이 많아 나서지 못했는데 여기서는 흔쾌히 나서겠다고 했다.

덕분에 화양서원 자경단의 총관이라는 정가의 모습을 볼 수가 있었다. 명목상 객점주는 있었지만 실제는 자경단이 주인이었다.

필이 나서자 일이 말끔하게 처리됐다. 초롱이의 몸값도 그리 비싸게 지불하지 않았다. 듬직한 장년 호패 선달이 친척 아저씨라고 나섰고 동료 총관이 주선하는 일이었으니, 저쪽에서도 함부로 막 나오지 못했다. 강자에겐 약하고 약자에겐 한없이 강하고 독하게 구는 것이 저들의 생리였다.

금원은 다음 날 아침 초롱이의 손을 잡고 화양동 계곡을 떠나 청주에 가서 얼마 전부터 추진하던 해어화 동패 계 조직의 일을 볼 수 있었고 필은 진천으로 돌아갔다.

하지만 전날 밤 금원은 석실에서와 마찬가지로 색주집이 돼버린 복주촌 객점들의 가관인 행태와 저속한 모습들 때문에 잠을 이룰 수 없었다. 그곳에 와 있는 어린 삼패들은 전라도 나주의 기방에서 단체로 팔려왔다고 했다. 색주가 삼패 기생의 처지야말로 사람이라 할 수 없었다.

'저 아이들을 어찌한단 말인가?'

보안재 시회

보안재(寶案齋)는 숙경영 시대(숙종 경종 영조 임금의 치세기) 변승업의 통의동 저택 후원에 세워진 정자다. 변씨 일가는 안동 김문의 강취에 의해 많은 재산을 잃기는 했지만, 승업의 고손자 광운 대에 이르러서도 아직 장안 최고 부자였고 그 저택은 한양 성내의 명물 중 하나였다.

그곳에서는 환재 박규수를 좌장으로 추사 제자들을 중심으로 한 관료 문인들의 시회(詩會)가 정기적으로 열리고 있었다. 보안재 시회라고 명명된 모임은 관문에 들어 있는 이가 많기에 관의 휴무일인 순일(旬日)에 열린다고 했다. 추사의 유지에 따른 시회였다.

결사에서는 진작부터 금원에게 추사의 제자들과 돈독하게 지내, 유사시에 강력한 우호세력이 될 수 있도록 하라는 지침을 내려놓고 있었다.

하지만 일은 생각만큼 쉽지 않았다. 금원을 친척 누이 대하듯 하는 심재 오경석이 버팀목이기는 했어도, 양반네들의 완고함과 보수성은 넘기 어려운 장벽이었다. 아무리 추사가 재주를 높이 평가했다지만 아녀자는 아녀자일 뿐이라는 것이었다. 금원을 자신들의 장식품 정도로 생각하고 있었다.

보안재 시회 얘기를 듣고 금원이 넌지시 한번 참석하고 싶다는 얘기를 경석에게 꺼냈지만 감감소식이었다. 그 무렵 시회와 계가 많았어도 남자들만의 이야기였다. 간혹 금원처럼 기생 동무들이 모인 여자들만의 시회가 드물게 있었지만, 여자가 회원으로 참석할 수 있게 하는 남녀 공동 시회는 없었다.

경석이 회원들을 조르고 보챘지만 꿈쩍 않던 양반네들이 움직이게 된 것은 역모 사건에 연루될 뻔한 변광운 대감을 구한 일이 있고 나서였다. 황해도에서 역모를 꾀하던 인사들이 소문난 부자인 변 대감을 끌어들이려 하는 것을 현봉 스님의 체탐단이 알게 되었고, 이를 금원이 경석을 통해 일러 주어 위기를 모면할 수 있었던 것이다. 알다시피 역모 사건에는 이름이 거론되기만 해도 엄청난 고초를 겪게 마련이다.

초도 역모라고 불린 이 사건은 서북의 불만 인사들이 초도에 살고 있던 소현세자 후손을 옹립해 역모를 꾀한 사변이었다. 백성의 고달픔은 크게 안중에 없었던 인사들로 결사와 전혀 상관없었다. 주모자 가운데 한 사람이 자신이 변 부자를 잘 알기에 끌어들이겠다고 주위에 떠벌였던 모양이다. 만약 변광운이 그대로 연루됐다면 자칫 보안재 전체로도 화가 미칠 수 있는 사안이었다.

그일 이후 동사와 안면을 튼 변 대감이 경석에 동조해 금원을 시회에 초청하는 일에 적극 나서고 있다고 하더니 보름 전인 9월 초순, 오경석이 밝은 얼굴로 금원을 찾아 동사에 왔다. 추사의 2주기를 맞아 그를 추모하는 시회를 이달 말 보안재에서 갖는데, 금원의 참석을 좌중이 동의했다는 것이었다. 듣던 중 반가운 얘기가 아닐 수 없었다.

시회 당일 금원은 태을 스님과 현봉 스님의 배웅을 받으며 듬직한 용호단 청년 덕환을 대동하고 도성에 들어섰다.

안국동 서국 거리서 만난 경석을 따라 금원이 보안재에 들어섰을 때 벌써 꽤 많은 이들이 자리하고 있었다. 스무 평은 족히 돼 보이는 넓은 정자 가운데는 커다란 입식 탁자가 놓여 있었고 여남은 명의 사람들이 의자에 앉아 있었다.

금원이 들어서자 다들 반가운 표정들을 지었는데 저쪽에 정말 반가운 얼굴이 있었다. 바로 이필이었다. 일단 환한 미소로 아는 척을 했다. 어려운 어른들이 있어 더 이상은 곤란했다. 필도 말년의 추사와 밀접하게 관계를 맺었던 제자의 한 사람이라는 생각이 들었다. 같이 화양구곡을 찾은 지 반년 만에 얼굴을 보는 셈이었다. 그동안 열심히 전국을 주유했던 것으로 들었다.

사방 들닫이로 돼 있는 문과 벽 가운데 다른 쪽은 들어 올려놓았고 상석 뒤쪽 문들만 내려놓았는데 추사의 서화 몇 점이 걸려 있었다. 초의선사에게 써줬다는 다선이라는 큰 글씨 그리고 오경석이 몇 해 전 강탈하다시피 가져갔다는 불이선란도 그리고 '이용후생 노심초사'라는 새 휘호가 눈에 띄었다.

금원으로서는 의자에 앉아서 하는 시회는 처음이었다. 입식은 북방인 의주의 객점 몇 곳이 그렇기는 했었지만 낯설었다. 조정 의정부나 비변사 회의나 군막 이외에서는 입식을 하지 않았다. 개화된 시회다.

경석이 금원을 좌중에 소개했다.

"추사 선생님께서 그렇게 칭찬하시던 삼호당 김금원 동도올시다."

언제 금원의 참석을 꺼렸냐는 듯 모두들 웃으며 고개를 끄덕였다. 특히 초의당의 미소가 그윽했다. 금원이 불가의 승복을 깔끔하게 개량해 입고 있는 것도 노승의 마음에 들었을 법했다.

박규수 대감은 먼발치서 두어 번 본 적이 있었지만 초의선사는 처음 보는 터였다. 경석이 작은 소리로 금원에게 좌중을 소개했다. 나이 지긋한 대감이 우선 이상적이었다. 금원은 각별히 고개를 더 숙였다. 추사에게 그렇게 각별했던 이였으니…….

잘생긴 청년 선비가 경석의 막역지우 유홍기란다. 그의 별호가 대치라는 것을 금원도 알고 있었다. 키가 훌쩍 크고 말랐지만 재주 많아 보이는 노인은 우봉 조희룡 선생이었다. 구면이었다. 금원은 환한 미소로 그에게 인사했다. 그 옆의 유최진 노인이 조희룡과 막역한 사이로 그가 중인 화원 모임인 벽오사를 결성해 활발한 활동을 한다는 얘기는 익히 들었다. 남병길과 이상혁이 과학의 귀재라는 칭찬은 추사에게서 들은 바 있고 상혁은 만나기도 했다.

필은 전라도 부안 향교의 장의 일을 하고 있다는 전창혁 선비의 옆자리에 앉아 있었다. 전 장의와는 목례로 인사를 대신했다. 고부의 전 장의는 유대치의 소개로 모임에 참석했단다. 필은 지난번 과지초당 때와 마찬가지로 수염을 말끔하게 깎고 있었다. 필은 이번에는 아예 초의선사와 동행한 모양이었다.

집 주인인 변광운과도 반갑게 인사를 나누었다.

"삼호당, 정말 잘 오셨소이다."

광운은 금원의 손이라도 덥석 잡을 기세였다. 그녀를 바라보는 눈에 고마움의 정이 담뿍 담겨 있었다. 금원도 그에게 공손한 인사를 했다. 도움도 주었지만 금원도 그의 신세를 크게 진 적이 있기 때문이다. 고산 지하옥방에서의 일 말이다. 이 시회뿐 아니라 많은 유익한 일들을 적극 후원하는 부자였다. 역관이지만 의과도 함께 급제해 의술에도 조예가 깊은 이였다.

좌중의 인사가 끝나자 시회의 회주이자 좌장인 박규수 대감이 헛기침 몇 번으로 좌중을 잠잠하게 하더니 입을 열었다.

"아직 몇 사람 올 사람이 있기는 하지만 이제 구월 시회를 시작합시다."

"먼저 추사 김정희 대감의 진영에 다 같이 인사들을 드립시다."

휘호며 서화 때문에 의식을 못 했는데 가운데 상석 뒤쪽에 작은 초상과 위패를 모신 목함이 있었다.

"장소가 장소인 만큼 반 배로 재배합니다."

박 대감이 일어서 의자 옆으로 나와 위패를 향해 돌아서자 그쪽 편에 있던 사람들이 다들 따라 돌아섰다.

변하운이 우렁찬 소리로 구령을 했다.

"배례 초배."

초의 스님과 유대치 그리고 금원이 합장을 했고 나머지는 손을 모으고 허리를 깊이 숙였다. 탁자에 갓 테두리가 닿는 소리가 들렸다. 입식으로 하니 이런 점이 걸리는구나 싶었다.

꽤 오래 예를 올렸다. 자연, 추사에 대한 상념이 각자의 마음에 피어오를 터였다.

"평신."

눈을 뜨고 허리를 폈다. 양방이 모두 터져 있었음에도 훈향이 가득한 듯했다.

재배가 끝나고 시회가 본격적으로 시작됐다.

참석자들이 자연스레 각자 일어서서 인사 겸 그날 주제에 대한 소회를 잠깐씩 던지는 것이 관례인 모양이었다. 박규수 대감으로 시작해서 한 사람씩 추사 선생에 대한 소회와 자신이 겪은 가르침에 대해 소개했다.

모임의 수준을 말해주듯 모두들 추사를 회고하고 칭송하면서도 세상 문제를 비켜 가지 않았다. 실사구시를 지표로 삼는 북학인들의 모임다웠다.

박규수 대감이 추사의 글씨를 언급하면서 글씨 하나에도 애민사상과 실사구시 정신이 담겨 있다고 해 금원은 고개를 크게 끄덕였다.

우봉 조희룡 노인이 추사가 사민평등 정신에 입각해 중인들의 시회에도 적극 참여했다는 사실을 소개하면서 열변을 마무리할 즈음 보안재 정자로 한 선비가 올라왔다. 40대 초반의 작은 체구의 양반이었다. 뒤로 젖혀 쓴 갓은 낡았고 두루마기는 때가 묻고 구겨져 있었지만, 눈빛이 형형했다. 금원은 대뜸 홍선군이 아닐까 생각했다.

"아이구, 제가 또 늦었습니다. 죄송합니다."

환재 대감을 필두로 모두 주섬주섬 자리에서 일어났다.

"아닙니다. 앉아들 계십시오, 송구하게."

손을 들어 만류하고는 있지만 그의 행동에는 권위가 풍겼다.

"이리 앉으시지요, 홍선군 대감."

금원이 짐작한 대로 홍선군 이하응이었다. 이상적 대감이 자신의 자리를 양보하고 비어 있던 옆자리로 옮겨 앉았다.

금원은 진작에 그가 그렸다는 난을 보고 그가 장안의 파락호 노릇을 하고 돌아다닌다는 소문은 곡절이 있어 일부러 그러는 것이라고 여겼었다. 정심이 없이는 그런 난을 칠 수가 없기 때문이다. 그런데 오늘 보니 금원의 생각이 틀림없었다. 그가 그런 파락호라면 이 모임에 결코 함께할 수 없을 것이기 때문이다.

홍선군이 자리를 찾아 앉았고 전라도 부안에서 올라왔다는 전창혁이 말할 차례였다. 그곳 향교에서 장의 일을 하고 있다 했다. 그는 단도직입적으로 지방 탐관오리들의 가렴주구와 서원의 폐해에 관해 얘기하면서 올곧은 관리, 추사의 제자들이 각계에서 이를 혁파하는 데 앞장서 달라고 했다.

“불초 소생도 지난해 화양서원의 묵패를 받고 얼마나 고생했는지 모릅니다.”

전 장의가 자신의 얘기를 했다.

“아니 우리 살기도 힘든데 흔적도 없이 사라진 명나라 황제 제사에 거금을 내라니 말이나 됩니까?”

“그래서 어찌 됐소?”

“못 내겠다고 버티니까 관가에서 끌어가 강상의 도리를 어겼다면서 볼기를 치더군요.”

“그래 볼기를 맞았소.?”

“부끄럽지만 절반은 대리를 썼습니다.”

“허허.”

”허허 거참.”

“도대체 그 패악의 근본적인 힘은 어디서 나온 것이라고 전 장의는 생각하시오?”

심각한 얼굴로 조용히 있던 홍선군이 저쪽에서 물었다.

“다른 무엇보다 군역의 특전입니다. 서원이나 향교의 학인이나 용인으로 들면 군역을 면제받기 때문이죠. 그러니 너도나도 서원에 들려고 하고 또 너도나도 이 집안 저 집안 이 동문 저 동문 다 서원을 세우려 하지 않겠습니까?"

"흐흠……"

홍선군을 비롯해 모두들 혀를 찼다.

필의 차례였다. 필은 의례적인 인사말도 없이 나라의 모든 잘못이 잘못된 신분질서에서 비롯되고 있기에 신분제도를 바로 잡는 길만이 무너져 가는 나라를 바로 세우고 도탄에 빠진 백성을 구할 수 있다고 일갈했다. 장내를 쩌렁쩌렁 울리는 웅변조였다. 사투리 억양 한 점 없었다,

"제 동족을 제 형제를, 다만 어미가 다르다 해서 마소만큼도 여기지 않는 나라는 이 땅 조선밖에 없소이다. 양반 사대부라는 사람들은 제도에 빌붙어 제 핏줄, 제 누이의 고혈을 빠는 족속들이 돼버린 지 오래입니다. 중국의 명, 청도 노비 세습을 오래전에 없앴습니다."

금원은 온몸의 모공이 다 열리는 듯한 시원함을 느꼈다. 하지만 박규수 대감이며 남공철, 이상적, 변광운 대감 등 신분이 높고 나이 든 사람들의 표정은 밝지 않았다. 맞는 이야기이지만 대놓고 젊은이가 대감들 앞에서 말, 소, 족속이란 말을 쏟아낼 일은 아니었다.

다행히 이필은 그쯤에서 발언의 수위를 낮췄다. 추사야말로 신분 혁파에 앞장섰던 선각자로 알고 있다고 추사에 대한 자신의 이

해를 피력했다.

"일찍이 서애 유성룡 대감을 위시해 반계 유형원, 성호 이익 같은 분과 추사 대감이 잘못된 신분제도를 개탄하고 혁파를 위해 애쓰셨던 선각자였다고 알고 있습니다. 그분들의 정신을 따르겠다고 이렇게 모이신 여러분께서 이 문제 해결에 앞장서 주십사고 부탁드립니다. 그렇지 않으면 이 나라는 가망이 없습니다."

그러면서 필은 의자에서 옆으로 나가 좌중들을 향해 큰절을 올렸다.

"허허."

좌중의 선비들이 미소를 띠며 헛기침을 했다.

"이 선달이 이렇습니다. 완당의 젊은 시절이 이렇지 않았나 싶군요. 신분제도 혁파 문제는 생전에 완당과 소승이 많은 얘기 나눴지요."

초의당이 분위기 수습 차원에서 한마디 덧붙였다.

앉은 자리로 보아 금원의 차례였다. 박규수 대감이 금원에게 눈짓을 보냈다. 준비는 하고 있었지만, 적잖이 떨렸다. 금원은 자리에서 일어나 좌중을 향해 고개를 깊이 숙였다.

"저는 천출 기생이었습니다. 그런 저에게 세상을 다시 보게 한 분이 바로 은사이신 추사 어르신입니다."

모두 눈이 동그래져 금원을 쳐다보았다. 이 땅에서 먼저 천출임을 먼저 고백하는 이는 드물다. 아무리 실학을 숭상하는 사람들이라고 해도 신분으로 사람을 평가하는 인습이 뇌리에 뿌리 박혀 있음을 어쩌지 못하기 때문이었다.

"어른께서는 저에게 살아 숨 쉬는 학문, 살아 숨 쉬는 예술을 하라고 가르치셨습니다. 세상 모든 일이 사람의 일이라는 것도 아울러 가르쳐 주셨습니다. 오늘 여러 어르신, 동도님들 앞에 이렇게 서서 말씀 올리는 것도 스승의 안배에 따라 저 같은 사람도 이 땅에서 법고창신 이용후생을 위해 할 수 있는 일이 있다는 믿음을 갖게 되었기에 가능했습니다."

세상 얘기를 하지 않을 수는 없었다.

"지금 조선 민초들의 삶은 고단하기만 합니다. 추사 어르신께서는 처음 가르침을 받았을 때 백성이 제일이라면서 사무사의 가르침을 제게 주셨고, 마지막으로 뵈었을 때는 망징을 발본하라는 숭정금실의 가르침을 주셨습니다."

상징적인 표현이었지만 다행히 사람들의 표정이 흐뭇해하는 듯했다.

"어른께 제일은 늘 백성이었습니다. 그분이야말로 아랫사람들에게는 봄바람 같은 분이셨습니다. 제 천한 재주가 쓰일 수 있는 곳, 징 소리로 저를 불러주시면 달려가도록 하겠습니다."

모두 고개를 끄덕였다. 갑자기 가슴이 울컥하는데 말을 이을 수 없었다. 부친 무덤가에서 징을 치던 추사의 모습이 눈에 선했다. 한참을 그렇게 서 있다 다시 고개를 깊이 숙이고 자리에 앉았다.

감정은 전해지는 법인지 몇몇 사람의 눈가에도 습기가 어렸었다. 경석과 변 역관의 눈도 벌게져 있었지만 흐뭇한 표정이었다.

"스승님께서 패옥의 사관이라 하시더니 차륜을 옥구슬처럼 굴리시는구료. 환희보살인 줄 알았는데 어사화를 꽂아도 될 분이시군그래."

홍선군이 한마디 했기에 이내 모두가 왁자하게 웃었다. 전에 추사 대감이 금원의 글을 보고 '움직임은 패옥소리에 맞고 면목은 역사를 기록하는 사관과 그것과도 같다.'고 한 얘기를 기억하는 모양이었다.

기가 승하고 운세가 길한 날이 있게 마련이다. 금원에게 이날이 바로 그런 날이었다.

쑥대머리

사랑채에 주안을 겸한 석식이 준비돼 있었다.

본격 시회는 지금부터였다. 술을 곁들이면서 시도 읊고 서화도 치는 것이다.

사랑채 큰방 또한 눈이 휘둥그레질 정도로 넓었지만 정갈하게 치장돼 있었다. 인원수에 맞춰 일인용 팔각 통영 호족반이 두 줄로 마주 보며 놓였고, 양편 벽 쪽으로는 군데군데 지필묵 책상이 펴져 있었다. 그렇게 하고도 공간이 남았다.

소반 위의 음식은 주안상과 다과상을 적당히 안배했는데, 그 안목이 전혀 어색하지 않았다.

홍선군과 환재 대감이 정면 상석에 나란히 앉았고, 금원은 초의 스님의 눈짓에 따라 노장과 함께 가운데 문 쪽에 앉았다. 두 개의 소반에는 너비아니와 족편 같은 육식을 뺀 정갈한 채소와 부침 위주의 상이 차려져 있었다.

"참, 오늘 술은 오경석 서장관이 지난번 연경에 가서 가져온 모태주와 저희 가양주인 송엽주로 준비했습니다."

주인 변 역관이 오경석을 치하하면서 술 소개를 했다

"부잣집에 오니 다르긴 뭔가 다르군."

누군가 그랬다. 그 사람도 금원처럼 이 방에 처음 오는 사람인가 보다.

"자, 좌정들 하셨으면 한 순배 합시다. 우리 집에서 모였으면 면장(국수)에 탁배기였을 텐데, 우선 대감 말씀대로 부잣집에 오니 다르긴 다릅니다. 자 옆 사람 잔을 채워들 주십시오."

그러면서 환재 대감은 옆자리 홍선군의 잔을 채웠다.

"곡차라면 우리 보살님도 일가견 있겠는데……"

초의선사가 금원의 잔을 채우면서 농을 던졌다.

"자, 한 잔씩 듭시다."

박규수 대감이 잔을 눈높이로 올렸고 일동이 따라 했다.

술은 무척 독했다. 중국의 모태주였기에 그랬다. 왁자지껄 흥겨운 가운데 술이 몇 순배 돌았고 홍이 오른 우봉 조희룡 선생이 뒤쪽 필대로 나가 붓을 잡았다. 사람들이 에워싸듯 몰려들었다.

담묵으로 매화를 그려내는 솜씨가 역시 우봉이다. 그런데 모두들 숨죽여 기다리고 있는데 매화 나무 아래 사람을 그렸다. 홀로 선 여자였다. 그런데 여자의 복색이 예사롭지 않다. 금원이 입은 승복이다. 우봉은 금원을 그린 것이다. 그림 말미의 제발을 보면 그의 뜻을 더 명확히 알 수 있었다.

난세궁읍 상현월(亂世窮邑 祥月現)

곡곡인인 자만개(曲谷仁人 自滿開)

우봉이 목청을 가다듬어 우리말로 옮겨 시조식으로 읊는다.

"어려운 시절 어려운 고을에 홀연히 나타난 가을 초생달, 고을과 사람들 비추면서 커가네."

그러면서 금원을 쳐다보는 통에 무안해져야 했다.

"조오씁니다."

누군가 추임새를 넣었다.

"왜 추사는 이런 영감에게 문자향이 없다 했는지 모를 일입니다."

"반어법이었데두 그러는가?"

다음 필대에 선 노장은 우선 이상적 대감이었다. 그는 중국에서도 알아주는 한시의 명인이다.

燕居偏愛小窗明 남루한 거처이지만 밝은 창 아끼노라.

瓦當借拓長生經 기와 위에 장생(長生)이란 글자 새겨넣어

海內親朋同好古 친한 벗들 모두다 옛 가르침 존중하니

矯首年年候雁聲 머리 들고 해마다 기러기 소리 기다리네.

모두 경탄을 금치 못했다. 중국어를 잘 아는 변 역관이 '연년후안성'이란 시구가 중국어 음운상 압권이라고 크게 칭송했다.

"우리 금원당은 후안성이 뭐라고 생각하시오?"

변 역관이 금원을 지목해서 물어왔다.

"기러기 소리인 후안성이 우리 백성들 목에 흰쌀밥 넘어가는 소리라면 어떨런지요?"

몇몇은 고개를 주억거렸지만 몇은 눈살을 찌푸렸다. 금원이 너무 티를 낸다고 생각하는 모양이었다. 작자인 우선이 환하게 웃으며 크게 고개를 끄덕였기에 이 또한 금원 편으로 넘어갔다.

저마다 붓을 잡고 시구를 적었고 사군자를 쳤다.

금원도 우봉의 재촉 때문에 국화를 쳐야만 했다. 과지초당에 걸려 있는 국화가 조선 여인네가 그렸다는 것을 믿을 수 없었는데 눈으로 확인해야겠다고 들이대는 통에 붓을 잡지 않을 수 없었다.

가는 붓으로 가지런히 밥풀 붙이듯 꽃잎 그려내고 중붓으로 잠자리 날개 겉잎 물들이고 장봉으로 뒤뜰 수수 같은 대 그려내니, 우봉도 우선도 고개를 끄덕이며 마른 종이에서 향기가 나는 듯하다고 했다.

"우리 예쁜 여스님, 인기가 절정일세. 이 사람들 삼호당 없을 때는 어떻게 계를 끌어 갔었누?"

홍선군도 한마디 하면서 자신의 절기인 난초를 쳤다.

역시 일품이다. 봉안과 어두 그리고 제에서 어떤 경지가 보였다. 제발에 "봄향기 물씬 품고 피어난 난화 사람들마다 칭송하네 그 칭송 애민으로 이어지면 금상첨화"라고 적었다.

누가 박규수 대감에게 귀엣말을 했고 박 대감이 헛기침으로 좌중을 모은 뒤 입을 열었다.

"우리 금원 도반의 인기가 시백(홍선군의 자) 영감의 말씀마따나 절정입니다그려. 도반님도 뭔가 더 보여 주셔야 할 것 같소. 그렇지 않습니까? 본직도 추사 선생님께 들었는데 적벽가가 그리 명창이라던데……"

"당연 제청이요."

금원이 사양 않고 사부작이 자리에서 일어나 가운데 너른 공간으로 나갔다. 그녀의 손에는 붉은 댕기 하나가 들려 있었다. 탕과 술을 나르던 소녀의 것을 좀 전에 빌렸다. 그리 화려한 것이 아니었음에도 잿빛 승복에는 도드라져 보였다. 머릿수건을 풀었기에 정갈히 빗은 머리에 도톰한 이마와 눈썹이 돋보였다.

"이리들 환대해 주시니 정말 몸 둘 바를 모르겠습니다. 저 또한 있는 재조로 어르신들 잠시나마 즐거우시게 하는 게 도리일 것 같습니다."

좌중을 둘러보며 던지는 미소는 원주 명기의 그것이었다.

"대감께서 말씀하신 적벽부는 어르신들 다들 아시다시피 재미없습니다. 얼마 전에 경기도 양주 땅에서 고창 사람 신 동리라는 재주꾼을 만났는데 그에게 광대소리 몇 대목을 배웠습니다. 아직 서툴지만 한 대목 뽑아 보겠습니다."

고개 돌려 헛기침으로 목을 가다듬은 금원이 소리를 시작했다.

"쑤욱 대애 머리 구이신 형용 정모 옥방에 가쳤쓰이니……"

쑥대머리로 시작하는 「춘향가」 중 옥중가 한 대목이었다. 좌중은 첫 구절에서부터 입이 벌어지기 시작했다.

「춘향가」가 영・정조 시대부터 제법 노래로 불리기는 했지만, 이처럼 정형을 지어 가락을 만들어 낸 것은 최근이다. 견문이 넓은 북학계원들이라도 제대로 들어봤을 리 없었고, 금원의 청아하면서도 깊이 있는 소리는 그동안 들었던 남도의 걸쭉한 소리와 또 다른 매력을 풍겼기 때문에 좌중의 시선을 끌어모았다. 거기다 여자는 판소리를 하지 않는 게 풍습이었다. 중국의 경극에 여자 배우가 없었던 것처럼.

"생각나는 것은 오직 님뿐이라, 보고 지고 보고 지고 한양 낭군 보고 지고……"

"그으래!"

추임새가 좌중에서 나오기 시작했다.

"손가락에 피를 내어 사정으로 님 찾아볼까"

"어이구!"

"간장의 썩은 물로 님의 얼굴 그려 볼까……"

"그렇지."

은근한 추임새에 금원의 목청은 더 높아갔고 사람들은 폭 빠져 숨을 죽였다. 의외로 홍선군이 제일 심취해 있었다.

"보고 지고 보고 지고 쑤욱 대머리"

짧은 단가로 만들었기에 더운 차 한 잔 마실 시각밖에 흐르지 않왔다.

노래가 끝나자 구석에서 시작된 손뼉이 좌중 모두에게 전염돼 음식을 나르던 용인들을 포함한 장내의 모든 사람이 손뼉을 쳤다. 변 씨 저택의 사랑채에서 그런 박수 소리가 들린 것은 전무후무였다. 양반들은 경망스럽다며 결코 손뼉을 치지 않았었기 때문이다.

홍선군이 우정 금원의 옆으로 와서 술을 따라주면서 치하했다.

"정말 잘 들었소이다. 그런데 동도께서 아까 양주의 신 누구라고 했던데?"

"예, 원래는 양주 사람이지만 지금은 전라도에서 약방을 하는 동기 신재효라는 사내올습니다."

"그래요, 신가 재효라…… "

홍선군은 고개를 끄덕이며 자리로 돌아갔다.

시회가 모두 끝나고 마침 필과 초의 스님의 숙소가 금원이 묵을 한 처사 누이 집과 같은 미나리골 방향이어서 자연스레 함께 걸으며 회포를 풀 수 있었다. 우선 대감과 초의 스님은 젊은 두 사람에게 시간을 주려는 듯 성큼 앞서 걸어갔다. 밖에서 기다리던 덕환 청년의 모습이 보이지 않아 다소 찜찜했지만 별일 없으려니 하고 금원은 필과 어깨를 나란히 하고 걸었다.

필은 웬일인지 표정이 밝지 않았다. 불만이 많은 듯했다.

"역시 양반네들이라는 사람들은 말만 앞서지요. 오늘 또 한 번 확인했습니다. 자기 손해는 전혀 없죠. 이 어려운 시국에 긴장감 하나 없고……"

"그건 너무 선달님이 민감하게 너무 앞서 나가는 것 같은데요. 그래도 오늘 모인 분들은 완당 어르신의 뜻을 각별히 따르는 제자 분들이십니다."

"이들에게 뭐를 크게 기대하기는 틀렸습니다. 그리고 누님이야말로 너무 여기 양반님들에게 빠져들지 마십시오. 좋을 땐 다 해줄 것 같다가도 수틀리면 단박에 돌아서서 안면 싹 바꾸는 사람들이 저들입니다. 안면만 바꿉니까? 칼을 들이댑니다. 칼을……"

금원은 필이 갑자기 심통이 난 이유를 알 것도 같았다. 금원이 양반네들에게 적잖이 교태를 부린 것 때문인데 뭐라 말하기는 뭣해서 그러는 것이 틀림없었다. 사내들 마음이 다 거기서 거기인 것 같아 웃음이 터져 나올 것 같았지만 애써 모른 척했다.

"너무 성급하게 결론을 내지는 마시지요, 우리 선달님. 어느 구름에 비 올지 모른다고 하지 않았습니까? 아까는 말씀 잘하시데, 신분제도 개혁 없이 이 나라 내일은 없습니다."

뒷부분은 필 말투를 흉내 냈다. 그랬더니 조금 풀린 모양이다.

"그래 누님은 그동안 어찌 지내셨습니까?"

그제야 금원의 근황에 대해 물어왔다.

"계회일 하고 스님들 뒤치다꺼리하느라 바쁘게 지냈지요. 선달님은 그사이 좋은 일이 많으셨나 봅니다. 얼굴이 아주 훤해지셨수."

아직 필에게 금원의 계회일이라 하면 동사와 용화종단 낭가계의 일이다.

"그렇습니까? 지난 반년 동안 산에 들어가 도를 닦았더니 그런 모양입니다."

필은 실제로 지난 6개월 동안 치악산에 들어가 무예 수련을 했단다. 그것도 조선 검술의 최고수, 백동수의 전인에게 조선 무예 18반을 새롭게 익혔다고 했다.

"그런 좋은 인연이 있었구려. 축하해요."

숙소에 다 왔기에 필과는 다음을 기약하고 헤어져야 했다.

"선달 아우님, 벼 이삭은 익을수록 고개를 숙이는 것 아시죠?."

평범하기만 아까부터 꼭 해주고 싶은 말이었다. 이번에는 금원이 부러 필의 손을 잡아 주면서 그렇게 말했다. 이 남자 순진하게 손을 떨었다.

필은 조만간 동사로 찾아오겠다고 했다. 굳이 현봉과 덕배에게 볼일이 많다는 말을 했다.

다음날 오전 금원은 이상적 대감을 찾아 그의 사랑에 마주 앉았다. 태을 스님이 전하라는 봉서가 있었기 때문이다. 어제 전할 수도 있었지만 보는 눈도 있었고 또 우선이 금원에게 꼭 줄 것이 있다며 집에 들르라고 했었다.

우선의 사랑은 서화 전시실을 방불케 했다. 고금 특히 중국의 유명 서화가 많았다.

"대단합니다. 이 귀한 것들을 어찌 이렇게 한데 모으셨단 말입니까."

"때가 되면 자네들에게 다 물려줌세."

자네들이라는 복수에 방점이 찍히기는 했지만 솔깃한 소리다.

금원이 청국 사정에 대해 물었다.

"태평천국의 난은 요즘 상황이 어떻습니까?"

"지난해만 해도 중국 전역을 다 휩쓸 것 같았는데 요즘 들어 주춤하는 모양입디다. 내분이 문제인 것 같소."

"태평천국이 엄밀히 말해서 반청복명은 아닌 것이지요?"

"그렇지, 청에 반기를 들었지만 명나라를 재건한다는 것은 아니지. 한족 중심의 반청이기는 하지만 복명까지는 아니라고 할 수 있지. 더군다나 종교가 게재돼 있으니……."

"대감, 듣자니 조선 땅에서 복명을 꿈꾸는 그런 정신 나간 사람들이 있다고 합니다."

"그럴 수 있겠지, 만동묘라는 사당이 있는 것을 보면……"

우선 대감은 그리 놀라지 않고 있었다.

우선은 추사와 마찬가지로 청나라에 대한 호감을 감추지 않던 이였다. 그런 그도 청나라에 대해 사망 선고를 내리고 있었다. 흥미 있는 것은 한 나라의 수명이 2백 년이면 충분하다는 생각이었다. 그런 점에서 조선은…….

연주대의 홍선군

동사로 돌아온 금원은 용호단 청년 덕환과 마주 앉았다. 함께 성내에 들어갔던 청년이었다. 용호단은 결사의 청년 무력으로 일단은 청계 어른들의 경호를 주 임무로 맡고 있는 조직이었다. 현봉당이 주도해 근자에 만든 조직인데 볼수록 대견한 청년들이 많았다.

"그래서 자네가 자하문 밖까지 저들을 쫓아갔다는 말인가?"

"예, 그랬습죠."

"저들은 여럿이고 자네는 혼자인데 들켜서 시비라도 붙게 되면 어쩌려고 그랬나?"

"할 만하다고 생각했습니다."

덕환은 변 대감 집을 염탐하고 있던 흑의 사내들을 발견했고, 그들을 따라가 저들이 양주 석실서원 산하의 자경단 별동대라는 것과 저들의 자하문 밖 거처를 알아냈다는 것이다. 그런데 거기서 기이한 광경을 목도해 이를 현봉에게 알리려고 나루로 가느라 한 처사네 집으로 오지 못했다는 얘기였다. 용호단은 나루의 사공들을 통해 총단인 부용사와 연락하고 있었다. 그가 목도한 것은 한 떼의 중국인 검객들이었다. 자경단 근거지에 중국인들이 있었다는 것이다. 기이한 일이었다.

금원과 보안재는 한번 열린 길이 비단길이라는 말이 그대로였다. 주인 변광운 대감이 열심히 주단을 깔아 주고 있었다.

보안재 노장들의 관악산 봄놀이에 금원이 동행한 것 역시 변광운 대감의 극성 때문에 이루어진 일이었다. 변 대감은 금원이 무슨 말끝에 내달 중순에 과천 관악산 연주암에 갈 일이 있다고 하니 자신도 때를 맞춰 산에 오르겠다고 하더니 그예 일을 크게 벌인 것이었다.

보안재 시회 첫 참가 후 변 대감은 부쩍 가깝게 금원에게 다가왔다. 시회 날 정신이 없기도 했고 그걸 그냥 자신이 가져가도 되는지 몰랐기에 여러 사람이 자신을 그린 그림이며 읊은 시를 쓴 서화들을 챙겨오지 않았는데, 그것들을 정성스레 배접까지 해서 동사로 보내왔다. 서화만 보낸 것이 아니라 곶감이며 버섯, 그리고 산채 말린 등속을 잔뜩 함께 실어 왔었다.

처음 시회에 참석한 이래 몇 번 더 시회가 있었다. 박규수 대감이 다시 관로에 나가게 되면서 공사 간에 다망했기에 변 대감이 좌장을 맡았다. 변 좌장은 시회 닷새 전쯤에 금원이 있는 곳으로 사람을 보내 꼭 참석하라고 종용하곤 했다.

기별 받은 대로 과천향교 앞에 갔더니 보안재 마당쇠 칠성이가 하마비 앞에서 기다리고 있었다. 환하게 웃으며 달려와 금원의 바랑을 빼앗듯이 가져간다. 잠시 후 노장들이 향교 대문을 우르르 나오는데 박규수 대감만 빼고는 보안재 노장들이 다 출동한 것 같았다.

변 대감을 위시해 우선 대감의 얼굴이 보였고 이상훈 대감도 있었고 홍선군의 모습까지 보였다. 변광운의 종형인 변종운 대감도 있었다.

금원이 다가가 고개를 숙이자 모두 환하게 웃으며 반겼다.

"우리 보배님 덕에 이렇게 산놀이를 다 하게 됩니다그려."

"삼호당이 납시니 하늘님도 우릴 돕네, 오늘 날씨 얼마나 좋아."

"그래 그동안 잘 지냈는가? 얼굴이 더 좋아졌네 그려."

저마다 덕담을 한 마디씩 던졌다.

과연 이 노인들이 제대로 오르려나 싶다. 연주암까지 오르는 길은 하도 사람들이 다녀 그리 힘들지는 않았지만 그래도 노인들에게는……

"오르실 수 있으시겠습니까? 길이 꽤 가파른데. 땅도 질고……" 가장 연상인 변종운 대감에게 금원이 물었다. 변 대감의 사촌형이었다.

"이 사람아 내가 중원 땅을 수십 차례 걸어서 왕복한 사람일세. 걱정 말게."

"거참, 가다 힘들면 쉬었다 가면 될 일 아닌가. 세월을 잡고서……"

누군가 한마디 보탰다. 맞는 말이다. 그저 웃고 노는 일인데 급할 게 뭐 있는가.

일행은 향교 옆길로 해서 가장 평탄하다는 계곡 쪽 길을 따라 산을 올랐다. 계곡의 물은 아직 풍성하지는 않았지만, 그래도 소리내서 흐르고 있었다.

막상 산에 올라보니 역시 역관 출신인 변씨 형제며 우선 대감은 연부역강 노익장을 과시하며 씩씩하게 올랐다. 오히려 젊은 축인 흥선군이 뒤쪽에 따라왔고 문관인 이상훈 대감도 땀을 뻘뻘 흘리며 힘겨워했다.

금원은 공양 시간 전에 일행이 연주암에 도착할 수 있도록 작정하고 앞장서서 속력을 냈다.

이제 계곡을 건너려면 돌 징검다리를 건너야 한다. 변 대감이 냉큼 앞질러 건너면서 큰 돌 작은 돌 높이 차이가 있는 곳에서 금원에게 손을 내밀어 준다. 지팡이를 내밀어 주어도 될 텐데 굳이 맨손이다.

의외로 대감의 손은 뭉툭했고 굳은살이 박여 있었다. 부자 역관의 손이 아니라 무인의 손 같았다. 내를 건너자 잠시 내리막이다. 물소리가 더 잘 들렸다. 바람도 살랑살랑 불고……

마지막 오르막 고빗길을 지나며 어지간히 땀을 쏟았을 즈음, 사람들이 만든 돌계단이 나왔다. 연주암이 가까워졌다는 신호다. 연주암 증축을 할 때 공들여 만들었다는 긴 돌계단이다.

"조금 쉬시며 기다리지요."

금원이 이마의 땀을 훔치면서 먼저 계단에 앉았다.

"정말 하루가 다르다고 하더니 내 몸이 내 몸 아닐세그려."

변광운이 옆에 앉으며 종아리를 주먹으로 때렸다.

"그래도 여간 강건하신 게 아닙니다."

"나야말로 무거운 등짐 지고 연행길을 얼마나 다녔는데…… 그땐 날아다녔지."

"대감이 마지막으로 청국에 다녀오신 게?"

"벌써 10여 년 전일세."

"아편전쟁 직후였군요."

"그랬지. 막 강화조약이 성립될 무렵이었지."

"서양의 화포와 흑선이 그렇게 강한 것입니까?"

"그렇다네. 청이 그렇게 쉽게 패퇴할 줄이야. 요즘엔 또 태평천국인가 뭔가 해서 난리 아닌가."

"우리는 괜찮겠습니까, 대감?"

"그래서 걱정일세, 그런데도 이 조정 사람들 하는 일을 보면……"

잠시 침묵이 흘렀다.

"앞으로의 세상은 우리 같은 얼자, 중간 사람들의 세상 아니겠는가? 지난번 공학 때 듣지 않았나. 구라파에서도 중인계급이 나서 세상을 바꾸고 있다고……"

"대단하십니다. 그 연세에도 그런 생각을 하시고……"

"나야 뭐 자네 같은 인재들을 후원하는 일에 뜻을 두고 있다네."

"대감, 존경스럽습니다. 그리고 고맙습니다."

금원이 그의 눈을 빤히 쳐다보며 말했다.

"그래서 말인데 내 진작부터 자네한테 할 말이 있었네."

"무슨 말씀이신지?"

"세상일이 사람의 일 아닌가?"

"그렇지요."

"삼호당 자네, 요즘 기거하는 광주의 절집 사정도 내 알아봤고, 또 자네가 무슨 일에 관심이 있는지 대강 짐작은 하네. 그래서 말인데 내가 도성 근교인 녹번읍에 쓸 만한 초가 한 채, 비워두고 있음일세. 당분간 거기 와서 책도 읽고 사람도 만나고 그럴 수 있으신가? 우리 보안재 시회도 그리로 옮기고…… 자네의 기개와 수완을 한번 떨쳐 보이시게나."

불감청이언정 고소원인 일이었다. 하지만 냉큼 그러자고 하기에는 고려해야 할 일이 몇 있었다. 금원의 사정과 생각을 어떻게 얼마나 아는지 그리고 스승 태을 스님이 어떻게 생각하는지가 첫째였다.

"그런데 광주 동사의 사정이며 제가 관심 두고 있는 일이라면? 무얼 어떻게 아시는지……"

"자네와 그곳 스님네들이 예전에 서산대사나 사명대사 본받아

호국승병 놀음 하는 것 아닌가?"

변 대감이 올 때마다 묘하게도 동사며 부용사가 무슨 일들로 북적였더랬다.

"놀음이라는 말씀은 좀…… 체력단련들 하고 있었던 거지요."

"아, 미안하이. 말이 잘못 나왔네……"

영 허투루 알고 있는 것은 아니다. 하지만 더 두고 얘기해야 할, 두 스님과 상의해야 할 문제였다.

변 대감과 태을 스님은 오래전부터 교분이 있었던 것이 확실했고, 현봉당과도 모르는 사이가 아니었다. 최근에 보니 변 대감은 현봉과도 서로 속내를 주고받을 정도로 사이가 꽤 깊었다.

그때 일행들이 계단에 들어섰다. 거친 숨소리가 멀리서부터 들렸다.

"아, 형님은 연행길 발품 자랑하시더니……."

둘만 있던 게 멋쩍었던지 광운이 먼저 얼굴을 모습을 보인 종운에게 큰 소리로 한마디 했다.

"어이구 죽겠다. 좀 앉자."

잠시 땀을 들였다. 아래쪽 경치는 여전히 그림이다.

"그런데 흥선군은 어디쯤 옵니까? 영 보이질 않네요."

"흥선군 그 양반, 젊은 사람이 술과 계집에 곯았어, 곯아."

종운이 여자에 곯았다는 말이 과했다 싶었음을 느꼈는지 금원을 흘끗 보며 스스로 움찔했다.

"그렇지 않아요, 그 양반 자기관리에 철저한 사람입니다. 내가 유심히 봤는데 떠들레 과음하는 것 같지만 술도 석 잔 이상 마시는 법 없더라고요. 잠도 밖에서 자는 법이 없어요."

우선이 한마디 했다. 그제야 홍선군의 모습이 보였다. 우선의 말을 들어서 그런지 의외로 그리 지치거나 못 견뎌 하는 그런 기색은 아니었다. 무슨 긴요한 생각이라도 다듬으며 여유 있게 오른 그런 표정이다.

"건강들 하십니다. 비호처럼 오르셨습니다. 무리하시는 것 아닙니까?"

돌계단이 끝나고 평지가 펼쳐지자 꽤 큰 규모의 사찰이 자리 잡고 있었다. 연주암이었다.

산문이 따로 없는 절이었기에 계단 끝에 올라서자 금원은 금당과 3층 석탑을 향해 합장 재배를 했고, 다른 일행은 성큼 대중방으로 쓰이는 극락전 툇마루에 앉았다.

등산객인지 기도객인지 사람들 몇이 앉아 있다가 나이 든 양반님네들이 나타나자 바삐 자리를 양보하고 일어섰다.

"대단하이. 이렇게 높은 곳에 이런 큰 절을 다 세우고……"

"다 부처님의 은혜와 신심이 하는 일 아니겠소."

"영감도 그런 말 쓰시오?"

"나는 이런 건축물들을 보면 얼마나 많은 백성들이 고생했을까 걱정이 돼 안쓰럽습디다."

그때 금원의 동무 진서가 극락전까지 나왔다. 금원이 그녀를 일행에게 소개했다.

"이곳에서 공양주 노릇을 하는 제 동무 진서입니다."
진서도 금원과 비슷한 풍의 개량 승복을 입고 있었다.
"허허, 조선의 고운 아녀자들은 모두 불문에 들어 있네그려."
진서의 합장 인사에 어느 대감이 응대하면서 던진 말이다.
그녀도 금원과 비슷한 처지였다. 삼호정 시회도 같이 했던 시기(詩妓) 출신 양반네 후실이었는데, 그도 서방이 세상을 떠났다. 진서는 남쪽 전라도 나주가 고향이었다.
"주지 스님 곧 나오실 겝니다."
"우리가 찾아가야지, 굳이 주지가 나올 것까지야……"
"공양들 하셔야지요. 잠시만 기다리십시오, 몇 분이 오실지 몰라서……"
진서가 저만큼 갔을 때 홍선군이 자리에서 일어섰다.
"나는 연주대까지 갔다 오겠습니다. 영감은 안 가시려오?"
옆의 변 대감에게 물었다.
"그렇지. 가야죠, 여기까지 왔는데."
변광운이 눈짓으로 금원도 함께 가자고 권한다. 홍선도 환한 표정으로 고개를 끄덕였다. 그렇지 않아도 금원은 연주대의 탁 트인 절경을 보고 싶었기에 서슴없이 일어섰다.
연주암에서 연주대로 오르는 길은 가파르기는 했어도 옆에 지탱할 바위며 나무, 지형물이 많아 상대적으로 수월했다.
맞배지붕 양식의 작은 암자가 절벽 꼭대기에 세워져 있었다. 매우 특이한 형태다. 연주대였다. 연주대를 옆으로 조금 더 돌계단을 오르면 정상이다.

마침내 관악산 꼭대기 너럭바위에 올랐다. 정면으로 사당리 노량진을 지나 한양이 한눈에 내려다보였다.

"좋습니다. 가슴이 탁 트입니다."

탄성이 절로 나왔다. 날이 쾌청했기에 한양의 성과 궁궐이 밥상을 대하는 것 같이 분명히 보였다. 삼각산 바로 아래 소나무와 전나무가 고리처럼 빙 둘러서 빽빽하게 들어선 곳이 경복궁 대궐터였다.

임진왜란으로 불에 타 복원되지 못하고 나무만이 대궐 안에 심어져 있었다. 전나무와 소나무의 구별은 세심한 관찰이 필요한 법인데 그만큼 경복궁 터가 빤히 자세히 보였다.

홍선군은 그곳을 향해 한참이나 눈을 감고 고개를 숙였다. 전에 없이 진지한 모습이다.

"정궁이 바로 서야 나라가 제대로 서는 법이거늘……"

고개를 든 홍선군이 혼잣말처럼 한마디 했다.

"그렇게 정궁을 중건하고 싶으시오, 대감?"

변광운이 아직 형형한 눈을 감추지 않고 있는 홍선에게 물었다.

"기필코."

간단한 대답이었지만 결기가 묻어났다.

"이보오 삼호당, 홍선군의 평생 서원이 저 경복궁 중건이랍니다."

광운이 금원 쪽으로 고개를 돌려 무심한 듯 말했다.

"그래요? 보통 일은 아니겠습니다."

금원은 대뜸 백성들의 신역을 생각했다. 청국도 서태후가 궁궐을 새로 짓다 저렇게 나라가 결딴났다는 사실이 보안재 모임에서 몇 번이나 거론된 바 있었다. 그 말이 나왔던 그 시회에 홍선군은 없었다. 하지만 금원은 더 이상 의견을 내지 않았다. 어차피 종친 한 사람의 바람인 바에야…….

"그래서 대감은 자신이 정권을 잡아야겠다고 생각한다는 게요."

광운의 이 말에 홍선군의 표정이 잠시 멈칫했다. 변광운은 작심을 한 모양이었다.

"전에도 말했지만 삼호당은 추사 스승님이 인정하신 우리 동지입니다. 대감, 굳이 감출 필요 없습니다."

홍선은 표정을 풀고 고개를 끄덕였지만 입은 열지 않았다.

정권을 잡겠다. 불가능한 일은 아니지만 요원한 일이다. 왕족은 정치 참여가 법으로 금지돼 있지 않은가. 더구나 왕을 새로 세우는 것이 아니라 벼슬을 차지해 권력을 잡겠다는 얘기인데 안동 김문이 저처럼 똬리를 틀고 있는 한 어렵기 짝이 없는 일이다.

"삼호당이 하고 있다는 불교의 결사도 세상을 이롭게 하려는 계가 아니요? 장김의 전횡을 혁파하자 이것 아니겠소? 전국 방방곡곡의 이렇다 할 스님들과 교도들, 그리고 창우패와 상두패들이 다 삼호당과 그 스승 스님의 계에 들어 있지 않소?"

홍선군 들으라는 듯 과장해서 확인해 왔다. 광운은 을해결사에 대해서는 전혀 아는 바 없었다.

"꼭 그런 것은 아니지만……"

강하게 부정하지는 않았다.

"어쨌든 힘을 모아야 할 때입니다."

변광운은 홍선이 금원의 결사를 잠재력 막강한 결사로 알았으면 하는 모양이다.

"삼호당도 지금이 힘을 모아야 할 적기라고 생각하시오?"

홍선이 단도직입적으로 물어 왔다.

"아직 저야 계의 말석에 있는지라…… 어르신들의 판단에 따르고 있습니다."

"어째 겸양의 말씀 같소."

잠시 사이를 두었다 홍선이 금원을 빤히 쳐다보며 물어왔다.

"뭐 하실 말씀 있으시오?"

금원의 표정을 읽은 모양이다.

"말씀을 하시니까 여쭙는데, 경복궁을 중건하고자 정권을 잡아야겠다는 말씀에 찬동하기는 소인의 궁량으론 어렵습니다."

"그렇소?"

홍선이 금원을 쏘아보는 눈이 다시 매서워졌다.

"다른 이들한테는 그렇게 느껴질 수 있다는 것 인정하오. 정권을 잡겠다는 이유가 어찌 정궁 재건만이겠소. 정궁 재건이야말로 특정 일문의 전횡과 세도를 막고 나라의 기강을 세우는 상징적인 일이기 때문 아니겠소?"

"그래도 소인은 백성들이 감당해야 할 신역이……"

"아까 어느 대감이 말씀하셨지 않소? 대역사 큰 건축일은 신심에서 이루어진다고……"

"어떤 신심이냐가 문제겠지요."

"나라의 기강이 잡히면 자연 정궁 재건의 얘기가 나오게 돼 있소. 백성들 사이에서 나라와 조정에 대한 충심이 일게 된단 말이오. 그리고 장김 일문이 근 백 년간 노획한 재물을 환수받으면 너끈히 재원조달이 된다는 것이 내 생각이오."

낳지도 않은 아이 이름 가지고 싸울 필요 없었고 우물에서 숭늉 달랄 일 없는 터에 금원도 그 얘기는 그쯤에서 접기로 했다. 잘한 일이었다. 후일 알게 된 일이지만 홍선의 정궁에 대한 집념은 대단한 것이었다. 수년 전 동지사로 연경에 갔다가 자금성을 보고 강렬한 인상을 받았던 모양이다. 그때부터 홍선에게 정궁 재건은 필생과업이 되었던 모양이다.

"허허 우리 고운 삼호당, 표정 좀 푸시오. 그 예쁜 어깨에 궁궐 돌짐 지우지는 않을 테니 말이오."

표정을 바꾼 홍선군이 소리 내서 호탕하게 웃었다. 그의 웃음소리가 한양 도성 쪽으로 쩌렁쩌렁 울렸다.

금원의 추측대로 홍선군은 발톱을 숨긴 사자였다. 홍선군의 호탕한 웃음은 장김 저들과 적당히 어울리면서 저들의 긴장감을 늦춰주고 있는, 속에 칼을 감추고 있는 소리장도(笑裏藏刀)였다.

녹번정

금원은 변광운 대감의 제안을 받아들이기로 했다. 스님들과 노사들이 적극 찬동한 일이다. 어쩌면 태을 스님과는 미리 얘기됐었는지도 몰랐다. 결사의 숙원이었던 상층부 양반네와 나라 안 중인 최고 실력자들과 연계되는 일이었기 때문이다. 또 한양 도성이 지척인 곳에 근거지까지는 아니더라도 연락처 하나를 확보하는 유익한 일이었다. 그런 점에서 자하문 밖 무악재 넘어 녹번리는 제격인 지역이었다.

녹번이라는 지명에 제폭구민의 훈훈한 미담이 담겨있는 것도 예사롭게 여겨지지 않았다. 조선 초 청렴한 조정의 관리들이 설, 추석 등 명절이 다가오면 이곳 가난한 사람들을 위해 나라에서 받은 녹(祿)의 일부를 이 고개에다 남몰래 슬며시 놓아두었는데, 이를 당시 사람들이 관리가 녹을 버린 것이라 생각하고 이 고개 이름을 녹을 버린 고개라 하여 '녹버리 고개'라 불렀다는 데서 유래되었다는 것이다. 지금으로서는 상상도 할 수 없는 미담 아닌가.

또 이 고개 부근에서 자연동(自然銅)의 일종으로 푸른빛을 띠는 광물질인 산골(山骨)이 나오는 곳으로 유명하다. 산골은 뼈와 상처에 좋다고 알려져 있었다.

금원은 자신의 새 거처를 녹번정이라 명명했다. 녹번 고개가 시작되는 초입 언덕에 소 바위가 있었는데 그 주변 높다란 평지에 우뚝 서 있는 아담한 기와집이 바로 녹번정이었다. 변광운 대감은 초막이라고 했지만, 사랑채와 안채 그리고 뒤뜰 정자를 지닌 제대로 격식을 갖춘 기와집이었다. 정자와 그리고 별채가 초가로 되어 있는 것이 묘한 조화를 이루며 나름대로 운치가 있었다.

관악산 연주암에 있던 동무 진서를 불렀고 예전 용산 시절 함께 했던 원주댁이 돌아왔다. 장쇠며 몇몇 일손은 변 대감이 구해 주었다.

변 대감이야말로 진정한 부자였다. 그에 따르면 대대로 이어진 그 집안의 부의 비결은 간단했다. 다른 이에게 더 많이 줄 방법을 찾는 것이다. 더 가치 있는 사람이 되고자 행동하고 더 많이 베풀고 더 큰 존재가 되고자 애쓴다. 그러면 더 많이 벌 기회가 생긴다는 것이다.

변 대감의 배려는 녹번정뿐이 아니었다. 금원을 책을 파는 중개상인 책쾌(册儈)로 만들어 주었다. 역관들이 청국이며 왜(倭) 그리고 간혹 구라파에서 들여오는 책들을 거간하는 일을 하게 했던 것이다. 이 또한 태을당과 진작부터 얘기가 있었던 모양이다.

마침 인사동에 오경석의 집안이 소유하고 있는 점방이 비어 있어 이를 빌려 책방도 냈다. 그 이름도 녹번서국이라고 지었다. 책방에는 글과 서화에 재주 있는 조희룡 어른의 조카 두 명을 상근하게 했기에 금원은 가끔 나가 보면 됐다. 책 수입상인 역관들과의 거래는 거의 다 녹번정에서 이뤄졌다. 시절이 하 수상했어도 조선 사람, 특히 얼치기 유자들의 책 과시욕은 여전했기에 장사는 처음부터 번창했다.

녹번정은 이내 보안재 시회 계원들뿐 아니라 중인 문사인 위항시인들이며 화공들의 집합처가 됐다. 장안의 재주 있는 인사들이 신분 고하를 가리지 않고 녹번정을 찾았다. 저녁이면 위항인들의 시회가 열렸고 고담준론과 격론이 오갔다. 위치가 절묘했기에 엿보는 이, 엿듣는 이 없어 어떤 말이라도 이곳에서는 할 수 있었다.

노인 대감들 특히 변 대감은 시회를 공학(共學)이라 까지 부르면서 참으로 열심이었다.

그동안 청국 학자 위원의 『해국도지』를 교재로 한 공부와 허균에 대한 공부와 토론이 있었다. 『해국도지』야 널리 알려진 책이고 그 내용도 서양 제국들의 사정을 알리는 지재(知財)였기에 문제가 없었지만, 허균을 공부한다는 것은 자칫 큰 경을 칠 일이기도 했다. 이상향을 꿈꾼 홍길동의 작가 허균이다. 광해주 시절 역모를 꾀했다 해서 끔찍한 능지처사를 당한 그. 세월이 흐르면서 웬만한 이들이 임금의 자비로 신원됐건만, 왕조와 기득권 사대부 집단에게 밉보여도 단단히 밉보인 허균만은 감감소식이었다.

"사사로운 봉록이나 명망을 낚아챌 뿐이면서 번드르르 꾸며 세상에는 군자로 알려지기를 바라는 이 땅의 거짓 유자들에게는 죽음도 아깝다. 하늘이 그런 교활함에 노하여 사람의 손을 빌리게 될 것이 분명하다."

신분제도와 서얼 차별에 항거하려고 서자와 불만하는 계층을 규합하여 혁명을 모의하던 허균 선생의 격분이 금원의 귀에 생생하게 들리는 듯했다.

어느 날 저녁이었다.

대문에 '쿵' 하는 소리가 났기에 마침 마당에 있다가 나가 보니 이필이 피투성이가 된 채 정신을 잃고 쓰러져 있었다. 얼른 장쇠를 불러 안채에 눕히게 했다.

생명이 위급할 정도는 아니었지만 어디서 심하게 얻어맞은 모양이었다. 팔다리 중 한두 개는 뼈가 부러진 게 분명했다. 얼굴을 포함해 온몸이 퉁퉁 부어 있었다. 그리고 술을 마신 듯 술 냄새도 났다.

대충 젖은 수건으로 씻기고, 찢어진 곳에 소주를 발라 소독하고 겹질려진 부위에 부목을 대는 동안에도 필은 끙끙 신음만 낼 뿐 깨어나지 못했다.

"아니 이 힘센 장사를 누가 이렇게 만들었누?"

마침 녹번정에 와 있던 변 대감도 혀를 찼다.

"그래도 여기까지 저 몸을 끌고 온 게 장합니다."

새벽녘이 되어야 깨어난 필은 끙끙 앓아가면서도 '홍선군, 이 나쁜 인간' 하면서 길길이 뛰었다. 얘기를 들어보니 그럴 만했다. 무과를 함께 치른 천희연이라는 동무를 만나느라 서울에 올라와 자하문 밖 구기촌 주막에서 탁배기 한잔하고 있는데, 우연히 홍선군 이하응을 만나 술을 함께 마시게 되었단다. 북악산과 인왕산이 만나는 구기촌엔 운치 있는 주막이 몇 군데 있었다. 언감생심 종친과의 대작은 생각도 못했는데 홍선군이 굳이 우겨 적잖은 양을 마셨단다. 사실 필은 술을 잘 못 했다. 평소보다 한두 잔 더 했을 테고 두주불사인 희연이 많이 마셨고, 홍선은 언제나처럼 적당량을 마셨을 터였다.

"얘기를 하다보니 장김놈들과 서원놈들의 행패에 대해 욕하게 됐쥬. 나야 그렇다 해도 희연이야말로 그눔들에게 뇌물 고이지 않았다고 무과에 통하고도 제수 못 받았으니까유."

아무튼 한참 욕하고 있는데 술김에도 분위기가 이상하더란다.

"사충서원 놈들인지 석실서원 놈들인지 장김 서원 자경단놈들이 그 주점에 와 있었던 모양입니다. 예닐곱 명이나, 구기촌 그쪽이 장의동하고 가까워서 장김 개놈들이 자주 들락거리죠. 그걸 깜빡하곤……"

장김 욕을 해대니까 자경단 놈들이 뭐라고 한마디 했고 이쪽도 참을 사람들이 아니기 때문에 시비가 붙은 모양이다.

"그런데 정말 분통 터지고 이해할 수 없는 것은 저쪽 무뢰배 녀석들이 이쪽으로 우르르 오니까 이하응 그 인간이 벌떡 일어나 그 놈들에게 아는 척하면서 이놈들이 선량한 대감들 욕한다고 우리한테 버럭 소리를 지르는 것 아닙니까?"

"하도 어이가 없어 그 인간 쪽을 쳐다보려는데 그때 놈들의 몽둥이가 날라와서 피하지도 못하고……"

"하하 그렇게 당했구먼. 흥선군이라면 족히 그러고도 남을 사람이지……"

변 대감이 껄껄 웃으며 말했다.

"아니, 대감은 그런 인간 역성을 드세유?"

필은 버럭 성까지 냈다.

녹번고개 산골이 명물은 명물이었다. 그토록 심하게 다쳤는데도 이필은 산골 달인 물 세 사발쯤 마시더니 이레 만에 자리를 털고 일어났다. 물론 의원이 다녀갔고 다른 약도 쓰기는 했다. 그래도 산골이 타박상과 뼈에 좋다는 말은 허언이 아니었다.

필은 자신이 벌떡 일어난 것이 모두 금원의 덕이라며 '누이는 이제부터 생명의 은인'이라며 부쩍 더 살갑게 다가섰다.

추스르고 일어난 첫날, 뒷마당에서 웃통을 벗고 장작을 패길래 아직 더 누워 있지 왜 일어났냐고 했더니 이랬다.

"누님 제게 한번 업혀볼 테유? 그래야 끄떡없다는 것 알겠수."

성큼 다가오는 것 아닌가. 이 사내가 어찌 이리 용기를 낸단 말인가 싶었다. 건장한 팔뚝 넓은 가슴을 보면서 한번 쿵 했던 금원은 그의 땀 냄새에 갑자기 정신이 어찔했다. 정신을 차려보니 벌써 필의 등에 업혀 있었다. 팔은 그의 목을 꼭 감고 있었다. 속곳도 제대로 입지 않은 엉덩이에 그의 손이 있는 것 아닌가.

"됐네, 됐어. 얼른 내려줘. 누가 보면 어쩌려고……"

필이 내려주자 걸음아 날 살리라고 안채로 들어갔지만, 벌렁거리는 가슴은 벼락이라도 맞은 듯 쿵쾅댔다.

며칠 뒤 이필은 두물머리에 함께 가자고 제안해 왔다.

"난데없이 양수리에는 왜?"

그에게는 말을 놓기로 했다. 본인이 그렇게 하자고 우기기도 했지만 그렇게 하면 이리저리 일이 불안해졌을 때 말리기 쉬우리라 생각됐기 때문이었다.

"석실서원에 가보려구유."

"왜, 이 선달을 이렇게 만든 사내들 찾아 복수하려고?"

말은 그렇게 했지만 반가운 소리였다. 그렇지 않아도 석실서원이 있는 석수리 미호에는 한번 가봐야 하겠다고 생각했던 터였다. 그곳 서국에서 책을 꽤 가져갔는데 연락이 없었다. 들리는 말에는 망해서 주인이 야반도주했단다.

필은 필대로 그곳 자경단에 찾아야 할 사람이 있다고 했다. 부친 상소문 사건과 관련된 일이리라는 짐작은 갔다.

"나하고 꼭 같이 가야 할 이유라도 있나?"

짐짓 다시 물어봤다.

"그럼, 많이 있지유."

필은 누이를 모처럼 눈 호강 입 호강 시켜주려고 한다고 떠벌리듯 늘어놓았다. 미호라고도 부르는 그곳 미음나루의 봄 경치는 최고라고 알려진 것이 사실이다. 객점도 많이 생겨났다고 알려져 있었다.

"됐어, 그만. 함께 가기로 함세."

석실에 간 김에 내처 부용사까지 다녀오리라 마음먹었다. 미호 석실과 양평은 지척이다. 두물머리 바로 아래인 양주군 미호리에 있는 석실서원은 대표적인 안동 김가의 문중 사당이었다. 사람들은 과천의 사충서원을 안동 김문을 대변하는 재경 서원으로 알고 있어 그 서원의 횡포에 뒤에서 종주먹을 들이대고 있지만 실제는 석실서원이 김문에는 더 권위 있는 곳이었다.

그도 그럴 것이 사충에는 영조 때의 김창집이 배향돼 있다면, 석실에는 한참 윗대인 인조 때의 김상헌이 배향돼 있기 때문이다. '가노라 삼각산아 다시 보자 한강수야' 하면서 청나라에 끌려가 죽은 병자호란의 척화파 김상헌 바로 그다. 나라에서는 그를 만고의 충신으로 추앙했고 그의 순국 이후 안김은 명문으로 대접받았다. 김문에서는 상헌의 고택이자 사당이었던 석실사(祠)를 확장해 서원으로 만들었다. 임금이 사액을 내렸고 송시열이 묘정과 현판을 썼다.

장원 급제자도 여럿 나왔고 청직의 꽃이라는 문형(文衡, 대제학)도 여럿 배출하여, 나라 안에서 손꼽히는 서원이었다. 그랬던 석실이 나락으로 떨어지게 된 것은 안동 김문의 외척 족벌 세도와 나라 안 서원 전체의 타락과 맞물려 있었다.

석실은 자경단을 처음으로 만든 서원이었다. 석실에 오르는 산길에서 아들 뒷바라지를 하러 오던 가난한 양반네들이 좀 강도를 만나 푼돈과 떡이며 음식 등속을 빼앗긴 것을 빌미로 만든 것이 자경단이었는데, 그 규모가 이제는 감영의 군사보다 커졌다. 엊그제 이필을 그 지경으로 만들었던 패들도 그들이었다.

요즘 자경단에는 중국인들도 들락거린다고 했다. 저들 서원들이 경쟁적으로 백성들 수탈에 나서 돈을 긁어모으는 것과 무관치 않은 일인듯 싶은데 그 내막은 아직 알아내지 못했다.

석실서원

사흘 뒤 행장을 꾸린 금원과 필은 길을 떠났다. 서원 동네에 가는데 승복은 어울리지 않아 입성을 보부상 부부로 꾸몄다. 양주 석수리 가는 길은 금원도 익숙한 길이었다. 부용사 가는 길이기도 했기 때문이다.

도성을 가로질러 홍인문, 동대문으로 나가 망우리 고개를 넘어가는 길로 가기로 했다. 두물머리나 수석리 미호는 많은 이들이 뱃길을 이용하기도 한다지만 지난번의 나쁜 기억도 있고 보는 눈이 의식돼 뭍길로 돌아 들어가기로 했다.

도성 안은 평온해 보였다. 사람들의 입성이나 표정도 크게 나쁘지는 않았다. 종로통 육의전은 일견 흥청대는 모습이기도 했다. 금원은 혹여 이 모습을 놓고 저 위에 상감이나 대가들은 태평성대라고 하지 않을지 조바심이 났다.

도성 밖으로 한 발자국 내딛는 순간 이 땅의 백성들이 얼마나 주리며 고생하고 있는지 피부로 느낄 수 있었다. 늦보릿고개를 넘고 있었기에 더 했다. 아이들은 주린 배를 움켜쥐고 뛰놀기는 하는데 하나같이 맨발이었고 힘들이 없었다. 논밭에 나가 있는 농부들도 얼굴에 핏기 하나 없이 누렇게 떠 있었다.

도성을 벗어나면 광주부가 먼저 나오고 망우리 고개를 넘어가면 거기서부터 양주 땅이다. 구지리에 들어섰을 때는 중참 무렵이었다. 혼자였다면 누룽지나 씹으며 내쳐 갔겠지만, 장정이 있었기에 주막에 들러 국밥을 한 그릇 먹기로 했다.

두 사람이 앉은 바로 옆 평상에서 눈물겨운 광경이 벌어졌다. 팔려가는 딸과 부모의 이별 장면이었다.

열너댓쯤 돼 보이는 여자아이가 국밥 그릇에 숟가락은 꽂았는데 꺼이꺼이 우는 통에 먹지 못하고 있었다. 소리도 크게 못 내면서 눈물이 뚝뚝 떨어진다. 해져서 기운 보퉁이가 옆에 놓여 있다.

아버지와 엄마는 그렇게 먹고 싶어 하던 고기국밥이니 어서 먹으라고 성화다. 옆에 투실한 중년 아낙은 여자아이를 데려갈 침모인 모양이다. 사람 수더분해 보이는 그녀의 표정에도 안됐다는 기색이 역력했다.

"아부지, 저 안 가면 안 돼요,?"

"이것아 인제 와서 무슨 소리야. 거기 가면 주리지도 있고 입성도 깨끗해진다니까……"

"그래도 저는 아부지하고 엄마하고 명식이, 명구하구 그냥 살고 싶어요."

"이것아 에미 그만 울리고, 어여 먹고 가, 어디 죽으러 가?"

옆에 있던 엄마가 한마디 하며 그녀의 등을 툭 때리자, 막혔던 둑이 터지듯 '엄니' 하며 품에 안겨 대성통곡을 한다. 엄마의 울음소리도 높아졌고 온 식구가 같이 부둥켜안고 눈물바다를 이뤘다.

어찌나 슬피들 우는지 금원과 필도 목이 메는 통에 숟가락을 놓아야 했다.

마침 대장간이 보이기에 필의 횃대검 장도를 손보고 다시 길을 나섰더니 아까 주막의 여자아이와 침모가 저 만큼에 가고 있었다. 그녀들의 옆을 지나치려니 여자아이가 고개를 꾸벅이며 인사를 했다.

"응, 너로구나 아까는 그렇게 서럽게 울더니……"

부끄러운지 고개를 푹 숙였다. 제대로 먹지 못했다면서도 볼이 탱탱한 게 귀염성 있는 얼굴이었다.

"그래, 어디로들 가는 겁니까?"

금원이 침모에게 물었다.

"예, 미호리 석실원에 갑니다."

"그래요? 우리도 그쪽으로 가는데……"

묘한 인연이었다.

여자아이의 이름은 순정이였고 침모는 양평 사람이라고 했다. 두 사람은 정확히는 서원촌 객점으로 가는 길이었다. 순정이는 쌀 석 섬에 팔려가는 신세였다. 쌀은 벌써 지난가을에 건네졌단다. 왠지 순정이 남같이 느껴지지 않았다. 꼭 저 나이에 자신은 혼자 금강산 여행에 나섰는데…… 실은 녹번정에도 잔심부름할 순정이 같은 아이가 필요했다. 쌀 석 섬이라면 그리 큰 부담도 아닌데……

일행은 걸음을 재촉해 아직 해가 있을 때 수석리에 당도했다. 듣던 대로 수석리는 완전히 석실서원을 중심으로 꾸며져 있었다. 서원은 강이 바라보이는 언덕 높은 곳에 자리하고 있었는데 이를 중심으로 좌우로 갈라 동촌과 서촌으로 불렀다.

양주네와 순정이는 서촌 객줏집으로 가고 필과 금원은 일단 서원 쪽으로 걸음을 옮겼다. 갈마재라 부르는 언덕을 올라섰다. 서원은 꽤 넓은 공간을 차지하고 있었다.

이런저런 사람들과 행상들이 있어 대문과 홍살문 앞은 사람들로 북적이고 있었다. 안쪽에는 서재 건물이며 누각들의 모습이 보였다. 문안에는 고지기 공간이 있어 거드름을 피우고 앉아 있는 초로의 고지기가 보였다.

굳이 안으로까지 들어갈 생각은 없었기에 대문 앞쪽에 서서 뒤를 돌아보니 탁 트인 강 풍경은 역시 일품이었다. 지난 시기의 빼어난 화가 겸재도 진경산수의 하나로 이곳 석실서원을 그려서 호평을 받았었다.

정문과 홍살문 옆으로 또 하나의 문이 있었다. 작은 출입문이었는데 사람들이 작은 수레와 지게 등으로 연신 물건을 안으로 나르고 있었다. 주로 과일 생선 떡 고기 등 음식류였다.

착해 보이는 청년이 마침 빈 지게를 메고 나왔다. 서원 표식이 있는 잠방이를 입고 있었다. 말로만 듣던 서원 노비다. 금원이 다가가 물었다.

"오늘 서원에 무슨 제사 있나요, 총각?"

"제사는 무슨 제사. 내일 아침에 죽은 사람 생일잔치 한답니다. 산사람 먹지도 못하는데, 이런 생일이 일 년이면 스무 날은 된답니다."

총각이 울고 싶은데 뺨 때려줬다는 식으로 폭포수처럼 불만을 털어놓았다.

"생일이요?"

듣고 보니 참 한심했다. 다 안동 김문에 빌붙으려는 아첨꾼들 때문이었다.

제사는 봄가을 정기적으로 지내는 향사 말고는 중복해서 지낼 수 없다 해서 시제는 선산에서, 기제사는 안동의 종갓집에서 기일마다 지낸다. 그런데 어떤 아첨꾼이 청음 김상헌의 생일날 떡과 술을 보냈는데, 그 뒤부터 이 사람 저 사람이 배향돼 있는 인물의 생일날을 귀신같이 알아내서 음식이며 돈을 보내오는 통에 관례로 굳어졌다는 것이다.

"그리 나쁜 일은 아닌 것 같은데요? 음식이야 총각을 포함해서 서원 식구들이 같이 나눠 먹게 되지 않나요?"

금원이 순진하게 반문했다.

"무슨 말씀이쇼? 어느 아가리로 들어가는 재물인데 나눠진답니까. 어디로 싹 다 가는지 우리 같은 아랫것은 약과 하나, 산자 한 조각도 구경 못 합니다."

"그것참……"

필도 혀를 찼다. 그래서 더 뿔이 났던 게다. 곳간에서 인심 난다고 했는데 저들은 하나같이 그처럼 인색했다. 습관 된다는 말도 안 되는 핑계를 전가의 보도로 휘두르면서.

너른 길을 따라 나루 쪽 서촌으로 내려오려니 길이 양편으로 나뉘었다. 예전에는 서책과 문방사우를 파는 책방 거리였다는 언덕길이다. 지금은 청국 잡화를 파는 만화점과 고급 주루 거리로 변해 있었다. 소문이 정말이었다. 청음서국이라 간판이 붙어 있는 서점은 문이 닫혀 있었다. 벌써 오래됐는지 거의 폐가 수준이었다. '허 참' 금원은 쓴웃음만 나왔다.

더 내려오니 왼쪽에 양평댁의 말대로 작은 사당이 하나 있었는데 그 옆으로 좁은 골목이 나왔다. 골목으로 들어가니 솟을대문에 꽤 큰 집이 눈에 띄었다. 마당이 유난히 넓었다. 대문이 열려 있어 안이 들여다보였다.

솟을대문에 '자경통문 비호방'이라는 꽤 긴 현판이 걸려 있었다. 이곳이 바로 이 나라 서원 자경단의 발원지다.

마침 골목 저쪽 끝에서 검은 옷을 입은 사내 둘이 잔뜩 겁먹은 표정의 중년 사내의 양옆을 끼고 걸어오고 있었다. 한눈에 봐도 붙잡혀 오는 모양새다. 검은 옷 사내들은 금원과 필을 한 번 힐끗 쳐다보고는 아무 말 없이 이내 대문으로 들어섰다. 별 거리낄 것이 없다는 태다.

금원과 필이 문 쪽으로 다가서 성큼 안으로 들어섰다. 어찌 되나 보자는 심산이었다. 고직실이 있기는 했는데 마침 비어 있었다. 마당에 사람들이 여럿 나와 웅성거리고는 있었다. 대문 안에 들어서 몇 발짝 움직이자 그제야 안쪽에 있던 사내 하나가 이쪽으로 오면서 제지를 했다. 그의 검은 저고리 소매에는 짧은 흰 술이 두 줄이었다. 다른 사내들이 하나였는 데 비해 직책이 조금 높은 모양이었다.

"뭐요? 여기 그렇게 막 들어오는 데 아니오."

두 사람의 아래위를 훑어보는 눈이 곱지는 않았지만, 다짜고짜 몰아낼 분위기는 아니다.

그런데 필이 뜻밖의 대답을 했다.

"여기 사람이 필요하다고 해서 왔는데……"

"사람? 사람이야 필요하지. 그런데 누구한테 들었소?"

"구기골에 사는 천희연이라는 동무한테 들었소."

사내는 필의 위 아래를 다시 훑어본다.

"그 사람이 누군지 난 잘 모르겠고, 이렇게 막무가내로 들어와서는 안 돼요. 게다가 집강 어른이 지금 계시지 않으니…… 그런데 이 아주머니는 누구요?"

"내 안사람이오."

필이 천연덕스럽게 말하는 통에 금원도 속으로는 적잖이 당황해야 했다.

“거 참, 일하겠다면서 안사람하고 함께 오는 사람 처음 봤소.”

금원도 사내에게 살짝 웃어 보이며 고개를 까닥였다. 사내는 순진한 편이었는지 오히려 자신이 당황했다.

“그나저나 당신, 뭐하던 사람이요? 무예는 했소? 여기 그리 쉽게 들어올 수 있는 곳은 아닌데……”

“고향은 충청도 진천인데 내자와 함께 보따리 장사 일을 했었소. 그치만 워낙 사람들 살림이 어려워서. 무예는 소싯적에 조금……”

“그러면 아주머니도 일자리를 찾는 거요?”

금원에게 묻는 말투가 훨씬 누그러져 있었다.

“마땅한 자리라도 있으면……”

금원도 한마디 거들었다.

“여자들 일이야 많은 편이지, 여기 석실에선. 꼭 여기 자경대 아니더라도. 그런데 알다시피 신분은 확실해야 한다오.”

필이 시간을 더 끌고 얘기를 나누겠다는 심산인지 성큼 옆의 화단 쪽 평평한 돌 위에 털썩 앉았다.

“앉으슈, 다리 아픈데 서 있지 말고.”

사내도 안쪽을 한번 흘끔 보더니 그 옆의 돌에 앉았다.

“그래 형장은 여기 들어온 지 얼마나 되셨수?”

“햇수로 벌써 5년이오.”

“5년씩이나…… 그래 재미 좀 보셨수?”

"재미는 뭐, 자식새끼들 살리자고 하는 일인데."
"애들도 있소?"
"자그마치 셋이오."
필이 옆 쌈지를 뒤지더니 콩엿을 꺼내 놓았다. 언제 그건 준비했는지. 엊그제 녹번정 찬모가 열심히 만들던 것이다. 엿은 먹기 좋게 조각이 져 있었다. 자신이 먼저 하나 입에 넣고 손짓을 했다.
"사내가 주전부리는……"
그러면서도 사내는 엿으로 손을 가져갔다. 뭐라도 같이 입에 넣으면 분위기가 확 달라지는 법이다.
"실은 내가 뭐 좀 은밀하게 물어볼 게 있소."
"뭔데 그러시오?"
"혹시 이곳에 김성순이라는 사람 있소? 전에 오위장인가 했던 사람인데."
"그 양반을 왜 찾소?"
"아시오?"
"다른 사람들은 아마 모르겠지만 나는 아오. 천주쟁이들 고변해서 오위장 벼슬 받은 그 사람 아니요?"
"맞소, 맞아. 제대로 찾았네."
"그 사람 여기 없소. 벌써 지지난해에 화양구곡 만동묘로 갔소."
"만동묘?"
"왜, 못 들어봤소? 만동묘 묘지기가 나라님보다 높다고."
"만동묘야 잘 알지. 그런데 그 사람이 거기 가서 뭘 한단 말이오?"

"뭘 하긴, 돈 벌지. 거기선 뭘 해도 한몫 잡는다고 하더이다."

만동묘는 벌써 다녀온 곳이고 김성순이라는 작자가 떠났다는 말은 이미 들었다. 그런데도 필은 시침을 떼고 그렇게 응대했다. 무슨 꿍심이 있는 모양이었다.

필은 사내를 끌고 저쪽으로 가더니 뭐라 얘기하면서 또 뭔가를 꺼내 그에게 건넸다. 뭐라 하는지, 무엇을 건네는지 금원은 알 수 없었다. 그리고는 무슨 얘기를 주고받는데 두 사람의 표정이 꽤나 심각해졌다.

그때 편경 소리가 여러 번 울렸다. 그러자 말을 나누던 사내가 급한 기색을 보이며 일어섰다. 마당 이곳저곳에 있던 검은 옷 사내들이 안쪽으로 급히 몰려갔다. 집합 신호인 모양이었다.

필과 금원도 대문 쪽으로 가야 했다. 대문간 주변의 다른 대원들을 의식해서였는지 사내는 짐짓 근엄한 소리를 냈다.

"오늘은 집사 어르신이나 집강 어르신이 안 계시니 다음에 찾아오도록 하시오."

사내는 필과 금원의 등을 떠밀다시피 밀어내며 대문을 닫았다.

"이보오 새돌이, 그럼 이따가."

필이 안에 대고 나지막히 말했다.

"알았소."

사내도 대문 너머로 작은 소리로 답했다.

몇 걸음 걸었을 때 퍽 하는 소리가 나더니 으악 하는 비명이 담장 너머로 들려왔다. 조금 전 잡혀 들어간 사내가 곤장을 맞는 게 틀림없었다.

매를 맞는 사람에게는 안됐지만, 금원은 필이 다시 보여 그의 사정에 대해 신경 쓸 겨를이 없었다. 지난번 화양서원에서도 느꼈지만 필의 친화력과 임기응변이 대단했다. 이렇게 사람들을 사귀는구나 싶어 고개가 끄덕여졌다.

잠시 후 약속대로 새돌이라는 자경단원이 객점으로 나왔는데, 필은 자신은 마시지도 않고 시늉만 내면서 탁배기 두어 잔과 함께 그를 단박에 자기 사람으로 만들어 냈다. 그러면서 금원과 결사가 꼭 알고 싶어 하는 소식의 대강을 알아냈다.

자경단원 새돌은 높은 양반들이라고 하면서 자경단은 물론 안동 김문을 좌지우지하는 조직이 있는 것이 사실이고, 저들이 지난해 초부터 그렇게 돈을 재촉하고 있다는 것, 그리고 그 돈이 중국으로 가고 있는 것 같다는 엄청난 지재를 필에게 들려주고는 다음을 기약하자며 단으로 돌아갔다,

금원과 필은 부용사로 가려 하다가 그냥 석실에서 묵기로 했다. 해는 벌써 떨어졌고 가깝다고는 해도 밤길이 만만치 않았기 때문이다.

객점은 계속 붐볐다.

저녁 식사와 필의 잠자리는 해결이 됐는데 금원의 잠자리가 문제였다. 여자가 묵을 방이 없다는 것이었다. 어쩐다 싶어 사정하

고 있는데 다행히 낮에 만났던 양평네가 아는 체를 해 와서 가까스로 잠자리를 해결할 수 있었다. 여종업원들이 자는 큰 방 한구석에서 눈을 붙이기로 했다.

아무리 봐도 2층 객실이 꽉 차 빈방이 전혀 없을 정도로 사람이 많은 것은 아니었는데, 방이 없다고 할 때부터 이상한 낌새가 있었다. 잠자리에 바랑도 둘 겸 살펴보러 부엌방에 갔는데 여자 우는 소리가 나서 가 보았더니 낮에 만난 순정이 부엌 끝쪽 목간통 앞에서 훌쩍훌쩍 울고 있었다.

"순정이 아니냐? 무슨 일인데 그러느냐?"

"아, 아씨마님."

순정이 가슴을 가리면서 금원을 보고 반가운 태를 냈다.

목욕은 대충 끝낸 모양이었다. 금원은 시렁에 놓인 옷가지를 가져다주었다. 고급도 아니었고 새 옷도 아니었지만 저급하게 화려한 무늬의 옷이었다.

순정은 울면서 사정을 털어놓았다. 나라 안에서 손꼽히는 명문 서원이라고 자랑해왔건만 장김의 탐욕은 서원과 서원촌을 인신매매의 소굴로 나락에 떨어뜨렸다. 2층 한쪽을 유곽 매음굴로 사용하고 있었고 그 어린 시골 소녀를 유녀로 만들려 했던 것이다.

객점 부엌에서 일하는 게 아니라 유곽에서 일해야 한다면서 옷을 벗고 목욕을 하라고 했다는 것이었다. 침모는 화장품을 가져온다며 내려갔단다.

"어떻게 하면 좋아요, 아씨마님?"

순정은 계속 오들오들 떨면서 울었다.

이럴 수가…… 이제 겨우 열다섯인데…… 객점 계단에서 마주쳤던 우람한 배꾼 부랑배 같은 사내들의 음탕하고 저속한 모습이 떠올랐다.

금원은 분이 올라 고함을 쳤다.

"여기 누구 없소? 여기 사람 없냐는 말이오."

그제야 이쪽으로 사람들이 오는 소리가 들렸다.

금원에게 마침 부용사 원주에게 건넬 어험, 환을 지니고 있었던 것이 다행이었고, 순정의 복이라면 복이었다.

참으로 숭악한 놈들이었다. 놈들의 두목이 바로 정만식이었다. 원주 청루에서 악덕 집사 노릇을 하다가 덕배 아재에게 실신하도록 떡매를 맞았던 그 작자였다. 어음을 받아들고 시시덕거리던 그의 비열한 표정. 작자는 잠시 사이를 염두를 굴리더니 이렇게 나왔다.

"아무리 소싯적 동무 김행수라 해도 이 애를 그냥은 못 데려가시지, 들인 돈이 얼만데……"

"내가 어찌 당신의 동무요? 가당치 않게…… 그래 얼마를 내놓으면 이 딱한 아이를 내놓겠소?"

"쉰 냥은 받아야겠는데……"

마침 쉰 냥으로 쪼개놓은 어험이 있었다.

"여기 있소."

쌀 석 섬, 여섯 가마라면 열다섯 냥이었지만 더 이상 실랑이를 하기 싫었다.

오들오들 떨었던 열다섯 순정은 긴장이 풀렸는지 이내 필의 등에서 잠에 떨어졌다. 금원은 저도 모르게 한숨이 나왔다. 자신은 순정과 다르기는 했지만, 이 땅의 가난하고 신분 낮은 여자들은 누구나 그렇게 될 수 있어서 그랬다. 금원은 해어화 사발계 확장에 힘을 쏟아야겠다고 생각을 다졌다.

배론골

한번 가면 비단길이 열린다고 그랬던가, 다니면 길이 된다고 했던가.

이필과의 여행이 그랬다. 석실서원 여행으로 물꼬가 터졌는지 같이 다닐 일이 연이어 생겼다. 하루 이틀이 아니라 너 닷새는 걸려야 할 여행길이 두 사람에게 다가섰던 것이다.

여행 자체는 즐거웠다. 망중한이었다고나 할까. 세상이 이토록 어지럽고 어려운데, 할 일이 태산 같은데 이래도 되는가 싶을 정도로, 다 잊고 유쾌하게 달려왔다. 이번에도 현웅당이 장 처사네 말 두 필을 빌려 왔다. 무인인 필과의 말을 타기는 현웅 스님과의 그것과는 사뭇 달랐다. 더욱이 금원은 이번에는 남장을 하고 말 위에 올랐다.

남장을 하니까, 그것도 양반 복장을 했더니 사람들의 대우가 달랐다. 이래서 남자들의 세상이라고 하는 모양이다. 밸이 틀려 속은 조금 상했지만 사실 필과의 여행은 늘 즐거웠다.

필이 배론골에 꼭 가봐야 한다고 한 까닭은 나름대로 자신의 정혁에 동지를 규합하고 후원을 끌어모으는 활동의 일환이라는 생각도 있었겠지만, 바로 자신의 아버지 이종원의 죽음 때문이었다.

필의 부친이 화양서원에 끌려간 표면적 이유는 천주교인들과 어울린다는 이유 때문이었다. 기해년의 천주교 탄압, 기해박해 때 일이었다.

이필의 부친은 명부에 올린 천주교인이 아니었다. 그저 허 의원, 이 의원과 함께 호기심에 모임에 몇 번 참석한 것이 전부였는데 밀고자에 의해 신자로 지목됐다. 관가에 끌려가 치도곤을 당해야 했고 관에서 나와서는 서원에 끌려가 지독하게 고초를 겪어야 했다. 그 밀고자가 바로 김성순이라고 필은 확신하고 있었다.

동제천의 산골 배론 마을에는 천주교도들의 피신 마을이 꾸려져 있었다. 지난 시기 그 혹독한 시련을 이겨낸 천주교도들이 산으로 산으로 피신해 이제는 그곳 골짜기에 들어가 그럴듯한 마을을 꾸려 정착하고 있는 것이었다.

보안재에서도 천주교에 대해 몇 차례 공학을 한 바 있었다. 좌장인 박규수 대감을 비롯해 대부분 우호적이지 않았다. 금원은 천주교의 평등사상과 개혁 사상이 마음에 들었다. 의외로 홍선군이 우호적이었다.

이곳으로 내려오기 전 금원은 천주교에 대한 소양을 꽤 열심히 넓혔다. 역관 최창현이 1784년 번역한 『성경직해광익』을 꽤 열심히 읽었다. 보안재 공부 때 오경석이 가져왔던 중국에서 넘어온 해설서 『천주실의』를 함께 읽었었는데, 그 책에 따르면 천주교에서는 4대 복음서라 해서 예수의 제자 4명이 각기 쓴 행적기를 최고의 성전으로 친다고 했다.

『성경직해광익』이 바로 4대 복음서를 요약한 책이었다. 네 복음서에서 주요 성경 구절을 발췌하고 그 해석을 묶은 것이다. 아쉬운 것은 전체 복음서의 3분의 1 분량밖에 없다고 했다. 하지만 천주교의 주장이 무엇인지는 알게 하는 귀한 쪽 성경이었다. 그 내용이 참으로 놀라웠다.

"야소(耶蘇)께서 눈을 들어 제자들을 보시고 이르시되 너희 가난한 자는 복이 있나니 하나님의 나라가 너희 것임이요"

"지금 주린 자는 복이 있나니 너희가 배부름을 얻을 것임이요, 지금 우는 자는 복이 있나니 너희가 웃을 것임이요."

"화 있을진저 너희 부요한 자여, 너희는 너희의 위로를 이미 받았도다. 화 있을진저 너희 지금 배부른 자여, 너희는 주리리로다. 화 있을진저 너희 지금 웃는 자여, 너희가 애통하며 울리."

무엇보다 가난한 백성, 힘없는 사람들에게 복이 있고 미래가 있으며 부와 권세를 지닌 사람들이 위로를 이미 받았기에 화 받을 일만 있다는 것에 공감을 느꼈다.

금원으로서는 천주를 믿는 사람들이 이 나라 안김 정권에 대해 어떻게 생각하고 있으며 결정적인 순간이 도래하면 우리 편이 될 수 있을지 여전히 궁금했다. 결사 내에서도 천주교도들과 연계를 맺어야 한다는 사람들이 여럿 있었다. 하지만 소동이 있었다.

안성의 작은 향교를 중심으로 하는 이쪽 소모임에서 인근 미리내 천주교 촌의 사람들과 접촉하여 친분을 어느 정도 쌓은 다음 '당하지만 말고 함께 힘을 모아 여차하면 들고 일어나자'고 했더니 글쎄 관에 고변을 했다는 것이다. 다행히 몇 사람의 호승심에서 일어난 불평불만 표출 사건으로 끝났지만, 하마터면 줄줄이 큰 옥사로 이어질 뻔했던 일이었다.

가난한 백성의 편에 서자는 사람들이 왜 백성에 편에 서자니까 고변을 했는지 이해가 안 됐다.

금원과 필은 말고삐를 봉양면의 산골 마을 쪽으로 당겼다. 계곡이 깊어 배 밑바닥 같다고 하여 '배론'이고, 한자로는 주론(舟論)이라 불리는 곳이었다. 치악산 동남 줄기 구학산과 백운산 연봉 사이로 십여 리를 들어간 곳, 그곳에 천주교 신앙촌이 펼쳐져 있었다. 표면적으로는 옹기 굽는 마을로 알려져 있다.

신유박해 이후 천주교 가족 100여 가구가 박해를 피해 모여들면서부터였다. 그때 졸지에 재산과 집을 잃고 가족과 생이별을 한 교인들이 깊은 산 속에서 가장 손쉽게 할 수 있는 것이 옹기 굽는 일이었다.

옹기구이는 생계를 유지하는 수단이기도 하지만 감시의 눈을 피해 토굴 속에서 신앙을 지키는 데 안성맞춤이기도 했다. 또 구워낸 옹기를 머리에 이거나 등에 지고 나서면 아무 집이나 허물없이 드나들 수 있어 잃은 가족을 수소문하거나 교회 소식을 전하는 데에도 편리했다.

계곡 입구에 초막 두 채가 지어져 있었다. 일종의 경계 초소인 모양이었다. 항상 그런지는 몰라도 여남은 살 난 소년 두 사람이 앉아 있었다.

엄청난 박해를 수차례 받고 난 뼈저린 경험에서 나온 자구책일 터였다. 기해년 박해가 최근의 큰 박해였다. 필 부친도 연루된 박해였다.

기해년인 1839년에 일어난 기해박해는 어찌 보면 시파(時派)인 안동 김씨의 세도를 빼앗기 위해 벽파(僻派) 풍양 조씨가 일으킨 정치적 사변이라고 보는 시각도 만만치 않다. 서세동점의 시기에 국체를 보존해야 한다는 명분을 내세우기는 했다.

하지만 아무 지은 죄 없는 백성의 목숨을 부지기수로 끊어 가면서 벌이는 정권 다툼은 야수의 일이었고 야만의 행태였다. 정권 내에서도 조당에서도 당연히 반발이 있었다. 실제 시파인 안동 김씨는 천주교를 원수처럼 미워하는 벽파와는 달리 비교적 관용적이어서 헌종 초기만 해도 천주교에 대해 개의치 않으려 했던 것이 사실이다.

장김의 세도정치를 연 김조순이 1832년 4월에 세상을 떠나자,

세도는 그의 장남 유근에게 돌아갔다. 2년 뒤 헌종이 8세로 왕위에 올랐다. 순원 왕후가 수렴청정하게 되면서 그의 오라버니 유근의 권세는 더 높아졌다.

김유근은 후일 병석에서였기는 했지만, 자신이 세례를 받을 만큼 천주교에 우호적이었다. 그런데 김유근이 1836년 말, 병을 얻어 은퇴하면서 호시탐탐 기회를 엿보던 풍양 조씨를 비롯, 반안김 세력들이 기회를 얻었다. 조정의 실권이 영의정 조인영을 필두로 하는 풍양 조씨와 우의정 이지연을 대표로 하는 반안김 쪽으로 넘어왔던 것이다.

특히 이지연은 개인적으로 천주교를 몹시 적대시하는 인물로 기해년 3월, 천주교도 소탕책을 대왕대비에게 적극 간언했다. '천주교인은 '무부무군(無父無君)' 하는 '역적(逆賊)'들로 좌우포장(左右捕長)에게 명해 체포 추국하게 하며, 형조에서는 신속하게 재판을 하여 뉘우치지 못하는 자를 처형해야 하며, 한성과 지방에 공문(公文)을 보내 다시 오가작통법(五家作統法)을 엄하게 세워 빠져나가는 사람이 없도록 해야 한다'는 내용이었다. '대왕대비를 비롯 안동 김문이 나라의 공적 천주교도들에게 관대해 나라의 기강을 흔들었다'는 여론을 일으키고 공론화시켜 천주교도 탄압에 나섰다.

계곡 안으로 한참을 들어가자 초가집 두 채가 나타났다. 말은 계곡 입구 초가의 동자에게 맡겨두고 두 사람은 걸어오는 길이었다. 한 채는 개울가에 정자 형태로 지어져 있었고, 다른 집은 동산을 뒤로해서 큼지막하게 지어져 있었다. 그 초가가 신학당으로 쓰이는 집 같았다.

연락을 받았는지 초로의 장주기 선비가 나와 있었다. 막 중년에 접어든 여신도와 함께였다.

"어서 오십시오, 오랜만입니다. 험한 길 찾아오시느라 애쓰셨습니다."

장 선비와 여신도는 농부의 차림이었다. 장 선비는 태을 스님과 친분이 있는 사이였고 금원도 몇 번 먼발치서 인사를 한 적이 있었다.

큰 초가에서 수업 중에 있는지, 장 선비는 말소리가 작았고 태도도 조심스러웠다. 그의 안내로 초막으로 들었다. 벽에 십자가가 걸려 있을 뿐 아무런 장식도 없었다. 콩기름 먹인 나무 궤짝 하나가 있었고 바닥에는 깨끗한 사각 멍석이 깔려 있었다.

장 선비는 자리에 앉자 성호를 긋고 기도를 올렸다. 속으로 하는 기도였다. 금원과 필은 가만히 앉아 있기만 했다. 서로 간 소개와 태을당이며 아는 이들에 대한 안부 인사가 이어졌다. 장 선비와 함께 나온 여신도는 그를 돕고 있는 루씨아라고 했다.

"그래, 이렇게 험한 산골까지 어려운 걸음을 하신 까닭이 있으실 텐데?"

장 선비가 용건을 물어왔다.

"안성 객사리 향교 일과 관련해서 확인할 일도 있고 해서……"

말이 끝나기도 전에 필이 입을 열었다.

"선비님, 혹시 진천의 이종원이라는 이름을 기억하십니까?"

예상했던 대로 장 선비는 기억에 없다고 했다. 필이 아비의 정황을 아는 대로 얘기했다. 장 선비는 혀를 끌끌 차면서 자신들이 가지고 있는 을해 박해 때의 기록을 문갑에서 꺼내왔다. 기해 일기와는 또 다른 기록이었다.

"춘부장과 같은 분들이 꽤 많습니다."

장 선비가 해당하는 쪽을 열었지만 역시 그곳에도 이름이 남아 있지 않았다. 장 선비는 자신들의 기록을 중심으로 기해년의 상황을 들려주었다. 전반부는 금원과 필이 아는 그대로였고 후반부의 상황이 진짜 박해였다.

아무런 죄도 짓지 않았는데 천하의 악독한 죄수가 되어 참형을 당해야 하는 그런 박해. '천주를 믿지 않는다, 믿지 않겠다.'라고만 하면 목숨을 구할 수 있는데도 그렇게 하지 않았던 신도들…….

그의 말대로 기해년 초기의 박해는 그리 심하지 않았다. 그때까지만 해도 참형된 인원이 그렇게 많지 않았다. 형조의 기록에 의하면, 포청에서 형조로 이송된 천주교도가 그해 3월 말 도합 43명인데 그중 31명이 배교했다 하여 석방됐고, 12명만이 끝내 신앙을 지켜 참수(斬首)된 것으로 집계돼 있다.

4월 중순부터는 그 기세가 한결 더 누그러져 거의 평온을 되찾았다. 박해가 뜸해지자, 한양의 모처에서 숨죽이고 있었던 앵베르 주교도 4월 22일 수원으로 내려가 조심스레 성사를 재개했다.

5월 하순 들어 조정의 세도가 임금의 외삼촌 조병구에게 돌아가면서 다시 상황이 급변했다. 금위대장의 지위에 앉아 국사를 전횡했던 그는 천주교를 적대시하던 인물이었다. 그의 등장과 함께 교인들을 색출하기 위한 새로운 법령이 선포된다. 5월 25일에 대왕대비의 이름으로 새로운 칙령(勅令)이 반포되었는데, 내용은 교인 색출에 더욱 착념(着念)하라는 것이었다.

이때 밀고자 김성순의 배신행위가 교인 색출에 큰 성과를 거두게 했다. 김성순은 교회 내에서는 김여상으로 알려져 있던 인물인데, 가면을 쓰고 들어가 교회 상층부에 진입, 교회의 사정을 상세하게 알아내 관에 제공했던 것이다. 그의 제보로 6월, 유진길, 정하상(丁夏祥), 조신철 등 조선 천주교 재건운동의 요인들이 잇달아 잡혔다.

수원의 한 동리에 숨어 있던 앵베르 주교 또한 김성순과 포졸들이 추적이 좁혀오자 주변 피해를 막기 위해 7월 초순 포청에 자수했고 주교의 쪽지를 받고 다른 두 신부도 포청에 스스로 나왔다. 포청은 8월 초순 3명의 선교사를 신문했다. 이들은 천주교를 전하러 이 땅에 자원하여 왔으며, 교우들은 고발할 수 없다고 했다. 이들은 곧 의금부로 이송됐다.

8월 14일 새남터에서 선교사 신부 3인의 효수형이 거행됐고 이튿날 서소문 형장에서 유진길, 장하상이 참형을 받았으며, 4일 뒤에 같은 곳에서 조신철을 위시하여 9명이 처형됐다.

기해년 한 해와 그 이듬해 초까지 도합 백여 명의 교인이 희생됐다. 그런데 이 숫자에는 필 아버지처럼 관과 서원의 혹독한 취조

고문에 병을 얻어 죽은 사람의 숫자는 포함되지 않았다.

신부들이 신도들의 피해를 줄이기 위해 피신처와 도움 준 사람을 말할 수 없다고 했기에 오히려 피해가 더 커졌다고 했다. 주위에 비슷한 사람들을 무조건 잡아가 족쳤기 때문인데, 필의 부친 종원 선비가 체포된 것도 이 이 때문이었다.

김성순은 기해옥사 후반 내내 취조관의 보조 역할을 자임했다는데 특히 충청도 쪽의 신도 상황을 줄줄이 꿰고 있었다. 그는 이 공로로 오위장(五偉將)의 관직을 얻었으나 몇 년 못 가 사기 행각을 벌이다가 전라남도 신지도(新智島)로 유배되었다. 교회 측은 김성순이 10여 년 귀양살이를 하다 몇 해 전인 1853년에 특사로 풀려나 이번에는 이곳저곳 서원을 전전하면서 가렴주구에 한몫 거들고 있다는 소식까지만 들었다고 했다.

"어떻게 이런 작자를 그냥 내버려둡니까?"

필이 격분을 참지 못하겠다는 듯 주먹을 부르르 떨었다.

"주님께서는 사사로이 원수를 피로써 갚지 말라 하셨습니다."

"그래도 그렇지요."

"실은 지금 어디서 무얼 하는지 잘 모릅니다. 굳이 알려고 들지도 않았고."

"답답하기 짝이 없습니다."

"여기 루씨아 자매님이야말로 그 사람 때문에 가족을 모두 잃은 분입니다."

루씨아는 담담하게 앉아 있었다.

"원망하지 않으십니까?"

"다 주님의 깊은 뜻이 계시기에 저희에게 그런 고난과 시련을 주셨다고 생각합니다."

묘한 기분이 들었다.

금원과 필은 배론골에서 하룻밤 신세를 졌고 장 선비뿐만 아니라 불란서에서 온 파란 눈의 신부와도 많은 얘기를 나눴다.

궁금했고 이해가 가지 않는 것들을 모두 질문했다. 가장 논쟁적인 것이 제사 문제였다. 파티에르라는 이름의 불란서 신부는 중국과 조선에 처음 들어왔던 선교사들이 초기에 제사를 인정했던 것은 고유 전통문화를 존중한다는 입장에서였으나, 교황청이 고심 끝에 내린 불가 방침을 받아들일 수밖에 없다고 했다. 제사를 인정하면 그다음 것, 나아가 모든 미신을 인정해야 하는 모순에 봉착하게 된다는 것이었다.

착하고 바르게 살았던 사람이며 전교가 되지 않았던 시기에 살았던 사람들은 모두 지옥에 갈 수밖에 없냐는 질문에 신부는 절묘한 대답을 해왔다.

천당과 지옥 사이에 연옥이라는 것이 있어 일단 비신자 중에 착한 사람들은 그리로 가서 다시 기회를 받아 천당으로 들어갈 수 있다는 얘기였다.

작금 조선의 정치가 잘못돼 있고 조정이 잘못 돌아가고 있다는 것에는 십분 동의했다. 또 조선의 신분제도 노비제도는 타파돼야 한다는 데 동의했다. 하지만 자신들 천주교인들은 교회 이외의 결사에 가입하거니 더욱이 소요, 민요, 정혁 같은 데는 참여할 수 없다고 딱 잘라 말했다. 결사에 드는 순간 사탄과 손잡은 꼴이 된다나. 그것이 주님의 뜻이란다.

이 세상 천지만물이 다 천주님이 창조하시고 예견하신 일인데 임금도 천주님이 내셨다는 것이었다. 모든 권위는 천주님이 주신 것이기에 세속인의 눈으로 보아 마음에 들지 않는다고 폭력을 사용하는 것은 주님의 뜻이 아니란다.

금원으로서는 이해할 수 없는 논리였다. 금원은 그래도 이들 천주교인이, 인간에 대한 사랑을 그토록 강조하는 저들이 결정적인 순간에 지배계층의 편을 들지는 않을 것이라고 믿고 싶었다.

"거참, 사람들…… 할 말 없습니다."

배론 마을을 나오면서 필이 무슨 뜻에서인지 마을 쪽을 돌아보며 금원에게 한마디 했다.

금원은 그때 온순하고 온화한 저들의 그 참혹한 희생들이 쓸데없고 무의미한 것은 아닐 것이라는 생각을 하고 있었다. 50년 뒤 백 년 뒤를 생각하니 더 그랬다. 천주교 마을을 떠나면서 문득 불가의 수승한 가르침 색즉시공 공즉시색을 떠올린 것은 우연이 아니었다.

배론의 아침 햇살이 금원과 필의 등을 밀어내듯 비쳐왔다.

나합 도내기

세상일은 모두 사람의 일이다. 그 사람의 일을 재물과 권력을 얻는 일 출세하는 일로만 보는 이들이 세상을 메우고 있는 것이 현실이다. 조선 땅에서는 양반 사대부라는 사람들이 더 그랬다. 그들에게 유학의 가르침은 포장용 장식이었다.

세상의 부와 권력에 빌붙어 사는 것을 기생한다고 말한다. 기생 출신인 금원은 그 말이 참 싫었다. 하지만 어쩌랴, 그런 부류가 참으로 많은 것이 엄연한 현실인 것을.

금원은 모처럼 치마저고리에 장옷까지 차려입고 가마를 대절해 한양 성내 행차에 나섰다. 동무 지선과 함께였다.

녹번에서 출발한 외바퀴 사인거는 홍제리를 거쳐 무악고개를 너머 사직골로 넘어가는 고갯길을 택했다. 바퀴가 달려 있기에 네 사람이 끌어도 충분했다. 산길이라고는 하지만 왕래가 빈번해 언덕길처럼 다져 있었다. 그쪽 성곽에는 자하문이라고 부르는 창의문이 있어 쉬이 도성으로 들어갈 수 있었다. 가마 탄 대가댁 마나님인 줄 알았는지 일사천리 통과다. 또 무악재 가마꾼들이 수직군과 친한 모양이었다.

일사천리로 성안에 들어와 목적지인 장동으로 가고는 있지만, 이번 행차는 마음 크게 편한 행차는 아니었다. 아직은 어떻게 나올지 모를 껄끄러운 상대에게 가는 길이었기 때문이다.

사직골을 왼쪽으로 끼고 인왕산과 북악산 사이의 자락을 오르면 그 끝 무렵 동리가 장동이었다. 상청계, 청운골, 장의동이 이 안에 있는데 사람들은 장동이라고 불렀다. 한양에 올라와 터를 잡은 안동 김문 일족들이 모여 사는 곳이었다. 그래서 사람들은 이들 김문을 장동 김가, 장김이라고 불렀던 것이다. 가마는 상청계 끝 무렵의 솟을대문 앞에 멎었다.

"도내기 있는가? 미리 전갈은 했네만."

지선이 근엄한 목소리로 달려나온 청기지에게 말했다.

"예, 나합 마님께서 진작부터 기다리고 계십니다."

청지기까지도 나합이라 부르고 있었다.

나합(羅閤), 양 도내기는 김좌근의 첩실이었다. 안동 김문의 수장, 사충서원 도유사, 영의정 김좌근 말이다. 지선과 동향인 후배 기생 도내기가 그의 소실이 되어 있었다.

나합의 나는 도내기의 고향 나주의 앞 글자, 합은 바로 합하의 준말이란다. 정일품의 고관들에게만 붙여주는 경칭이다. 당시 벼슬을 원하는 사람들은 앞다투어 김좌근을 움직일 수 있는 양 씨에게 뇌물로 청탁했고 양 씨의 마음에 들어야 벼슬을 땄다. 그래서 그녀는 권력의 정상에 있는 '나주 출신 정승', 나합이었던 것이다.

그런 나합이 버선발로 뛰어나왔다.

"에고 성님, 이게 무슨 일이다요. 이렇게 다 찾아오시고."

나합, 도내기는 지선의 손을 부여잡고 반가워 했다. 교만을 떨면서 옛 동패들을 홀대하지는 않는다는 점에서 일단 안도감이 들었다. 그러면 일은 생각보다 훨씬 더 수월해질 수 있다는 얘기다.

"이 성님이 바로 옥패 받으신 금앵 행수님이시우?"

"그렇다네."

"정말로 뵙고 싶었습니다요, 성님."

그러면서 중인환시리에 대문간 땅바닥에 넙죽 주저앉아 절을 하는 것 아닌가.

다소의 과장기는 있었지만 진심인 모양이었다. 자신의 가솔과 구경꾼들에게 기녀들의 의리와 규율을 보여주고 싶어 한다는 태였기에 금원도 적당히 고개를 끄덕이며 응대했다.

"반가우이. 나도 자네 명성은 귀 따갑게 들었으이."

기생은 일패, 이패, 삼패 세 부류로 나뉘었다. 일패 기생은 양반기생이라고도 불리며, 행수(行首)나 선상(選上)이라고 했다. 금원과 지선이 바로 행수였고 도내기는 지선이 교방에서 가르친 제자이자 후배였다. 선상은 원래 뽑혀서 서울로 올라간 기생이라는 뜻이었다. 전라도 지방에서 선상님은 최고로 존경하는 이에게 보내는 경칭 아닌가. 집주인 도내기의 뒤를 따라 두 명의 선상은 집 안으로 들어갔다.

변 대감 저택보다 크기는 작았지만, 곳곳에서 사치스러움과 화려함이 묻어났다. 또 높은 지대에 자리하고 있어서 조망이 좋았다. 사랑채를 지나 부엌과 작은 채 그리고 중문을 지난 뒤쪽 안채로 올라갔다.

소문에 따르면 작은 채가 유난히 낮아져 있어야 했는데 그렇지는 않았다. 소문이란 것은 그럴싸할수록 더 믿지 말아야 한다. 멀쩡한 집의 기둥을 잘라내 주저앉힌다는 것이 애당초 말이 안 됐다.

시정의 소문에는 나합이 전망이 탁 트이지 못해 답답해서 속병이 다 난다고 하자 김좌근이 급기야 아래채의 네 기둥을 서너 자씩 잘라내어 높이를 주저앉히고, 집 앞쪽의 민가 몇 채를 사들여 때려 부숴 앞을 트이게 해줬다고 했다. 백성들은 끼니 걱정을 하고 있는데 이런 짓들을 예사로 해댄다고 짜하니 소문이 퍼지게 되니 나합을 욕하는 소리가 더욱 크게 번질 수밖에 없었다.

그보다 더한 일도 최근 금원의 귀에 들어왔다. 수륙제를 지낸다고 몇 가마니의 쌀로 밥을 지어 한강에다 퍼부었다는 것이다. 사실이라면 천인공노할 일이었다.

그뿐이 아니었다. 벼슬아치 지망생들 중 젊고 반반한 사내놈들이 나합의 눈에 들면 나합의 가랑이 사이에서 놀아나지 않은 이들이 없다고 사람들은 입방아를 찧고 있었다.

"구경들 하시지요. 천천히 놀다 가시는 겁니다."

"대단하긴 대단하네. 없는 게 없군그래."

여기저기를 둘러보며 지선이 말했다. 정말로 나합의 안채에는 없는 게 없었다. 으리으리한 화초장이며 경대 노리개와 패물들 그리고 장구와 가야금, 화려한 춤복이 즐비했다.

영감 앞에서 간혹 춤 재주를 선보이는 모양이었다. 금원은 보지 못했지만 지선의 말로는 도내기의 춤사위는 천하제일이란다. 사내들의 애간장을 녹이는 마력을 지니고 있다고 했다.

안채 대청의 탁자 위에 난데없이 커다란 천리경이 놓여 있었다.

"이건 또 무엇인가?"

"아 그거요, 우리 영감 애태우고 골려주는 도구지요."

"천리경 아닌가. 먼 곳을 가까이 보는."

"이리 와보시지요, 성님들."

나합이 천리경을 들고 금원과 지선을 이끌었다. 안채 끝쪽에 가니 휘장이 쳐 있고 튼실한 사다리가 놓여 있었다.

사람들 소문이 영 허언은 아니었다. 천정과 지붕을 뚫고 누각 같은 작은 전망대를 만들어 놓았던 것이다.

"성님, 올라가서 한번 보시오, 잉."

금원이 사다리에 올라섰다. 키 높이쯤 올라가니 앞채며 앞집의 방해를 전혀 받지 않고 한양 성내를 빤히 내려다볼 수 있었다.

천리경을 눈에 대니 경복궁 터 왼쪽 끝자락과 서촌 누상동 적선동 효자동이 바로 지척이었다. 과장 좀 보태 어느 집 밥상에 반찬 가짓수도 셀 수 있을 정도였다.

"자네는 이러고 놀고 있구먼."

그런데 밑에서 도내기가 올라오는 기색이더니 금원의 치마 속으로 얼굴을 쑥 집어넣더니 장딴지를 만지는 것이 아닌가.

"아니 뭐 하는 짓인가? 망칙하게……"

나합의 손이 허벅지까지 올라왔다.

"그만 그만, 이 사람아."

"성님, 우리 영감이 매일 이런다요."

"예끼 이 사람아……"

"지 별명이 뭔지 아시지라? 나주 조개요, 조개. 영감이 조개를 얼마나 좋아하는지……."

어느 날 김좌근이 짐짓 "세상 사람들이 왜 그대를 나합이라 부르는지 아는가?" 하고 물었단다. 그러자 나합은 "나주 조개(蛤, 조개 합)라는 뜻이지요, 영감이 젤로 좋아하는"이라고 받아쳤단다. 금원은 지선과 함께 박장대소를 했다.

여자 셋만의 거한 주안상이었지만 권커니 잣거니 하면서 술이 꽤 올랐다. 금원이 더 취하면 곤란하겠다 싶어 나합의 잔에 술을 따라주면서 말했다.

"도내기 자네가 이렇게 잘살고 있는 것을 보니 대견하기는 하지만, 내 오늘 꼭 할 말이 있음일세."

"예, 성님. 혹 우리네 사발계에 관한 말씀 아니신지요?"

나합은 냉큼 자리에서 일어나 문갑 옆에 놓여 있던 푸른색 보따리를 들고 왔다.

"금앵 형님 하시는 일과 우리 계를 위해 쓰시라고 준비한 것입니다."

보따리를 풀자 노란 기름 한지 봉투에 든 '어험'이 먼저 나왔고, 나무상자에는 은덩이와 엽전 꾸러미가 가득 들어 있었다. 어험은 종로통 육의전에서 발행한 기와집 한 채 상당의 큰 액면가였다. 육의전 어험이야말로 확실한 돈표였다.

지선과 금원은 눈이 동그래져야 했다.

"자네 손도 크이. 잘 받겠네."

"손이 큰 건지 그만큼 많이 해먹었다는 얘긴지는 들어보고 따져봐야죠, 뭐."

지선이 생글생글 웃는 소리로 뼈 있는 소리를 하며 도내기의 볼을 손가락으로 콕 찍었다.

"예, 성님. 이럴 때 쓰려고 악착같이 긁어모았습니다. 사람들이 나를 뭐라고 부르고 뭐라고 욕하는지 잘 압니다."

도내기가 지선의 손을 꼭 잡으면서 말했다.

"속은 살아 있었군그래."

"성님, 제가 성님들보다 산 세월은 적지만 세상 풍파는 더 겪어서 아는데요, 세상 독하게 살지 않으면 살아남지 못합니다."

두 사람은 고개를 끄덕여줬다. 저만큼의 돈을 내놓은 만큼 그 정도 사설, 자기 자랑이야 들어줘야겠다는 생각에서였다.

"우리 기생년들이 언제 사람 대접 받아본 적이나 있습니까? 성님들처럼 학문 높은 일패들이야 조금 다르겠지만, 나 같은 몸으로 먹고살아야 하는 하짜들은 마소만도 못하당께요. 특히 돈 있고 권세깨나 있다는 치들이 우리한테 한 짓을 생각하면…….”

나합은 잔에 술을 넘치듯 따라 단숨에 들이켰다. 옛날 불우했던 시절 생각을 하면 열불이 나는 모양이다. 왜 그러지 않겠나. 기생 일이야말로 천역 중에 천역이요, 기생이야말로 천인 중에 천인인 것을.

“누가 자네더러 하짜라 했는가? 자넨 어릴 적부터 재주가 뛰어났네. 마음씀은 얼마나 고왔게.”

나합 얘기가 나올 때면 지선은 금원에게 도내기가 매번 뒷방 배고픈 생각시들에게도 주안상에 올랐던 약과며 곶감, 부침개까지 숨겨서 가져다주곤 했던 배려 깊은 여자였다는 얘기를 하곤 했다.

나합은 재미있는 것이 자신의 악명이 높아지면 질수록 사내들의 태도가 더 공손해졌고, 아부하는 빈도와 강도가 높아졌다는 것이다. 어떤 작자들은 칭송까지 해대더라는 것이다.

“그런 놈들한테는 지가 가끔 선물로 눈요기시켜 주지요 잉, 이렇게.”

뒤쪽으로 물러나 치마를 턱 치면서 한쪽 무릎을 세우며 앉는데 어찌 된 셈인지 겉치마 속치마가 함께 썩 벌어지면서 허연 허벅지 안쪽이 살짝 보이는 것이었다. 한두 번 연습한 솜씨가 아니었다.

“사람도, 그러니 그런 흉측한 소문이 돌지.”

“사내놈들이란 지가 이러고 앉으면 게슴츠레해져서 뭔 짓을 시키더라도 할 기세더랑께요.”

"그래그래, 됐어."

"설마 소문처럼 이방에서 사내란 사내, 반반한 놈들을 다 잡아먹었겠습니까? 애기 때 지선 선상님이 가르쳐 주시지 않았소? 계집은 비싸게 놀아야 한다고."

사이를 두었다가 한마디 더 했다.

"이 도내기, 사람이 해서는 안 될 짓은 하지 않았습니다, 성님."

"한강에 쌀밥 열 가마를 버렸다는 얘기는 뭔가?"

"설마 지가 그랬겠소? 모래에 횟가루 섞어 그런 것이요."

나합도 저간의 소문을 알고 있던지 대뜸 그리 대답했다. 정작 쌀은 미리 서강과 마포의 깍쟁이 패들에게 나눠 주었단다.

금원이 화제를 바꿨다.

"그리고 말일세, 한 가지 자네한테 꼭 일러줄 말이 있는데, 자네 선에서도 어쩔 수 없을지도 모르기는 하지만 힘닿는 대로 일이 되게 해야 할 것이네."

"꼭 되게 하라는 말처럼 들리네요, 성님."

금원은 안동 김씨들의 씨족 서원과도 같은 서원의 복주촌이 형편없는 색주가로 변하고 있다는 말을 해줬다. 석실 객점도 그렇지만 특히 화양 복주촌은 나주 기생들에게는 완전히 악마의 소굴로 변해 있다는 얘기를 강조했다.

나합은 처음 듣는 이야기라고 했다. 적잖이 놀라고 흥분했다.

"석실서원이라면 지도 몇 번 갔던 곳인디, 경치 그리 좋은 그곳이 그렇게 변했단 말이요? 거기다 괴산서는 우리 애기들이 그리

고생을 한단 말이요?"

"그렇다니까."

"자네가 영감한테 말해서 사정이나 알아보고 해결할 수 있는 길을 알아봐 주면 좋겠네."

"예, 그러지요."

도내기는 술 한 잔 더하고 노래라도 한 곡조씩 뽑자고 했지만 금원은 알다시피 그럴 경황이 없다면서 다음을 기약하자고 하고 도내기의 집을 나섰다.

만동

세상과 사물을 이분법적으로 보는 시각은 편리하고 명확할 수는 있어도 그것이 모든 것을 설명할 수는 없다고 금원은 생각해 왔었다. 세상은 가진 자와 못 가진 자, 있는 자와 없는 자로 나뉘어 있긴 해도 꼭 양쪽이 서로 싸워야 한다는 법은 없다고 여겼던 것이다.

하지만 실제로 마주친 현실은 그렇지 않았다. 도저히 같은 하늘 아래 함께할 수 없는 부류들이 있었다.

오랜 체탐과 지재를 종합한 끝에 결사의 구체적인 적 장김 뒤에 웅크리고 있는 노론 벌열의 실체가 파악된 모양이었다. 때가 무르익고 있으니 만반의 준비를 갖추라는 회주의 당부가 하달됐다. 그러면서 은밀하게 분임 회합이 차례로 열렸다.

현봉 스님은 지금의 청계가 역대 어느 청계보다 저변이 넓고 탄탄하다고 얘기하곤 했다. 단결력도 기대 이상인데 의외로 규율이 잘 확립돼 있다고 자랑했다.

현봉 스님이 이끄는 용호단의 규모도 커지고 내실도 다져져 있었지만 덕배 아재야말로 한수 이남에서 가장 바쁜 사람이 되어 있었다. 주로 삼남 지방을 주유하며 상두꾼들과 연희패들을 만나고 있는데 성과가 눈부셨기에 현봉당의 입이 귀에 걸려 있었다.

"이보게 금원, 덕배가 또 한 건 해냈다네. 어얼쑤일세."

충청도 덕산에서 그리고 경상도 진주에 이어 전라도 벌교에서 최상의 동패들을 엮어낸 모양이었다. 덕배 아재의 새 동패들은 그대로 용호단으로 편입될 만큼 힘 잘 쓰고 날랜 이들이 많았다. 현봉은 정말 신났는지 '지화자' 하면서 어깨춤을 추어 보였다.

"어째 자네답지 않게 경하게 구시는가, 현봉."

곁에 있던 태을 스님한테 한마디 들어야 했다.

태을 스님은 거개가 하층민인 신도들을 자주 만나 그들의 얘기를 경청했다. 자경단의 체탐을 따돌린다는 목적도 있었지만 워낙에 스님은 신도들과 얘기 나누는 것을 좋아했다.

금원은 늘 하던 대로 큰방에 조용히 들어가 합장을 드리곤 윗목 구석에 앉았다. 현봉은 아직 도착하지 않은 모양이었다. 오늘 금원을 호출한 사람은 현봉이었다. 장김 뒤에 똬리를 틀고 있는 노론 벌열에 대해 구체적 내용을 알아냈다면서 이를 자세히 설명해 줄 터이니 동사로 오라고 전갈해왔던 터였다 태을 스님 앞에 앉은 수척한 여인네는 집에 먹을 것이 없어서 걱정이라는 민생고를 털어놓았다. 스님은 왜 조석 끼니가 없는지 조목조목 따졌다.

"게으름을 부리고 일을 안 했는가?"

"밤낮없이 남편하고 둘이 논으로 밭으로 뛰었지요."

"그러다 병이라도 나서 몸져 누웠는가?"

"아니요, 그럴 틈도 없었습니다."

"그런데 왜 먹을 게 없어?"

"도지세가 너무 과합니다. 작년에 스무 가마 했는데 열여섯 가마를 가져갔습니다."

"그랬군. 그리고 나머지는?"

"그건 나라에서 군포 대신 가져갔습니다."

"모조리?"

"예, 그것도 모자란다고 내년에 더 내랍니다."

"저런 쳐 죽일 놈들."

"스님이 어찌 그런 험한 말씀을……"

"왜 우리 중생을 착취하는 못된 마구니들한테는 더한 말도 할 수 있지, 그럼."

그러면서 스님은 앞으로는 식량을 절대로 빼앗기지 말라고 식량 감춰 놓는 방법까지 일러 주었다.

"그 거짓말은 부처님 계율에 어긋나는 것이 아니거든. 이 이치를 알아야 해, 꼭."

같이 앉아 있던 부녀자들이 모두 고개를 끄덕였다. 스님은 그들에게 절에서 내려갈 때 매향비 앞에 놓인 곡식 자루를 하나씩 가지고 내려가라 하셨다.

"우린 걱정하지 말아. 내일이라도 또 누가 가져와 시주하게 돼 있어. 세상에 부처님 걸어놓고 굶는 중 봤어?"

정말 스님 말이 맞았다. 오늘 금원이 쌀 열 가마를 실어 왔던 것이다.

상담자들이 다 나가고 은사 스님과 금원 둘만의 시간이 됐다.

이런 저런 얘기가 오갔고, 스님이 금원의 동무들에 대해 물었다. 보안재 시회 계원들이며 위항 직지시회, 그리고 기녀 출신녀들의 해어화 사발계, 이런저런 금원의 활동 반경을 노스님은 두루 꿰고 있었다.

"사정에 따라 완급은 있겠지만, 평시에는 모든 일에 너무 성급하게 결론을 내려고 하지 말고, 정성을 다하시게. 그것이 자네의 소임일세. 그리고 무슨 일이든지 즐겁게 긍정적으로 해야 할 것이야. 자네는 소중한 사람이니까."

언제부터인지 스님은 금원에게도 하대하지 않았다.

"명심하겠습니다."

박규수 대감이며 유대치 등 보안재의 몇 사람 근황이 거론되다가 이필이 화제에 올랐다.

"그 필이라는 청년은 어찌 지내는가? 여전히 정혁인가?"

"예, 열심히 하고 있습니다. 그 정열은 누구도 말릴 수 없지요."

"그럴 것 같으이."

"요즘도 여전히 그렇게 자네를 따르고?"

"쉴 틈을 주지 않지요. 과하다 싶을 때도 있습니다……."

"흐흠 무슨 경계가 그리 많아. 자네가 무슨 출가라도 했다는 말인가? 비구계 비구니계라도 받았나?"

스님이 무슨 말을 하려는지 가늠이 되지 않았지만, 아무튼 둘이 친해지면 안 된다는 말은 아닌 것으로 이해하기로 했다.

스님이 서국과 책쾌 일로 화제를 돌렸다. 책쾌 일은 잘 굴러가고 있었다. 그 일이 없었으면 녹번정이며 계회 운영에 어려움을 겪을 뻔했다. 적잖은 돈이 들어가는데 변 대감도 요즘은 형편이 녹록지 못했다. 장김에게 엄청나게 뜯기기 때문이었다.

"서국에는 여자들도 종종 오는가?"

"여자들은 주로 심부름으로 오곤 합니다."

"자네는 앞으로 일을 하는 데에서 각별히 여자들을 중요하게 여기고 친해지도록 애쓰시게."

그러면서 사대부 고위층과 궁궐에 접근해보라는 지시를 내렸다. 평소 스님답지 않은 구체적인 지시였다. 그러면서 스님은 또 편조 스님의 일화를 들려주었다.

편조 스님이 공민왕에게 다가서기까지 가장 먼저 가깝게 지낸 사람들은 바로 개경의 부인네들이었다고 했다. 특히 외롭고 쓸쓸한 과부들에게 먼저 다가갔는데 그들과 친해진 것을 발판으로 권력자들의 부인들, 그리고 노국공주에게까지 다가갔다는 것이다.

"여자들 치마폭이 역사의 큰 구멍이기도 하고 때론 빛이기도 한 게야."

"스님, 별말씀을 다 하세요."

"전인은 아무나 하는 줄 아는가?"

참으로 평소의 스님 같지 않은 말씀이다.

"참 스님, 진작부터 여쭙고 싶었는데 우리 결사의 전인회주님은 어떻게 선출합니까?"

금원이 목소리를 낮춰 물었다.

"전임 회주가 원로 노사들과 상의해서 선출해서 의발과 신표를 전수하지."

"의발도 있긴 있군요. 대개는 스님들이셨던가요?" "아닐세."

해인 초대 전인(傳人) 이래 태을 스님까지 19명의 전인회주가 있었지만, 승려는 반승반속이었던 어른을 포함해 예닐곱 분밖에 되지 않는다고 했다. 유생 진사도 있었고 창우(唱佑), 상두, 농부, 초부 등 다양한 이들이 의발을 전해 받았단다. 하지만 아직 여인은 없었다고 했다.

"자네가 한번 첫 여성 전인이 돼 볼 텐가?"

"스님도 참, 오늘 정말 이상하십니다. 농담이라도 그런 말씀 마십시오. 제가 어떻게……"

실은 빈말이 아니었다. 태을당이 마음속으로 결사의 첫 여성 전인으로 금원을 염두하고 있음을 금원은 알 리가 없었다.

얼마 전 고골 방죽에서 한 젊은 사내가 물에 몸을 던져 목숨을 끊으려 했던 일이 있었다. 안골에 살던 농부였는데 생활고와 환곡 빚 때문이었다.

“어찌 이런단 말이오? 세상사 마음먹기 달린 것 아니요. 까짓 관가 아전들의 닦달과 귀한 생명을 바꾼단 말이오. 왜 우리 백성들이 생각보다 훨씬 강할지 모른단 생각은 못하는 게요.”

그 사내의 자살을 막고 어르고 달래고 호통치면서 그에게 살아야 할 용기를 심어주고 집으로 돌려보내는 금원이 모습에서 태을은 장문인의 재목을 보았고 가슴에 담았다. 다른 노사들도 금원의 됨됨이와 일솜씨에 다들 고개를 끄덕였다.

현봉은 이른 저녁 공양을 마쳤을 때야 동사에 도착했다. 포천의 이상성 분주와 함께였다. 이 분주야말로 이번에 노론 벌열의 실체를 밝혀내는 데 수훈갑이었다.

얼마 전 동사와 부용사가 발칵 뒤집혔던 일이 있었다. 포천읍 분주 이상성 처사가 장김의 석실서원에 잡혀갔던 것이다. 근자에 들어 석실서원은 공공연하게 인신을 직접 구속하고 고신했다. 바로 지난해 봄에 이필과 금원이 다녀온 미음 나루의 자경단 장원에서 일어나고 있는 일이었다.

이 처사는 결사 집정의 한 사람으로 계회의 많은 일을 알고 있는 주요 인사였다. 그가 잡혀갔으니 큰일이 아닐 수 없었다. 태을 스님까지도 잠시 춘궁리 고골 방죽 입구의 정 초시네 집에 가 있어야 했다. 혹시 어떻게 될지 모르는 상황이었기 때문이다.

포천 신북에 용연서원이라는 사액 서원이 있었다. 한음 이덕형을 배향한 곳이었는데 장김의 마수가 뻗치면서 민폐 서원으로 전락했다. 근년에 들어서 다른 서원과 마찬가지로 금전 갈취의 행악이 더 기승을 부렸다.

그 지역 향촌계를 이 분주가 이끌었는데 이 분주는 계속 기회 있을 때마다 '용연을 저토록 타락시킨 원흉은 장김과 노론 벌열이다'라고 강조했단다. 밀고가 들어갔던지 지난 보름 계모임에 그곳 자경단이 나타나 불문곡직 사람들을 패고는 꽤 떨어진 석실서원으로 끌고 갔다는 것이다. 용연에는 사람 가둘 만한 곳이 없었다.

다른 사람들은 이내 풀어 줬는데 이 분주 그만 계속 가둬두고 있는 통에 많은 사람이 속을 더 끓여야 했다. 현봉이 아전들이며 서원의 유사 등 인맥을 총동원해서 그를 간신히 빼내면서 소동은 일단락 지어졌다. 이 처사의 집에서 큰돈이라 할 수 있는 오십 냥을 만들어 바치기는 했다.

그런데 이 처사는 장원 창고 옥사에서 매우 의미심장한 광경을 목도했다. 알 만한 안동 김문의 젊은이 셋이 끌려와 치도곤을 당하는 소리를 생생하게 들었다는 것이다.

"사람 일, 한 치 앞을 모른다더니 그 말이 꼭 맞습디다그려. 그 잘나가던 녀석들이 그렇게 당하는 모습을 보게 될 줄은 누가 알았겠습니까? 무시무시하게 당하더군요."

취조실이 거적 하나로 가려놓은 바로 옆이었기에 세세히 들을 수 있었고 볼 수 있었다. '너희가 안동 김문 그 잘난 가문을 믿고서 이렇게 방자하게 구는가 본데 너희 김문이 누구덕에 그만큼 누리냐'고 닦달하더라는 것이다.

그러면서 취조하는 작자는 장김이 자신들의 '만동' 없이 하루도 버티지 못한다고 기염을 토했고, '만동'이 대업을 위해 마지막 고삐를 죄고 있는데 협조는 못할망정 길을 막냐며 호통을 치더라는 것이다. 만동이라는 명칭이 정확하게 몇 차례 들렸단다.

이 분주의 제보에 더해 현봉은 백방으로 촉각을 곤두세워 지재의 구슬을 더 모았고, 이내 흩어진 구슬을 꿰어 만동의 실체와 연원을 파악해 냈다.

만동(萬同)이 바로 장김의 뒤에서 군림하며 조종하던 노론 벌열의 실체였다.

"송시열이 사약을 받고 죽자, 그 제자들이 절치부심하며 만든 신권(臣權) 우선 왕권 무시, 사대부 우선, 노론 제일, 숭명반청을 강령으로 하는 비밀조직이 바로 만동이었습니다. 숙종 말기에 만들어져 경종, 영조, 정조, 순조, 헌종 시대를 거쳐 지금에 이르기까지 세를 넓혀 왕권까지 좌지우지하면서 내려온 조직입니다."

현봉의 일목요연한 설명이 계속 이어졌다. 당초 만동은 권성하 김정유 등 송시열의 전발을 이은 직계제자들 가운데 성정이 드센 이들이 고초를 각오하면서 결성했고 그 두령을 본원이라 했다. 만동의 당초 목표는 우암의 복권이었으나 이내 그 목적은 이루어졌다. 복권에서 더 나아가 우암이 조선 최고의 유학자로 숭앙되면서 공자, 주자 같은 성인 반열인 송자로 받들어진 데는 만동의 보이지 않는 활약이 숨어 있었다. 저들의 최고 명분이자 덕목은 바로 예와 의리를 아는 '사대부의 나라'였다. 사대부의 나라에서는 왕권도 도구였고 양민 노비는 더 말할 나위가 없었다.

만동은 송시열이 자주 쓰고 좋아했던 구절 '만절필동(萬折必東)'에서 따온 말로 화양서원 내 만동묘의 이름도 여기서 나온 것이다. 또 만동의 상징적 본부도 만동묘에 두고 있었다. 하지만 구별하기 위해 만동묘의 만동은 동녘 동(東)이었지만 이들은 한 가지 동(同)을 쓴다.

초대 본원이 권성하였고 경종 조에 사사된 노론의 수장이자 안동 김문의 중흥조였던 김창집이 2대 본원에 올라 안김과 만동이 하나 되는 데 큰 역할을 했다. 그 이후 누가 본원을 이었는지 또 지금의 본원이 누구인지는 베일에 가려져 있다. 장김의 수장 김좌근이 현 본원이 아닌 것은 분명하다고 했다. 작금, 김좌근이 이끄는 장김과 만동 수뇌부가 묘한 갈등 관계에 있다는 것이 현봉의 진단이었다.

"결성 초부터 자신들의 수령이자 스승을 죽인 임금을 예전처럼 받들지 않기로 했다는군요. 대신 스승 송시열을 중국의 중화를 이은 소중화의 수뇌로 삼아 오랑캐 청의 황제나 변방 조선의 임금보다 더 숭앙하기로 했다지요. 그래서 명분과 권위를 갖추지 못한 조선의 임금에게 우리는 의리가 없다면서 궁궐과 능의 하마비에 사람 안 볼 때면 오줌을 갈겼다는 것 아닙니까?"

태을 스님도 이 말에는 미소를 지었다.

만동은 비밀조직이기에 구성원들은 누가 맹원인지 모른다. 하지만 조정과 비변사의 주요 직책과 각 지역 서원의 실권 요직은 만동 맹원이었다.

안김, 장김도 대대로 본원 또는 회정이라도 부르는 수령과 당주, 원상 등 최고위급 지위에 오른 이가 계속 상당수 있어 중첩되기는 했지만, 기본적으로 만동 수뇌부의 눈 밖에 나면 권력을 유지할 수 없는 구조였다. 그들은 유림의 적통이라는 스스로 내세운 권위 위에 맹원들의 갹출과 징수로 얻은 막강한 재력과 자경단 통문계의 위협적인 무력으로 이 나라를 농단해왔던 것이다.

저들의 규율은 무척 엄해 회정은 맹원들의 생사여탈권을 지닌 절대 권력자였는데, 대개는 당주라 부르는 2인자가 전면에서 전권을 휘두른다고 했다. 당주 밑으로는 5명의 호법원상이 있었고 조정과 대형 서원마다 지부장 격인 집정을 두고 있단다.

만동의 적나라한 실체를 알게 되면서 금원은 마음속에서 묘한 투지가 일었다. 저들이 저토록 치밀하고 교활하다면 우리는 그보다 몇 배 더 강인하게 맞서리라는 각오가 떠올랐기 때문이다. 그러면서 난데없이 이필의 얼굴이 떠올랐다. 만동과 맞서는 동패 가운데 듬직한 이가 바로 그라 생각이 대뜸 들었던 것이다. 만동의 면면들을 보면 김좌근은 이제 늙었고 그의 아들 김병기가 대뜸 필과 대비되었다. 금원의 머릿속에서는 어떤 면에서든 이필이 훨씬 강했다.

필이 말하는 정혁이 성공해 왕을 백성들이 뽑는다면, 필 같은 왕이 백성들에게 큰 인기를 끌 것 같다는 생각이 들었다. 스승 태을 스님이나 노사들이며 현봉과 같은 다른 동패들은 백성이 뽑는 왕에는 어딘지 어울리지 않았다. 어차피 완전무결한 이를 뽑을 수는 없는 일이기는 해도 그랬다. 만동이 강하다면 백성을 근간으로 하는 이쪽은 더 강했다.

"우리는 우리가 생각하는 것보다 훨씬 강할지 모릅니다."

필과 용호단 덕환이 입버릇처럼 하는 말이었다.

다음날 오후 무렵이 되어 녹번정으로 돌아오니 정말 필이 와 있었다. 툇마루에 앉아 있다 금원이 들어서자 필은 일어서서 씩 웃기만 했다. 그 웃는 얼굴이 그날따라 그리 빛나 보일 수 없었다. 마치 후광이 있는 것 같았다.

"호랑이도 제 말 하면 온다더니……"

금원도 씩 웃으며 혼잣말처럼 말하고 그쪽으로 다가갔다.

전날 현봉하고도 꽤 오래 필 이야기를 했었다. 현봉은 무슨 뜻인지 겉으로는 단단한 척하지만, 정작은 섬세하고 외로움 타는 필을 잘 다독여 주라고 했다.

초롱이는 친삼촌이라도 온 것처럼 신나 했다. 초롱이와 필은 구면이 맞았다. 필을 충청도에 두고 초롱과 화양이 있는 괴산에서 한양으로 올라오면서 자초지종을 들을 수 있었다. 고산의 취수염 일유사 김유원을 손 본 사람은 짐작대로 필이었다. 필이 은밀히 초롱이를 찾아와 금원이 어떻게 당했는지 저간의 사정을 들었고, 그 밤에 쥐수염 유사에게 치도곤을 안겼다는 것이다. 일유사 김유원은 자신의 집 앞에서 야밤에 몽둥이찜질을 당해 석 달 열흘을 자리보전하고 누워 똥물을 열 바가지나 마셔야 했었다.

"잘 왔네. 그래 이번에는 며칠이나 있으려는가?"

금원이 먼저 필의 손을 잡으며 안채 전실로 이끌었다.

"오늘은 누이가 어찌 이리 환대해 주시우? 별일이네."

필은 서북지방을 다시 돌아볼 생각이라고 했다. 홍경래 총사의 작변이 일어난 반역의 땅 그곳이다. 필은 지난번에 그곳에 갔을 때 자신이 그 신유년 정혁의 선봉장이었던 홍총각을 닮았다고 하는 사람이 많았다고 하면서 껄껄 웃었다. 그런 사람들도 실제 홍총각을 본 것은 아니었다. 그저 전해지는 총각 장군의 풍모 때문이었다.

껄껄 웃고 있었지만, 그 순간 그가 왠지 쓸쓸해 보였다. 조금 전에는 후광까지 보였는데, 그가 걷고 있는 길의 어려움이 절절하게 다가섰기 때문이다. 형장의 이슬로 사라진 홍총각이 떠올라서였다. 집도 절도 없이 이리저리 떠돌아다니는 인생, 자기 말대로 불러주는 사람 없어도 가야 할 곳은 너무도 많은 사람. 높은 곳을 보고 있어 아래가 허한 사람.

"왜 그리 보남유?"

"오늘따라 우리 선달님 멋지게 보여서."

두 사람은 초롱이의 권유로 뒤채 정자로 자리를 옮겼다. 초가 정자 위로 달이 휘영청 솟아 있었다.

금원이 먼저 애오개 김유사 일을 꺼냈다.

"아우님 마음이야 알지만 그리 무모하게 일했다는 얘기 듣고 적잖이 놀랐다네. 다시는 그러지 마시게."

"언제는 멋지게 보인다면서 또 잔소리입니까?"

그때 초롱이가 다반을 들고 왔다. 다반에는 차가 아니라 술이 담겨 있었다.

"아니 얘가 웬 술을 다 가져오누?"

"작은어머니 졸랐지요. 두 분께 꼭 술 한잔 올리고 싶었습니다."

초롱이는 지선을 작은어머니라 불렀다.

모처럼 만의 술이었다. 필은 술을 못했다. 한 잔만 들어가도 얼굴이 붉어지고 가슴이 벌렁댄다고 했다. 그 점도 담배 안 피우는 것과 함께 금원이 환영해 마지않는 점이었다. 사람 만나고 감추어야 할 일이 많은 사내가 술 좋아하면 그것은 끝장이다. 술은 실수를 부르게 마련 아닌가. 그래도 그날 밤 술은 퍽 달았다.

반가운 일 하나는 금원과 초롱의 간절한 바람인 화양 복주촌 유곽 철폐가 지난달에 이루어진 일이다. 김좌근의 힘이 아직 그 정도는 됐던 모양이다. 형식은 비변사가 풍기단속을 간언한 선비들의 상소를 해결한다는 형식을 취해서였다. 하지만 화양 복주촌만 철폐됐지 다른 서원들의 서원촌 색주가는 그대로였다.

금원과 필은 이날만큼은 긴장을 풀고 술자리에 홍을 담았다.

필은 그답지 않게 석 잔쯤이나 술을 마셨다. 그러더니 의외의 시구를 읊었다.

上方明月下方燈　상방에는 달, 하방에는 등불
頂相應須不已登　꼭대기는 모름지기 쉼 없이 오르는 것
鍾鼎雲情非二事　사랑과 세상 두 가지 다른 일 아닐텐데
名山空自與殘男　명산은 부질없이 남은 남자만 허여하네

이 남자, 술 먹으면 정신을 잃는다더니 거짓인 모양이었다.

"아우, 정말 세상일과 사랑이 둘이 아닌가?"

오랜만에 사랑이라는 단어를 입에 올려보았다. 이 말은 남도 판소리가 불리면서 사용되기 시작했다. 전에는 연모, 은애 등 한자어로 쓰였다.

"금원 누님이라면……"

대단한 고백이다. 금원이 호족반 옆으로 다리를 쭉 폈다. 간편하게 입는 치마였기에 좁은 틈새로 종아리가 드러났다. 필의 눈이 휘둥그레졌다가 짐짓 아무렇지 않은 척, 눈을 다른 데로 돌렸다.

"동생은 이 나이의 나를 보고도 그리 춘심이 동하는가?"

"춘심이라니 당치 않소."

당황한 기색이 역력했다. 하지만 금원을 쳐다보는 눈에는 갈망이 가득했다.

'그래 내가 요조숙녀도 아니고 이필이 출가한 스님도 아닌 바에야.'

마침 녹번정은 조용했다. 지선은 순정과 함께 홍제촌 동무 집에 밤마실을 가서 오늘 들어오지 않는다고 했다.

그날 밤 금원은 몇 년 동안 꽁꽁 닫혀 있던 단속곳을 풀었다. 그리고 꽁꽁 여미고 있었던 가슴을 열었다. 사내는 서툴렀지만 힘이 좋았다. 하지만 자주 있을 일은 아니라고 다짐을 해 두었다.

다음 날 아침 필이 녹번정을 떠난 뒤 엇갈리듯 동사 식구인 용호방 경원 총각이 문을 두드렸다. 다른 청년 두 명과 함께였다. 동사에서 사람이 오는 일은 좋은 일보다는 궂은일이 더 많았다. 이번에도 그랬다. 필이 있었더라면 지난번 보은에서처럼 자신이 나서야 한다고 했을 터였다.

보은에서 큰 살변이 일어나 용호방이 내려가 봐야 한다는 것이었다. 청년들은 횟대검을 녹번정에 맡겨두고 있었다. 사건은 지난번 필과 함께 징치했던 거들먹 숭정대부 김가의 짓이 거의 분명했다. 자경단에 의해 향촌계, 상두계원들 여럿이 다치고 죽었다는 것이다. 필의 말대로 그런 자는 싹을 잘랐어야 했는지도 몰랐다.

그런데 올라온 지재에 의하면 청국인 자객들이 화양서원과 만동묘 일원에 횡행하고 있다는 것이었다. 청국인 자객들과 자경단이 격돌 직전의 신경전을 벌이고 있어 이번 살변에서도 자경단을 막았기에 그나마에 그쳤다고 했다. 만약 사실이라면 놀라운 일이 아닐 수 없었다. 자경단과 청국 자객단의 대립이라……

서국의 유생

인사동 서국에 나가보려 무악재를 넘어 도성으로 들어왔다. 이번에 청국에서 새로 들어온 책의 목록도 작성하고 장부도 정리해야 했기 때문이다. 서촌과 안국방을 지나 인사동 입구쯤에 오니 위쪽 돈화문 쪽이 무척 시끌벅적했다.

"무슨 일일까?"

옆의 경실에게 금원이 물었다. 경실은 최근 난데없이 맞은 제자였다. 책방 구경을 하고 싶다고 해서 함께 나온 길이다.

"유생들이 또 연좌하는가 보지요."

경실은 근래에 보안재 시회에 가입한 이호준 대감의 여식이었다. 대원군의 사돈이자 측근인 이호준 대감 말이다. 몇 번 녹번정을 와 본 이호준은 대뜸 금원에게 자신의 천방지축 말괄량이 과년한 딸을 교육해 달라고 막무가내로 맡겼다. 추사의 부친이 서얼인

박제가에게 자신의 아들을 맡긴 것과 같았다. 경실은 인물은 곱상했는데 남자로 태어났으면 좋았을 성격과 성정을 지닌 처자였다. 권세 있고 번창한 집안은 아니어도 양반집 규수였지만 깍듯하면서도 부친 이 대감이 모르는 살뜰한 구석도 있었다.

경실의 말대로 정궁으로 쓰이고 있는 창덕궁 정문인 돈화문 앞에서 연좌시위가 벌어진 모양이었다.

"스승님, 우리도 올라가 봐요."

경실은 스승의 대답도 듣기 전에 먼저 위쪽으로 날쌔게 움직였다. 금원도 시위 광경을 보고 싶었기에 제지하지 않고 따라 올라갔다.

워낙에도 그곳은 연좌시위가 자주 일어나는 곳이었다. 하지만 웅성대는 그 분위기가 사뭇 달랐다. 재방을 지나 구름재에 다다르자 고함 소리가 또렷이 들렸다. 합창하듯 내지르는 고함의 내용은 평소와 크게 다르지 않았다. 누구누구를 벌주라는 고함이었다. 하지만 그 가락과 어조가 달랐다. 성균관 유생이며 한양 인근 유자 선비들이 시도 때도 없이 모여서 임금과 조정에 대고 그런 호소를 하곤 했는데 그들에게는 해본 가락들이 완연히 배 있었다.

선왕인 헌종 대와 지금의 상 시대에 와서는 한결같이 안동 김문의 비위를 건드린 인사들을 처벌하라는 연좌시위였다. 안동 김가들에게 밉보였거나 저들을 탄핵하고 비난하는 상소라도 올리면 즉각 삼사와 유생들이 나서 군신을 이간하고 무고를 일삼는 패악

무리를 벌하라고 벌떼처럼 들고 일어서곤 했던 것이다. 안동 김문에 줄을 대려는 모리배 유생들의 작태였다. 그들은 안김이 시키지 않아도 알아서 기곤 했다. 추사 부자도 저들의 생떼로 인해 처벌받은 예라고 할 수 있었다. 안김은 그걸 백성과 유림의 한결같은 여론이라고 왜곡해 가져다 댔다.

그런데 이날은 연좌하고 있는 사람들은 행색도 표정도 전과 같지 않았다. 앞줄에 갓을 쓰고 도포를 입은 사람들도 더러 있었지만 많은 이들이 맨 상투, 맨 저고리의 농투성이 차림이다.

또 다른 때와는 달리 연좌하는 사람의 수보다 많은 군사가 대문앞이며 저들 주변을 에워싸고 있었다.

"탐관 전라 관찰사 이명신의 탐학을 벌주소서."

"상감마마께서 내려주신 삼남 지방 수해 구호물은 모두 탐관오리들이 착복했습니다."

"삼남의 백성들이 다 죽어가고 있습니다."

"부디 굽어살펴 주옵소서, 상감마마."

몇몇은 돌바닥에 머리를 짓찧었는지 이마에 피가 낭자하다.

내용을 짐작할 만했다. 구경을 하는 사람들도 그런 모양이었다.

"벼룩이 간을 내먹지, 그 구호물을 관찰사씩 되는 작자가 떼어먹어?"

"나쁜 관리가 한둘인가 모두 다 강도들인걸……"

"오죽하면 여기까지 올라와서 저 고생을 하고 있을까, 쯧쯧."

"아무리 그래도 곧 경을 칠 것 같은데 저 살벌한 군사들 좀 봐."

"죽기 아니면 까무러치기지 뭐."

"어디서들 저렇게 몰려 왔답니까?"

"전라도 일대 거의 모든 고을에서 향촌계하고 두레 대표들이 올라왔대요."

금원이 알기에 이런 일은 드물었다. 아래쪽 동십자각에 신문고가 있다지만 장김이 집권하기 훨씬 전부터 북채는 쇠사슬로 꽁꽁 묶여 있었기에 무용지물이었다. 옆 사람 말대로 곧 경을 칠 것 같았다. 모르긴 해도 전라감사라는 작자도 분명 장김에 줄을 대고 있는 벼슬아치였다.

아니나 다를까 대궐 문 옆 쪽문이 열리더니 금위장쯤 되는 군관이 나왔다. 그는 시위대 앞에 섰다.

"너희의 뜻은 조정의 어른들께 전달했다. 지엄한 궁궐 앞을 어지럽히지 말고 이제 물러가라."

"우리는 상감마마에게 사정을 고하러 왔지, 하나같은 관리들에게 고하러 오지는 않았소이다."

"허허 이런 막무가내 들을 보았나. 아무튼 본관은 당신들한테 물러가라고 경고를 했다."

"그냥 이대로는 물러갈 수 없소. 그러려면 여기까지 오지도 않았소."

"옳소!"

시위대가 함께 함성을 질렀다.

"탐관오리 이명신을 벌주십시오, 주상 전하."

앞줄의 선창에 따라 군관의 경고를 무시하는 함성이 울랐다.

"만백성이 주리고 있습니다, 상감마마."

선창하는 목소리가 울부짖자 따라 하는 목소리도 절절해졌다. 선창하는 이도 그랬지만 앞줄에서 따라 하는 사람들의 목소리가 소리 가락을 배웠는지 참으로 우렁차면서 구성졌기에 더 가슴을 파고들었다.

구경꾼 사이에서도 석고 호소를 따라 하는 이가 하나둘씩 늘어나더니 거의 모든 구경꾼이 함성을 질렀다.

"만백성이 주리고 있나이다. 탐관오리들을 벌하소서."

놀라운 광경이었다. 경실도 주먹을 불끈 쥐고 소리를 지르다 금원과 눈이 마주치자 슬며시 손을 내렸다.

군관의 표정이 변했다. 몹시 당황한 듯했다.

이때 성균관 유생복의 학생들 여남은 명이 구경꾼 사이를 비집고 들어왔다. 연좌시위에 참여하려는 모양이다. 군관과 병졸 서넛이 화들짝 놀란 듯 그쪽으로 달려와 그들을 막아섰다. 병졸들은 창으로 학생들을 거칠게 밀었다. 유생들의 합세만큼은 반드시 막으라는 지시를 받았던 모양이다.

"왜들 이러시오? 물러서시오. 사람 다치겠소."

학생들도 완강했다.

"보아하니 명륜당의 유생 같은데 혼나지 말고 돌아가도록 하시오."

"무슨 말씀이시오. 군관 나리나 다치지 마시오."

옆의 또랑또랑한 유생이 나섰다.

"군관께서는 왜 대궐 문 마당이 이리 넓은 줄 정녕 모르신다는 말이오? 모두 우리 백성들이 상감마마께 아뢸 것이 있으면 직접 와서 말하라는 뜻에서 이리 넓은 것이오."

다른 유생이 한몫 거들었다.

"저 현판을 보시오. 왜 돈화문이라 했겠소? 널리 소통한다는 돈화 아니요?"

"그리고 엊그제도 우리는 여기서 전하께 주청을 드렸는데 그때는 왜 막지 않으셨소? 세도 있는 대감들의 뜻에 따른 권당이라 그런 것이오?"

군관의 표정이 머쓱해졌다. 군관과 병졸들이 주춤하는 사이 끝 쪽에 있는 학생들부터 냉큼 자리에 앉았고 이내 여남은 명 모두 앉았다.

못 이기겠다는 듯 병졸들이 원래 자리로 돌아갔다. 구경꾼들 가운데 스무 명쯤이 학생들을 따라 그 뒤로 앉았다.

돈화문 앞 돌마당이 거의 다 채워졌다. 매우 드문 일이었다.

함성이 다시 울렸다.

"백성들이 주리고 있습니다. 탐관들을 벌하소서, 상감마마."

군관이 당황한 표정으로 문 안으로 들어갔다. 그러자 함성이 더욱 커졌다.

"탐관오리를 벌하소서, 주상 전하."

돈화문 마당을 뒤흔든 함성은 분명 대전에까지 들릴 것으로 여겨졌다.

금원은 더 있고 싶었지만 해야 할 일이 있었기에 서국으로 발걸음을 옮겼다. 경실은 못내 아쉬운 표정으로 금원을 따라 왔다.

서국은 생각보다 더 잘 운영되고 있었다. 사실 책이 없어서 못 팔지 남는 책, 안 팔리는 책은 거의 없었다. 조선 유생들의 책 욕심은 필사본을 만드는 사경사들의 손놀림을 바쁘게 했다. 또 책쾌들은 팔릴 만한 책을 사경했다. 목판이나 활판으로 인쇄를 하는 것보다 그쪽이 훨씬 깨끗했고 싸게 먹혔다,

금원은 목록을 들고 지난달 동지사 일행이 청나라서 들여온 책들을 살펴보았다. 역시 서양의 사정을 담은『해국도지』편집판 20권에 눈길이 제일 먼저 갔다. 그다음엔 천주학 비판 책이 몇 권 있었다. 천주학 책은 제목에라도 비판이라는 글자가 들어 있지 않으면 반입 금지였다.

돈화문 앞 연좌시위는 계속되는지 장부 정리를 하는 동안에도 고함소리가 들려왔다.

"선상님, 아까 그 유생들 아주 멋지지 않았습니까? '군관 나리나 다치지 마시오.'라니요."

서가와 창고를 둘러보고 온 경실이 금원에게 동의를 구하듯 말했다.

"그래, 아직 그런 의기 있는 유생들이 남아 있다는 게 다행스럽더구나."

경실은 뭐가 그리 신나는지 연실 생글대면서 서가 쪽의 책들을 가지런하게 정리했다. 간간이 들려오던 고함 소리가 잠시 멎었다. 그러더니 단말마 같은 비명이 들린 듯했고, 이어서 와 하는 소리가 들렸으며 그 소리는 점점 가까워졌다. 얼마 후 인사동 골목 쪽에서 사람들이 뛰어들어 오는 소리가 들렸다. 병사들이 군중들을 무력으로 해산하고 일부를 쫓고 있는 것이 틀림없었다.

"기어이 병사들이 시위대를 두들겨 패려 쫓는 것 같은데요?"

"그런가 보구나. 얼마나 많은 이가 다치려는지."

"제가 한번 나가볼게요."

걱정하던 경실이 나가려는 순간, 서국 문이 벌컥 열리면서 청년들 셋이 헐레벌떡 서국으로 뛰어들어 왔다. 아까의 성균관 유생들이었다.

"이리로 숨으세요."

불문곡직하고 경실이 뒤쪽의 서책 창고 문을 열어주면서 학생들의 등을 밀어 숨겼다. 곧이어 한성부 군졸들이 들이닥쳤다.

"여기 유생들 들어오지 않았소?"

"그런 일 없는데요."

경실이 천연덕스럽게 대꾸했다.

"이리로 들어가는 것 봤는데……"

"그런 일 없다니까 그러네."

"안쪽을 봐도 되겠소?"

"이 군졸들이 어디서, 서국의 서가는 나라님도 함부로 못 들어간다는 공자님 맹자님 이래의 지엄한 국법을 모르시오?"

군졸들이 멈칫했다. 금원도 처음 듣는 지엄한 국법이었다.

"저쪽으로 뛰어가는 소리가 들렸으니 쓸데없이 경치지 말고 저쪽으로 가보시오."

군졸들은 미심쩍은 표정을 감추지 않으면서 서국을 나갔다.

"정말 고맙소, 처자."

세 청년 가운데 헌칠하게 키 큰 청년이 경실에게 고마움을 표했다. 의외로 경실은 부끄러워했다. 청년의 얼굴을 똑바로 보지 못하고 손으로 입을 가리면서 고개를 돌렸다. 청년들이 고개를 꾸벅 숙이고 나가려 하자 금원이 청년들을 만류했다.

"아직 기찰이 심할 텐데 조금 더 있다 나가도록 하시지요들."

고개를 숙이고 있던 경실도 고개를 끄덕였다.

"차나 한잔 들 하십시다. 경실이는 준비 좀 해 주지."

"예, 선상님."

금원이 청년들을 탁자로 일행을 이끌었다. 서국 한쪽에는 다용도로 쓰이는 긴 탁자와 장의자가 있었다.

"차보다도 냉수나 한 사발씩 주십시오."

"찬물도 드시고 차도 드십시다."

경실이 뒤 안으로 나가 찬물을 작은 백자 항아리에 담아 왔다. 청년들 셋이 벌컥벌컥 들이켰다.

청년들 셋이 한 줄에 앉았고 금원이 앞에 앉아 차를 내렸다. 경실은 차마 앉지 못하고 저쪽에서 서성이면서 이쪽을 쳐다보고 있었다.

"성균관의 유생들께서 그런 시위에 참례하기가 쉽지 않았을 텐데, 그나저나 여기 오면 숨겨줄 것이라고 어떻게들 아셨는가?"

"여기 성하가 앞장섰기에 따라 뛰었습니다."

두 청년이 가운데 앉은 키 큰 청년을 쳐다보며 말했다. 청년의 이름 아니면 자가 성하인 모양이다.

"지난번에 여기서 초당 선생 동생분의 책을 구했습니다."

성하의 이 말이면 충분했다. 초당은 허균의 형 허봉의 호다. 허균은 아직 입에 올릴 수 있는 이름이 아니었다.

"그랬군요. 허 선생의 책은 잘 읽으셨고?"

"예, 호 자가 든 대목을 아주 흥미 있고 유익하게 읽었습니다. 이 친구들도 같이 읽었습니다. 그 때문에 오늘 시위에도 가볼 생각을 했고 참여하게 된 것입니다."

금원은 고개를 끄덕였다. 호 자 대목이라면 호민론이다. 청년들은 의외로 깊이가 있었다.

"그렇다면 더더욱 내가 차 대접을 해야 하겠군요."

금원이 각자의 앞에 차를 따랐다.

"오늘 시위는 그동안 명륜당 유생들이 참여했던 시위와는 성격이 사뭇 달랐지요?"

"그렇습니다. 오늘 시위야말로 제대로 된 권당이라고 할 수 있지요."

성균관에서는 시위를 권당(捲堂)이라고 했다. 원래는 성균관 식당으로 몰려가 식사를 거부하면서 농성하는 일을 일컬었는데 근자에 들어 유생들의 시위 농성을 모두 권당이라고 불렀다. 성균관을 비우는 동맹휴학 공관(空館)도 권당이라고 했다. 서국에 나올 때마다 간간이 청년 유생들과 대화하면서 알게 된 일이다.

"저희로서는 부끄럽기 짝이 없습니다. 그동안 많은 유생이 마음에도 없는 권당을 해야 했습니다. 다 장김 때문이지요."

작고 다부지게 생긴 유생이 거리낄 것 없다는 투로 말했다. 의식이 바른 유생들이었다. 장김이 문제라는 것, 그 때문에 이 나라가 이 모양 이 꼴이라고 격분하고 있었다.

청년 유생들은 장김과 노론의 전횡 속에서 젊은이들이 희망을 잃고 있는 점, 나라의 곳간은 텅텅 비어 가는데 세도가의 곳간과 몇몇 서원의 부와 위세가 점점 커지는 것이 큰 문제라고 제대로 된 진단을 하고 있었다. 계속 이쪽에 귀를 쫑긋하고 있던 경실도 고개를 끄덕였다. 경실의 눈길은 줄곧 키 큰 청년에 가 있었다.

하지만 성균관 2백여 전체 유생 가운데 자신들과 의기가 투합하는 숫자는 10여 명에 불과하다고 했다. 그래도 금원은 아직도 이런 유생들이 남아 있다는 것에서 적이 위안을 느꼈다. 더 늦게 되면 경을 친다면서 학생들이 꾸벅 인사하며 돌아갔다.

정략과 혼사

또 장대 같은 비가 쏟아지고 있었다.

녹번정 뒤채의 초가 정자에서 금원은 언덕 아래쪽으로 쏟아지는 비를 바라보고 있었다. 곁에서는 경실과 초롱, 순정이 나란히 앉아 난을 치고 있었다. 이 우중에 난을 치는 일이 어울리지는 않았지만 일이 그렇게 흘러가고 있었다.

얼마 내린 것 같지 않은데 개울이 온통 흙탕물로 뒤덮여 큰 강이 되어 있다. 하늘이 무심했다. 지난해에는 삼남 지방이 물에 잠기더니 올해는 경기, 충청 지방이 물에 잠겼다.

올해 신유년(1861)은 지금의 임금 강화도령이 즉위한 지 12년째 되는 해였고, 장김의 전횡이 꼭 60년에 접어드는 해였다. 하늘이 노했음이 틀림없다. 홍수에, 가뭄에, 큰불에…… 백성들은 이제는 그런 재해가 나도 임금을 원망하지 않았다. 임금이 힘없는 허수아비라는 것을 알고 있기 때문이다. 백성들은 그런 일이 있으면 장김을 원망했다.

'저들이 저러고 있는데 하늘인들 노하지 않겠어?'

모르긴 해도 이번 비에도 충청과 기호에서 들려오는 원성에 장김은 귀가 간지러울 게다. 장김 뒤에 숨어 있는 송시열의 후예를 자처하는 만동은 가렴주구 헐벗은 백성들에게 갈취한 재화를 국경 너머로 계속 반출하고 있었다.

만동이 그 말도 안 되는 일을 벌써 수년째 계속 벌여 왔다는 것은 변원규가 나서 연경의 요로에 확인까지 마친 사안이었다. 사신단의 일원으로 연경에 갔을 때 청 왕실 직속이라 할 수 있는 동창을 통해 확인한 지재였다.

며칠 전이었던 신유년 6월 중순, 녹번정 뒤채에서 을해결사의 지혜 주머니라는 보영회 모임이 열렸다. 청계의 각 노사들을 보좌하는 재사, 참모들의 모임이었다.

위로부터의 개혁을 추구한다면 누구를 공략해야 하는가에 대해 열띤 논의가 있었다. 만동이 저 말도 안 되는 일을 벌이고 있지만 무력을 동원한 민중봉기는 실패의 위험과 그에 뒤따를 희생이 너무 컸기 때문이다.

"자 이제 각자의 투표를 열어 보입시다."

모임을 이끌고 있는 현봉당이 자신의 투표 화선지를 탁자 위로 뒤집어 보였다.

'조 대비'라고 적혀 있었다.

금원이 웃으며 자신의 화선지를 뒤집었다. 역시 '대왕대비 조씨'라고 적혀 있었다.

백결 노사의 제자인 김동원 선비 역시 '대왕대비 조씨'라고 적은 화선지를 보였다. 정만인 지관의 전인이기도 한 현 지관은 '흥선군 이하응'이라 적었고 백운학 노사 측에서 천거한 유봉은 '호판 김병기'라고 적었다.

결과는 압도적으로 조 대비로 결정되었다.

하지만 구중궁궐의 최고 어른 옆으로 다가서는 일이 결코 만만한 일은 아니었다. 누가 어떻게 앞장에 나설 것인지 논의가 이어졌다.

"제가 나서겠습니다."

금원은 흔쾌히 자신이 해보겠다고 했다. 믿는 구석이 있었기 때문이다.

금원의 심중에 떠오른 인물, 믿는 구석이 조성하였다. 조성하야말로 조 대비의 골무였다. 남자라면 활 쏘는 골무, 여인이라면 바느질하는 골무 말이다. 그런 조성하가 금원을 각별히 따랐다. 지난번 전라도 향촌계 사람들 대궐 앞 석고 상소를 했을 때 서국으로 피해 왔던 키 크고 똘똘한 유생이 바로 조성하였다. 그 청년이 조 대비 조카라는 것을 알았을 때, 금원은 대뜸 추사의 유작 부채 지란병분이 떠올랐다. 영지와 난의 배합도 배합이었지만 어떤 운명이 서서히 흥선군과 풍양 조씨를 엮어 주고 있음을 느꼈던 것이다. 복성스러운 제자 경실이가 그 중간에 서 있었다. 흥선군의 최측근이자 사돈인 이호준의 여식인 경실이 조 대비의 조카를 남달리 생각하고 있는 것이다.

성하는 조 대비의 작고한 오라버니 조병구의 외아들로 집안의 장손이었다. 실은 6촌 남동생의 아들이었는데, 갓난아기 때 입양을 해왔다. 그리고는 조 대비의 오빠가 세상을 떠났기에 유복자처럼 컸다. 자식이라고는 작고한 헌종 임금밖에 없었던 조 대비의 조카 사랑은 남달랐다.

성하를 생각하면 빙긋이 미소가 머금어지면서 대뜸 경실이의 이런저런 귀여운 모습이 떠오른다. 둘은 상소 권당이 있던 날 이후 두 번쯤 서국에서 더 만났다. 특별한 일은 없었지만 그게 어디인가. 부끄러워하고 어색해하면서도 서로에게 다가서려 하던 청춘들의 모습.

금원은 자초지종을 보영회 식구들에게 털어놓았다. 현봉이 대뜸 아예 조성하와 경실을 혼인으로 묶어 두는 게 어떠냐는 계책을 냈다. 현봉은 이호준의 집안을 잘 알고 있었다. 이호준 집안의 집사가 절친한 친구였다.

모두들 한번 해볼 만한 일이라고 고개를 끄덕였다.

"장가도 못가 본 머리 깎은 스님이 그런 꾀는 어디서 나왔누. 아무튼 알아줘야 해."

쇠뿔은 단김에 빼랬다고 일은 빠르게 진행됐다.

금원은 난을 치는 경실의 손을 교정해 주었다. 경실은 녹번정에 출근하다시피 하면서 이른바 신부수업을 받는 중이었다. 혼인 날짜는 석 달 뒤 가을로 잡혔다.

"손목에 힘을 빼고 단숨에 올라가야지. 그래야 끝에서 살짝 굽어지면서, 자연스러운 난 끝이 나오지."

"예, 알겠습니다. 그런데 날이 궂어서 그런지 붓이 매끄럽게 나가지 않고 종이가 자꾸 찢어집니다, 스승님."

"그래? 그럼 오늘 서화는 그만하고 안에 들어가도록 하지."

"예."

옆에 함께 앉아 있던 초롱이와 순정이도 표정이 환해진다. 여자 애들은 붓 잡는 것을 왜 싫어하는지 금원은 이해가 안 됐다.

"자, 그럼 어제 하다만 춤사위 다시 해볼까?"

"예, 스승님."

춤사위는 조 대비가 좋아하는 오랜 취미였다. 남편과의 추억이 깃든 일이기도 했다. 조 대비의 남편 효명세자가 부왕을 대신해 대리청정에 나섰을 때 제일 먼저 한 일이 세자빈과 함께 궁중 정악을 정비하고 궁중 무용의 원칙무를 안무해 왕실의 권위를 높인 일이다. 조 대비의 마음에 들려면 정악 무용 기본 사위쯤은 익히고 있어야 했다.

경실은 자신이 연모하는 성하와 맺어준 것이 금원임을 알고 스승에게 더 깍듯하게 존경과 애정을 표해 왔고, 스승의 말이라면 섶을 이고 불에라도 뛰어들겠다고 했다. 한두 살 어린 초롱이와 순정이에게도 신분을 떠나 친동생처럼 살뜰하게 대했다. 경실이 녹번정에 오면 사람들이 다 좋아했고 분위기가 밝아졌다.

경실과 성하를 맺어주는 일에는 환재 대감이 적극 나섰다. 환재 박규수 대감은 효명세자가 가장 아끼던 또래의 벗이었기에 조 대비와 계속 인연을 유지하고 있었다.

그 점잖은 부인 유씨 마님을 매파로 만들어 조씨 댁에 보내 혼담을 꺼냈던 것이다. 그리고 환재 대감 자신은 조 대비에게 경실에 대해 좋은 말만 골라 전했다. 환재 대감, 볼수록 융통성 있고 실행력이 있는 인물이었다.

이호준 영감에게는 금원이 혼사 얘기를 꺼내 즉각적인 응낙을 받았다. 이 영감이야 마다할 이유가 없었다. 자신이 존경하는 환재 대감의 중매로 최고 권력자 대비의 사돈이 된다는데……

보안재 좌장인 박규수 대감이 본격적으로 출사를 했고 지난해 동지사 부사로 청나라에 다녀오는 등 바빴다. 환재는 사헌부 부제학의 직을 맡고 있었다.

오경석과 변원규가 박 대감과 함께 북경을 다녀왔고 변광운 대감은 역경원 제조에 올라 있었다. 다들 표면적으로는 승차도 하고 바빠졌지만, 실상은 장김의 놀음에 놀아나는 꼴이라고 마뜩잖아 했다. 그럴수록 시회에는 열심들이었다. 저마다 시회에 나오면 그나마 숨통이 트이는 것 같다고 이구동성이었다.

보안재 시회 회원들도 만동의 말도 안 되는 만행에 혀를 찼다. 만동은 암암리에 태평천국의 난을 돕고 있었기 때문이다. 태평천국이 야소교를 기반으로 하고 있어도 복명반청의 대의에 입각해 있고 중화를 중흥한다는 명분이었다. 소가 웃을 이 같은 명분으로 조선 백성들을 쥐어짜 그 돈을 중국에 상납하고 있었다.

만동의 현 본원이 중화주의에 빠져 있는 인물이라고 했다. 중화주의뿐 아니라 정체불명의 도참비기설을 신봉하고 있다고도 했다. 중국 한족의 중화가 아니라 종국에는 백두산에서 발흥한 배달겨레의 중화를 도모한다는 꿈같은 얘기였다.

홍수전이라는 한족 건달 청년이 자신이 야소의 동생이라면서 시정잡배들을 모아 반란을 일으킨 직후부터 태평천국과 조선의 만동은 교감이 있었다. 태평교는 한때 남경을 점령하고 대륙의 절반 이상을 차지할 정도로 욱일승천했으나, 내분으로 인해 사양길을 걷고 있었다. 만동은 처음에는 2인자였다는 숯 굽던 사기꾼 양수창과 연계돼 있었으나 양수창이 숙청되는 바람에 한 번 폭삭 망했고 지금은 홍수전의 젊은 책사라는 이수성 쪽과 연계돼 있다고 했다.

하지만 많은 사람이 기세 꺾인 태평천국의 몰락은 시간문제라고 보고 있었다. 이 때문에 만동이 크게 흔들리고 있다는데 아직 정확한 상황은 파악되지 않았다.

만동은 알수록 흉악한 집단이었다. 숙종 이후 왕들은 하나같이 이들이 독살한 혐의가 짙었다. 효명세자뿐만이 아니었다. 숙종의 죽음도 석연치 않았고 짧은 보위의 경종 독살 논란 중심에도 노론 만동이 있었다. 사도세자의 죽음이 노론의 겁박 때문이라는 것은 천하가 다 아는 일이고, 그 이후 정조가 그랬다. 헌종 또한 안동 김씨의 전횡을 막으려 애쓰다가 젊디젊은 나이에 세상을 떠났다.

필의 부친과 함께 절명한 이명윤 의원은 저들이 전주 이씨 왕가의 체질적 특성을 꿰고 있다고 했다. 금원이 보기에도 억측이 아니었다.

만동의 정체를 알고부터 만동과 을해결사가 그들과 직접 부딪치게 되는 일이 많아졌다. 결사의 저변도 부쩍 신장됐고 곳곳에서 무장이 이루어졌기에 통문 검계와 부딪는 일이 급증했다. 하지만 이제는 예전처럼 일방적으로 당하지만은 않았다.

지난가을 여주에서는 향촌계를 치려던 자경단을 매복 작전으로 통쾌하게 박살 낸 일도 있었고, 경상도 함양에서 죽계의 동패들이 진주 쪽 자경단에 치도곤을 안긴 일이 있었다. 결사 용호단의 활약이 컸다.

"우리의 힘은 우리가 생각하는 것보다 훨씬 강할지 모릅니다."

덕환이며 용호단 청년들이 주문처럼 외우던 말이 맞았다.

그러자니 금원에게 섭섭한 일이 생겼다. 두물머리 탈패들과 어울리는 시간이 부쩍 줄어들었던 것이다. 탈패 동무들 대부분이 지방 탈패의 꼭두로 내려가 기층 조직을 책임지고 있었기 때문이다. 대신 한번 어렵게 모이면 걸판지게 놀았다.

"얼쑤 한번 놀아볼 거나."

"선상누님 춤도 오랜만에 보는 겁니다."

각시춤을 출 때 금원은 한들한들 좋아리며 허릿살을 보였다. 그러면 사내들은 괴성을 지르며 뒤로 넘어갔다.
"자네들은 할마씨 속살 보고도 그리 좋아하는가?"
"할머니라니요, 당치않은 말씀. 누님은 서시여 서시."

지난가을과 올봄에 걸쳐 을해결사 전체가 바쁘게 움직이면서 청계라 부르는 노반회의를 필두로 소임 회합, 분반 회합, 지역회합이 차례로 열렸다, 그 규모가 만만치 않았다. 그간 여러 맹원들이 노력한 덕분이었다. 현봉 스님 말대로 그만큼 시절이 무르익고 있다는 얘기이기도 했다.
금원은 분반 회합을 빼고 모든 회의에 참석했는데 덕배 아재가 중심이 되는 소임 회합이 가장 기억에 남았다.
스무 명이 조금 안 되는 인원이 모였는데 면면 모두가 듬직했다. 사나이의 첫정은 순간에 판가름 난다고 하더니, 사내들은 처음부터 동질감 동지의식을 강하게 느끼는 모양이었다. 금원은 홍일점이었다, 각지의, 각계의 듬직한 재주꾼, 힘깨나 쓰는 장사들은 다 모인 것 같아 든든했다. 모두들 각자가 심장에 남는 이가 된 모양이다. 아무래도 인정 많은 향촌계, 상두계 사람들이 많아서 더 그랬다.
"오메, 다들 어디 갔나 했더니만 모두들 여기 모여 있었구만이라우."
"이렇게 모여 보니 이젠 뭐든 할 수 있을 것 같습니다."

"동패님들을 보니 안 먹어도 배부르고, 안 마셔도 취합니다그려."

확보됐고 또 확보할 수 있는 무장력에 대한 점검이 먼저 있었다. 아직 갈 길은 멀었지만 소기의 목표는 달성하고 있었다.

필은 필대로 열심히 움직이고 있었다. 그는 결사와는 따로 움직이고 있었다. 그러면서 자신이 하는 일을 금원에게 귀띔하는 것을 잊지 않았다.

신정왕후 조대비

금원이 대비의 반가운 내락을 받고 창덕궁으로 달려간 때는 임술년 정월 보름 즈음이었다. 대비전의 주 상궁이 건춘문 앞에서 금원을 기다리고 있었다. 금원이 듣기에 주 상궁은 지밀부를 맡고 있는 궁내의 실력자였다.

건춘문 수직소에 금원의 출입패가 만들어져 있었다. 처음 들어와 보는 궁이었지만 호들갑스럽게 굴지 않았다. 주 상궁은 금원의 정갈하면서도 당당한 태도에 흡족해하는 눈치였다. 이윽고 대조전에 당도했고 댓돌 아래 신발을 벗고 올라서 방으로 들어갔다. 항아들이 나서기 전 신발을 가지런히 돌려놓는 일을 잊지 않았다.

곱게 늙은 조 대비의 풍모는 예상보다 후덕했다.

"어서 오너라. 생각보다 젊구나."

절을 하는 금원에게 조 대비가 던진 첫 마디였다.

"아이를 출산하지 않아서 그런 모양이구나."

조 대비는 이미 금원에 대해 많은 것을 알아본 모양이었다. 때문에 금원도 숨기거나 반대로 내세울 필요가 없었다.

"미천한 계집을 이렇게 불러주시니 광영이옵니다."

"별말을…… 우리 성하 내외에게 그리 잘해 준다면서? 가르치는 것도 많고, 내 그 공을 보답하러 이리 불렀네."

"제가 대교 나리에게 많은 것을 배웁니다."

"그래? 성하에게 배울 것이 있다고?"

"예, 의젓하시며 속이 깊으시지요."

조 대비는 화색이 만면했다.

막상 조 대비에게 직접 접근하는 일, 직접 만나는 일은 생각만큼 쉽지 않았다. 환재 대감이 몇 번이나 운을 뗐지만 성사되지 못했다. 그랬는데 역시 대비의 골무 조성하가 나서자 일사천리로 진행됐다.

성하와 경실의 혼인은 신유년 가을에 치러졌다. 양가를 포함하는 보안재 성원들의 의미 있는 경사였지만 행여 장김이 억하심정을 가질까 표정관리를 해야 했고 잔치도 조촐하게 치렀다.

그런데 성하가 또 하나의 큰 경사를 이뤄 냈다. 혼인한 지 두 달 만에 치러진 증광시 대과에 급제한 것이다.

성하는 어사화를 쓰고 자기 집과 처가에 이어 아내 경실과 함께 녹번정을 방문했다.

"모두 행수님의 덕분입니다."

"선상님, 제가 여필삼종을 따르려는 고루한 여자는 아니지만 선상님 덕에 너무 행복합니다."

대교가 된 성하가 먼저 행수님을 위해 해드릴 일이 없겠냐고 해서 대비마마 한번 뵙고 싶다고 했더니 반응이 즉각 왔다. 조 대교는 자신의 혼인과 급제에 큰 힘을 쏟아준 사람이 서국 주인이며 아내의 스승인 금원이라고 얘기했고, 마마께서 한번 불러 치하해 주시라고 했다. 그제야 대비도 그렇지 않아도 금원을 한번 보고 싶었다고 했다고 했다.

조 대비에게 다가서기로 마음먹은 이래 꼬박 반년을 공들여 성사된 일이었다.

조 대비는 그렇지 않아도 자신이 신임하는 환재가 그렇게 칭찬을 하길래 금원의 얼굴 보고 세상 돌아가는 이야기를 듣고 싶었다고 말했다.

"환재 대감께서는 공연한 과찬을 하시곤 합니다."

"환재가 어디 그럴 사람인가. 이리 가까이 오게나."

조 대비는 금원을 가까이 오라 하더니 손을 잡았다.

"어찌 그리 여자로 태어나 기백이 탄탄한가. 그러면서도 이렇게 곱고……"

"송구스럽습니다."

"내, 자네의 문장을 다 읽어보았네. 학문이 짧아 다 이해할 수는 없었네만 너무 장해."

친손녀나 막내딸을 대하는 그런 친근함이었다. 그런데 조 대비는 조금 잘못 알고 있었다.

"어떻게 열네 살의 나이에 그런 문장이 나온단 말인가?"

대비가 앉아 있는 탁자 위에는 『호동서락기』가 놓여 있었는데, 기실 그 책은 금원이 20여 년이 지난 후 다시 글을 지은 것이었다.

"놀랄 일이 아닌가, 자네가 사내로 태어났더라면……"

"저 대비마마 그런 게 아니라……"

하지만 대비는 정정할 틈을 주지 않고 질문을 던져 왔다. 하긴 열네 살 여행했을 때 기록해둔 초벌을 근간으로 했으니 당시의 문장이라 해도 크게 틀린 말은 아니다.

"금강산이 그리 좋던가?"

"예, 지금도 눈에 선합니다."

어떻게 그런 여행에 나설 생각을 했느냐, 며칠이 걸렸느냐, 험한 순간은 없었느냐, 많이 받아왔던 질문이 이어졌고 금원은 명료하면서도 공손하게 답했다.

"그 후에도 다시 가보았던가?"

"아닙니다. 못 가봤습니다. 대신 백두산을 가보았지요."

"백두산?"

"예, 그것도 꼭대기까지 가 보았습니다."

금원은 조 대비가 친근하게 나왔기에 긴장을 풀고 대했다.

"아니 그 오르기 어렵다는 백두산을 여자의 몸으로 정상까지?"

"예, 제 어릴 때 세상에서 가장 큰 방죽으로 알았던 제천의 의림

지보다 열 배나 큰 호수가 산꼭대기에 있었습니다."

"몹시 춥다면서?"

"한여름에 올라가 그리 추운 것은 몰랐습니다."

"그렇게 큰 호수가 있다고."

"예, 천지담이라 부르고 있습니다."

조 대비는 고개를 끄덕였다.

"그래, 그리 물이 맑은가?"

"예, 티 한 점 없었습니다. 그런데 산정에 올라 그 파란 물을 보는 순간 왈칵 눈물이 터지는 것을 참을 수 없었습니다."

"왜 그랬을꼬? 좋은 경치를 보면 경탄이 나왔을 텐데……"

"소인뿐만 아니라 장백에 처음 오르는 우리 백성들은 모두 그리 눈물을 쏟는다는군요. 그곳이 우리 겨레의 시원지라서 그렇다고 합니다."

"자네는 그런 얘기를 어디서 다 들었는가?"

"작고하신 스승님께 들었습니다."

"자네 스승이 누구신가?"

"추사 김정희 대감이라고, 혹시 대비마마도 아시고 계시는지요?"

"추사 대감, 알다마다. 우리 익종 대왕마마와 얼마나 절친하셨는데. 세자 시절 시강 은사 아니신가. 그 명필을 어찌 모르나. 내 아직도 그분 글씨를 가지고 있다네."

"그러시군요."

"자네가 그분 제자란 말이지? 그것참 이런 인연이 있나. 참 기특하이."

대비는 다시 금원을 대견하다는 듯 다시 쳐다보았다.

"어르신은 자나 깨나 우리 백성 걱정 나라 걱정 그리고 잘못 알려진 역사 걱정 하셨지요."

"그런 대감을 그토록 고생 하게 만들었으니, 우리 모두가 면목이 없을 따름 아닌가."

"그것이 왜 대비마마의 잘못이십니까? 이 나라를 이 꼴로 만든 세족들의 잘못이지요."

"쉿, 조심해야지 못하는 소리가 없구나."

대비가 주위를 둘러보며 경계의 빛을 보이며 목소리를 낮췄다.

"예, 알겠습니다."

금원은 고개를 끄덕이며 따라 목소리를 낮췄다. 방안에는 상궁 한 명과 나인 한 명이 저만큼에 앉아 있었다. 저들이 장동 김문의 세작은 아니겠지만, 숨죽이며 살아야 했던 조 대비의 지난 세월이 금원에게 짠하게 다가왔다.

그때였다. 앙증맞은 노란 고양이 한 마리가 두 사람이 담소를 나누고 있는 쪽으로 다가왔다. 대비가 기르는 암고양이 나비였다. 성하에게 들은 바 있었다.

나비는 대비 치마폭에 척 하니 앉더니 두 사람의 이야기를 듣기라도 하는 양 조용히 있었다.

대비도 큰 내색 없이 고양이를 가볍게 쓰다듬으며 시선은 계속 금원에게 두고 있었다.

"그래 요즘은 무슨 책을 읽는고?"

화제를 바꾸려는 듯 대비가 다른 얘기를 물어왔다.

"청나라에서 들여온 소설책입니다.

"소설책?"

"예, 미리견이라는 나라의 여인네가 쓴 소설인데 제목이 '도마 숙숙의 오두막'입니다."

"무슨 내용인고?"

"도마라는 것은 사람 이름입니다. 그가 흑인 노비입니다."

"흑인?"

"피부가 숯처럼 검은 사람 말입니다."

"그래, 미리견에는 그런 흉측한 사람들도 있다지."

금원은 자신이 요즘 실제로 읽고 있는 『도마 숙숙의 오두막』 이야기를 대비에게 들려주었다.

장원규가 청국에 갔다가 구해온 신간 중국어 번역본이다. 흑인 노예인 도마의 이야기를 통해 그곳 노예, 노비들의 비참한 삶을 그려내고 이를 통해서 그곳 노비제도의 잘못된 점을 고발하는 소설이다.

"그 사람들 별 이야기를 다 책으로 만드는구나."

"그곳에서는 아주 선풍적인 인기를 끌고 있답니다."

미리견의 한 중년 여성이 쓴 이 책이 당사국인 미리견을 비롯해 구라파 일대에서는 야소교 경전 다음으로 많이 팔린 책이 되었다고 할 정도라고 하지 않는가.

"그곳 생활의 습속이며 제도 등을 알 수 있습니다. 그리고 사람 사는 모습은 어디나 비슷하다는 생각을 하게 합니다."

말은 담담하게 했지만 금원은 요즘 적잖은 감동을 그 책으로부터 얻고 있었다. 그러면서 작은 주먹이지만 부르르 떨리게 되면서 꼭 쥐게 됐다. 작가인 수도 부인은 금원의 또래였다. 그녀가 이 소설을 쓴 목적이 바로 이것인 듯싶었다. 노예제도는 인간의 수치가 아닐 수 없다.

"한문으로 번역돼 있다고?"

"예, 그렇습니다."

"마마, 소인이 마마께서 읽으시기 편하도록 윤문을 해서 바칠까요?"

"그래 준다면 더할 나위 없이 고마운 일이로고."

이렇게 해서 다시 한번 대비전을 찾을 구실은 확실히 마련해 둔 셈이다.

위항시인들이며 보안재 시회 사람들의 이야기도 대비에게 들려주었다. 별 내용이 없었는데도 대비는 재미있어 했다.

아까부터 주 상궁이 들락이며 이쪽을 쳐다보는 눈치가 다른 사람이 기다리고 있는 듯했다.

"마마, 소인이 너무 오래 앉아 있는 것 같습니다. 이제……"

"주 상궁, 저 사람도 참 눈치 없기는 이렇게 즐거운데……. 그래, 꼭 다시 오너라."

친근한 말투였다.

"예, 빨리 책을 만들어 오겠습니다."

이제는 일어서야겠다 싶은데 나비가 금원에게 다가와 치마폭에 앉아 머리를 들이미는 것이 아닌가. 금원은 고양이의 머리를 쓸어주었다. 그런데 털이 생각보다 보드랍지 않았다.

"나비가 금원 자네가 마음에 들었다는구나, 여간해서는 곁을 주지 않는데."

"아주 얌전해 보입니다, 마마."

"글쎄, 그런 편이기는 해도 성깔이 있어. 나비는 우리에게는 고조부 되시는 숙종대왕의 애묘 금손의 후손이란다. 그 아이 윗대들이 이런저런 연유로 밖에 나갔다 오곤 했지만……"

숙종은 당신에게 잘 보이려 고양이 좋아하는 태를 내는 친한 신하들에게 고양이를 분양하곤 했는데, 신하들 집에서는 그 고양이를 상전 모시듯 해야 했다는 이야기는 금원도 들었다. 어느 노론 대신 하나는 임금이 미워 고양이를 굶겨 죽였다고도 했다.

"마마, 오늘은 이만 물러갈까 하옵니다."

절을 하고 나오려는데 대비가 잠깐 기다리라고 하더니 자신이 쓰던 벼루를 선물로 내주었다. 최고급 단계석 벼루였다.

"자네는 어쩌면 그렇게 말도 잘하시나. 내 왔다 갔다 하느라 다 듣지는 못했지만, 대비마마가 홀딱 빠지실 만하이. 그러니 그 아끼시는 귀한 벼루를 내리시지. 나도 다음이 기다려지네그려. 자주 오시게. 마마께서 그처럼 즐거워하신 것이 얼마 만인지 모른다네.”

궐문까지 다시 바래다주면서 주 상궁이 한 말이었다.

한강이 아직 얼어 있었다. 사람들이 얼음을 뜨고 있다. 일견 재미있어 보였다. 하지만 저들은 죽을 고생을 하고 있었다. 전날밤 읽은 시가 생각났다.

高堂六月盛炎蒸　고대광실 여름날 푹푹 찌는 무더위에
美人素手傳淸氷　미인의 고운 손이 찬 얼음을 내어오네
誰言鑿氷此勞苦　얼음 뜨는 그 고생을 뉘라서 알아주리
君不見 道傍暍死民　그대는 보지 못했는가, 한여름 더위 먹고 죽어 널브러진 저 백성들
多是江中鑿氷人　지난겨울 강 위에서 얼음 뜨던 자들인 것을.

민심천심

태을 스님과 백결 노사가 함께 이필을 만나 대화를 나누고 있었다. 녹번정 후원 초가 정자에서였다. 그를 달래기 위해 만나고 있다는 말이 맞는 표현이었다. 금원의 부탁을 받은 현봉 스님이 적극 나서서 마련된 자리였다.

지난달의 일이었다. 서국에 나가 있는 금원을 필이 찾아왔다. 녹번정에 갔다가 여기 있다고 해서 찾아온 길이었다고 했다. 긴요한 용무가 있는 게 틀림없었다.

만동 얘기가 먼저 나왔다. 중요한 지재가 있었다. 근자에 필도 이를 알아낸 모양이다.

탄탄하던 만동이 거의 와해 지경에 휩싸여 있다는 것이다. 태평천국이 거의 몰락 지경에 빠지면서 그동안 태평천국 지원을 주도

했던 본원, 회정과 당주에 대한 불신임이 대두됐다. 장김이 그 선봉에 서 있다. 언제부터인가 만동은 본원을 회정(會頂)이라고도 불렀다. 만동회라는 명칭을 사용하면서부터였다.

"그랬다고 하는군."

금원이 필의 말에 동의를 표했다.

"누님은 참 모르는 게 없으십니다."

어쩐지 말에 뼈가 있었다.

"선달 아우야말로 아는 게 많으시지."

"아닙니다. 나는 헛것만 아는 것 같습니다."

"그건 또 무슨 말이야?"

"동패인 줄 알았던 사람들을 도통 알 수 없으니 모른다고 할밖에요. 나만 쏙 빼는 것을 보면 동패라고도 할 수 없을지도 모르지요."

지난번 을해결사 분조 모임에 참석하지 못한 것이 못내 섭섭했던 모양이다. 그러면서 필은 나름대로는 중요한 용건을 지니고 있었다.

필의 말은 이제 만동도 내분에 휩싸였고 시절이 무르익었으니 정혁에 본격적으로 나서겠다는 것이었다. 그러면서 금원에게 물적 기반을 제공해 달라고 했다. 돈을 마련해 달라는 얘기였다. 뭘 어떻게 하겠다는 명확한 설명 없이 거금을 내놓으라는 것 아닌가. 빠를수록 좋다는 말을 덧붙였다. 난감한 노릇이었다.

"뭘 정확하게 알아야 준비를 하든 말든 하지."

금원은 일단 그렇게 대답을 했다. 그랬더니 필은 대뜸 이렇게 나왔다.

"금원당 누님은 아직도 나를 그렇게 못 믿습니까?"

"이 선달은 늘 이런 식으로 일을 해요? 밑도 끝도 없이? 여태껏 그러지 않았잖아요."

"내 말을 그냥 믿고 따라줄 수는 없겠습니까?"

"이 선달이 말하는 정혁이 그리 간단한 게 아니잖아요? 여러 사람 목숨이 달린 일 아닌가요. 그러니 신중에 또 신중을 기하자는 것이지."

부아를 꾹 참고 화제를 구체적인 쪽으로 돌렸다.

"그래 준비가 어디서 얼마만큼 됐는지 한번 들어봅시다."

막상 들어보니 별것 없었다. 경상도 끝쪽 영일 포항 쪽에 믿을 만한 동무들이 있어 그쪽에서 정혁의 깃발을 올리려 한다는 것이었다. 한양과 제일 멀리 떨어져 있어서 중앙의 관군이 들이닥치는 데 시간이 걸린다는 것이 그쪽을 꼽은 큰 이유였다.

"지금 상태에서 그 정도의 무장 작변으로 근거를 마련한다? 깊은 산속에 산채라면 또 몰라도 명색이 있는 고을에서는 전혀 가망성이 없어 보이는구먼. 지금이라도 방향을 돌려요."

진심이었다.

"남들은 다 따르는데 내가 믿고 의지하는 누이가 이렇게 나오니 내가 슬프기 짝이 없소."

필은 화를 버럭 내고 떠나갔다. 너무했나 싶기도 했지만 아무리

다시 생각해도 지금 상황에서 경상도 해변 고을에서의 무장봉기는 시기상조였다.

'이 봉이 같은 선달을 어쩐단 말인가?'

금원은 생각에 잠겼다.

어쩌면 그가 맞는지도 모른다. 세상을 바꾸는, 세상을 바로 세우는 정혁의 일을 하겠다면서 앞뒤 다 재고 안전한 길만 뒤에 숨어서 하겠다는 것은 그 또한 말이 되지 않는 것이 사실 아닌가. 아무튼 필은 날개까지 달린 흑마였다.

금원은 현봉당에게 달려가 상의했고, 현봉의 말을 들은 태을당은 마침 한양에 올라올 일이 있는 백결 노사와 함께 필을 달래 놓겠다고 했다. 청계에서도 격론이 있었지만 결론은 그를 자유롭게 놔두면서 지근의 동조자, 결사가 후원하는 일꾼으로 하기로 했다.

"그릇마다 쓰임새가 있듯이 필은 필대로 크게 쓰일 때가 있음일세. 나는 진작부터 그가 큰 그릇이라고 여기고 있었지 않은가."

이렇게 말한 태을당이 오늘의 자리를 마련한 것이다. 필이 저녁무렵 도착했고 곧이어 두 노장이 따라오듯 도착했다. 때문에 금원이 필과 따로 길게 말할 시간은 없었다. 서로 얼굴 보고 씩 웃었을 뿐이었다.

두 노장과 청년 장사는 녹번정 제일 깊은 뒤편 초가 정자에 자리를 잡았다. 앉자마자 금방 열을 올렸다. 금원이 다과상을 내갔을 때 망징에 대해 얘기하고 있었다.

'망징'. 나라가 망할 징조다. 금원이 필과 함께 추사 선생으로부터 들은 한비자의 망징이었다. 추사가 피를 토하는 심정으로 들려주었던 나라가 망할 때의 모습이 점점 더 구체적으로 보이는 중이었다.

필이 금원에게 앉으라는 눈짓을 보냈기에 금원도 한 자리 차지하고 앉았다.

"이게 무슨 나라입니까? 이 나라 조선은 기필코 조만간 망합니다. 이런 나라가 망하지 않는다면 세상에 망하는 나라가 없을 겁니다."

"이 선달, 급한 마음은 알겠네. 그간 특별한 준비를 했는가?"

"예, 열심히 뛰고 있습니다. 지난달에는 서북지방을 다녀 왔습니다."

"그래서 성과는 있었고?"

"그곳에서 여섯 개 군현에 동도단을 꾸렸습니다."

"여섯 개 군현에?"

"예, 민심이 들끓고 있지요."

"동도단이라면 어떤 형태의 조직이고 어떤 사람들이 참여하는지 말해줄 수 있겠는가?"

"그 지역에서는 영향력이 있는 장수감들입니다. 군현마다 서너 사람씩은 묶어 놨구만유."

"그런 군현이 서북에 여섯 군데나 된다고?"

백결 노사가 짐짓 경탄하는 척하는 태가 보였다.

"그렇다니까요, 다들 결기가 대단합니다."

"삼남 지방에는?"

"벌써 열 군데 정도는 동도들이 장악하고 있지요."

"장악을 하고 있다?"

"장악까지는 아니더라도 나름대로 기반을 구축하고 있다는 얘기지요."

이필은 자신이 생각해도 너무 나갔다고 여겼는지 멋쩍은 표정을 지으며 말을 정정했다.

"혈맹을 결성했습니다. 다들 일당백 일당천 합니다."

그 무렵 필은 백 명 내외의 무술이 뛰어난 청장년들의 결사를 꾸려 냈다. 가장 절친한 참모가 태을과 금원도 잘 아는 안필주였다.

안필주는 겉으로는 숭정대부인 안동 김가 탐관의 향촌 집사일을 하고 있지만 내심은 결사에 두고 있는 이였다. 백결 노사의 먼 친척이었다.

그에게 들은 바로는 계의 명칭이 새로운 날을 의미하는 명일당(明日黨)으로 필이 당주였다.

"애 많이 쓰셨네. 하지만 얘기를 들어보니 이제 시작일세."

노사들이 필의 흥분을 가라앉히려 애쓰고 있었다.

"전에도 말했지만 자네가 말하는 무장 작변이라는 게 그게 쉬운 게 아니란 말이지. 지난번 홍대장의 서북 작변 때 피해가 얼마였나? 또 그 이전 무신난 때는 어땠고?"

백결의 설득하는 표정까지도 절절했다.

"새 역사를 이루려면 희생이 따르는 법입니다."

하지만 필은 완강했다

"아직은 때가 아니라는 것이지."

"때론 때를 만들어야 하지 안 남유?"

"백성들을 한번 믿어 보세나."

"민심이 천심이라고 하지 않던가."

"평범한 곳에 진리가 있음일세."

"이 선달, 자네가 아주 애쓰고 있다는 것은 우리가 잘 알고 있네, 또 자네의 상황판단이 많이 잘못되지 않았다는 것도 인정함세. 그러나 우리가 볼 때는 아직은 덜 무르익었다는 얘기일세. 때가 되면 적극적으로 도와주기로 약속함세. 하지만 아직은 때가 아닐세. 조금만 더 참고 분명한 때를 기다려주시게. 아시겠는가?"

태을 스님의 간곡한 말에 더 반발은 하지 않았지만 그래도 불만인 듯 심통이 난 표정을 풀지 않았다.

백결 노사가 필 쪽으로 바짝 몸을 가까이 가져가 목소리를 낮춰 무언가를 당부하는 듯했다. 손짓까지 써가며 꽤 오랫동안 그랬다. 필의 표정이 근엄해졌다가는 다소 환해졌다. 태을당에게는 들렸을 텐데 그도 빙긋이 미소를 머금으며 고개를 끄덕였다.

밤늦은 시각이었음에도 세 사람은 급히 녹번정을 빠져나갔다. 필의 걸음이 여느 때보다 더 경쾌했다.

"누, 누구시오?"

모처럼 안방에서 혼자 자다가 목덜미에 차가운 금속 기운을 느낀 김익순은 혼비백산해 소리도 제대로 내지 못했다. 복면을 쓴 사내가 자신의 목에 칼을 겨누고 있기 때문이었다.

"목숨이 아깝거든 내 하라는 대로 해야 할 것이다. 돼지 같은 늙은이."

"왜 이러시오?"

"일어서라."

복면 사내는 촛불을 켰다. 그리고는 김익순을 서탁에 앉게 했고 자신이 부르는 것을 받아쓰게 했다.

다음 날 아침, 집안 사람들은 해가 중천에 뜨도록 나오지 않는 주인 영감 때문에 안방에 들어갔다가 소스라치게 놀라야 했다.

김익순은 경상도 함양의 소문난 악덕 부자였다. 함양 사람들은 그의 땅을 밟지 않고는 살지 못한다고 할 정도로 넓은 전답을 소유하고 있었다. 하지만 사람들은 그의 땅을 밟으면서 침을 뱉곤 했다. 그는 처음부터 부자는 아니었다. 게다가 타지인이었다. 안동에서 함양으로 터전을 옮겼을 때만 해도 기와집 한 칸 겨우 마련한 수준이었다. 그러더니 그의 아들을 함양 군수로 만들고 자신이 함양의 청계서원 장의가 된 뒤부터 부쩍 전답과 재산이 늘더니 10년 사이 함양현을 거의 다 집어삼키다시피 했다. 현감 등 지방관의 임기는 2년이었는데 김익순의 아들 김용근은 어찌 된 셈인지 2년을 연임하고 한 번 쉰 뒤 다시 돌아오는 요술을 부렸다.

전형적인 환곡제도의 악용이었다. 장리를 갚지 못하는 농민에게 도저히 갚지 못할 더 높은 장리로 양곡을 꿔주고 이를 빌미로 전답을 가로채는 수법으로 일군 재산이었다. 그런 그와 그의 아들 김 현감은 온갖 나쁜 짓은 도맡아 했다.

그런 그가 자기 집 안방에서 밤사이 갑자기 풍을 맞아 쓰러졌다. 창고의 곡식을 고을 백성들에게 나눠주라는 편지를 책상에 펼쳐둔 채. 그런데 벽에 밝은 태양, 명일(明日)이 그려져 있었다.

"살려주시오, 잘못했소. 내 다시는 그러지 않을 테니."

"무얼 잘못했다는 말이냐?"

"다 잘못했소이다."

꽁꽁 묶인 데다 눈까지 가려진 젊은 선비가 통사정하고 있었다. 두들겨 맞고 바닥을 뒹구느라 온몸이 흙투성이였지만, 화려한 비단옷 차림이었다. 그를 양쪽에서 막대로 매달아 들고 가는 복면 장한들이 가고 있는 곳은 거름통이었다.

정 선교는 지난번 식년시 과거장에서 난동을 부린 망나니였다. 아비인 정운연이 호조판서를 지낸 인사. 그런데도 그는 과거 그것도 대과 급제자 명단에 이름이 올랐다. 그런 그가 한양의 아현방 시장통에서 행패를 부리다 복면 장한들에 의해 제압당해 끌려 왔던 것이다.

그는 결국 똥간에 던져졌고 똥물을 하도 마셔 사경을 헤매고 있다는 소문이 나돌았다. 아비의 권세를 믿고 온갖 패악질을 다하던 소악마의 말로였다. 그의 이마에도 명일이 그려져 있었다.

함성

필이 이끄는 명일당 선달 형제들이 경남을 비롯해 서북 방면의 퇴폐, 탐학 서원과 동헌의 아전들에게 치도곤을 가했다는 소식이 연달아 들려왔다. 하지만 이 거사들은 오히려 저들에게 또 다른 도발로 여겨져 분통을 터뜨리면서 발톱을 더 세게 갈고 있다는 소식도 곧이어 들려왔다.

게다가 통문 살생부라는 것이 지난달 하순부터 돌기 시작했다. 통문계에서 자신들 일에 걸림돌이 되는 조야 인사들을 적은 명부였다. 만동과 장김에 불만을 가진 유력 인사들이었다.

거기에는 태을 스님과 백결 노사가 앞자리에 들어 있었다. 다행히 현봉은 들어 있지 않았는데 덕배 아재는 들어 있었다. 어쨌든 놀랄 만한 일이 아닐 수 없었다. 지방의 결사 인사들이 벌써 몇몇은 결딴이 났다는 소식이었다.

부용사가 초토화될 판이었다. 부용사뿐이 아니었다. 안성의 청룡암 그리고 함양의 남계서원까지 결사의 요새들이 모두 위기에 처해 있었다.

관과 결탁한 만동과 장김이 대대적인 습격을 준비하고 있다고 했다. 믿을 만한 곳에서 나온 지재였다. 통문 검계의 고수들과 날랜 수하 전원이 소집돼 관군과 함께 패를 나누어 용화종과 이쪽 주요 향촌계의 거점으로 일거에 쳐들어올 준비를 하고 있다는 것이다.

통문계도 연전의 통문계가 아니었다. 속은 어떨지 몰랐지만 겉으로 보기에는 일사분란하게 조직화, 중무장화 돼 있었다.

저들이 더 발끈하게 된 가장 큰 사단은 장김이 주도하는 만상 상단이 책문후시 인삼 거래의 이익금을 몽땅 털린 사건이었다. 장김과 자경단은 용화종의 용호단을 의심하고 있는 모양이었다. 저들은 아직 결사의 실체에 대해서는 다 파악하지 못한 듯했다.

결사로서는 결단을 내려야 했다. 전면전이냐 아니면 일단 피해야 하는가 선택할 순간에 직면했던 것이다. 청계와 분임회합이 열렸고 장시간 격론이 오갔다. 결론은 저들과 정면 대적하자면 피해가 너무도 막심할 것이기에 아직 역부족이라고 인정하고 일단 피하기로 했다.

"아직 끝난 게 아닐세, 아니 아직 시작도 안 했지. 얼굴들 좀 펴시게나."

백결 노사가 헤어지면서 분장들을 격려했다.

북풍한설이 몰아치는 임술년 정월, 부용사와 동사의 식구들은 행장을 꾸려 각자의 은신처로 뿔뿔이 흩어졌다. 적들의 급습은 거짓 정보가 아니었다. 군산의 은적사와 익산의 미륵사가 먼저 저들에 의해 풍비박산이 났다. 야밤에 무장한 고수 30여 명이 포졸들과 함께 들이닥쳐 닥치는 대로 베고 찌르고 불 질렀다. 주요 인사들은 피한 뒤였지만 그래도 애꿎은 인명과 재산의 피해가 적지 않았다.

"큰스님, 답답해 죽겠습니다. 언제까지 이렇게 있어야 하는 겁니까? 우리 힘은 우리가 생각하는 것보다 훨씬 크다지 않았습니까?"

용호단에 속한 칠성이가 태을 스님에게 또 보챘다.

동사 식구들의 집결지였던 명례방 갓바치 공방에서였다. 동사는 아예 완전히 비워두었고 부용사는 최소 인원만 남겨 두고, 온 식구들이 명례방과 종로통의 은신처에 흩어져 회주의 명령을 기다리고 있던 때였기에 금원도 그쪽으로 걸음을 자주 했다.

그때 밖이 분주하더니 강 처사가 헐레벌떡 방으로 들어왔다.

"큰 어르신, 함양에서 급보가 왔습니다."

마침 명례방에 와 있던 금원이 나서 급보를 열었다.

민심은 천심이라고 하는 말이 맞았다. 남쪽의 진주에서 민심이 폭발해 대규모의 민요가 일어났다는 것 아닌가.

하지만 잘된 일인지 아닌지를 가늠할 수 없었다. 방방곡곡의 웬만한 인사들은 모조리 파악하고 있는데 진주 봉기의 주동자라는 유계춘은 전혀 아는 사람이 아니었다. 그를 중심으로 향반들과 농촌계 인사들이 작변해 병사와 목사가 있는 두 동헌을 점거했다는 소식이었다. 이 통에 함양의 남계서원이 화를 면했다고 했다.

작변이 일어나던 날 진주 일원 자경단이 작당해 남계서원을 치기로 했다는 정보를 얻을 수 있었다. 남계는 결사의 영향력하에 있는 몇 안 되는 서원이었다. 서원 쪽에 이를 알렸기에 대비는 하고 있었지만 다른 곳처럼 건물이 풍비박산 나고 소수 인원이지만 피해가 있을 뻔했는데 저들의 습격이 취소됐다는 것이다. 소요 때문이었다.

몇 년 만에 들려온 민요 소식이었다. 연이어 올라온 연통과 인편을 통해 진주의 상황이 더 상세하게 전해졌다.

진주 소요의 직접적인 원인은 종3품 경상우도 병마절도사 백낙신 때문이었다. 지난해 병사로 부임한 후, 갖은 수단과 방법, 온갖 협박과 공갈을 동원하여 백성들로부터 쌀 1만5천 석, 한 석이 4냥꼴이니 돈으로 따져 6만여 냥이나 되는 거액을 징수했는데, 새로 7만 냥을 더 거둬야 한다고 생난리를 쳐댔다. 진주가 큰 고을이기는 했다. 하지만 큰 만큼 부역도 많았다. 백성들은 진주목 관아만 해도 힘든데 병영까지 떠안아야 하니 죽을 맛이었다.

병부가 이토록 탐학을 자행하는 예는 드물었다. 그만큼 백가가 병사가 되기 위해 쓴 돈이 컸고 급했던 모양이다.

이렇게 횡포가 자심한 진주목의 병사 백낙신을 견디다 못해 징

치하겠다고 일어선 반란의 중심은 역시 그곳 상두계였다. 유계춘을 추동한 쪽이 상두계와 백정들의 형평계였다. 하지만 계는 뒤편에 섰고 농군인 초군을 내세웠다. 초군이란 땔감 약초를 파는 나무꾼을 말했는데 진주의 농민군들은 관솔 횃불을 든 자신들을 초군이라 불렀다. 진주의 초군들은 머리에 흰 수건을 두르고 손에는 몽둥이나 농기구를 쥐고서, 유계춘이 지었다는 노래를 부르며 구름처럼 진주성으로 몰려갔다. 금원은 그 노래가 어떤 가락인가 알고 싶었지만 전갈에는 담겨 있지 않았다.

읍내 장터를 두 곳을 돌며 참가자를 규합해 세를 불린 뒤 성내 관아로 달려 들어가 악덕 이방을 두들겨 팼고, 소문난 탐관 병사 백낙신을 잡으려 돌아다녔다. 악질 토호의 집이 불타올랐다. 지켜보던 농민들이 속속 대열에 가담해 그 세력이 수만에 이르게 되었다. 서원으로도 몰려갔으나 그때까지는 칼 든 자경단이 지키고 있어 수염 기른 유사들과 그 나부랭이들은 간신히 화를 면할 수 있었다.

초군들은 마침내 병사 백가와 목사 채가를 찾아냈다. 겁에 질린 병사와 목사는 초군들에게 싹싹 빌었다.

"자네들의 요구를 다 들어줌세."

"그 말을 어떻게 믿는단 말이오? 사또들이 한두 번 우리를 기망했소?"

"이번에는 진정일세. 이렇게 수결하겠네."

바닥에 놓인 붓을 잡으려니 자연 초군들 앞에 무릎을 꿇어야 했다. 누군가 뒤에서 그런 사또들의 등짝을 걷어찼다.

"우와!"

일렁이는 횃불의 물결 속에 초군들의 함성이 진주의 밤하늘에 울려 퍼졌다. 그냥 참고 또 참았던 참기만 했던 백성들이 세상을 놀라게 한 함성이었다. 참기만 할 줄 아는 백성이 아니라는 포효였다.

한양 도성에 급보된 이 소식은 특히 임금을 놀라게 하였을 뿐 아니라 조정 대신들, 특히 장동 김가, 고관들을 어쩔 줄 모르게 했다. 자신들이 오가작통과 자경단을 통해 백성들을 틀어쥐고 있다고 자신만만해 왔기 때문이었다.

이월의 마지막 날, 조정은 박규수를 진주 안핵사로 파견했다. 그래도 공정하게 일을 처리할 믿을만한 신료는 환재 박규수밖에 없었던 모양이다.

"스승님, 사람들이 많이 다치지는 않았습니까?"

민요와 환재 대감 안핵사 출사 일로 보안재 녹번정도 바쁘게 돌아갔기에 열흘 만에 명례방을 찾은 금원이 태을당에게 물었다. 태을당의 소식은 조정보다 빨랐다.

태을 스님은 평복을 입고 있었다. 지난번 천호리에 나갔다가 봉변을 당할 뻔했기에 이곳으로 오면서 그렇게 하기로 했다. 그래서 금원도 스님 대신 스승님이라고 불렀다.

"글쎄, 나도 그 걱정을 하고 있는데 상황을 더 봐야 할 것 같지?"

"벌써 이방을 격살하고 악질 토호의 집들을 불태웠다고 하지 않습니까? 그러면 탈 없이 끝날 수는 없다고 봐야죠."

함성은 계속 조선의 남쪽 땅을 돌며 그칠 줄 모르고 울렸다. 때문에 남쪽에서 올라오는 파발과 해동청이 분주했다. 진주에 이어 단성에서 동조 봉기가 일어나더니 며칠 뒤 전라도 익산에서 작변이 일어났다. 역시 농촌계와 상두계가 중심이었다.

익산의 수천 농민은 군청으로 달려갔지만, 악덕 군수 박희순은 벌써 도망간 뒤였다. 박은 부임한 지 넉 달도 되지 않는 자였다. 장김에게 매관으로 벼슬을 샀기에 이를 일거에 찾으려 광분했던 모양이었다. 초군들은 박가의 어머니를 대신 잡아 아들 잘못 낳았다고 조리돌림 닦달을 했다.

상두꾼과 초군들의 함성은 익산에 이어 함평에서 횃불로 타올랐다. 함평의 초군들도 아전과 방백을 무릎 꿇리고 관아의 창고를 열게 했다.

청계는 급히 회합을 가졌고 지방으로 지침을 내려보냈다. 지역의 결사 맹원들과 제휴하고 있는 향촌계와 상두계에 내린 지령이었다. '여건이 허락한다면 궐기에 나서 민의를 모으되 쓸데없는 살상을 삼가고 격문에 반드시 장김 세도 독재가 오늘의 화를 불러왔다는 점을 명시하라'는 내용이었다. 용호단이 각처로 파견돼 그들의 숨찬 호흡과 땀방울이 전국에 아로새겨지고 있었다.

보고가 조정에 올라오자 상감도 종래와 달리 노염을 감추지 못

했다. 재상들 앞에서 하고 싶은 말도 못 하고 어릿어릿하기만 하던 상감이, 이때만은 궁녀들의 부축으로 앉아서 김좌근을 강하게 힐책했다.

"영상, 이게 웬일이오이까? 어제는 진주, 오늘은 익산과 함평, 이게 무슨 일이오니까? 영상 대감만 믿으라 하시지 않았습니까? 백성에게 죄가 있는지, 내가 불민한 탓인지, 도대체 무슨 일이오?"

영상 이하 신료들은 아무 말도 하지 못했다.

그사이 진주로 출두한 안핵사 박규수는 민요를 일어나게 한 주범 백낙신을 제주도에 위리안치시키고 목사 채병원을 파직했다. 진주 초군들은 안핵사가 당도하기 전 자진 해산했다.

"이번 봉기가 성공해서 새 세상이 올 가능성은 영 없는 겁니까, 스승님?"

명례방 모옥 큰 방안에 모여 있던 사람들 가운데 누군가 태을당에게 그렇게 물었다.

"두고 봐야겠지만 아직은 그럴 여건이 마련된 것이 아니라고 나는 보고 있네."

역량을 총동원해 일거에 나선 팔도 전역의 봉기로 새 세상을 만들어야 한다는 주장이 나왔다. 왕조를 갈아엎어 새 왕조를 세울 것이 아니라 법란서나 미리견 같은 나라처럼 왕을 백성이 뽑는 세상을 만들어야 한다는 참신한 얘기까지 나왔다. 하지만 여전히 신중론이 우세했다.

민요는 계속 북상하고 있었다. 그 봄이 가기 전에 경상도 개령(開寧)에서 백성들의 함성이 울렸다. 개령과 때를 같이하여 같은 경상도의 성주에서도 초군이 들고 일어섰다. 역시 향촌계와 상두계가 중심이 돼 일으킨 작변이었다. 수천 초군들은 마을을 돌며 악질 부호를 결박해 가두고 죽창을 들고 관아로 몰려가 현감을 욕보인 뒤 고을 밖으로 쫓아냈다. 아전과 토호의 집 수십 채가 불탔다. 개령의 초군들은 악덕 향교를 박살 냈고 동헌의 문을 부쉈다.

초군들의 함성은 다시 전라도 쪽으로 휘감아 돌아 이번에는 장흥에서 횃불이 올랐다. 그런데 장흥은 전직 군수가 소요의 주동자가 되어 이목을 끌었다.

을해결사 청계회의가 명례방에서 다시 열렸다. 여섯 노사가 모두 모였다.

현봉이 참관했고 금원이 서기를 맡았다.

"총궐기로 나서야 한다는 의견에도 귀를 기울일 필요가 있지 않은가 싶소. 전국에서 일시에 나서면 승산이 없는 것도 아니지 싶은데……"

"아니오. 그랬다가 돌아오는 것은 무참한 피해뿐이오. 아직은 우리 힘이 약합니다. 진주며 함평의 사람들 같이 죽고 다치는 사람만 늘게 됩니다."

진주 작변의 주동자들이 참수돼 성문 앞에 효시됐다는 소식이 전해진 직후였기에 의견이 더 분분했다. 저들의 죽음을 헛되이 할 수 있냐는 강경론이 대두됐다.

민요가 일어나 인명의 살상이 있었던 곳에서 안핵이 이루어지면 주동자들은 처벌을 받아야 했다. 처벌도 약한 것이 아니라 참형, 참수였다. 박규수 대감처럼 목민을 아는 안핵사도 진주에서 9명을 참수했다.

전인회주 태을은 이번에도 후자의 손을 들어줬다. 아직은 나라를 뒤엎기에는 힘이 부족하다, 준비가 덜 돼 있다, 그렇게 나섰다가는 엄청난 피바람을 불러오게 된다는 현실적 판단이었다. 대신 역량을 시험할 겸 총동원해서 사람들이 다치지 않는 범위에서 참여하자는 절충론으로 다시 중지를 모았다. 평화적 횃불 작변으로 이끌어 나간다는 방침이었다.

"최후까지 저들에게 명분을 주지 않기 위해서는 살상이 없어야 할 것이오."

한여름이 오기 전, 민요는 더 북상해 한양의 턱밑인 경기도 여주에서 초군의 함성이 밤하늘에 울려 퍼졌다. 여주의 횃불 함성은 다친 이 죽은 이 없는 함성이었다. 놀라운 일이었다. 다친 이 없는 민요라.

춘궁리 상두계 꼭두와 계원 몇 명이 동사로 몰려 왔다. 마침 금원도 있을 때였다. 명례방에서 돌아온 지 며칠 지나지 않은 때였다. 평소 태을과 현봉을 따르는 이들이었다. 현봉 스님이 저들을 맞았다. 큰스님은 여전히 주유 중이었다.

"무슨 일로 이렇게 신새벽에 몰려 왔는가?"

"우리도 가만히 있을 수 없어서 이렇게 왔습니다."

"아무리 그렇다고 남이 장에 가니까 따라가는 모양이 돼서는 안 될 터인데……"

"그게 아닙니다. 우는 아이 젖 준다고 민요가 있었던 군현은 민원을 들어주는 척이라도 하고 있지만, 그렇지 않은 군현은 예전 그대로입니다."

"그래서 어떻게 하겠다는 생각이오?"

꺽두 정 씨와 그의 동료들은 그간 준비해 왔던 내용을 털어놓았다. 현봉과 금원도 고개를 끄덕일 만한 계획이었다.

광주의 향촌계와 상두계가 분주하게 움직였다. 광주부는 예하 면이 23개나 되는 경기 일원에서 가장 넓고 큰 부였다. 동사 식구들과 편조계의 회원들은 전면에 나서지 않았지만, 광주 전역의 향촌계 상두계 사람들이 가세해 세가 상당히 커졌다.

거사날인 오월 열사흘 저녁, 횃불을 든 광주의 초군이 동헌으로 가는 길을 가득 메웠다. 흰옷을 입은 사람들의 행렬이 끝이 없었다. 앞쪽과 옆쪽 몇몇은 쇠스랑과 농기구를 어깨에 걸었지만 과시용이었다. 송파가 속한 중대면에서 부터 곤지암이 있는 실촌까지 광주 전역에서 사람들이 쏟아져 나온 듯했다. 부녀자들의 모습도 많이 눈에 띄었다. 상두꾼들은 북과 징을 들고 있었다. 그날은 오포 장날이기도 했기에 좌전을 열었던 장꾼들도 봇짐을 맨 채 행렬에 가담했다.

장관이었다. 보름으로 가는 밤이었기에 달이 밝아 사람들의 흰 옷이 반짝였고 군데군데 청년들이 든 횃불은 행렬을 더 장엄하게 보이게 했다. 타오르는 횃불의 민심은 천심이었다. 불타거나 부수고 때리는 폭력은 없었다.

횃불을 든 상두꾼들이 징을 치며 북을 울리며 동헌으로 몰려가자 부사가 나서서 싹싹 빌며 폐정의 시정을 약속했다. 주동자 색출도 없었고 처벌도 없었다. 동헌으로 몰려간 초군이 모두 주동자였기 때문이었다.

"뭐야 또 민란이라고?"

"장홍이랍니다, 마마"

"무슨 말이야 또 작변이라니."

"이번에는 경기도 광주랍니다."

"이번에는 어디라고?"

"황해도 황주랍니다."

"아이고 이러다 우리 백성들 다 죽겠구나."

"다행히 죽이고 불태우고 그러는 민요는 아니랍니다, 전하."

그래도 심약한 임금은 자리에 누운 채 울부짖었다. 일어날 기력도 없었다.

장김 무리는 서로에게 책임을 전가하며 낯을 붉히고 핏대를 올렸다. 그런데 저들에게는 더 신경 쓰이고 충격이 강한 일이 있었다. 바로 자신들이 그토록 자랑하던 정예 자경단이 아무런 힘을 못 쓰고 있다는 것이었다. 그뿐이 아니었다. 급속도로 전국에서 동시에 자경단이 와해되고 있었다. 밀물에 모래성 무너지는 것 같았다.

자경단의 급작스러운 몰락의 배경에는 이필의 명일당의 역할이 컸다. 그는 물 만난 고기처럼 동에서 번쩍 서에서 번쩍 하면서 눈부신 활약을 보였다. 무엇보다 괄목할 일은 그와 정예 선달들이 양주 석실의 자경단 총본부를 급습해 자경 통문계 문서를 불태운 것이다. 그 문서는 일반 자경단원들에게는 노비문서나 다름없는 불공정 계약서였다.

"저들이 말하는 새경을 제대로 지불하지 못하고 있기 때문이지요."

희연이 녹번정에 와서 해준 말이었다.

"자체의 수입이 딱 끊겼습니다. 장리 환곡도 그렇고 또 복주촌 세 걷는 일도 그렇고 뜻대로 되는 일이 없습니다."

필은 날렵한 명일당 일죽계 동무 서넛과 함께 전국을 주유하면서 자경단의 한다하는 검객들에게 비무를 신청한다고 했다.

"가뜩이나 사기가 떨어져 죽을 맛인데 뜬금없이 대문 앞에서 비무를 청하는데 고수들은 다 떠났지, 저들도 환장할 노릇일 겝니다."

필의 검은 힘이 그렇게 좋다고 했다. 비무를 하는 족족 상대의 검을 부러뜨린다는 것이었다.

"그것참 생각만 해도 시원한 광경일세."

그리고 또 장김을 심정적으로 괴롭게 한 것은 자신들의 독재 통치를 쉽게 하려고 공들여 새롭게 조직화했던 오가작통과 향촌계가 오히려 비수가 되어 자신들의 가슴으로 돌아온 그런 상황이었다. 임술년 민요의 대부분은 향촌계가 주동이 됐고 향약의 계주 혹은 꼭두가 주동자였다.

성난 농민 초군과 상군들은 주로 밤에 횃불을 들고 관아로 몰려갔다. 이글이글 타오르는 불은 죄지은 게 있는 자들에게는 화탕지옥의 불처럼 보이기 마련이다.

너희는 백성의 적
부끄럼도 양심도 없는 너희는 악귀다.
백성의 숟가락을 녹여 제 화로를 만드는 놈들
그 화로를 뒤엎어 잘난 네 탐욕을 불사르겠노라.

공자를 외치다 맹자를 말하다
송자를 외우다 도둑이 된 놈들
너희의 붓대로 너희의 허위를 찔러 주마
우리는 이제 잃을게 없다.

땅을 뺏을 것이냐 쌀을 뺏을 것이냐
우리는 성났지만 웃으며 간다.

횃불을 들고 이글대며 간다.

얻을 건 새 세상이요 잃을 건 아무것도 없다.

임술년 동짓달에 조선 팔도의 가장 위쪽인 함경도 함흥의 밤하늘에 횃불이 올랐다. 함흥 횃불에는 봇짐장수와 등짐장수인 보부상이 함께 참여해 세를 과시했다.

임술년의 농민 봉기는 경상도에서 15곳, 전라도에서 11곳, 충청도에서 9곳, 경기 3, 황해 2, 함경도에서 한곳, 도합 마흔한 군데에서 50여 차례 일어났다.

임술년 내내 이 땅의 사람들이 다들 바빴지만 태을 스님이야말로 누구보다 바빴다. 스님은 민요가 일어난 곳을 거의 빠지지 않고 방문했다. 뒷수습이 어떻게 되어가는가 살피기 위해서라고 했다. 더러는 현봉이나 백결 노사와 함께 가기도 했지만 대개는 동자승인 인주 한 사람만 대동하고 방방곡곡을 주유했다.

인주는 스님이 조선 팔도의 지리지를 쓰고 있다고 했다.

"금원, 자네 아는가? 이번 민요에 목숨을 잃은 사람의 수가 얼마나 되는지?"

"아무리 순한 민요였다 해도 기백은 넘겠지요."

"아닐세. 그보다 훨씬 적다네. 내가 파악하기로는 마흔 명 남짓이야, 마흔 명."

"그럴 리가요?"

놀랍게도 그랬다. 임술년 민란에는 인명 피해가 거의 없었다. 전국에서 발생한 소요로 숨진 목숨은 모두 서른아홉 명이었다. 후에 처형당한 민요 주동자들은 포함되지 않은 숫자다. 대부분 민란 초반기 때 초군에 의해 처단된 악질 아전들과 포졸들이었다.

참으로 선량한 백성들 아닌가. 세상의 어느 민란이 그 정도의 인명 살상으로 끝난단 말인가. 홍경래의 난 때는 효수된 농민군만 3천에 가까웠고 이인좌의 난 때도 2천에 가까운 정부군 관군과 반란군의 사망이 있었다.

금원은 스승 태을 스님과 노반, 청계의 노사들이 다시 보였다. 진심으로 우러러 보였던 것이다.

조정에서는 삼정의 개혁을 위한 이정청(釐整廳)을 설치하겠다며 삼정이정절목(三政釐整節目)을 공포했다. 편조 스님 신돈의 전민변정도감을 생각나게 했다. 안핵사 박규수의 건의를 받아들인 조치였다. 박규수 대감은 안핵 보고서에서 지방관과 지역 향반들의 부패로 인한 백성들의 참상을 보고하고 세금 감면과 구휼을 주청해 성사시켰다. 그는 민란의 원인이 삼정의 문란에 있음을 확인하고, 근본적 해결책을 마련하도록 조정의 중론을 모을 특별기구를 건의했다. 그의 헌책으로 설치된 기구가 삼정이정청이었다.

하지만 사람들은 고양이에게 다시 생선을 맡긴 격이라고 했다.

장김의 나라

모처럼 박규수 대감이 녹번정에 왔다. 지난해 청나라에 다녀오자마자 진주에 안핵사로 파견돼 민요를 달래는 역할을 해야 했다. 그런 그가 모처럼 시간을 내 보안재 식구들과 만난 것이다.

시회 형식이 아닌 환재 대감의 이야기를 듣는 모양새로 진행됐다. 생생한 현장담이었다.

“내려가 보니 민요의 원인은 한마디로 부패의 상설화에 있었습니다. 짐작은 하고 있었습니다만 상황이 그토록 악화돼 있는지는 몰랐지요, 근원을 따져 보면 세도정치로 말미암은 매관매직이 가장 큰 문제이자 화근이었습니다.”

환재는 제대로 진단하고 있었다. 삼정의 문란이 민요의 원인이라고 그는 안핵 보고서에도 그렇게 적었더랬다.

“역시 가장 큰 문제가 돈으로 벼슬을 사고파는 매관매직입니다.

돈을 주고 수령직에 오른 탐관오리들이 이 나라 조세제도의 근간인 전정, 군정, 환곡을 경쟁적으로 악용하면서 투자한 재물도 뽑아내고 자신의 축재도 하기 위해 백성들의 고혈을 쥐어짜는 것이 상궤가 되어 버렸습니다. 탐관오리, 악덕지주에 의한 수탈은 예전부터 있었지만 나라 전체에 이렇게 크게 번지게 된 것은 역시 매관매직이 성행하게 된 세도정치 시기부터라는 생각이 들었습니다."

환재의 결론이 아주 독특했다.

"농사가 풍작이건 흉작이건 수령들의 약탈로 농민들은 굶주릴 수밖에 없게 되었고, 유랑하게 되거나 도적이 되는 상황이 전개되고 있었습니다, 아무튼 역설적으로 나는 희망을 보았습니다. 그렇게 당하고도 일어서지 않으면 백성이 아니지 않습니까? 위에서 어떤 일을 하든지 간에 다만 복종하고 순응하던 순한 백성의 속에도, 정도가 넘는 학정에 대하여는 맹렬히 반항하는 끓는 피가 있었던 것입니다. 정의감이 살아 있었던 것입니다."

하지만 환재의 반항과 정의감은 거기까지였다.

"나라의 근간을 다시 세우기 위해서라도 세도정치에 대해서는 무언가 특단의 조치가 필요합니다. 또 이번 민요가 이렇게 확산한 데에는 사실상 기득권에 가깝던 상인과 부농 그리고 지역 토호까지 수탈의 대상이 되었다는 것에 있었습니다. 이전에는 일반 백성들을 잘 통제하라고 이들에게 적당히 권력을 내어줬고 또 그들도 중앙 권력의 뜻을 충실히 따랐는데, 이들 또한 수탈의 대상이 되면서 집권층, 세도정치 세력을 적대시하게 된 것 아닙니까?"

그런데 금원의 생각과는 달리 환재는 민요의 주동자 9명을 효수한 것에 대해서 안타깝다는 말을 끝내 하지 않았다. 오히려 일말의 후회도 망설임도 없는 듯했다. 환재 주변에서는 환재는 끝까지 말리려 했는데 경상감사가 나서 최종 명령을 내렸다고 했지만, 안핵사의 동의 없이 그럴 수는 없는 일이었다. 격분한 그곳 향반들과 아전패들이 제일 악독하게 나왔다는 애기는 금원도 들었다.

금원으로서는 기득권 세력인 양반의 근본적인 한계를 느끼지 않을 수 없었다.

"아무튼 안동 김문의 세도정치가 이제 그 종말에 접어들었소이다. 바로 기득권층인 양반 사회 내에서 세도 세력 장김을 적대시하기 시작했기 때문입니다. 다시 말해서 이제는 저들에게 권력을 맡겨서는 안 된다는 나름의 공감대가 형성된 것 아니겠습니까?"

환재의 말이 끝난 뒤 한마디 보탠 변 대감의 말에 다들 고개를 끄덕였다.

"합하 형님과 호판 조카님은 어디 계신가?"

화양서원 만동묘 아래 후원채로 황급히 달려온 대사성 김일근이 툇마루에 앉아 있던 조카뻘인 병조참판 김병훈에게 다급한 표정으로 물었다. 바로 아래까지 남여를 타고 왔으면서도 땀을 흘리고 있었다.

"제조 숙부와 형님께서는 회의에 들어가셨습니다."

“벌써? 내가 한발 늦었구나…… 원상들은 다들 모였고?”

“예, 그런 것 같습니다.”

“꼭 전해 드렸어야 하는데……”

뭔가 중요한 일을 알아낸 모양이다.

만동묘 후원채에서 중요한 비밀회의가 열리고 있었다. 김일근도 참석할 수 없는 고위급 회의였다. 바로 만동 원상회의였다.

이번 민란의 가장 큰 피해자는 안동 김문이라고 해도 틀린 말이 아니었다. 그들의 세도정치가 와르르 무너져 종말을 향해 치닫고 있었다.

만동이 저들을 버렸다고 보이는 징후들이 여러 곳에서 보였다. 오늘 열리는 만동 원상회의가 그 절정이었다. 오늘만 해도 김일근과 김병훈을 대하는 이곳 서원의 유사들과 만동묘 고직들의 태도가 예전 같지 않았기에 저들의 심사를 더 뒤틀게 했다.

을해결사에서 각 지방 초군들이 외쳤던 격문을 즉각 입수해 장김 주요 인사들의 집에 화살에 매달아 배달한 일은 아무리 생각해도 신의 한 수였다. 그 내용도 저들의 간담을 서늘케 했을 뿐 아니라 다음에는 불화살이 될 것이라는 협박에 저들은 전전긍긍해야 했다. 남아 있던 자경단이 총동원돼 장김 주요 인사의 집을 지킨다, 타고 다니는 남여와 가마의 호위를 강화한다고 법석을 떨었지만, 한번 미끄러지기 시작한 빙판에서 쉬 멈출 수 없는 일이었다.

“이번 일련의 사태에 대해 누군가는 책임을 져야 하지 않겠소?”

"잘 알고 있음입니다."

공화전이라는 현액이 걸린 만동묘 맨 안쪽 후미진 전각에서 나오는 소리였다.

"그동안 우리 회에서 당신들 안김에게 얼마나 많은 힘을 모아주었는지 잘 알고 계실 것이오."

"예."

장김을 대표하는 두 사람, 김좌근과 김병기는 고개를 들지 못했다. 한두 군데였다면 모를까 쉰 군데 가까운 민요에서 모든 격문마다 장김의 농단과 악행을 규탄하고 저주하면서 소요의 원인이 거기에 있다고 하고 있으니 장김은 할 말이 없었다.

만동은 작금의 사태가 자칫 자신들 노론 벌열 전체의 화로 돌아올 것을 가장 경계하고 있었기에 안김을 내치려 하는 것이다. 하지만 장김이 워낙 오만 군데 끈적한 뿌리를 내리고 있었기 때문에 그리 쉬운 일은 아니었다.

"이보오, 어찌 그리 우리에게만 닦달을 하시오? 그동안 우리 김문에서 원상회의에 물적 심적으로 기여한 바가 얼마인데……"

저들의 갈등은 진흙탕으로 빠져들고 있었다. 오가작통 정비를 밀어붙이고 태평천국을 지원한 일이 누구의 책임이냐고 들이대고 싶었지만 그럴 분위기도 못 됐다.

모처럼 이필이 반가운 사람과 함께 녹번정을 찾았다. 계해년 새해가 밝고서도 두 달이 흐른 3월 중순이었다.

"누님, 필이 왔습니다. 초롱아 내가 왔다."

지난번 민요 때의 활약을 계기로 필은 특유의 활력을 되찾은 모양이다. 목소리가 활기찼다. 실제 지난해 민란 때 그의 역할은 태을 스님 말마따나 수훈갑이었다. 그런 수훈은 스스로도 자부심을 가질 만했다.

이번 민란 사태 때 지방의 협조자 가운데 절반은 이필이 먼저 접촉했던 인물들이었다. 그도 이를 알고 있었다. 그래서 '재주는 부리는 창우(광대) 따로, 돈 버는 아비 따로'라는 소리를 던지기도 했다.

대문을 열었더니 필은 전혀 예상치 못했던 사람과 함께 서 있었다. 금원과 초롱이가 함께 놀랐다. 초롱이의 은인인 고산 자경단의 장현성 총관이었다

"아니, 총관님이 어떻게?"

금원은 두 사람을 반갑게 후원 정자로 안내했고, 초롱이는 정성어린 다담상을 내왔다.

장 총관은 민요 전부터 필의 편에 서서 적극 가담했다고 했다. 그리고 보면 필이 그냥 건성으로 천하를 주유하고 사람을 사귄 것은 아니었다.

격문 모으는 일이 그랬다. 민란이 일어난 쉰 곳 대부분 지역에서 그의 동무, 혹은 그를 따르는 이가 한둘은 꼭 있었다. 참 대단한 일이었다.

전직 자경단 총관 장현성과는 3년 전 초롱이 문제 때문에 서로

만난 이래 계속 교분을 쌓았던 모양이었다. 그러다 장 총관은 결단을 내렸단다. 장김의 주구로 사는 것이 늘 부끄러웠다. 무엇보다 저들이 말도 안 되는 이유로 백성들을 쥐어짜고 있는데 이에 앞장을 서야 하는 처지가 분통을 터뜨리게 했다.

그의 말을 들어보면 이제 자경단은 뿌리부터 송두리째 흔들리고 있어 내부적으로 큰 금이 가고 있었다. 그랬다. 명분 없이 돈 때문에 몰렸던 군상들이 위기상황이 닥치고 돈이 나오지 않는데 충성을 다할 리 만무하였다.

자경단은 자신들이 스스로 벌어서 운영하는 조직이었다. 장리 환곡 쌀을 불리건 복주촌 세를 받든 아니면 복주촌 객점을 직접 운영하든 스스로 재정을 만들어 해결해야지 서원 자체에서는 운영비나 인건비를 지출하지 않았다.

민요와 더불어 환곡이 근절되고 복주촌 철거령, 특히 매음 근절령이 내려지면서 자경단 수입원은 봉쇄되다시피 하여 급감했다. 민요가 일어난 큰 원인의 하나로 서원을 중심으로 한 향반들의 가렴주구와 수탈이 작용했던 점이 저들에게 결정적으로 설 자리를 잃게 했다. 많은 단원들이 보따리를 쌌다고 했다.

"누님, 장김의 기세가 엄청나게 꺾인 것 같지 않습니까?"

"그런 것 같기는 한데, 두고 봐야지요."

"아닙니다. 저들도 한 치 앞을 못 보고 권력에 빌붙어 놀아나는 나약한 무리였습니다. 지금 몰아붙이면 그냥 거덜 낼 수 있습니다. 안 그렇습니까, 형님?"

필은 장현성을 형님이라 부르고 있었다.

"틀린 말은 아닌데 아직 그렇게 낙관할 때는 아니지."

현성은 필보다 신중했다.

"참, 경평군은 어떻게 되었습니까?"

필이 물었다. 어제 이호준 대감을 통해 그의 얘기를 들었다. 경평군은 최근 안김을 욕하다가 곤욕을 치르고 있는 왕족이다.

"전라도 강진의 섬에 귀양 가서 살고 있다고 하던데…… 경평군은 왜?"

"경평군을 밀고한 작자도 바로 김성순이라는 것 아닙니까?"

김성순은 필이 그리도 찾고 있는 부친과 이 의원의 상소를 빼내 밀고한 원수, 그 작자였다. 30년 전에도 그런 일을 하더니 늙어서도 또 그런 모양이다. 알려지기는 대사간이 상소를 올렸다 했는데 필에 따르면 무고 상소를 꾸며낸 인간이 김성순이라는 것이다.

안동 김씨의 눈에 나면 누구도 살아남지 못한다는 말이 있을 정도로 서슬이 퍼런 시절이 있었다. 하지만 최근의 경평군 사건을 보면서 사람들은 장김의 이빨이 다 빠진 것 아니냐는 얘기를 했다. 금원은 경평군 문제를 다시 들여다볼 수 있었다.

과거 추사의 부친 김노경을 부관참시하고 김정희를 위리안치시킬 때, 조병현을 유배해 사사시킬 때, 근자에 완원군 이하전을 사사할 때의 그 집요함과 잔인함이 나타나지 않았다.

벽파 시파의 다툼에서 시파인 장김이 김노경 부자를 표적 삼아 달려들었던 것은 벽파의 숨통을 확실하게 끊어 놓겠다는 잔혹한 일격이었다. 이후 풍양 조씨의 원로 적자 격인 조병현을 날려 버린 것은 조씨 일족 전체에 대한 협박이자 잔인한 경고였다. 조병현은 헌종이 말년 자신의 목소리를 낼 수 있도록 힘을 싣는 데 앞장섰던 인물이다.

헌종은 마지막 순간인 재위 15년째 접어든 해 총위청을 총위영으로 격상하고 병권 확보에 나서 병조판서, 금위대장, 총융사 인사개편을 단행했다. 더불어 복마전으로 변한 비변사를 손보려 했다. 그리고 제주에 유배돼 있던 김정희 석방 등 장김에 맞서는 일련의 조치를 취했다.

하지만 어찌된 셈인지 부친 효명세자처럼 무언가 좀 해보려는 순간 하늘이 그를 데려가 버렸다. 나이 겨우 33세였다.

그 바람에 강화도에 유폐되었던 철종(실제 묘호는 사후에 추존됨)이 안동 김씨 세력에 의해 헌종에 이어 지금의 상으로 등극했다. 다시 무소불위의 힘을 갖게 된 장김이 제일 먼저 한 일은 헌종이 말년에 추구했던 개혁 정책들을 돌려놓는 것이었다.

총융영이며 비변사 제도를 다시 원상회복했고 균역법도 원래대로 돌려놓았다. 그러면서 화급하게 처리한 일이 헌종이 중용했던 조병현의 축출이었다. 구체적인 죄목도 없었다. 재물을 탐하고 군부를 멸시했고 허다한 무리가 모였다는 상소를 빗발치게 했다. 여느 때처럼 자신들의 수족이 돼버린 삼사와 성균관 유생들을 동원했다.

풍양 조씨 일문의 반발이 있었지만 장김은 아랑곳하지 않고 조병현을 헌종 말년 5영의 대장을 맡았던 서상교 신관호 등과 함께 묶어 위리안치에 처했다. 그러고도 마음이 놓이지 않아 비수를 늦추지 않고 몇 달 뒤 끝내 사사하고 말았다. 조병현의 사사에 가장 슬퍼하면서 땅을 치며 피눈물을 흘린 이가 조 대비였다. 조병현은 대비가 아끼던 사촌동생이었다.

그런데 최근 민란으로 예봉이 꺾인 장김은 자신들 안동 김가를 그토록 조롱하고 비난한 왕손 경평군을 사사하지 못했다.

아버지 단화는 군수 벼슬을 했던 한미한 왕족이었던 그는 입양을 통해 철종의 4촌 동생이 되어 왕통 계승권이 가시권에 들었다. 왕의 부름에 따라 궁중에 자주 들어와 왕의 말동무가 되었다. 성정이 곧아 바른말을 잘했던 그는 철종 12년 안동 김씨의 세도를 통렬히 비난하는 일대 사건을 일으켰다.

민란이 여기저기서 터져 나오기 던 바로 직전이었다. 한양 도성 장안에 김가가 왕이 된다는 벽서가 붙던 그 무렵이었다. 그가 비변사 회의실에 별안간 뛰어들어갔다. 그도 정1품 대부였기에 비변사를 출입할 수 있었다. 그의 통렬한 호통이 터져 나왔다. 그때 비변사는 안동 김문 일족의 작호와 녹봉을 높이는 조치를 취했다.

"이 나라가 이씨의 나라요, 김가의 나라요? 염치 좀 있습시다. 당신들의 향리 안동에 가면 헛제삿밥이라는 게 있다지요. 밖의 양민들은 밥 굶고 주리는데 음식을 지지고 볶는 게 미안하니까, 음식 냄새가 담장 넘어가는 것이 미안하니까. 제사 때문에 음식을 한다고 하자. 그게 헛제삿밥 아닙니까. 그것도 나중에는 다 나눠

먹습니다. 그래요. 음식을 먹는다고 하더라도 주변의 눈치를 살펴야 하는 것 아닙니까? 그런 것을 염치라고 하는데, 우리 염치 있게 정치합시다.”

아무리 왕족이더라도 이러고 무사할 수는 없었다. 얼마 뒤 대사헌 서대순의 상소에 의하여 성 밖으로 축출되었고, 파양과 함께 작호를 빼앗긴 다음, 강진 신지도에 유배돼 위리안치되고 말았다. 임금의 간곡한 당부에 안김은 더 비수를 꽂지 못했다. 경평군은 신지도에서 옆 섬으로 옮겨 살아 있다고 했다.

“장김이 정신이 없긴 없군요. 왕위 계승권 일순위라 할 수 있는 경평군의 일을 저렇게 팽개쳐 두고 있으니 말입니다.”

“파양이 되었기에 계승권에서는 한참 멀어졌습니다, 그분은.”

엊그제 홍선군과 이호준 대감이 선원록과 왕실 족보 수정 작업을 마차고 녹번정에 와서 차를 마시고 갔었다. 그때 경평군이 작호를 빼앗겼고 입적이 파양됐기에 왕위 계승권과는 멀어졌다는 얘기를 확실히 들었다.

경평군에게는 안됐지만 홍선군에게는 잘된 일이었다. 유력한 왕위 계승권자가 무대에서 밀려났다는 것은 …… 홍선군은 표정관리를 잘하고 있었다.

“삼호당께서는 참 모르는 게 없으십니다.”

무슨 뜻에서인지 장현성이 그렇게 말했다.

“그래서 김성순이라는 작자의 거처는 정확히 알아냈는가?”

장에게는 웃어주기만 하고 필에게 물었다.

"이번에도 밀고한 포상으로 제물포 인근 염전의 염전장으로 가 있다는 소식을 들었습니다. 내일이라도 현성 형님하고 가볼 모양입니다. 형님도 그 작자에게 구원이 있습니다."

음모와 모사의 달인 그 작자는 장 총관에게도 몹쓸 짓을 한 모양이었다.

"몇 번 얘기했지만 성질대로 처리하는 것 아닙니다. 선달님, 아시겠지요?"

일부러 상냥한 존댓말을 썼다.

"예, 알고 있구만유. 지금에 와서 그 북망산 갈 영감 다된 작자 모가지 부러뜨려야 무슨 소용이 있겠습니까. 그 작자에게 꼭 알아내야 할 게 있습니다."

필과 현성은 떠들레하게 떠났다.

추사의 유묵

9월 중순에는 유력 왕손 익평군이 세상을 떠났다. 그의 나이 40이었다. 그는 입양 관계 없는 은언군의 손자이자 풍계군의 아들로 철종과 가장 가까운 인척이었다. 왕위 계승권에서 유리한 이였다.

그가 별세하자 임금은 몹시 슬퍼하며 내관을 보내 문상케 했다. 그에게는 아들은 없었고 첩실에서 얻은 서자 이재성만이 있었다. 결국 양자를 들여 그의 대를 잇도록 결정되었다.

이런 왕실의 흉사 때문에 왕실 최고 어른인 조 대비의 상심은 컸다. 금원은 사흘들이로 입궐해 대비를 찾았다. 대비가 원한 일이기도 했다.

그사이 금원은 조 대비에 접근해 커다란 선물을 하나 던졌고 큰 점수를 또 한 번 땄다. 보영방 꾀주머니들이 조 대비에게 점수 딸 끈을 하나 더 만들어 줬는데, 바로 조 대비의 남편 효명세자의 묘지 이장 문제였다.

묘지 이장은 상례만큼 왕실에서는 중요한 문제였다. 당초 효명세자 익종의 묘는 양주 천장산 아래 의릉이었으니 이곳이 길지가 아니라 하여 아들인 헌종이 양주 용마봉 자락으로 이장해 수릉이라 명했다.

하지만 이 뫼자리도 미망인인 조 대비에게는 불만이 많았다. 조 대비는 할머니로서 그토록 갈망하던 손자를 생전에 안아보지 못했다. 정조－순조－헌종으로 이어지는 왕들은 후손이 거의 없었다. 풍수상 조상 묘가 나빠서 그런 것이 아닐까 하는 생각은 당연했다.

게다가 용마산 자락의 수릉은 큰비가 오면 재실 앞까지 물이 차올랐다. 그 자리는 또 조 대비 자신도 죽으면 묻혀야 할 자리였다. 조 대비 입장에서는 당연히 이장을 원하고 있을 터였다.

금원은 정만인 지관의 귀띔으로 이 일을 알아내 조 대비와 만났을 때 얘기를 꺼내 이장을 추진하도록 했다.

임금은 병석에 있었지만 대비의 당부에 따라 수릉 이장을 결정하고 지관들에게 명당을 알아보라고 명을 내렸다. 이번에도 정만인이 나서 명당 중의 명당인 남양주 태조대왕 옆자리를 천거했다.

이제 가장 중요하고도 어려운 일이 남았다. 조 대비와 홍선군을 직접 연결시켜 조 대비로 하여금 홍선의 그릇과 인물됨을 알게 하는 일이었다.

금원은 초롱과 순정을 불러 엊그제 우선 대감이 가져다준 귀한 보물 궤짝을 정리하기 시작했다. 몸이 아파 병석에 누워 있던 우선은 무슨 바람이 불었는지 하인 한 명을 앞세우고 녹번장에 왔는데 장쇠가 지고 온 지게에는 튼실한 궤짝 하나가 있었다.

"이건 뭡니까? 대감."

"아무래도 자네가 보관하는 게 나을 것 같아서, 내 정신이 있을 때 가져 왔네. 스승님의 유품일세."

"이 귀한 것들을……"

궤 속에는 추사와 자신이 나눴던 편지를 위시해 추사의 휘호와 서화 그리고 전각 관련 유품들이 가득 들어 있었다. 추사의 글과 그림은 금원에게뿐만 아니라 나라의 보배가 아닌가.

"참, 세한도는 거기 없네. 매은에게 맡겼네. 나중에 그것도 이리 가져오라 하겠네."

매은 김병선이라면 금원도 잘 아는 이였다. 우선의 수제자로 재주도 뛰어났지만 스승 섬기기를 하늘같이 하는 이였다. 우선의 친아들 저리가라였다.

"아닙니다. 매은 선생이 보관하고 계신다면 잘 간수하실 겝니다. 그러실 필요 없습니다."

얼마 전에 오경석이 추사의 유품 몇 점을 가져다 놓더니 제자들마다 하나둘씩 가져오고 있었는데 이렇게 궤짝으로 들어온 것은 처음이었다.

"이렇게 봐서, 편지는 편지대로 서화는 서화대로 휘호는 휘호대로 일단 정리해 놓도록 하자꾸나. 초롱이는 서화들을 읽을 수 있지?"

"아니요, 어르신들 글씨가 초서나 행서라서 읽기 어렵습니다, 어머니."

"그렇겠구나."

"하지만 편지인지 그림인지는 저도 분간할 수 있답니다, 어머니."

순정이가 눈을 동그랗게 뜨면서 말했다.

초롱이는 내의녀로 궁중에서 일하고 있었는데 윗전의 심부름을 나온 참이었고, 순정은 녹번정과 서국의 회계일을 똑 부러지게 하고 있었다.

여주 고산에 있을 때부터 약초를 그리 좋아하던 초롱이는 변 대감의 잠깐의 지도에 일취월장했고 내의원에서도 예쁨을 받고 있었다.

다음날 금원은 대비전을 찾았다.

"마마, 이것 좀 보십시오."

"뭔데 그러느냐?"

"귀한 서찰을 몇 점 가져와 보았습니다."

추사 김정희 대감의 서한들이었다. 지난해 우선 이상적 대감이 가져온 궤에서 나온 서한들이었다. 조 대비로서는 감회가 깊을 숙부의 내용을 골라 왔다.

“이것은 우리 작은아버님의 글씨 아니냐?”

“예, 그렇습니다. 우석 조인영 대감님이 추사 김정희 대감께 50년 전에 보내신 편지입니다.”

“북한산 진흥왕이 나오고 그러는구나.”

“예, 추사 대감과 조인영 대감이 젊은 시절 북한산에 올라 신라 진흥왕 순수비를 찾아낸 그때 일을 회상하면서 우정을 변치 말자는 그런 편지이옵니다.”

“그래, 작은아버님과 추사 대감의 우정은 각별했지.”

“목숨의 은인이기도 하시지요.”

“그랬지. 그런 일도 있었지.”

추사 대감이 윤상도의 일로 옥고를 치를 때, 우의정으로 있던 조대비의 숙부 조인영 대감이 용기를 내 마지막 순간에 나서지 않았더라면 추사는 이 세상 사람이 아니었다. 그때 함께 추국을 받던 이들은 모두 고신과 매에 견디지 못하고 옥사하고 말았다. 안김은 그때 그렇게 살벌하고 집요했다. 어떻게든 추사의 자백을 얻어내 그를 없애려 하고 있었다.

“작은아버님이 나서지 않았다면 김 대감의 처벌이 제주 위리안치에 끝나지 않았을지도 모른다는 얘기를 그때도 들었었지.”

그때는 조 대비가 막 대비에 올랐을 무렵이다. 세자빈에서 왕비인 중전을 거치지 않고 대비에 오른 특수한 예였다. 하지만 대왕대비 김씨가 있어 어른으로서 역할은 할 수 없었다.

“이것은 무엇인가?”

"펴 보십시오."

"탁본 아닌가?"

"예, 그렇습니다."

조 대비는 돋보기를 꺼내 끼고는 탁본을 펼쳤다.

'이것은 신라 진흥대왕 순수비이다. 정축년 6월 8일 김정희와 조인영이 와서 상세하게 살펴보았는데, 남아 있는 글자가 68자였다'고 쓰여 있었다.

"숙부님의 함자가 있구나."

"맞습니다. 추사 대감과 조인영 대감이 순수비 옆면 하단에 직접 새겨 놓으신 글입니다."

"뭐라, 그 귀한 옛 비석에 글을 새기셨다고?"

"예, 말하자면 훼손하신 거지요."

"그 점잖은 양반들이 쭈그리고 앉아서 바위에 정을 직접 쪼셨단 말이지?"

"아마 그러셨을 겝니다. 그때 하인들 데리고 가시지 않았다고 하더이다."

그랬다. 추사와 우석은 북한산 정상에 있던 오래된 비석이 신라 진흥왕이 세운 순수비였음을 밝혀냈다. 이때 두 사람의 기쁨은 대단했던 모양이다. 추사와 우석은 천여 년 전에 세운 비석에 당신들 이름을 새기는 데 망설이거나 조심스럽지 않았을까.

"이것은 무엇인가? 언문이네."

사실 오늘 대비에게 꼭 보여 주고 싶은 것이 그것이었다.

"한번 읽어보시지요, 마마. 추사 대감이 북청에 있을 때 홍선군에게 보낸 서찰입니다."

"홍선군에게?"

"스승님의 유물 상자에서 나온 것으로 보아 초안이었던지 아니면 써놓고 전달하지는 않은 것으로 보입니다."

언문 편지는 '외씨 대감 홍선 전'이라는 제목으로 귀히 될 몸이니 은인자중하라는 신신당부였다. 대비는 그 글을 읽고 한참을 생각하는 눈치였다. 그러더니 금원에게 그 서한을 자신이 가져도 되겠냐고 했다.

금원은 홍선의 난 그림 하나를 대비에게 보였다.

"이 그림이 정말 홍선 그이가 그린 그림이라는 말이더냐?"

"예, 그렇습니다."

대비의 눈이 휘둥그레졌다.

"대비마마 몇 번 말씀드렸지만 홍선군은 비상한 인재이옵니다."

"그래 그렇지 않아도 우리 성하도 그 얘기를 자꾸 하던데 그럼 한번 만나 보도록 할까, 금원 자네가 날을 잡도록 하게나."

"예, 마마."

일은 이렇게 진전이 되어갔다.

상것들의 세상

"옛말에 어지러운 나라는 없고 어지러운 군주만 있을 뿐이라고 했습니다. 이 나라가 이렇게 어지럽고 어려운 것도 따지고 보면 군주가 바로 서 있지 못하기 때문 아니겠습니까?"

『순자』에 나오는 말이다. 금원은 작심하고 홍선군에게 직설적으로 물었다. 녹번정 안채였다. 말하자면 홍선군과의 막바지 담판이었다.

"허허 오늘은 삼호당께서 호출하시더니 큰일 날 소리를 하시는군."

"호출이라니요, 당치 않으신 말씀입니다."

위로부터의 개혁을 생각할 때면 금원으로서는 좌고우면 없이 대뜸 홍선군을 떠올리곤 했다. 추사 대감과의 관계도 그랬고 홍선군 본인과의 인연이며 그간 나눈 얘기가 그랬다. 연전의 관악산 연주대 등정 이후 그랬다.

하지만 그의 이름을 대놓고 거론할 수는 없었다. 자칫 엄청난 재앙으로 돌변할 가능성이 있었기 때문이다. 하지만 이제는 상황이 변했고 오히려 시간이 없게 됐다. 청계와 보영회에서도 홍선군밖에 대안이 없다는 쪽으로 결론이 모였다. 대단한 웅지를 숨기고 있는 잠룡이라고 평가하고 있었다.

"만약 대감께서 군주가 되신다면 어떤 군주가 되시렵니까?"

"허허, 더욱 큰일 날 소리."

홍선군은 짐짓 그러는 것이었다. 그도 이호준 대감과 조성하를 통해 돌아가는 상황을 듣고 있었다. 금원은 그동안 홍선군에게 들어가라고 두 사람에게 계속 꽤 깊은 얘기를 해줬었다.

"조상 잘 만나, 별다른 노력 없이도 떵떵거리며 대대손손 잘사는 양반들 세상 말고, 천출이어서 못나고 가진 것 없는 상것들도 아픔 없이 살아가는 세상, 만들어주시겠소?"

큰 눈에 금방이라도 눈물을 쏟을 듯 간절하게 다그치는 금원의 눈길에 홍선은 애써 담담한 표정을 지으며 지그시 입술을 깨물었다.

"대감, 이것 좀 보십시오."

잠시 사이를 두고 금원이 화제를 돌렸다.

"뭔데 그러시오?"

"참으로 귀한 서찰입니다."

추사 김정희 대감의 서한들이었다. 이상적 대감이 가져온 궤에서 나온 것 중 홍선군으로서는 감회가 깊을 서한을 금원은 골라왔다.

"추사 스승님의 글씨 아니오?"

"예, 그렇습니다. 추사 어르신이 우선 대감께 북청에 계실 때 보내신 편지입니다."

홍선군이 감회 어린 표정으로 편지를 읽었다. 그 편지에서 추사는 외씨를 잘 보호하고 돌봐 달라는 부탁을 하고 있었다. 다음 편지도 그랬다.

스승에 대한 감회에 홍선군의 눈가가 촉촉해진 것을 본 금원이 단도직입적으로 본론을 던졌다.

"대감께서는 왕통 계승과 관련해 현시점에서 가장 중요한 일이 무엇이라고 생각하십니까?"

"대비마마의 마음을 얻는 일, 신임을 얻는 일이 아니겠소?"

홍선도 즉각 대답했다.

"그렇습니다. 잘 알고 계시는군요. 대비마마와는 면식은 있으시지요?"

"종친 하례 모임에서 잠깐씩 뵙는 정도였지요."

"대비마마와의 만남을 저희가 주선해 드리겠습니다."

홍선군은 애써 흥분을 감추는 기색이 역력했다.

"저희라면 복수를 뜻하는데, 이 일에 많은 사람이 관련해 있소? 보안재 시회나 금원당의 불교 결사 말고 다른 조직을 말하는 것이오?"

"아닙니다. 그 정도 외에는……"

언젠가는 다 알게 되고 알려야겠지만, 지금은 그렇게만 알아 두게 하는 것이 여러모로 필요했다.

홍선군은 금원의 얼굴을 빤히 쳐다보았다. 생각이 많아진 모양이다.

"더는 외람되게 말씀드리지 않겠습니다. 대감을 믿겠습니다. 이제 대비마마의 마음을 얻는 일은 대감에게 달려 있음입니다."

"알겠소. 고맙소. 내 일이 성사되지 않는다 해도 삼호당을 원망치 않을 것이며 성사된다면 삼호당과 뜻을 같이하겠다는 약속을 하겠소."

홍선군이 마음을 굳힌 듯 결연하게 말했다.

"예 대감, 추사 스승님께서 내려다보실 겝니다. 한 가지 더 대감께 여쭙고 싶은 게 있습니다."

어차피 결정된 대세에 영향을 주는 일은 아니었지만, 꼭 알고 넘어가야 할 일이 있었다.

"대감은 이 나라 신분제도 예 하면 서얼차별법이나 노비제도를 손보실 생각이 있으십니까?"

"있다마다요. 서얼차별이야말로 악법 중의 악법 아니오?"

금원은 홍선군 모르게 고개를 끄덕였다.

홍선군 이하응은 순조 20년(1820년) 음력 11월 16일 한성 종로방 안국동에서 출생했다. 그의 아버지 남연군 이구는 본래 인조의 넷째 아들 인평대군의 6대손 이병원의 둘째 아들이었으나 후사 없이 사망한 은신군의 양자로 입양되어 남연군의 작위를 받았다. 은신군은 사도세자의 서자다. 왕통에서 멀어진 왕족이었었는데 이 입적으로 이른바 삼종의 혈맥 안으로 들어오게 됐던 것이다.

홍선군의 어머니는 명문가로 꼽히는 여흥 민씨였다. 8세에 맏형의 사망에 이어 12세에 어머니 민씨를 여의는 슬픔을 맛보았으나, 아버지 남연군으로부터 한학을 배웠고 인척인 인연으로 추사 김정희의 문하에 들어가 글과 그림을 수학했다. 추사의 양모이자 백모인 여흥 민씨가 홍선군 모친과 자매지간이었다,

그가 난초나 매화, 대나무 등 사군자 그림, 특히 난초 그림으로 유명한 석파란 등을 그린 것은 모두 김정희에게서 배운 미술로 인한 것이었고, 그때 연을 맺은 동학들이 그와 좋은 관계를 유지했다. 이하응은 17세 때 아버지 남연군마저 여의었다.

13세 이른 나이에 외가의 먼 일족인 민씨와 결혼했다. 어머니, 정실부인, 후일 정실 며느리까지 모두 여흥 민씨 집안이라는 것이 이채롭다.

헌종 9년 홍선군(興宣君)에 봉해졌고, 헌종 13년 28세에 종친부 유사당상(有司堂上)이 되었다. 그해 청나라에 동지사가 파견될 때 수행원으로 연경을 다녀왔다.

그가 행한 의미심장한 일 중 하나가 아버지 남연군의 묘의 이장이다. 당시의 억척을 생각하면 그는 역시 보통 사람이 아니었다.

그때부터 그는 속으로 웅지를 키우고 있었던 것이 틀림없었다. 그렇지 않고는 그토록 무리수를 써가며 그 큰 비용을 부담하고 온갖 비난을 감내하면서까지 아버지의 묏자리를 옮기려 했을까.

홍선군이 떠나자 금원은 내당으로 들어갔다. 내당에는 백운학 노사, 정만인 노사, 현봉 스님 세 사람이 전실의 이야기를 듣고 있었다. 서탁에는 홍선군의 이력이 상세히 담긴 봉서가 놓여 있었다. 부용사 체탐단의 솜씨였다.

"일단 홍선군의 권력의지는 대단한 것이라고 봐도 될 것 같소."

운학 노사가 먼저 입을 열었다.

"하지만 세상일이 다 뜻대로만 되겠소?"

정만인이 반문했다.

"실은 그 묏자리가 천자지지이기는 하지만 결격 사유도 몇 가지나 있는 자리요."

만인이 한마디 더 보탰다.

"진인사대천명이라 했으니 우선 사람이 할 일을 다 해야겠지요."

"어쨌든 아직 갈 길이 구만리입니다."

현봉당이 말했다.

"그래 다음 당면한 일은 뭐가 돼야 할까요?"

"당연히 조 대비와 홍선군을 묶는 일입니다."

"묶는다기보다는 조 대비 눈에 들게 해야지요."

"그래요. 차근차근 계획을 만들어 봅시다."
"앞으로도 삼호당의 어깨가 무겁습니다그려."
"그것만큼이나 중요한 일이 또 있습니다. 장김의 주의를 분산시켜야 합니다."
"그렇지요. 자칫 장김의 표적이라도 되면 만사휴의입니다."
"홍선군 주변에 우리 사람들 몇을 더 심어 놓으면 어떨까요?"
"그거 좋은 생각입니다."

숨 가쁘게 며칠이 흘렀다. 그사이 마침내 조 대비와 홍선군의 만남이 이루어졌다. 암행어사 출두하듯 은밀하게 진행된 만남이었다. 물론 금원이 중간에 나서 성사시킨 일이었다.
"역시 듣던 대로, 생각한 대로 홍선군 대단한 사람이야. 호탕하면서도 속이 찼어."
"우리 조씨 집안에는 왜 그만한 사람이 없누?"
홍선을 만나고 금원에게 들려준 대비의 말이었다.

"대비마마야말로 여걸 중의 여걸일세그려."
"그 험한 세월 눈물로 지새우셨을 그 긴긴밤들을 소신이 잘 알고 있습니다, 하니까 정말 눈물을 지으시더군."
홍선군의 말이었다.

두 번째 독대는 대비전에서 점심상을 마주하는 파격으로 치러졌다. 사람 됨됨은 음식 먹는 모습으로 가늠할 수 있다는 것이 대비의 지론이었다. 이 역시 흡족한 결과로 이어졌다.

"먹는 모습도 사내대장부 아닌가, 육식 채식 가리지 않고……"

홍선은 자신 상 위에 올라 있는 음식은 하나도 빠짐없이 저를 주었단다.

두 번째 만남에서 의미심장한 일이 있었다. 옆에서 본 주 상궁이 그대로 전해준 말이었다.

홍선군이 대조전 방에 들어서서 대비에게 인사를 올리려 할 때 나비가 날렵하게 걸어와 이런저런 눈치도 안 보고 홍선군의 버선발 위에 성큼 올라앉더라는 것이다. 대비의 애완묘 나비 말이다. 지난번에 금원에게 다가와 머리를 디밀었던 고양이였다.

그 모습을 보고 대비는 "우리 나비가 대감을 낙점했구료, 이제 어쩌시려오?" 했단다.

대원군은 고양이를 차거나 밀치지 않고 그냥 둔 채 대비에게 인사를 올렸고 몇 번 쓰다듬어 주니까 나비는 살며시 사잇방 털보료 자기 자리로 돌아가더란다.

"그것참, 더러 여자들한테 다가서는 것은 보았지만 우리 나비가 남정네한테 그러는 것 처음 보았소. 신기한 일이네."

대비의 말이었다.

두어 차례 더 은밀한 만남으로 서로의 인품과 속내를 탐색해본 두 인걸은 마침내 밀약까지 맺었다.

비록 막연한 의논이나마 이후 만약 그런 날, 조 대비가 궁중 최고의 어른으로 나라의 명운을 건 실권을 행사하는 날, 그런 날이 온다면, 조 대비는 다른 모든 왕족을 제쳐놓고 홍선을 부르고, 그 때 불리기만 하면 홍선은 조 대비를 위하여 견마의 지로를 다하겠노라는 약속이었다.

"내, 대감을 친붙이와 같이 믿겠소."

"망극하옵니다, 마마. 신명을 다하겠습니다."

대비는 이날 감격에 겨운 하직 인사를 올리려는 홍선을 가까이 오라 하여 어깨를 두드렸고 큰 누님처럼 손까지 잡아 주었다.

"영민하다는 대감의 둘째 영식 이름이 뭐라고 하셨소?"

"명복이옵니다. 목숨 명, 복 복."

고양이 나비가 그런 홍선군의 얼굴을 빤히 쳐다보았다.

이현성과 함께 떠들레하게 녹번정을 나서던 이필의 모습이 너무 들떠있는 것 같아 어째 불안불안 하더니 그예 일이 터지고 말았다. 어쩌면 한 번쯤은 겪어야 할 일이었다. 그런 일이 여태껏 안 일어났던 것이 오히려 이상했는지도 모른다.

필의 동무이기도 한 희연이 녹번정으로 달려와 급한 변고를 전했다. 혹시 김성순을 척살했는가 싶었는데 그보다 더 험한 일이었다. 필이 충주부 관아에 끌려갔다는 것이다. 그것도 작변을 꾀하려다 고변되어 잡혀갔다는 얘기였다. 당초 진천현으로 고변이 되었는데 사안이 중대하다 해서 충주부로 이첩돼 그곳 옥사에 갇혀 있다고 했다.

한양에 다녀간 지 한 달도 채 되지 않았는데 이런 변고가 일어난 것이다. 자칫 역모 사건으로 비화된다면 불똥이 어디까지 튈지 모르는 불상사 중의 불상사였다. 가뜩이나 지난해 들불처럼 번졌던 민요의 폭풍에 놀랐던 조정과 장김이 일을 더 크게 부풀려 전세역전의 기회로 삼으려 할 가능성도 있었다.

어찌 됐건 진상과 자초지종을 알아보는 일이 먼저였지만 금원 혼자서 어찌해볼 도리가 없어 보안재 노장들에게 전언을 넣었고 동사의 태을 스님에게도 사람을 보냈다.

변광운 대감이 제일 먼저 득달같이 달려왔고 환재 대감과 우선 대감, 홍선군까지 늦은 시각에 녹번정으로 달려왔다. 사실 변 대감을 제외하고는 보안재 식구들은 필이 무엇을 하고 다녔는지 자세히 몰랐다.

"무어 큰일이야 있겠습니까?"

"항상 불만에 가득 차 있는 필 청년이 경향세족들 크게 욕하다가 잡혀간 것이겠지요."

이렇게들 한가하게 생각하고 있었다.

가장 늦게 녹번정에 들어선 오경석이 의금부와 승정원에 알아보고 오느라 늦었는데, 어제오늘 청주부에서 올라온 급변 장계가 없다는 것을 확인했다고 하자 분위기는 그나마 다소 느긋해졌다. 역모나 그에 준하는 작변 발고는 즉각 보고가 되게 마련이다.

금원은 유대치와 함께 충주로 내려가기로 했다. 홍선군이 충주 목사에게 보내는 서찰을 써준 것이 큰 힘이 될 것으로 여겨졌다. 충주 목사로 있는 신율이 홍선의 조카사위뻘 친척이었다. 외직이지만 홍선군의 몇 안 되는 측근의 하나였다. 그리고 대치와도 교분이 깊은 사이였다. 여러 가지 일로 이필과는 악연이었던 홍선군이 의외로 흔쾌히 나왔다. 자신은 그를 좋아한다고 했다.

충주에 도착해 백방으로 수소문해 보니 상황이 만만치는 않았다. 필은 감영 옥사 중에서도 중죄인이 갇히는 특사에 있었다. 그리고 계속해서 관련자들이 압송되고 있었다. 충청도 감영이 임란 이후 공주로 이전했다고는 해도 여전히 충주는 감영이 있었던 대도호부급으로 분류되는 큰 목이었다.

충주 목사는 종2품 부윤으로 불렀다. 형방도 다른 군현과는 달리 형부 도승이라고 불렀다.

전갈을 받은 신 부윤은 숙소인 객점으로 김훈이라는 도승을 보냈다. 김 도승은 닳고 닳은 아전들과는 물이 다른 사람이었다. 깐깐하고 고지식했다.

"부윤 나리의 분부가 있어 나오기는 했지만, 워낙 위중한 사안이니 소직에게 뭘 기대하시지는 말아 주십시오."

그가 수인사 대신 던진 말이었다. 들어보니 사안이 엄중하기는 했다.

이필이 진천의 향약계원들을 모아 놓고 세상을 뒤엎어야 한다고 선동을 했단다. 그것도 여러 번. 거기다 거사를 위해서는 자금이 있어야 한다면 돈들을 내라고 해서 몇몇은 작게는 몇십 냥에서 크게는 수백 냥 까지 돈을 낸 사람들이 있다는 것이다.

"구체적으로 어떻게 세상을 뒤집을 것인지 그 방도까지 논의가 됐답니까?"

금원이 도승에게 물었다.

"고변장에는 무장 작변을 일으키려 한다고 되어 있지만, 구체적인 방도는 논의되지 못한 듯하오. 진천에서 보내온 공초에도 그렇게 되어 있소."

금원과 대치는 이곳에 해답이 있다고 생각했다. 무장 작변을 하려면 무기가 있어야 하고 규율 있는 조직이 있어야 하는데, 그런 구체적인 증거가 하나도 없었다. 그리고 작변을 일으키겠다고 하는 곳이 경상도 영일이었다.

"별일 아니로군. 워낙에 허풍이 심한 이 선달의 과장이었군그래."

대치와 금원은 짐짓 그렇게 말했다. 금원은 짐작 가는 바가 있었다.

그리고는 움직이기 시작했다. 백방으로 움직여 금전적 이익을 취하려는 이필의 허풍으로 상황을 몰고 갔다. 금전적 사기 사건으로 만들었던 것이다.

문제는 고변을 한 측이었다. 그 뒤에 장김 무리가 있었다. 남여를 타는 보은의 숭록대부 김만기와 모사꾼 김성순이 있었다. 이번에도 예의 김성순이었다. 장현성 총관이 나서 알아낸 일이었다. 지난번에 필과 현성이 제물포에 가서 김성순을 찾아내 치도곤을 안겼던 모양이다. 차라리 목을 땄더라면 일이 이렇게까지 되지는 않았을 텐데…… 아무튼 그자가 다시 앙심을 품고 벌인 일이었다.

금원과 대치는 일단 그쪽은 무시하기로 했다. 다행히 청주에는 해어화 사발계의 중추인 동무 매향이가 있었다. 매향은 큰 포목점을 하면서 청주 일원 기방과 양반집을 단골로 하고 있어 장사가 쏠쏠했다. 대치는 한양을 몇 번 왔다 갔다 했지만 금원은 매향 집에서 숙식을 해결했다.

부윤을 계속 어르고 달랬다. 형방도 부윤이 적극 협조적으로 나왔고 발 넓은 매향의 수완에 깐깐함이 눈에 띄게 줄어 있었다. 형방의 이모가 매향 옆 가게서 유기점을 하고 있었다.

"이제는 사건을 종결지으시지요, 도승 나리."

"죄인을 풀어주란 말이오?"

"어찌 거기까지 바라겠습니까? 죄는 있되 변란 주동은 만부당입니다."

"어찌 내 마음대로 할 수 있다는 말입니까? 부윤께서 재판장이신데."

"도승께서 처결문을 쓰시는 것 다 알고 있습니다. 여기 형조참판의 서찰도 있습니다."

"허 그것참."

"만약 이 일이 정말로 무장 작변 기도라면 진천 현감은 물론 그를 감독하는 부윤 영감에게까지도 화가 미친다는 것을 왜 모르시오?"

"감영 형부실에 『대명강목 집요』를 가져다 놓았습니다. 꼭 살펴보시지요."

『대명강목 집요』는 명, 청의 법령을 해석한 책이었다. 20권으로 분량도 꽤 되는 엄청 값비싼 책이었다.

마침내 필은 근린 귀양의 처결을 받았다. 부당한 금전 사취의 죄목이었고, 사취한 금전은 변상해야 했다. 1년 동안 진천에서 살지 못하고 옆 고을인 제천으로 가서 살라는 벌이 내려졌다. 형식적인 처벌이었다. 아마도 장김이 이제 조선 땅에서 큰 힘을 쓰지 못하게 된 덕분이리라.

필이 옥에서 나왔다. 꼬박 스무날을 매달린 끝이었다.

"돌다리도 두드리고 건너야 하거늘 어찌 그리 대범했다는 말이오?"

감영 정문서 얼굴을 보자마자 이렇게 말했더니 그는 멋쩍게 씩 웃기는 했지만, 사람이 달라져 있어 그 말을 한 것이 멋쩍을 정도였다.

필은 아무 말이 없었다. 심한 고신에 사람의 얼이 빠져 버린 것이 아닌가 싶기도 했지만, 그렇지는 않은 것 같았다. 눈매가 살아 있었다. 대치가 고신은 많이 당하지 않았냐고 물었을 때도 피식 웃기만 했다.

청주성 앞의 객점에 가서 국밥과 탁배기 한 잔을 먹고 나서야 이필은 본심을 대강 털어놓았다.

"너무도 고맙습니다. 금원 누님, 대치 형제, 그리고 많은 분께 송구합니다."

필은 이번 옥살이에서 큰 것을 깨달았다고 했다. 바로 백성을 먼저 생각하는 마음을 갖기로 했다는 것이다. 옥에서 백성들의 비참한 실상을, 가진 이들의 폭력을 절실하게 느낄 수 있었다고 했다. 그에게도 감옥이 학교였다. 마음을 비우게 되니까 바로 보였단다.

필은 자신이 이번 고변에서 도저히 빠져나갈 수 없다고 여겼던 모양이다. 죽음 앞에 비굴해지지 말자고 생각하니 저들의 폭력 속에서도 면면히 굴하지 않는 백성, 민초들의 기상을 보았단다. 그동안 자신은 정혁을 부르짖으며 말로는 백성을 위한다, 백성 때문이다 했지만, 정작 그 속에 진정 백성을 위하는 마음은 없었다는 것을 절실히 깨달았다고 했다. 자신의 화풀이에 불과한 정혁과 민초들을 위한 정혁은 근본적으로 달라야 했다는 것이었다. 애써 말을 아꼈지만 그런 절절한 인연을 그 안에서 만나고 깨달았다는 것을 이내 알 수 있었다.

대치는 필의 손을 덥석 잡아 주었다. 금원은 그를 한껏 안아주고 싶었다. 눈물이 핑 돌았다.

"선달님이 드디어 진정한 정혁인의 길에 들어서신 것 같습니다그려."

대치가 또 정혁, 혁명이라고 해서 철렁하기는 했다.

"우리 아우님이 정말 비싼 보약 드셨네."

삼종의 혈맥

내의원에 들어가 있는 초롱에 따르면 심상치 않은 약들이 계속 지어져 대전으로 들어가고 있단다. 쉬쉬하고 있었지만, 임금의 환후가 위중한 것이 틀림없었다. 이제 임금의 나이 서른 초반을 겨우 넘겼을 뿐인데 그리 심각하다니, 사람 건강이 마음에서 비롯된다는 말이 틀리지 않았다.

금원은 얼마 전부터 궁에 머물렀다. 대비의 분부이자 배려였다. 대비는 금원에게 장악원 사범과 침선당 서리의 내명부 직함을 내렸던 것이다. 대비의 신임을 더 받고, 장김에 대한 동병상련의 심정을 끌어낸 것은 이필 부친의 상소문 초안을 바친 일 때문이었다. 대비는 상소를 읽으면서 부르르 떨었다. 왜 그렇지 않으랴, 사랑하던 남편의 죽음에 얽힌 일인 것을…… 그러면서 그도 아직은 가슴에 묻어두자고 했다.

대비의 남편 효명세자가 책을 읽던 낙선재가 대비와의 공부 장소이자 금원에게 배정된 처소였다. 대비전 바로 뒤쪽 낙선재는 그동안 비어 있었지만, 남편을 생각하는 조 대비가 자주 찾는 곳이어서 잘 관리되고 있었다. 대비는 중간 방을 쓰라고 했지만 금원이 사양해서 입구의 작은 방을 택했다. 바로 뒤쪽에 궁궐의 의상 제작소인 침선당이 있어 금원이 활동하는 데 편했다.

금원과 만나는 시각은 주로 새벽녘이었고 명목은 글공부였다. 미리견의 흑인 노예의 애환을 담은 『도마 숙숙의 오두막』을 언문으로 읽은 대비는 많은 것을 느낀 모양이었다. 아랫사람들에게 부쩍 인자하게 대해 주었다.

다른 책도 읽어 보고 싶다 해서 도박하는 심정으로 『홍길동전』을 조심스럽게 권해 드렸다. 뜻밖에 조 대비는 너무나 좋아했다. 그렇지 않아도 읽어보고 싶었는데 차마 누구에게 말도 못 하고 있었다며 고맙다고 했다.

궁중 최고 어른이 타계한 남편의 서재에서 아침마다 여선생과 함께 글을 읽는 모습은 궁안 사람들이며 대소신료들에게도 좋은 인상으로 다가갔다. 낙선재 큰방에는 아직 수백 권의 책이 서가에 남아 있었는데, 어느 날 금원은 『한비자』를 발견했다. 추사가 생전에 필과 금원에게 보여주었던 한비자와 같은 필체의 필사본이었다.

아마도 세자와 추사 그리고 조인영 대감은 함께 이 『한비자』를 읽고 합리적이고 강력한 법(法) 위에서 집행되는 바람직한 권력을 꿈꾸었던 모양이다. 이런 정황과 생각을 대비에게 일러주면서 그 책을 함께 읽자고 했더니 대환영이었다.

역시 고전은 고전이었다. 『한비자』야말로 성리학에 찌든 조선에서는 무시당했지만 제대로 된 권력이, 바람직한 통치가 무엇인지 일러주는 책이었다.

낙선재는 금원 수양딸과 제자들의 궁궐 수련장이 되기도 했고 놀이터가 되기도 했다.

초롱이는 내의원 견습 내의녀였기에 궁 출입이 자유로웠고, 순정이도 침선당 외거 무수리로 적을 올렸다. 이경실은 대비가 총애하는 조카며느리였기에 궁 출입이 활발했다.

어느 날 순정이 경실에게 은밀히 묻는 소리가 금원에게도 들렸다. 임금이 워낙 허약해서 여자와의 동침을 감당하지 못하면서도 허양(虛陽)만 동해서 매일같이 궁녀의 치마폭을 잡고 놓지 못한다는 얘기였다.

"언니 그럴 수 있어요? 거동도 못 하면서?"

"글쎄, 잘은 모르지만 사내들은 숟가락 들 힘만 있으면 그 생각한다는데……"

경실은 저도 민망한지 얼굴이 빨개졌다. 그때 금원이 나섰다.

"얘들이 못하는 소리가 없어, 망칙하게시리."

둘 다 깜짝 놀라 고개를 숙였다.

"경실이야 혼인을 한 성인이라지만 순정이 너는 어디서 그런 얘기를 들었누?"

"침선당 항아님들이 다들 그러던데요."

"쯧쯧, 못된 것들 같으니라고."

혀를 차기는 했지만 사실 그랬다. 말기에 철종은 허리를 못 쓰고 거의 누워서만 지냈다. 궁녀들이 좌우에서 부축해 일으켜도 머리가 어찔어찔하고 눈에서 오색 불똥이 빙빙 돌다가 눈이 먼 듯 앞이 캄캄했다. 누워 있기 지루해 앉아 있으려 해도 혼자는 몸을 가누지 못해서 등 뒤와 좌우에 궁녀들을 앉히고 기대야 했다.

최근 세 번이나 지속적으로 처방된 특별한 처방이 눈에 띈다. 바로 '교감단'이었다. 교감단은 기울증에 처방하는 약이었다.

'기울은 기가 몰려서 풀리지 않는 증세다. 공적인 일이나 사적인 일이 마음에 맞지 않거나 뜻대로 되지 않아서 억울하거나 고민하다 보면 칠정이 상하여 음식을 먹고 싶지 않고 얼굴이 누렇게 뜨면서 몸이 여위고 가슴 속이 답답해진다.'

뜻대로 되지 않는 자신의 처지를 비관하면서 고통받고 있다는 얘기다. 할아버지, 할머니, 이복형까지 죽임을 당한 마당에 궁궐 안에 들어와 안동 김씨의 꼭두각시 노릇을 하는 심정이 얼마나 괴로웠겠는가.

교감단 말고도 철종은 가미지황탕을 지속적으로 복용하고 있었다. 지황탕 복용의 의미를 『동의보감』은 이렇게 설명한다.

'타고난 체질이 허약한데도 불구하고 성생활을 많이 해 원기가 쇠약해져 식은땀이 나고 정액이 절로 흐르며 정신이 피로하고 권

태감이 심하며 음식을 먹어도 살로 가지 않고 손 발바닥에 열이 나는 증세에 쓰인다.'

그랬다. 철종의 가장 큰 병은 바로 양기의 급속한 고갈 '양허증'이었다.

궁에 들어올 무렵 약관의 강화도령은 아직 여자를 모르는 총각이었다. 헌종의 국상 때문에 중전을 빨리 맞을 수는 없었다. 그러나 고운 궁녀들이 밤낮으로 시중하는 환경은 청춘의 피를 끓게 했다. 그래서 왕후를 맞기 전에 궁녀에게 동정(童貞)을 바쳤고 여색을 탐하게 되었다. 고운 궁녀들을 누구든지 수청들게 할 수 있는 것이 임금의 호강이라고 생각했다. 정치에도 상관 않고 글공부도 하기 싫은 그로선 궁녀들과의 유희가 유일한 기쁨이었다. 안동 김문이 처음부터 기대했고 예상했던 상황이었다.

임금이 된 만 일 년 이 개월 만인 철종 이년 팔월에 안동 김씨 김문근(金文根)의 딸 십오 세 소녀를 왕후로 간택해서 혼례를 거행했다. 그리고 얼마 안 되어서 대왕대비는 형식적인 섭정을 그만두고 친정(親政)을 하도록 했다.

"상감의 뒤엔 국구(國舅)가 있으니 나는 안심하고 거북한 수렴청정을 그만두겠소."

김 대왕대비가 대신들 앞에서 했던 말이다. 형식적으로는 친정이지만 실제로는 자신의 동생 김좌근과 철종의 장인이자 4촌 동생인 김문근에게 섭정의 권한을 확실히 물려준다는 선언이었다. 장김의 세도정치는 다시 완전무결한 태세를 갖추게 되었다.

정치를 처가 일족이 다 하게 되자 할 일이 없었던 임금의 일과는 오늘은 어떤 궁녀를, 내일은 또 누구를 데리고 잘까 하는 것밖에 없었다. 그래도 자중하라는 잔소리를 하던 김 대왕대비마저 칠십 고령으로 세상을 떠나자 철종은 마음 놓고 무수한 궁녀들을 모조리 범하는 난음 생활에 빠져버렸다.

집안이고 왕가고 망하려 들면 손이 귀해지는 법이다. 이(李)왕가가 그랬다. 효명세자도 선왕 헌종도 청춘에 단명했고, 허약 때문에 자녀도 남기지 못했다.

철종은 철인왕후 김 씨를 비롯하여 8명의 후궁과의 사이에서 5남 1녀의 자식을 낳았다. 하지만 이 자손 중에서 정작 살아남은 유일한 혈육은 영혜옹주 한 사람이었다.

'왕은 과음으로 양기가 부족해져서 성한 아기를 낳지 못한다.'

궁 안에서 아무도 차마 입 밖에 내지 못했지만 누구나 그렇게 생각했다. 양기를 보충하려고 인삼, 녹용 등의 보약을 장복하고 있지만, 약에서 얻는 양기보다는 소비하는 양기가 많은 왕의 몸은 점점 더 쇠약해져만 갔다. 이제 갓 삼십임에도 노쇠한 몸이 되어서 허리를 못 쓰고 수족이 찼다.

이런 철종을 결정적으로 쓰러지게 한 것은 임술 민란이었다. 가뜩이나 심약한 왕은 백성들이 들고일어나 못 살겠다고 아우성친다는 소식에 그는 실신 지경에 이르렀고 치유 불능에 빠졌다.

철종을 더욱 절망하게 한 것은 경평군(慶平君) 이호의 위리안치였다. 철종은 종친 왕족도 없고 외로운 존재였다. 다만 가까운 종친으로 사촌동생 경평군이 있었다. 그것도 실은 양자로 들여서 그렇게 된 것이기는 하지만. 철종은 즉위 직후부터 경평군을 궁중으로 불러 말벗으로 삼으며 고독한 심정을 달래곤 했다. 경평군은 글도 잘했고 인품도 늠름해서 왕의 대리로 청나라에 사신으로 다녀오기도 했다. 그러나 안동 김씨들은 왕위계승권에 근접해 있는 경평군을 경계해 궁중 출입을 못하게 했고, 앞서 서술한 대로 그가 장김을 비난하자 옳다구나 하고 엉뚱한 죄목을 씌워 전라도 고도에 유배를 보냈다. 그의 처분이 위리안치로 끝나게 된 것도 장김의 위세가 전만 못해진 것이 그 이유지만, 병석의 왕이 직접 나서 장김에 머리 숙이고 눈물로 호소한 덕분이었다.

을해결사와 보영회는 바쁘게 움직이고 있었다. 근자에는 금원이 도모하고 있는 홍선군 집권의 일에 총력을 기울이고 있다 해도 틀린 말이 아니었다. 어느 때보다 활발히 지재를 주고받고 상황을 점검했다. 조 대비에게 홍선군을 명징하게 각인시키는 것이 일의 머리였다. 그곳에 지략을 쏟았다. 왕실족보와 방계 전주 이씨 족보인 선파록에 각별히 신경을 쓰자는 현봉당의 비책은 참으로 탁견이었다.

운학 선생과 만인 공은 계속 천하를 주유하면서 기인이사와 인재를 찾고 있었다. 인재를 발굴해 대원군이 집권하면 그에게 소개하고 또 대원군이 집권을 못 한다 하더라도 인재는 인재이기에 손해날 것 없다는 지론을 폈다.

운학 선생은 서학, 천주학에 대해서도 아는 게 많았다. 얼마간 꽤 그쪽에 공을 들이는가 싶었다. 저들이 서양 신학문과 가까울 것이라는 생각 때문이었다. 그러더니 서양의 신부들, 선교사들이 말하는 하느님과 이 땅의 촌부들이 믿는 하느님이 다르다는 결론을 내고는 냉담해졌다. 살기 어려운 촌부들은 자기 나름대로 전능의 신을 만들어 믿고 있었다. 그런데 천주 예배당에 가면, 신분 남녀 차이가 없고 믿기만 하면 누구나 천국을 간다 하니 민초들이 몰린다고 했다. 조선말 하는 선교사들을 만나서는 "당신들의 자기 만족을 위해 민초들을 사지로 몰아넣고 있는 것 아니냐?"고 쏘아줬다고 했다.

이필은 많이 차분해져 문경에 내려가 농민들 속으로 들어가 있었다. 바람직한 일이었다. 현봉이 최근에 만나고 왔는데 바짓가랑이를 걷고 추수에 나서고 있었다고 했다. 진정한 농민이 되어야 진정한 저들의 동지가 될 수 있다고 했단다.

"그 장사가 추수를 하니까 순식간에 빈 논이 되더군. 낟가리는 좀 높이 싸? 아주 잘해."

금원의 홍선군 일에는 가타부타 말을 안 하더란다. 그 대신 필은 이즈음에 동학에 관심을 보이고 있다고 했다. 월성 출신 최제우라는 이가 몇 년 전 창시했다는 새 학문이다. 부쩍 그쪽 사람들과 어울린다고 했다. 최경상이라고 최제우의 큰 제자를 자처하는 이가 필의 이웃이란다. 다는 모르지만 사람이 하늘이라는 인내천 평등사상과 성실과 신의로 세상을 바로 하자는 저들의 얘기는 태을 스님과 금원도 고개를 끄덕이게 했었기에 크게 걱정되지는 않았다.

보안재 시사에서는 다시 조광조의 개혁정치를 토론했다. 그가 어떻게 정권을 잡을 수 있었고 그가 궁극으로 바라던 것은 무엇이었으며 그는 왜 실패할 수밖에 없었는지 조망됐다. 홍선이 들었으면 좋을 내용이었는데 그는 이날 시회에 참석하지 않았다. 대신에 또 한 사람 홍선의 복심이라는 어영대장 출신 신헌이 새로이 참석했다. 무관답지 않게 역사에 조예가 깊은 이였다. 헌종 말년인 1849년에 금영대장이 되었으나 얼마 되지 않아 장김에 의해 파직, 유배되었다가 지난해 간신히 풀려났다.

운학 선생 작품이었다. 신 대장 역시 추사 문하생이어서 금원과도 추사 생전에 몇 번 시문을 나눈 바 있었다.

신 대장이 상경하자 보안재와 운현궁이 함께 화색이 돌았다. 나이도 그렇고 지체도 그렇고 환재 대감만을 붙들고 이런저런 일을 부탁하는 것이 면구스러웠는데 훨씬 젊은 신 대장이야말로 금원의 상대역으로 제격이었다.

그리고 사람들은 신 대장을 무관으로만 여겨 중요 인물로 치지 않는 것도 한몫했다. 특히 만동과 장김 쪽 눈과 귀를 속이기에는 안성맞춤이었다.

임금의 환후가 오늘내일한다고 하니 대전의 일이 초미의 관심사였다.

세월은 장김과 만동에게 이제 그만큼 했으면 내려가라고 하는 것이 틀림없었다. 만동의 본원 회정(會頂)이 이 판국에 돌연 세상을 떠난 것이다. 만동의 회정은 워낙 장막에 가려져 있었지만 회정에 오른 지 몇 년 되지 않은 상대적으로 젊은 인물이었다.

현봉의 지재에 따르면 60대 중반이었으니 요절이랄 것까지는 없지만, 다른 본원들에 비하면 단명이었다. 그는 초기 노론의 영수였던 심환지의 후손으로 본향은 평안도 평산이었지만 경상도 밀양 쪽에 집성촌과 문중서원이 있어 그곳 서원의 원로 평유사로 신분을 위장했었단다. 그런 그가 중국의 태평천국과 긴밀히 연계돼 있었다는 얘기다.

그의 장례에는 김좌근, 김병기를 비롯 장김의 실세는 물론 전국의 한다하는 노론 유자들이 총집합해서 밀양 고을이 떠들썩했다.

때마다 저들을 겁박하던 회정의 죽음이 장김에게 꼭 좋은 일만은 아니라고 했다. 원래대로였다면 차기 회정이었던 김병기가 회정에 올랐어야 했지만, 지난봄 열렸던 원상회의에서 병기는 그 직위를 잃었다. 게다가 만동 주류 매파들은 회정의 죽음에 장김의 농간이 개입된 것 아니냐고 의심하고 있어 장김이 전전긍긍하고 있었다. 새 본원, 회정에 대해서는 현봉도 알아내지 못했다. 아무튼 좋은 일 하나는 만동 내에서 태평천국과 반청복명의 바람이 씻은 듯 수그러든 일이었다.

만동과 장김 저들도 금상(今上)의 후사를 생각은 하고 있기는 한 모양이었다. 며칠째 회의의 주제로 올렸다고 했다. 이 회의에

서만큼은 장김의 목소리가 높았단다. 다른 노론 벌열은 왕실 족보에 깜깜했기 때문이다. 저들은 후사로서 전계군의 아들 영평군과 풍연군의 아들 완평군, 그리고 홍녕군 아들의 사형제 가운데서 한 명을 생각하는 모양이었다. 도내기를 통해 알아낸 소식과도 대동소이했다.

이들이야말로 입적 관계 없는 삼종의 혈맥이기는 했다. 삼종의 혈맥은 효종, 현종, 숙종 세 임금을 말하는 것으로 영인군 영조를 옹립할 때 김창집 등 이른바 노론 사충신이 전가의 보도처럼 사용한 단어였다. 소론 쪽은 굳이 서자인 영인군보다는 소현세자 쪽 후손이나 다른 인조의 후손을 후사로 삼으려 했는데, 이에 대항해서 노론이 내세운 말이 삼종의 혈맥이었다. 숙종 이후 임금은 이 세 임금의 후손에서 골라야지 다른 쪽 방계로 나가면 안 된다는 논지였다.

그런데 저들이 가지고 있는 왕실 족보와 『선파록』에는 홍선군이 삼종의 혈맥으로 등재돼 있지 않았다. 이 부분이 신의 한 수였고 심모원려였다. 순조 중엽 홍선군의 아버지 남연군이 사도세자 가계로 입적됐지만 어찌된 셈인지 그 기록이 먼저의 족보에는 등재되지 않았던 것이다. 이 일은 최근에 와서 홍선군과 이호준이 종친부에 잠시 다시 복귀해서 바로 잡았는데 홍선군과 이호준은 새 족보를 왕실에만 보냈지 굳이 외부에 배포하지 않았다. 보영회 책사들의 의견이 개재된 일이었다.

어쨌든 장김은 결론을 내지 못하고 있었다. 그들이 생각하는 왕손들도 하나같이 성에 차는 이는 없었다. 기준치가 올라간 탓도 있었다. 자신들의 전횡은 생각지 못하고 준비가 전혀 안 된 강화 도령을 데려다가 왕위에 앉혔더니 임술년의 그런 참담한 꼴을 당했다고 여기는 것이다.

"어서 오시지요, 노사."

청년 선비가 백발성성한 노선비를 숭례문 앞에서 맞았다.

"잘계셨는가, 조 대교."

백결 노사가 모처럼 도성 안에 들어왔다. 금원의 신신당부대로 노사는 깁지 않은 옷과 도포를 입고 있었다. 청년 서비는 조성하였고 그의 안내를 받아 가는 곳은 안국동 정원용 대감의 집이었다. 노사는 그 집 사랑에서 사흘을 묵었고 만면에 미소를 띠면서 도성을 떠났다.

"이리 오너라."

허름한 검은 베옷의 중년 과객이 대갓집 대문에서 호령했다.

이번에는 정만인 지관이 좌상 조두순 대감의 사랑을 찾았다. 신헌이 안내를 맡았다. 정지관은 조 대감을 만나 선친 묘소의 이장을 얘기했고 며칠 뒤에는 함께 명당 묫자리에 다녀왔고 두툼한 용채를 받아 호탕한 웃음을 남기면서 조 대감 댁을 떠났다.

"비켜라, 궁으로 가는 급한 파발이다."

육의전 옆 피맛골을 급한 속도로 말이 내달리고 있었다. 사람들은 처마 쪽으로 몸을 피했다.

김선복은 김형근의 서자였다. 하지만 어떤 누구보다 영악한 얼자였기에 자신의 분수와 처지를 잘 알아 처신했다. 그는 족보 작성과 주역에 능통했기에 장김이 왕실 족보와 전주 이씨 족보인 『선원록(璿源錄)』을 관장하는 종친부에 심어둔 인사였다.

그가 사직동 자기 집 앞에서 말굽에 치어 즉사하는 사고가 발생했다. 대낮부터 기생집에서 술을 마시고 비틀대다 군기시 군관의 말에 치였다. 일은 사고로 처리됐다.

며칠 전 그는 새로 발간된 왕실 족보를 들여다보고는 깜짝 놀라 "어라? 홍선군이 삼종 혈맥으로 새로이 등재되었네!" 하고 고함을 질렀었다.

사고가 나던 날 술을 마셨던 기루의 기생 선홍은 사발계원이었고, 사고를 낸 군기시의 군관은 희연과 필의 무과 동기였다.

대통

근정전 지붕에 상복을 입은 내시가 올랐다.

"상, 위, 복."

임금의 용포를 흔들며 울부짖듯 외쳤다. 큰소리로 두 번을 더 외쳤다.

"상위복, 상위복."

'상위복(上位復)'은 '임금이여 돌아오소서'라는 뜻이다. 임금의 영혼에게 육신으로 되돌아오라는 외침이다.

계해년 섣달 열이틀, 야심한 밤 시각에 마침내 금상이 숨을 거뒀다. 몇 달 뒤 철종이라는 묘호를 받게 되는 임금이 승하한 것이다. 그의 나이는 겨우 34살이었다.

금원은 밤새 바쁘게 움직여야 했다. 내시감이 상위복을 외친 직후 대비전에 들어가 다음 일에 대한 지모의 주머니를 열었다. 지금까지 그토록 애를 쓰면서 대비 곁으로 다가갔고 대비의 신임을 받기 위해 애썼던 것이 따지고 보면 바로 이 순간을 위해서였다고 해도 틀린 말이 아니다. 금원이 대비의 귀에 대고 뭐라 속삭였다.

"그래야 하겠지. 내 자네 말대로 그렇게 하겠네."

잠시 후 대비와 금원은 함께 대조전을 나섰다. 대비는 옥새를 챙기러 다시 대전으로 갔고, 금원은 궁을 빠져나와 북촌으로 달렸다. 장옷을 두른 금원의 뒤에는 홍선군의 천하장안의 한 사람인 안필주가 그림자처럼 따르며 호위하고 있었다.

금원은 먼저 안국동으로 가서 정원용 대감을 만났다. 금원의 손에는 대비의 언문 서찰이 들려 있었다. 정원용 대감과 잠시 의견을 나눈 뒤 내쳐 재동 조두순 대감의 자택으로 가 정경부인을 만났다. 그리고는 구름재 홍선군의 집으로 가 내당에 한참 머물렀다. 조 대감의 정경부인이나 운현궁의 마님은 모두 서국의 책을 배달하면서 교분을 쌓은 터였다. 운현궁 민씨 부인은 이목을 피하며 야소교 책을 은밀히 받아보곤 했기에 더 각별했다.

다음날인 13일 아침, 조 대비는 중신들을 중희당(重熙堂)에 소집했다. 상좌에 발이 쳐졌고 조 대비와 헌종비 그리고 이제 과부가 된 철종비 3대가 들어와 나란히 앉았다. 대비들과 중신들은 아직 상복을 입지 않고 있었고 중전만이 흰 소복에 머리를 소녀처럼 길게 내리고 있었다.

조 대비가 자리에 앉자 맨 앞에 있던 정원용 대감이 부복하며 한마디 했다.

"저희 신하들과 백성이 복이 없어 이런 망극한 변고를 당했으니 자성(慈聖)께 무어라고 아뢰어야 할 바를 모르겠습니다."

자성은 청정을 하는 대비, 왕대비의 높임말이다.

"내가 덕이 없고 복이 없는 탓이오, 누구를 원망하겠소."

하지만 조 대비의 음성은 카랑카랑하고 힘이 있었다.

"이번 국상의 원상은 영중추 부사 정원용 대감이 맡도록 하시오."

원상(院相)은 국상이 났을 때 모든 일을 관장하는 조정의 상주에 해당하는 자리다. 상중에는 삼정승의 윗자리다.

"예, 성심을 다하겠습니다. 자성마마."

장김들의 표정이 떨떠름했다. 조정의 원로가 맡는 게 상례였지만 영의정 김좌근이 맡아도 어색할 것은 없었는데, 자신들에게 일언반구 없이 정원용을 임명한 것이기 때문이다. 또 팔십 노구의 정원용은 예의상 사양하는 기색도 없이 넙죽 받아들이는 것 아닌가.

조 대비가 전권을 장악하는 순간이었다. 대비의 말이 거침없이 이어졌다.

"망극한 국상을 당하여 원통한 중이나, 속히 종사의 대계를 결정해야 하지 않겠소?"

"지당하신 말씀이옵니다."

하지만 누구도 선뜻 그다음 말을 잇지 못했다. 저들에게는 전혀 대비가 없었던 것이다. 영상 김좌근과 그의 아들 호판 김병기 등 장김들은 서로 얼굴만 쳐다보았다.

"이 전국대보(傳國大寶)를 계승할 적임자를 경들은 생각해 둔 바 따로 없는 것이오?"

옆 탁자의 비단보자기에 싸여 있는 옥새에 손을 얹으면서 대비가 말했다. 대비의 이 말투는 옥새는 내 손에 있고, 자신은 이미 정한 바 있다는 어투였다. 어젯밤 대전 내관을 통해 자신이 챙겨 두었던 옥새다. 이 옥새를 중전인 안동 김씨가 챙겼더라면 문제는 복잡해질 수도 있었다.

원상 정원용이 다시 입을 열었다. 예정된 수순이었다.

"여러 중신들이 별로 아뢸 의견이 없는 것은 자성마마의 명지(明旨)를 기다리는가 하옵니다."

"영부사 대감의 말씀이 옳습니다. 자성마마의 분부를 기다립니다."

우상 조두순이 거들고 나섰다.

이제 일은 장김의 손을 완전히 떠나 있었다.

12년 전, 그때도 똑같은 회의가 바로 이곳 중희당서 열렸었다. 조 대비의 아들인 헌종이 돌연 세상을 떠났기에 열렸던 중신회의였다. 그때도 조 대비는 왕대비였지만 자신 위에 대왕대비가 있었다. 회의를 소집했고 주재하는 안동 김씨 순원왕후였다.

그때 대왕대비는 "영묘(英廟)의 혈손 전계군의 차자 원범으로 하여 후사를 있게 하라."고 언명했다. 장김은 속으로 쾌재를 불렀을 터였다. 원범을 임금으로 정한 쪽이 바로 장김이었다.

하지만 그때 조 대비는 억장이 무너지는 줄 알았다. 병약했던 상감이 생전에 똘똘한 종친 하전을 후사로 정하고 그 이름까지 인손으로 바꾸지 않았던가. 하지만 그 자리에서는 입도 뻥끗할 수 없었다. 후일 문제가 된 헌종과 원범의 항렬을 따져보는 이는 아무도 없었다.

다시 창덕궁 중희당. 대비가 이윽고 엄숙한 표정을 지으며 말을 이었다.

"그러면 흥선군의 제이자 명복(命福)으로 하여금 대통을 이어받도록 하도록 하시오."

장내가 술렁였다.

'흥선군?'

대비의 설명이 몇 마디 이어졌다.

"흥선군은 장조로 추존되신 사도세자 마마의 3자이신 은언군의 직계 장손으로 전대에 계속 언급되어 온 삼종의 혈맥이오."

대비는 입적으로 그리된 일을 직계 장손이라는 표현으로 기정화했다. 장김은 아차 싶었다. 어떻게 저토록 확실한 삼종의 혈맥인 흥선군을 가벼이 봤던가 싶었던 게다.

"대왕대비의 말씀이 지당한 분부로 아옵니다. 황공하오나 후일의 증거 삼아 그 뜻을 글로 써서 내려 주십시오."

원상 정원용이 요청했다. 이제 장김 등 다른 중신들은 관객에 지나지 않았다.

조 대비는 발 안에서 언문으로 한 장의 결정문을 썼다.

'홍선군 이하응의 둘째 아들 명복으로 하여금 익종의 대통을 잇도록 하라.'

익종의 대통을 잇게 한다는 얘기는 자신의 양자로 삼겠다는 이야기이기도 했다. 도승지가 이를 한문으로 번역해 교서를 만들었고 원상이 다시 나섰다.

"삼가 경사스럽고 다행스러운 마음을 금치 못하겠습니다. 하오나 사왕(嗣王)은 아직 봉군(封君)하지 않고 계시오니 먼저 봉군의 분부를 내려주십시오."

조금도 지체하지 않고 자성의 분부가 이어졌다.

"과연 그렇소. 사왕 명복을 익성군(翼成君)으로 봉하고 곧 궁중으로 모셔 들이도록 하는데 예를 갖추어 마중할 수 있도록 만반의 준비를 하도록 하시오. 그리고……"

대비는 안배를 계속 풀었다.

김좌근의 표정이 다시 한번 찌푸려져야 했다. 봉군의 준비까지 마친 것도 그랬지만 봉영대신(奉迎大臣)으로 자신이 나가야 한다고 명했기 때문이다. 하지만 이견을 낼 수 없는 것이 영상이 봉영대신을 맡는 것은 관례였다.

"자, 다들 나가서 임무들을 수행하시고 오늘 봉영이 끝나면 내일부터는 상복으로 입궐하도록 하시오."

모두 다 알고 있는 사실이었지만 대비의 권위를 스스로 더 높이는 분부였다,

대통을 이을 사왕이 예정대로 정해졌다는 소식은 대비전 나인들과 함께 중회당 문 앞에서 대기하던 순정에 의해 득달같이 금원에게 전해졌다.

"어머니가 애쓰셨어요."

순정이 의젓하게 말하며 금원의 손을 잡았다.

"그래 잘됐구나. 이제부터 모두 더 바빠지게 되었어."

금원은 대비전으로 급히 가 주 상궁에게 맡겨 놓았던 보따리를 찾아 구름재로 달려갔다. 보따리에는 10대 초반의 원자들이 입는 왕자의 궁궐 평복이 담겨 있었다.

금원의 가마에 앞서 영상 김좌근과 원상 정원용의 남여가 연이어 궁궐 문을 먼저 빠져나갔다. 영상은 봉영대신의 복색을 갖추기 위해 재동 본가로 급히 가는 길이었고, 원상은 흥선군을 먼저 만나려 구름재로 가는 길이었다.

금원이 구름재 운현궁에 도착했을 때 대문 앞에는 묵직한 가마 여럿과 호위군들이 늘어서 있었고, 사람들이 수군대며 구경하고 있었다. 국상과는 전혀 상관없는 분위기였다. 대문이 열려 있었다. 대문 앞에서 이호준 대감을 만났다. 그 역시 소식을 듣고 달려온 모양이다.

"삼호당께서 정말 애쓰셨소."

환한 얼굴로 금원의 손이라도 덥석 잡을 기세였다.

금원과 이호준이 대문에 들어서자 문을 지키고 있던 천희연이 반갑게 맞이한다.

"행수님 오셨수? 어서 드시오."

희연의 표정도 달이라도 딴 듯했다. 하기는 정말 하늘에서 달을 따고 별을 따온 셈 아니던가.

이호준은 사랑 쪽으로 가고 금원은 익숙한 걸음으로 내당으로 향했다. 그때 마침 내당에서 나와 사랑으로 가려는 홍선군과 정면으로 만났다.

두 사람 다 발걸음을 멈췄고 서로의 눈빛이 강하게 마주쳤다. 몇 마디 하려면 할 수도 있었지만, 금원은 눈에 힘을 준 잠깐의 마주침 뒤 다소곳이 고개를 숙였다.

홍선의 눈에도 순간 어렸던 광채가 거둬지면서 온화한 미소가 흘렀다. 홍선도 고개를 까닥했다. 그리고는 각기 스치듯 가던 방향으로 향했다.

"마님 궐에서 낙선재 상궁마마님 오셨습니다."

내당 하녀가 안에 대고 고했다. 이 집에서 금원의 호칭은 참 많았다. 집주인 홍선은 삼호당, 안주인 민씨 부인은 마마님, 천희연과 같이 친한 장정들은 행수님이라고 불렀다.

"어서 드시게 해라."

민씨 부인의 목소리가 들렸다. 아무리 현숙하고 차분한 그녀였지만 이 아침의 목소리는 들떠 있었다.

안방 안에는 마침 명복 도령이 어머니와 함께 있었다. 민 부인은 자리에서 일어나 금원을 맞았다. 명복도 일어났다. 아무리 어리다지만 금원이 자신을 위해 얼마나 큰일을 했는지 아는 소년이었다.

"참으로 감축드립니다."

"다 마마님 덕분이라 것 잘 압니다. 애쓰셨습니다."

민 부인의 어조에는 진심이 절절하게 묻어났다.

"군 마마께 인사드리고 싶습니다."

"인사는 무슨……오히려 우리 모자가……"

"군 마마님 앉으시지요."

명복이 엉거주춤 앉았다. 금원이 절을 했고 소년은 어색한지 반배로 답했다.

절을 마친 금원은 다시 앉아 명복의 손을 잡고 눈을 바로 쳐다보면서 말했다.

"이제 마마님은 만인지상이 되실 분입니다. 누구에게도 먼저 고개를 숙이고 절하실 필요 없으십니다."

금원에게 무한한 신뢰를 보내는 소년의 눈이 참 맑다고 느꼈다. 민 부인이 고개를 끄덕였다.

금원이 민 부인에게 보따리를 건넸다.

"조금 있으면 궐에서 차사가 오실 텐데 그때 입으시라고……"

"그렇지 않아도 뭘 입게 하나 걱정했는데, 이렇게 고마울 데가……"

"모두 대비마마님의 배려이십니다."

"예, 정말 두 분께는 제가 머리로 신을 만들어 드려도 모자랄 겁니다."

모자는 옷을 갈아입으러 건넛방으로 건너갔다. 민씨는 명복에게 금원이 궁중에서 가져온 청포(靑袍)를 입히고 복건을 씌우고 복대를 채운 뒤 사랑으로 나가게 했다.

이윽고 봉영사 영의정 일행이 당도했다. 영의정 김좌근은 자성의 교서를 들고 도승지 민치상과 기사관 둘을 대동하고 운현재에 들어섰다.

"홍선군 이하응의 차자 명복은 자성마마의 명교를 받드시오."

도승지가 크게 소리쳤다. 명복은 노안당 사랑채에서 아버지와 함께 내려와 교서에 절하고 남향으로 섰다. 마당에는 평상이 준비돼 있었고 그 위에 책상이 놓여 있었다.

"군 마마의 함자를 일러 주십시오."

도승지 민치상이 그의 이름과 나이를 묻고, 봉영대신으로부터 건네받은 대비의 서한을 상 위에 올려놓자 명복은 당위로 올라가 무릎을 꿇고 상 앞에 앉았다.

정면에 영상이 섰고 도승지가 교서를 읽었다.

"……열성조의 크나크신 은혜로 명복을 익성군으로 삼아 익종

대왕의 흉배로 입적해 그로 하여금 전국의 천세 대통을 잇게 하노라, 억조창생의 기운과 만백성의 홍복을 한 몸에 지니게 함이라……"

예가 끝나자, 대신들이 먼저 문밖으로 나갔다. 명복은 집안을 한번 돌아보면서 따라 나갔다.

대문 밖에는 꼭대기에 황금 봉황을 장식한 봉련(鳳輦)이 대기하고 있었다.

금원은 훌쩍이며 계속 콧등을 훔치는 민 부인에게 명주 수건을 건넸다.

대원위분부

궁에서는 대소신료들이 중회당에 모여서 신왕이 될 익성군을 기다리고 있었다. 이윽고 소년 신왕이 회당에 들어와 대비 앞에 선 뒤 큰절을 했고 대비도 맞절을 했다.

"소자, 지엄하신 분부 받자와 감당할 수 없는 큰일을 하기 위해 달려왔습니다, 마마."

소년의 첫인사는 의젓했다.

"어서 오시오, 우리 익종의 대통을 이을 익성군."

신왕이 자신의 양자라는 것을 장김 일파를 위시한 중신들에게 다시 확인시키는 두 사람의 언행이었다. 조 대비는 소년의 손을 잡고 반가워했다. 좌중을 둘러보는 그녀의 눈이 홍선군과 마주쳤다. 흐뭇한 표정의 눈인사를 던져 보였다.

지난 세월, 장김 시어머니 순원왕후의 그늘에 가려 살아왔던 그 세월의 아픔은 오늘을 보려 한 인동초였던 것이다.

"마마 정말 잘하셨습니다. 지난 70년간 그 누구도 못했던 일을 하셨습니다."

그날 저녁 금원은 대비전으로 건너가 대비를 칭송했다.

"별말을 다 하는구나, 이제 겨우 첫 단추를 끼웠을 뿐인데."

"아닙니다. 시작이 반이라고 했습니다."

"그나저나 오늘 누가 우리 새 주상 그리 멋진 옷 만들어 입혔누? 금원 자네 생각이지?"

"예, 그럴 것 같아서 준비했더니 그게 그리 크게 쓰였다네요."

"얼마나 근사한지. 사실 나도 행색이 추레하면 장김 저 사람들한테 창피해서 어쩌나 했는데…… 척 들어서는데 환하더군. 어찌나 흐뭇하던지…… 정말 고마우이."

대비도 부대부인 민씨도 여자는 여자였다. 입성에 그리 신경을 썼던 것이다. 그래서 금원은 두 사람의 신임을 한 단계 더 높였다.

계해년 섣달 아흐레. 한겨울 답지 않게 포근한 날이 계속되고 있었다.

오늘 아침도 중회당에서 조회가 열렸다. 조 대비가 수렴 뒤에 앉아 회의를 주재했다. 어제와는 달리 소복을 차려입었지만 한결 자신에 차 있었고 목소리에도 더 힘이 들어가 있었다. 대행왕의 초혼청 설치와 장례도감 구성 문제에 이어 사왕의 즉위식, 이어 임금의 생부에 대한 예우 문제가 안건에 올랐다.

"사왕의 생부와 생모에게 작위를 내리고 싶은데 경들의 생각은 어떻소? 당연한 일 아니오?"

이판 김병기가 장김을 대표해 즉각 반대 의사를 표시했다.

"예부터 이 나라에는 생존해 있는 대원군이 없었습니다. 익성군의 생부를 대원군으로 봉하면 하늘에 두 개의 태양이 뜨게 되는 모양새가 될뿐더러 혹여 정사에 관여할까 두려우니 대원군 칭호는 그이의 생존 시에는 보류하는 것이 좋을까 합니다."

김좌근을 위시해 장김들이 고개를 끄덕였다. 저들은 어떻게 해서든 대원군 작위만은 피해 보려는 심산이었다.

"버젓이 임금의 아버지인 대원군인데 대원군으로 못 부른다면, 효심 강한 어린 상감에게 얼마나 송구하고 딱한 일이겠소? 어린 상감의 입장을 생각해보시오."

"마마, 그 문제보다도 즉위식과 관련해 분부 받자올 일이 있습니다."

노회한 김좌근이 화제를 돌렸기에 결론을 낼 수가 없었다. 원상이 뭔가 말하려다 참는 눈치였다.

계해년 선달 열사흗날.

이날 오전 마침내 창덕궁 인정전에서 신왕 즉위식이 거행됐다.

품계석이 늘어선 정전 뜰에 문반과 무반이 좌우로 도열한 가운데 신왕이 탄 가마가 문에 도착했다. 원상 정원용이 신료를 대표해 가마의 문을 열었고 새 왕이 그의 손을 잡고 내렸다. 전각 계단 위에 마련된 어좌로 이동을 시작하자 음악이 연주됐다. 국상 중이어서 규모를 최소화한 장악원 악대의 연주였다.

어린 신왕이 자신의 앞을 지날 때 도열한 신하들은 바닥에 엎드려 절을 했다. 어좌 뒤쪽에 마련된 의자에 앉아 있던 대비와 왕대비도 자리에서 일어나 신왕에게 경의를 표했다. 엊그제 각의에서 철종비 중전 홍씨는 공식적으로 왕대비에 올랐고, 조 대비는 대왕대비에 올랐다.

마침내 왕이 어좌에 앉았다. 영상 김좌근의 선창으로 '천세' 소리가 궁궐 안팎에 메아리쳤다.

"상감마마 천세."

"천세, 천세, 천천세."

문반이 서 있는 오른쪽 맨 앞자리에서 홍선군은 금관조복 차림으로 누구보다 더 우렁차게 천세를 불렀고 누구보다 힘차게 팔을 들어 올렸다. 그것은 자신의 야망 성취에 대한 기쁨의 표현이기도 했고 지난 세월 설움과 수모에 대한 스스로의 칭찬이자 보답이기도 했다.

홍선군 그리고 조 대비의 20여 년 인고의 세월에 비해 너무도 짧은 즉위식이 끝났다.

조선의 왕들은 대부분 선대왕이 사망한 뒤에 왕에 즉위했다. 따라서 성대한 식을 거행하기는 어려웠고, 애도의 분위기를 담은 가운데 간략한 즉위식을 거행해야 했다. 상주인 국왕과 신료들은 즉위식이 거행되는 동안 잠시 예복을 입었다가 이내 상복으로 갈아입었다. 13세 어린 익성군 명복이 즉위한 이 날은 정식으로 선왕 장례의 상복을 갖춰 입는다는 성복일이기도 했다.

모든 신료가 인정전 뜰에서 살아 있는 왕의 아버지에게 와서 하례를 했다.

"감축드리옵니다, 대감."

모두들 입은 그렇게 움직였고 고개는 숙였지만, 원상 정원용과 좌상 조두순 등 몇만 빼고 나머지 인사들의 그것에는 진정성이 전혀 없었다. 일부는 아직도 군도령 시절의 홍선군을 대하듯 비아냥거리는 투였다. 대원군이라는 칭호를 부르는 이는 아주 드물었다.

하지만 홍선은 이런 인사도 저런 인사도 흔쾌히 받았다.

대비와 신료들은 중회당에 다시 모였다. 중회당에 들어서서 발 뒤에 자리한 대비는 앉자마자 '홍선 대원군 대감은 어디 계시냐'고 신료들에게 물었다.

식이 끝나고 구름재 사저로 돌아갔다고 하니 전에 없이 불같이 화를 냈다. 원상과 좌상이 나서 잘못했다고 빌고 나서야 화가 풀린 듯 좌정했다. 원상 좌상과는 사전 언질이 있었던 듯싶었다.

작심한 듯 대비가 입을 열었다.

"그렇소. 이제 신왕이 즉위했으니 남은 일 한 가지를 확실히 정해야 할 것이오. 바로 대원위 대감에 대한 예우요. 그동안 일부 신료들의 억지만류로 정하지 못했는데 그러니 오늘 같은 무례를 범한 것 아니겠소? 격식도 법도도 없이."

모두들 숨을 죽일 수밖에 없었다. 조 대비는 내친김에 홍선군의 정치참여 이른바 서정참결을 밀어붙였다.

"뒷방에만 있던 아녀자가 수렴첨정을 하려니 어려움이 많을 것이 자명하오. 이럴 때 나는 대원군 대감의 도움을 받으려 하오."

거의 통보에 가까운 언사였다.

"내 생각으로 섭정의 형식이 어떨까 싶은데……"

아무리 주눅이 들어 있어도 이 문제를 이대로 대비의 뜻대로 넘어가게 할 수는 없다는 듯 장김을 대표해 이판 김병기가 나섰다.

"마마, 소신이 긴히 아뢰겠습니다."

그는 그렇지 않아도 자신들 장김끼리 며칠 동안 논의한 방안을 제시했다. 골자는 정치참여는 안 된다는 것이었다.

"서정 참여는 선례도 없습니다."

장김 수뇌 중 한 사람인 김홍근이 거들고 나섰다.

"그렇습니다. 어디 정승 판서들은 허수아비랍니까? 대원군의 서정 참여는 절대 불가요. 안 그렇소?"

결사적인 항변이었다. 그는 자신들 쪽 신료들에게 동의를 구했지만 원상 정원용이 그에 맞서 작심한 듯 입을 열었다. 이날 회의의 화룡점정이었다. 사람이 변하면 이렇게 변할 수도, 용기를 가지면 못할 일이 없다는 것을 완벽하게 실증해 보인 예였다.

"이보게 이판, 이보게 호판. 다시금 척신 외척들이 전횡하려는가? 변변한 종친이 없어 왕부가 허했는데 다행히 어리신 주상 전하의 생부가 계시어 본가에서 해온 학문도 봐드리고 말벗도 해드리면서 자성 마마를 돕는 것이 어찌 부당한 일인가. 공들은 대체 언제까지 척신의 세도를 누리려는가. 제발 염치들 좀 가시시게."

울부짖듯 호소하는 정원용의 말을 듣는 장김 소두령 김병기의 수염이 부르르 떨렸다. 정원용을 노려보는 그의 눈에서 불이 이는 듯했다. 그가 무언가 한마디 대꾸하려는 찰라, 발 뒤에서 조 대비의 차분하면서 위엄 있는 목소리가 들려왔다.

"그만하면 됐소. 여러 신료들의 생각은 알았소. 하지만 원상의 말씀대로 유구한 왕실 전통과 경들의 권유로 내가 청정을 맡은 이상 국사를 소홀히 하는 일이 없도록 대원군 대감에게 매사에 자문을 구하고 지혜를 얻으려 하는 것이오."

대비는 잠시 숨을 고른 뒤 다시 말을 이었다.

"경들이 어디서 어떤 풍문을 어떻게 들었는지 모르지만, 내가 알고 있는 대원군은 뛰어난 지략을 지닌 분이시오. 이제 와 얘기지만 그분이 나이만 더 젊었더라도 직접 대통을 잇게 하고 싶었다는 것과 지금의 상을 선택한 이유가 대원위 대감에 있었다는 것을 명확하게 알아들 주시기 바라오."

더 이상 할 말이 없었다. 왕위를 직접 잇게 하고 싶기까지 했었다는 데야. 대왕대비는 창백하게 파래지는 장김을 향해 마지막 숨통을 양양하게 조여왔다.

"도승지, 대원위 대감에 대한 예우 절목일세. 잘 받아 적어 지체 없이 시행하도록 교서를 내리도록 하라."

대비의 분부는 전대미문의 파격적 예우였다.

'첫째 대원군은 상감의 앞에 이르러서도 허리를 굽히지 않으며 신칭을 아니한다. 둘째 대원군의 사저를 운현궁이라 부르며 문밖에 하마비를 세워 백관의 공경을 받게 한다. 셋째 대원군의 출입은 군사들로 하여 호위케 하고 쌍호선을 받치게 한다. 넷째 대원군 위계는 3공의 위에 있으며 다섯째 운현궁의 경비는 내수사에서 부담한다.'

장김은 거의 질식에 이르지 않을 수 없었다.

다음날부터 흥선군의 사저이자 신왕의 잠저인 운현궁에 대한 대대적인 보수 증축 공사가 시작됐다. 사랑채며 내당이 번듯해졌고 담장이 새로 고쳐졌다. 그리고 운현궁과 창덕궁을 연결하는 특별 통로가 건설됐다. 지하통로였다. 워낙 길 하나 건너 가까운 곳이어서 공사는 어렵지 않았다.

초기에 대원군은 장김 등의 반발을 무마하기 위하여 궁중 출입을 되도록 피했다. 그러나 세상인심 조석변이라고 그의 주변에 모여드는 이가 하루가 다르게 늘었다. 그가 궁중에 자주 들어가지 않더라도 그의 정치활동엔 아무런 지장도 없었다. 주요 대관들이 자진해서 운현궁으로 대원군을 찾아 문안하고 정치 현안을 상의했다.

"나는 태산을 깎아 평지를 만들고, 천 리를 끌어다 지척을 삼고, 남대문을 3층으로 높이고자 하는데 경들의 생각은 어떠시오?"

대원군이 그즈음 신료들에게 한 유명한 말이다. 대원군의 지위는 확고부동하게 되었고 사람들은 군보다 높다는 뜻에서 대원위라 했고 거기에 대감을 붙여 대원위 대감이라고 불렀다. 백성들은 대원이 대감이라고 부르면서 친근하게 느껴진다고 했다.

금원은 회주와 청계의 지침에 따라 다시 막후로 들어가 상황을 지켜보는 쪽으로 가닥을 잡았기에 궁에서도 나왔고 운현궁과는 신 대장 한 사람과 가끔 연락을 주고받는 선에서 접촉과 내왕을 자제했다.

모처럼 광주향교 수호목 아래 태을 스님을 비롯해 노사들이 모였다. 자연스레 노반회의가 이뤄진 셈이었다.

"자성행께서 이 나라에 새 기운을 불러일으켰음입니다. 애쓰셨습니다. 수훈갑이십니다, 수훈갑."

격조했던 조 삿갓 노사가 공대로 금원을 추켜세웠다. 조 노사는 금원이 건네는 냉국 사발을 엉거주춤 일어서서 받았다.

"제가 한 것이 무어 있다고 송구스럽습니다."

금원이 쟁반으로 앞을 가리면서 대꾸했다. 동사에 와 있던 금원이 냉국을 만들어 내갔더니 노사들이 반가워하며 한마디씩 덕담을 던져 왔다. 그것도 약속이라도 한 듯 예의를 차린 공대어로.

"대원위라, 큰 바람이 있는 자리라는 뜻이지요. 대원위 대감이 백성들의 원대로 잘할 것 같다고 생각하십니까, 자성행 보살께서는?"

운학 노사가 부채질을 하면서 금원에게 물었다. 그도 전에 없이 금원에게 공대를 하고 있었다.

"자성 행수님이 그를 어찌 아시겠는가? 만사가 다 인연 따라 흐르거늘……"

백결 노사가 대신 나섰다.

"잘해야지, 잘못하면 어디 될 말인가? 이를 위해 얼마나 많은 이들이 얼마나 많은 애를 썼는데…… 안 그렇습니까? 우리 결사의 대들보 삼호당 행수님."

정만인 노사도 한마디 보탰다.

회주 태을 스님은 빙긋이 웃을 뿐 아무 말 없었다. 하지만 그 누구보다도 태을 스님이 기대와 우려를 동시에 지니고 기도하는 심정으로 있다는 것은 금원이 더 잘 알고 있었다. 실은 스님을 달포만에 보는 셈이다. 스님은 새 임금 등극 후 동사의 일을 금원에게 맡긴 채 주로 금강산에 가 있었다.

대원위 대감으로 격상된 흥선군이 본격적으로 섭정에 나선 것은 선왕의 능이 완성되고 발인과 공식 장례식이 치러진 직후인 갑자년 4월부터의 일이었다.

그의 개혁은 신속하면서도 눈부셨다. 자고 나면 쏟아지는 구악을 씻는 개혁정책들에 백성들은 찬사를 보냈다. 왕권 무시와 비리의 온상이었던 비변사를 폐지하고, 의정부와 삼군부를 부활시키는 것으로 개혁의 시작을 알렸다. 비변사의 인장(印章)을 아예 녹여 영원히 부활하지 않을 것임을 알렸다.

세금을 전혀 내지 않는 권세 양반네들의 은결을 색출해 내는 것으로 전정개혁을 시작했고, 사람을 기준으로 하는 것이 아니라 집을 기준으로 하는 호포제를 실시했다. 환곡제를 폐지하고, 지역의 덕망 있는 이가 곡식을 빌려주는 일을 맡는 사창제(社倉制)를 실시하게 했다.

또 남인, 소론은 물론, 북인과 반역향이라고 소외된 서북인, 함경도인 등 권력에서 소외된 계층, 왕가의 종친 그리고 서얼 등에게 출사의 문호를 열었다.

국정 명령 집행문서에는 '왕약왈(王若曰, 왕은 이르노라)' 대신 '대원위분부(大院位分付, 대원위가 명하노니)'가 서두에 붙었다.

이 '대원위분부' 다섯 글자에 온 천하가 들썩였다. 특히 그간 힘깨나 쓰던 양반네들은 사시나무처럼 떨었다. 공식적으로 수렴청정하는 조 대비와는 와는 뜻이 척척 맞았다.

파(破) 만동묘

대원위분부라는 깃발을 꽂은 파발과 함께 변혁의 세월이 세차게 흘렀다.

금원은 태을 스님과 백결 노사와 함께 우암 송시열이 제자들을 가르쳤다는 화양계곡의 암서재 앞 큰 바위 위에 사람들과 함께 서 있었다.

화양구곡 계곡 전체에 사람들이 가득 차 있었다. 개울의 바위 위로도 사람들이 빼곡히 올라서 있었다. 어떤 이들은 아예 바지를 걷고 계곡물에 발을 담그고 만동묘 쪽으로 고개를 빼고 있었다. 초봄이라 아직 물은 찼지만 깊지는 않았다.

모두들 만동묘가 철거되는 광경을 보기 위해 방방곡곡에서 몰려든 사람들이었다. 대부분 이전 시대까지 백정이라 불리던 하얀 옷의 백성들, 그리고 만동묘같이 양반네들이 세도를 부리고 강짜를 부리던 곳에서 노비 종복 노릇을 했음 직한 하층민이 대부분이었지만, 갓 쓰고 도포 입은 양반의 모습도 더러 보였다.

오늘 드디어 말도 많고 탈도 많았던 만동묘가 허물어진다. 그 탐욕스럽던 그곳의 참봉, 묘유사, 생지관, 그리고 고지기들의 모가지도 한꺼번에 날아가는 날이었다. 참수를 한다는 얘기는 아니고 그들의 근거지이자 밥줄인 만동묘가 사라진다는 얘기다. 지난 백 년간, 이 땅을 농단해왔던 노론 결사 만동의 아성이자 본부가 허물어진다는 의미였다.

“사람들이 정말 많이 모였습니다.”

모처럼 보은에서 올라온 고 생원이 말했다.

“그러니까 민심이 천심이라고 하지 않겠소.”

“송시열이 제사 때도 이만큼 모였을까요?”

”그보다 많으면 많았지 적지는 않은 것 같습니다. 그때는 개울까지 사람들이 들어차지는 않았어요.”

“저들이 서원 철폐를 반대하면서 수천이 궁궐 앞에 모였다면서? 우리는 그 열 배 백 배로 모여 민심을 보여 줘야지 그럼.”

“그만큼 이 만동묘와 화양서원이 무너지기를 백성들이 바랐다고 봐야지요.”

저 아래쪽에서 풍악 소리가 들려왔다. 놀이패 농악패들이 몰려오는 모양이었다.

“우리 두물머리 패들도 왔는가?”

태을이 금원에게 물었다.

"그럼요. 덕배 아재가 총 꼭두입니다. 오늘 전국에서 모인 놀이패들이 밤새도록 놀겠답니다."

"허허, 살다 보니 이런 날이 오기는 오는구려."

백결 노사가 감개무량한 듯 눈을 지그시 감았다.

"내 살아오면서 아침이 오기를 기다렸던 밤이 많았기에 그래도 잘못 살지는 않았구나 했는데 오늘처럼 아침이 기다려지기는 실로 오랜만이었소."

"형님도 그렇습니까? 저도 결사에 가입하고 나서부터는 매일 아침이 기다려집디다. 벌써 30년입니다."

"그동안 얼마나 애를 많이 쓰셨습니까?" "그래요. 내 동도 중에 고산자 김정호라고 지도 만드는 이가 있는데, 나도 그이만큼 이 조선 땅을 걸었던 것 같소이다."

젊은 축들이 두 노사를 존경의 눈으로 다시 보았다.

"대원이 대감 정말 정치 잘하시는 것 아닙니까?"

앞쪽에 서 있던 어느 사내가 고개를 돌리면서 백결 노사에게 물었다.

"누가 아니라나? 진작 이런 날이 왔어야 했는데……"

"그런데 대원이 대감이 그냥 임금이 될 수는 없습니까?"

"이제는 힘들다고 봐야지."

사내는 불만이라는 표정이다. 그만큼 홍선 대원군은 백성들한테 인기가 좋았다. 이제 집권 일 년밖에 되지 않는데도 그랬다.

개혁 군주로 꼽혔던 영조와 정조 임금이 70년 세월 동안 그토록 하고 싶었지만 끝내 하지 못했던 일의 절반 정도를 1년 안에 해냈거나 시작했던 것이다. 장김은 물리적으로 구금되거나 귀양 가거나 하지는 않았지만, 조정에서 퇴출당하거나 지방으로 전출되면서 권세를 잃었다.

그 사이 보안재 시회가 무척 바빴다. 성원들 대부분이 조정에 의해 승차되고 중용되기도 했거니와 시중의 여론을 전하는 대원위 대감의 두뇌 노릇을 해야 했기 때문이다. 그중에서도 금원과 신헌이 제일 바빴고 새로 계원이 된 젊은 조성하가 열심히 땀 흘리며 뛰어다녔다. 훈련대장으로 복귀한 신헌은 금원과 보안재의 의견을 대원위 대감에게 전하는 창구였다.

환재 박규수 대감은 도승지로 출사하고 있었다. 요즘 환재는 국제정세 쪽에 할 말이 더 많았다. 그는 이 땅에서 개항 개화를 적극적으로 주창하는 선각자적인 사람이었다.

환재는 이제 청나라는 몰락해 가는 제국에 불과하다고 결론짓고 있었다. 서구의 침략 앞에 북경이 함락당하고 황제가 열하로 몸을 피하는 종이호랑이로 전락했다는 것이다.

그는 지난 기유년 청나라 사신단에 부사로 임명돼 6개월간 연경에 다녀왔다. 이때는 4년 전쟁이 끝이 나고 베이징 조약이 체결될 시점이었다. 중국이 불평등 조약으로 홍콩 주룽 반도를 뺏기고 외교적 위신이 깎이는 모습을 현장에서 목격했던 것이다. 귀국 후 성균관 대사성으로 있다가 얼마 후 그는 열하부사로 다시 청나라에 갔다. 제2차 아편전쟁 직후라 청나라를 통해 격변하는 국제 정세를 살피려고 일부러 사행을 다시 지원했고 문제의식은 더 심화된 모양이었다.

조부 박지원 대감이 청나라에 들어가 그 문물을 받아야 한다고 했던 80여 년 만에 국제 정세는 경천동지의 변화를 보였다. 하긴 10년이면 강산도 변한다고 했는데 그 8배의 세월인 담에야. 특히 서반구, 서양의 시간은 동양의 시간보다 훨씬 빨랐고 또 무거웠다. 변화의 속도와 양이 동양을 압도했던 것이다.

환재는 보안재 동도들에게 이렇게 고백했다.

"본직은 청이 조선을 서구 열강의 침략으로부터 막아주는 방파제의 역할을 전혀 할 수 없음을 깨달았을 뿐 아니라, 서구 열강의 과학기술과 이용후생의 방법이 청나라의 그것보다 훨씬 우월하다는 사실을 알게 되었습니다."

그런데 그의 다음 진단이 사람들을 걱정하게 만들었다. 청나라와의 통상을 통해 선진 문물을 수입해 조선을 부국강병한 나라로 만든다는 북학파의 사상이 이미 낡아 버렸고, 이제는 통상개국의 범위를 청나라가 아니라 서구 열강으로 확대해야 한다는 생각을 하게 되었다고 실토했던 것이다.

그러면서도 그 확대가 결코 만만치 않다고 예견하고 있었다. 어쩌면 불가능할지도 모른다는 것이 그의 우려였다. 섣불리 나라의 문을 열었다가는 여지없이 먹혀 버리고 만다는 것이다. 그 큰 인도가 잉길리에게 먹혔고, 월남, 비율빈 등 남아주는 불란사(법란서), 포두사, 미리견 등 구주 열강의 먹잇감이 되어 풍전등화라는 것이었다.

이 일을 어찌한단 말인가. 쉽게 해결책을 내올 수 있는 그런 사안이 아니었다. 대원위도 을해결사의 노사들도 이 문제에서만큼은 묘수를 찾지 못하고 있었다. 오늘같이 기쁜 날 한 자락 걱정이 아닐 수 없었다.

을해결사의 사람들은 여전했다. 천하를 주유하던 이는 계속 세상을 떠돌아다녔고 농사를 짓던 이는 활기차게 농사를 지었으며 상여를 메고 탈춤을 추던 이는 계속 그 일을 했다.

동사와 설악을 왕래하던 태을 스님은 다시 머리를 단정히 삭발했고, 금원과 제자들이 지어준 다소 호사스러워진 승복을 마다치 않고 입었다. 부용사는 신도가 늘어 현봉 스님의 일이 더 많아졌다. 다들 여전했다. 다만 눈을 부릅뜨고 있었다.

오늘 만동묘 철폐는 대원군 개혁정치의 본격 시동을 다시 알리는 우렁찬 축포였다. 이심전심으로 동패들이 이 역사의 현장으로 모여들고 있었다.

아래쪽에서 삐뚤어진 갓에 낡은 도포를 입은 운학 선생이 휘적휘적 걸어오는 모습이 보였다. 아직 철거를 담당할 충청 3주, 충주 청주 공주 감영의 군사들이 오지 않았기에 가운데 길을 터놓고 있었다. 군데군데 보은과 괴산 관아에서 나온 포졸들이 서 있어 사람들을 통제하긴 했 지만 여느 때처럼 고압적이지는 않았다. 사뭇 달라진 모습이었다.

운학 선생은 암서재 앞쪽까지 와서 개울을 건너려는데 사람들이 많아서 헤치고 오려니 여간 힘들어하는 게 아니다. 그래도 싫은 표정 없이 얼굴에 웃음을 띠며 이쪽을 향해 손을 흔들었다.

마침내 군사들이 도착했다. 예전에 복주촌이 있던 계곡 입구 공터에서 기다리던 농악대가 앞장을 섰고, 창 대신 몽치와 도끼 그리고 손쟁기를 메고 군사들이 열을 맞춰 구곡 한가운데 길로 들어섰다.

커다란 나무둥치를 실은 큰 수레를 군사 여럿이서 끌고 올라오는 모습도 보였다.

"저건 뭡니까, 노사님?"

"저것은 공성차라고 전쟁 때 성곽과 성문을 부술 때 쓰는 일종의 전차라네, 오늘 철거에 사용할 모양이군."

"누군지 머리 잘 썼네. 저걸 동원하면 일도 쉽고 시간도 절약되겠군."

농악대가 신나게 꽹과리와 북을 쳐댔고 날라리 피리를 불어대며 상모를 돌리면서 구곡은 축제의 분위기에 젖어 들어갔다,

군사들이 다 올라온 모양이다. 선봉대가 만동묘 담을 둘러싸고 행진을 멈췄다. 만동묘는 계곡 큰길 오른쪽에 대문을 필두로 담이 둘려 있었고 언덕 쪽으로 고직실, 유사실, 재실 그리고 가파른 돌계단 위에 사당이 있는 그런 구조였다. 돌계단 위 사당이 더 왜소해 보였다. 저 작다면 작은 몇 채의 건물과 세 개의 문짝이 그리도 행악을 떨었는지, 또 그리 백성들을 못살게 굴었는지 참으로 허무

하기까지 했다.

덩치 큰 한 장수가 큰소리로 고유문을 읽기 시작했었다.

"대원위 분부요!"

금원과 태을당, 백결 노사가 있는 개울 건너 암서재까지 쩌렁쩌렁 들렸다.

"그동안 백성들의 고혈을 짜온 잘못된 사대의 온상 만동묘를 폐쇄, 철폐, 철거하여 적폐청산의 본보기로 삼을 것이며 이 땅이 백성의 땅임을 확실하게 할지어다."

'와' 하는 함성이 올랐다. 장수는 이번에는 병사들에게 철거 개시 명령을 내렸다.

"대원위 대감께서는 진실로 백성에게 해가 된다면 공자가 살아 돌아와도 용서치 않을 것이라고 말씀하셨다. 그 기백으로 공성의 대열을 갖추라."

"전 장병은 대오를 갖추라."

"공성차 전진."

세 대의 공성차가 담 쪽에 붙었다.

농악대에서 날라리 소리가 크게 울렸다.

"공성하라."

'으라차차' 하는 소리와 함께 병사들이 공성봉을 뒤로 젖혔다. 다시 '와' 하는 함성과 함께 병사들이 그네처럼 매달려 있는 공성봉을 담장을 향해 던지듯 밀었다.

쿵 하는 소리와 함께 담장이 무너졌고 흙먼지가 피어올랐다.

만동회원들이 어찌 되었는지 지재의 귀재 현봉도 잘 몰랐다. 쥐가 구멍으로 숨듯 쏙 들어가 나오지 않았기 때문이다. 하지만 저들은 휘청이고 있었고 정신줄을 놓아가고 있음은 분명한 사실이었다.

공성차의 '쿵' 하는 공성봉 소리와 '와아아' 하는 백성들의 함성이 계속 계곡에 메아리 쳤다.

감격에 겨워 눈시울을 적시는 태을 스님의 모습이 금원의 눈에 들어왔다. 태을은 이 순간 편조 스님 신돈을 떠올리고 있음이 틀림없었다.

금원에게도 이 순간이 신돈이 전민병전도감을 설치해 농민에게 땅을 돌려주고 노비를 속량했을 때 백성들이 환호작약하던 그 순간과 겹쳐졌기 때문이다.

구름이 흘러가고 있었다. 구름 위로 편조 스님의 얼굴이 보였다. 신돈은 눈을 부릅뜨고 무언가 포효하듯 외치고 있었다.

같은 구름에서 금원은 추사 대감을 보았다. 승호필 대붓으로 힘차게 새 을(乙) 자를 쓰고 있는 노구를 보았다.

불 뿜는 석상

녹번정 마당 한쪽에 불가사리 돌장승을 세웠다.

축제와도 같았던 만동묘 철거 현지에 다녀온 지 보름이 지난 을축년 4월의 초순의 일이었다. 이천에서 석수 일을 하는 낭가 동패가 만들어 선물한 불가사리였다. 동사에 서 있는 돌장승의 절반 정도 크기의 아담한 석상이었다. 만들기는 진작에 만들었다는데 석물, 특히 장승의 건립은 쉬이 하는 게 아니라는 주위의 얘기도 있고 해서 실어오는 것을 차일피일 미뤘었다.

특별한 의식을 올리지는 않았지만 이제 녹번정을 지켜주리라고 금원과 식구들은 철석같이 믿었다.

편조 스님 신돈은 참형에 처해지기 직전 감옥에서 나뭇조각과 밥풀로 신표를 하나 만들었다. 그 신표가 바로 불가사리였다. 불가살이(不可殺伊)는 말 그대로 죽일 수 없는 영물로 몸통은 곰을,

머리는 사자를, 코는 코끼리를, 다리는 범을 닮은 상상 속의 동물이다. 백성들의 우환인 전쟁을 없애기 위해 쇠붙이를 먹어치우는 영물로 불을 뿜어 악을 제압한다고 믿어져 왔었다.

아침 일찍 잠이 깨져 마당에 나와 불가사리 석상을 닦고 있는데 우당탕 대문 열리는 소리가 나더니 초롱이가 달려 들어왔다.

"큰일 났습니다, 어머니. 얼른 피하셔야겠습니다."

새벽같이 급하게 와서는 뜻밖의 소리를 했다.

"피하다니 그게 무슨 말이냐?"

금원이 수건을 석상에 놔둔 채 몸을 일으키며 물었다.

"지금 어머니 형편이 위급합니다."

"그게 무슨 소리야?"

"주 상궁님이 저를 불러서 어머니를 급히 피신시켜야 한다고 그러셨습니다."

주 상궁이라면 대비전 상궁이다. 그렇다면 조 대비가 위험하다는 말인가.

"여기 주신 편지가 있습니다."

초롱이가 허리춤에서 쪽지를 꺼냈다. 언문으로 된 편지였다.

'이 글을 읽는 즉시 지금의 거처를 떠나 아무도 모르는 곳으로 피신하시게. 아무것도 묻지 말고 내 말을 따르기를 바라네. 구름재에서 보낸 자객이 언제 들이닥칠지 모를 일이오. 그럼……'

운현궁에서 자객이 들이닥친다니 그게 무슨 말인가. 편지에 대비의 안위에 대해서는 언급이 없었다. 둘은 방으로 들어갔다.

"어서요, 어머니."

초롱이 바랑을 찾아 들고 급히 행장을 꾸렸다. 일단 다른 식구들에게는 알리지 않기로 하고 함께 녹번정을 빠져나왔다. 불가살이가 쳐다보고 있었는데 그 표정이 어째 처연해 보였다.

일단 가까운 해어화 동패의 홍제원 영화루로 가기로 했다. 동사가 있는 춘궁리로 가기에는 길이 멀었기 때문이다.

몇 가지 마음에 짚이는 것이 있기는 했다. 얼마 전부터 대비를 만날 수 없었다. 신왕이 즉위한 후에는 장악원과 침선당에서 나왔기에 궁에 들어가려면 대비전에 미리 통기를 해서 출입패를 만들어 놔야 했다.

그런데 보름 전에는 대비의 몸이 불편하니 다음에 들어오라는 연락을 받았다. 걱정이 되어 초롱이를 통해 알아봤는데 대비가 특별히 아프다는 징후는 없었다. 닷새 뒤에 다시 통기를 했더니 대비가 급한 일로 바쁘다는 전갈을 받았다. 전에 없던 일이었다.

금원을 따라 급히 걸음을 옮기던 초롱이가 뜻밖의 말을 했다.

"어머니, 진천 이 선달님도 위험하신 모양인데, 별일 없으셨으면 좋겠습니다."

"그게 무슨 말이냐? 이 선달이 위험하다니."

"주 상궁님이 대비전 종사관 나리와 하는 말씀을 들었습니다. 제가 갔을 때 종사관이 대비마마께 진천 이 선달님에 대해 자세히 고하고 나오는 듯했습니다. 종사관을 불러 물어오셨던 모양이지요. 종사관이 나와서 상궁님에게 걱정하는 말을 했습니다.”

대비전 종사관은 필을 잘 알고 있는 무과 동기였다. 필이 위험하다는 것은 다른 동패들도 위험하다는 얘기였다. 그렇다면 동사와 부용사도 문제였다. 마음이 급해졌다.

무악재를 넘어오려는데 해가 떴다.

저만큼에서 사내들이 달려오는 모습이 눈에 들어왔다. 녹번정으로 자신을 찾으러 오는 사내들일지도 모른다는 생각이 들었다. 하지만 마땅히 몸을 숨길 곳도 없었고 시간도 이미 늦었다. 부딪쳐 보기로 했다. 자세히 보니 천희연이었다.

그쪽에서 먼저 아는 척을 해왔다.

“금원 행수님 아니시오?”

희연이 반갑다는 듯 다가왔다.

“그렇지 않아도 녹번정으로 급히 가는 길입니다.”

“우리 집에는 왜?”

“알고 나오시는 길 아니십니까?”

천희영이 초롱과 금원을 번갈아 쳐다보며 말했다.

그의 표정이며 태도가 적으로 돌아선 것은 아니라고 나타내고 있었다. 오히려 섭섭하다는 기색이었다.

“그래 자네가 말 좀 해보시게.”

“정말 어떻게 된 일인지 저도 영문을 모르겠습니다. 그래서 급히 달려오는 길입니다. 어쨌든 대원위 대감께서는 행수님을 피하게 하시고 싶은 모양입니다."

"그건 또 무슨 소리인가? 내가 알기엔 대원위가 나선 것을 대비마마께서 막아주고 계신다는데……"

"완전히 정반대로 알고 계신 것 같은데요?"

"정말 그렇다는 말인가?"

얘기를 듣고 보니 그런 것 같기도 했다.

어젯밤 늦게 궁에 다녀온 대원위 대감이 난데없이 수하 왈패 중에 유난히 굼뜬 이를 부르더니, 내일 오전 중에 금원을 잡아들이라는 명령을 내렸다. 그런데 그 얘기를 천희연과 안필주 들으라는 듯이 거의 공개적으로 큰 소리로 했다는 것이다. 희연과는 눈이 마주쳤는데 빤히 보면서 아무 표정이 없는 것으로 보아 알려주라는 것 같았다.

"오늘 오전 중에 들이닥칠 것 같은데 잘 피하시는 겁니다."

대원군은 희연과 필주가 금원과 통하고 있다는 것을 잘 알고 있었다.

"자네들한테는 별일 없는 게지?"

"예 행수, 오늘부터는 어떻게 될지 모르지만 어제까지는 아주 큰 신임을 받고 있었습니다. 필 형님한테는 벼슬까지 내린다고 했습니다."

참 알다가도 모를 일이었다. 도대체 무슨 까닭에서 이런단 말인가 싶다.

금원은 희연과 함께 길을 가면서 이야기를 나누기로 했다. 든든한 호위무사와 함께 가는 셈이었다.

희연도 대뜸 충청도의 필이 걱정이라고 했다. 초롱이가 전해온 대로 제천에 있는 필에게는 아예 무시무시한 살수들을 보냈다는 것 아닌가. 금원에게 보내는 왈패에 대해서는 공개적으로 공표하다시피 했지만 필에게 보내는 자객은 은밀하고 치밀하게 명을 내려 현지로 보냈다는 것이다.

금원은 생각을 가다듬어야 했다. 무언가 자신이 모르는 엄청난 변화가 진행 중이라는 생각을 안 할 수가 없었다. 희연은 대원군의 생각이 아니라 조 대비가 대원군을 추동하는 것 같다고 했다.

"대비마마가?"

"그렇지 않습니까? 어제 아침까지 멀쩡하게 행수님 걱정하던 양반이 궁에 들어갔다 오시더니 행수님을 잡아 오라고 하는 게 이상하지 않습니까? 조 대비 아니면 누가 대원위 대감을 그렇게 돌변하게 만들 수 있답니까?"

듣고 보니 그랬다. 그렇다면 조 대비는 왜 이렇게 나온단 말인가 싶다. 아무리 따져 봐도 자신이 특별히 조 대비의 눈 밖에 날 일을 하지 않았다. 자신에 대한 조 대비의 신임이 이토록 빈약하고 보잘것없는 것이었던가 싶기도 했지만, 양반네들의 속은 정말 알다가도 모르겠다는 생각이 먼저 들었다.

영화루에서 한나절 머물면서 백방으로 상황을 파악해 보았지만 뾰족한 답이 나오지 않았다. 동사의 사정이 궁금해서 영화루 사환을 보내 이쪽의 상황을 전하고 그곳 사정을 알아오게 했더니 다음 날이 돼서야 아직은 별일 없다는 전갈을 받았다.

총무 스님은 동사를 비우고 주변으로 흩어져 몸을 피하고 볼 테니 금원도 이런저런 상황 알아본다고 도성에 남아 여기저기 다니지 말고 일단은 몸을 숨기고 있어야 할 것이라는 태을당의 당부를 담은 서한을 보내왔다.

하지만 금원은 스승의 당부를 따르지 않았다. 상황을 알아봐야 했기 때문이다. 가까스로 신 대장과 연락이 닿았고 주 상궁의 아랫사람인 항아를 만났다.

항아의 이야기를 들어보니 모든 것이 조 대비의 뜻이었다. 참으로 냉혹하기 짝이 없는 토사구팽이었다. 금원은 이를 악물어야 했다. 세상에 어떻게 이런 일이 일어날 수 있는지 도무지 이해가 되지 않았다. 사람이 그리 돌변할 수 있는가 싶다. 대원군은 그래도 금원을 생각해서 피신할 여유를 준 모양인데 그렇게 충심으로 대했던 또 친숙해졌다고 여겼던 조 대비가 어찌 이럴 수 있단 말인가 싶다.

조 대비는 그날 작심하고 흥선대원군을 불렀던 모양이다.

"대감, 을해결사라고 들어보셨소?"

대원군은 처음 듣는다고 답했단다. 실제 그랬을 것으로 여겨지기는 한다. 금원도 태을도 을해결사라는 명칭을 대원군 앞에서 입에 담은 적이 없었기 때문이다.

"대감, 을유년 홍거에 관한 진천에서 올라온 상소문은 보셨소?"

"을유년 홍거라면?"

"내 부군 효명세자가 돌연 세상을 떠난 일 말이오."

'예, 그 일이야 알지만 상소문 얘기는 처음 듣는 이야기입니다."

"여기 있소. 한번 보시오."

대비가 탁자 위에 있던 낡은 두루마기를 대원군 앞으로 던졌다. 무심한 표정으로 두루마기를 들어 읽어보던 홍선군의 표정이 점점 놀라움으로 변해 갔다. 그 표정이 오래된 항아리의 그것처럼 투박해 보였다.

"어떻소?"

"너무도 참혹한 이야기가 아닙니까? 이 땅의 왕권이 이토록 형편없이 짓밟히다니…… 이 쳐죽일 놈들을……"

"대감도 이 상소의 내용을 그대로 믿소?"

"정황이며 상황묘사가 그럴듯하기는 합니다."

"그게 문제가 아닙니다. 어차피 홍거는 지나간 일이고 만동묘 철거로 어느 정도 대처는 한 셈이라고 봐도 되겠지만, 이 일을 빌미로 상민들이 왕권과 사대부의 권위에 도전해 오고 있음이 문제입니다."

"허허, 그도 그렇기는 합니다만……"

"그중 중인들이 가장 문제입니다. 요즘 저들의 움직임이 심상치 않다고 들었습니다."

"마마께서 걱정하실 정도는 아닙니다."

"아무튼 대감도 역관 중인들과 이리저리 어울리다 나와 연이 닿게 된 것 아니요? 그래서 저들에게 큰 빚을 지고 있는 것이고……"

"빚이라고 할 것까지는 없지마는……"

"경복궁 중건을 하시고 싶다고 하셨소?"

"예, 마마."

"조건이 있소. 이 상소의 초안을 세상으로 나오게 한 이필이라는 서얼 선달을 처리하시오."

"처리라면, 무슨 말씀이신지?"

"대감도 참, 영원히 입을 못 열게 하란 말이오."

천하의 홍선군도 몸을 떨어야 했다.

"필은 마마가 아끼는 금원당의 사람입니다."

"내 금원도 내칠 참이오. 을해결사가 바로 금원과 이필이 양반 사대부를 쳐내고 자기들의 세상을 만들기 위해 만든 능상의 조직이라오. 이를 반드시 척결하시오. 그러면 내, 대감의 경복궁 중건을 적극 도울 뿐 아니라 전권을 대감께 드리도록 하겠소."

대원군이 다시 몸을 떨었다. 다음 말은 대원군의 몸을 더 떨게 했다.

"그리고 서원 철폐 그쯤에서 접으시오."

"예? 마마 그건……"

"만동이라고 들어 보셨소?"

"어렴풋이……"

"내가 바로 만동이오."

"예?"

"아무리 만동이 잘못된 방향으로 흘러왔다고는 하지만, 을해결사 따위의 천것들 손에 우리가 놀아날 수는 없는 일 아니오?"

홍선은 대답할 수 없었다.

"그래서 내가 만동을 확실히 접수하기로 했소. 물론 조금 손을 보기는 할 것이오. 아무려면 상것 잡인들의 결사만 못하겠소?"

색즉시공 공즉시색

'와장창 쨍그랑'

남한산성 수어장대로 올라가는 산길에 있는 개울 옆 농막의 정주간에서 그릇 깨지는 소리가 들렸다. 춘궁동 향교에서 청량산 남한산성 쪽으로 들어가면 나오는 고골 마을 끝 무렵 개울이 내려다 보이는 산길의 농막이었다. 금원과 초롱 그리고 녹번정과 동사의 식솔들이 임시로 자리를 잡은 곳이었다.

농막 부엌에서 저녁을 지어 날라 오던 초롱이가 방안에서 들려온 소리를 듣고 놀라서 밥상을 떨어뜨리고 만 것이다.

충청도에서 숨을 헐떡이며 올라온 계원이 전한 비보 때문이었다. 이필이 죽었다는 전갈 아닌가. 한양서 내려간 소문난 살수 네 명이 암습해 쓰러뜨린 뒤 처절하게 난도질을 했고, 달래강 절벽 아래 강물로 시신을 던져버려 장례도 치를 수 없게 만들었단다.

"어쩐답니까, 어머니?"

부엌의 난장판을 놔둔 채 방에 들어온 초롱이가 눈물을 철철 흘리며 말했다.

"소란 떨 것 없다."

금원은 점잖게 말하고 있었지만 그도 속으로는 피눈물을 흘리고 있었다.

그날은 어스름 논에서 가을걷이를 끝낸 농군들이 낟가리를 쌓고 있었다. 일이 거지반 끝나가는 모양이었다. 노적봉이 여러 개 쌓여 있었고 농군들은 허리를 펴고 두드리고 있었다. 농군 중에는 수염을 기른 텁북숭이 이필도 있었다. 그도 낟가리를 쳐다보면서 가을걷이가 이처럼 설레는 일이라는 것을 다시금 몸으로 느꼈다.

"수고했시유. 선달님."

"자네들도 애썼네. 어르신도요."

"선달님은 낟가리 쌓아본 적 별로 없을 텐데 어찌 그리 손이 재바르답니까?"

"벌써 세 번째 낟가리 쌓기인데, 익숙해져야지."

필이 쌓아놓은 낟가리를 만지며 대꾸했다. 그 높이만큼 기쁨과 대견함이 온몸에 차올라 있었다.

"먼저들 들어가지, 시장들 할 텐데."

"선달님은?"

"나는 잠깐 볼일이 있어."

"또 택견 연습하시려우?"

"아니야."

동료들이 농기구를 챙겨 논둑으로 올라갔다.

필은 잰걸음으로 저쪽 길성이네 논판으로 몸을 옮겼다. 동료 농군들에게는 잠깐 볼일이 있으니 먼저 들어가라고 했지만, 실은 까마귀와 참새들이 별빛 타고 와 곡식을 축낼까 봐 그것을 채비하고 들어가려 했다. 아무래도 그쪽 묶음이 부실한 듯했다. 그만큼 낟알 하나가 소중한 피땀이었다. 따지고 보면 땅이 준 것이고 하늘이 준 것인데 싶어 더 그랬다.

농부의 삶을 살고 있지만 정혁의 꿈을 완전히 버린 것은 아니었다. 민초들과 함께 때를 기다리고 있다는 말이 정확했다. 사람들은 대원군의 개혁에 박수를 보내고 기대하고 있었지만, 필은 달랐다. 양반네의 결기는 필이 보기에는 죽이었다. 쉬이 끓고 언제 식을지 모르는…… 어차피 정혁은 민초들이 중심이 되어야 했다. 사대부 몇몇이 앞장서 궁중에서 벌이는 반정과 역모는 정혁이 아니었다. 이 땅의 민초 팔 할은 농투산이, 농군이었다. 예전의 필은 자신이 앞장서 나가면 민초들은 당연히 따라올 것으로 생각 했지만 지금은 달랐다.

거기에는 동학이 큰 역할을 했다. 열성 신도까지는 안 돼도 필은 신임 교주 최시형과도 몇 차례나 대면한 일이 있을 정도로 동학교도들과 가까웠다.

교의 창시자 수운 최제우 선생은 고종이 즉위한 이듬해 그러니까 대원군이 집권한 직후 사도난정의 죄목으로 효수형에 처해졌지만, 이미 탄압이 있을 것을 예상했다. 순교하기 전 최시형을 북접주인으로 정하고 해월(海月)이라는 도호를 내린 뒤 도통을 전수하여 제2대 교주로 삼았다.

수운 선생은 세상이 어지럽고 인심이 각박하게 된 것은 세상 사람들이 천명을 돌보지 않기 때문이라고 일갈했다. 그의 인내천 사상은 당국의 탄압하면 할수록 노도처럼 번져가고 있었다. '사람 섬기기를 한울처럼 섬기라'

난가리 밑동에 새끼를 한 번 더 두르려는데 생경한 인기척이 느껴졌다. 오랜만에 느끼는 살기 어린 기척이었다. 하나, 둘, 셋, 넷쯤 되는 것 같았다. 자신 손에는 변변한 무기도 없었다. 그나마 낫도 저쪽에 있었다.

필은 강이 보이는 광천 언덕 쪽으로 냅다 달리기 시작했다. 하지만 그를 따르는 그림자들의 속도도 그에 못지않게 빨랐다. 아니 더 빨랐다.

금원에게 전해진 흉보가 허황되고 틀린 소식은 아니었다. 강이 내려다보이는 널문언덕 밑 솔밭에서 어깨에 칼을 한 번 맞았고, 너럭바위 위에서 가슴 쪽에 칼을 맞았다. 통증보다 피가 흘러나오는 것이 문제였다. 배 쪽으로 들어오는 칼을 한 번 더 맞고 필은 달래강 아래로 몸을 던졌다.

다음날 금원은 몇몇 식솔들과 함께 어스름에 동사로 갔다. 그리고는 법당과 요사채들에 기름을 부은 뒤 불을 놓았다. 저들에게 내주느니 빌미와 꼬투리를 없애기 위해서라도 온통 불을 놓는 게 나았다.

'타고 남은 재는 다시 기름이 되는 법인데……'

동사가 불타오르고 있었다. 금원은 그 모습을 눈을 크게 뜨고 주먹을 꼭 쥔 채 지켜보았다. 그러지 말자고 했는데도 눈물이 주르륵 흘렀다. 초롱이의 작은 손이 금원의 손으로 다가왔다.

"끝날 때까지 끝난 게 아니라고 하지 않으셨습니까, 어머니."

초롱이가 의젓하게 말하면서 금원의 주먹을 펴고 깍지를 끼어와 꼭 쥐었다. 순정과 인주도 슬며시 눈물을 닦은 뒤 금원의 다른 쪽 손을 함께 꼭 잡았다.

그때 금원은 함께 타버린 재가 기름이 되는 법을 떠올렸다. 태을 스님이 금강산으로 들어가기 전 들려준 법문의 한 구절이었다.

'색즉시공 공즉시색 일진데……'

동사는 불탔지만 끝은 아니었다. 금강산에도 설악산에도 치악산에도 그리고 내장산에도 또 안동 주왕산에도 산속 절과 사하촌 그리고 인근 부락에 결사의 은거지가 꾸려져 있었다.

전인회주 태을 스님, 호법장로인 백결 노사와 운학 선생, 만인지관, 조 삿갓 노인 모두 강건하게 자신들의 은밀한 거처에 건재해 있었다. 현봉도 늦게 동패가 된 장현성도 잘 있었다. 그리고 용호단이 거의 다치지 않았다.

달포 걸려 도착한 금강산 암자에서 만난 태을 스님은 의외로 담담했다.

"얼굴이 많이 상했구먼. 먼길 오느라고 애썼네."

그럴 뿐, 전갈을 받았을 텐데도 끔찍한 일들을 먼저 입에 올리지 않았다.

금원도 전국 각지의 용호단에 총궐기 명령을 내리는 회주의 사(社) 자 지침을 생각지 않은 것은 아니었다. 며칠 밤 산길을 걷고 나니 그런 분기와 결기가 수그러들었다. 이쪽의 준비가 턱없이 부족했다. 승산은 없고 위험은 컸다, 지금으로서는. 그리고 어쨌든 대원위 정권이 백성들에게 인기가 있었다. 그랬다. 초롱의 말대로 끝난 게 아니었지만 지금으로서는 일단 이대로 끝내야 했다.

여덟 호수의 물은 영롱한 비취색이었고 녹음과 바위의 색은 짙었다. 금원이 금강산에 들어온 지 닷새가 지난 날 새벽녘이었다.

"금원 자네, 색즉시공, 공즉시색의 뜻을 잘 새기며 살고 있겠지?"

태을 스님이 상팔담 계곡을 내려다보면서 물어왔다. 예불을 마치고 법당에서 나오는데 스님이 기다리고 있다가 팔담에 함께 오자고 해서 따라나선 참이었다. 스님은 팔담에 와서도 아무 말 없이 계곡을 내려다보다가 한참 만에 던진 말이 그 말이었다.

"예, 그런데 새삼스럽게 무슨 말씀이신지?"

"이곳에 있다 보니 그 말이 새록새록 다시 생각난다네."

"그러시군요."

금원은 이내 고개를 끄덕였다. 스님의 뜻을 알 만했다. 실은 금원도 그랬다.

동사에 들어오자마자 스님이 일러준 법문이었다. 그때 금원은 색즉시공의 이치에 대해 스님의 가르침으로 단박에 문리를 터득했다고 여겼고, 얼마 전까지 의심 없이 지내왔다. 그랬는데 이번 일을 겪으면서 불현듯 색즉시공 공즉시색의 의미가 다시금 생각되는 것이었다.

스승 태을 스님은 색즉시공 공즉시색의 가르침이야말로 비록 공한 세상이지만 집착 없이 열심히 세상을 살아 중생을 제도하라는 대승불교의 수승한 가르침이라고 하셨더랬다.

그런데 오늘 스님의 말씀과 태도는 그에 더해 무언가 더 있다는 것 아닌가 싶었다. 하지만 금원은 그것이 무엇인지 스님에게 선뜻 물어볼 수 없었다. 또 여쭤본다 한들 스님이 예전처럼 명징하게 답변해 주실 것 같지가 않았다.

스님은 더 이상의 말씀 없이 계곡 아래 호수의 비취색 물길에 눈을 두고 있었다.

금원은 그토록 서원하면서 전념했던 하화중생이 생각지도 않았던 배신으로 좌절되던 허망한 순간 저도 모르게 색즉시공 공즉시색을 되뇌어야 했다. 며칠간 그랬다. 금원은 색즉시공에 삶과 죽음을 대비시켰던 것이다.

금원에게 삶의 터전이었던 동사가 재로 변하는 것은 바로 죽음이었다. 법당과 부처 그리고 삶이 색이라면 죽음은 공 아닌가. 색즉시공. 삶과 죽음이 서로 다르지 않으니 자신의 생각에 집착해서 산다 한들 결국은 모두가 죽음에 이르니 허망할 따름 아닌가.

하지만 금원은 허망에 사로잡히지 않았다. 죽음에 이른다고 해서 모든 것이 헛되다는 것이 아니다. 바로 그 죽음을 바탕으로 새로운 생명과 새로운 흐름이 시작되는 것이니 죽음을 두려워할 이유가 없었다. 타고 남은 재가 다시 기름이 되어 새 생명의 탄생을 피워 올리지 않는가. 그것이 금원의 공즉시색이었다.

편조 스님 신돈 공이나 추사 대감처럼 결국은 세상을 떠나지만, 그들 덕으로 세상은 조금씩 더 나아진다고 할 수 있지 않을까. 스승 태을 스님도 또 자신 김금원도 우리네 생명이야말로 한 점 공한 것이지만 그 공은 바로 존재인 색의 근원이 아니던가 싶었다.

언제부터인가 스승은 그런 금원을 쳐다보고 있었다. 스승은 무슨 뜻인지 고개를 두어 번 끄덕이더니 다시 고개를 팔담 쪽으로 돌렸다. 이래서 불립문자 염화미소라는 말이 불가에서 널리 통용되는구나 싶었다.

팔담을 내려다보는 스승의 모습이 추사의 마지막 모습과 겹쳐 보였다.

스승이 뒤에 들고 있던 보퉁이를 금원에게 건넸다,

"이제부터는 자네가 건사 하시게."

삼베 보자기로 쌓여 있었기에 내용물을 알 수 없었다. 그리 무겁지는 않았다.

"무엇인지 여쭈어도 되겠습니까? 스승님."

"직접 열어 보시게."

금원은 스승이 건네준 보퉁이를 풀었다. 오래된 발우였다. 목기로 되어 있는 주발 두 개와 수저로 쓰였음 직한 가느다란 두 개의 나무조각이었다.

금원에게는 이 남루한 발우가 그 어떤 물건보다 빛나 보였다. 그리고 귀해 보였다. 무엇인지 알고 있었기 때문이다. 그것이 담고 있는 정신이 어떤 것인지 잘 알고 있었다.

"제가 어떻게 이것을……"

"자네야말로 이 물건의 주인일세. 진즉에 자네에게 넘겼어야 하는 것을…… 자네는 벌써부터 회주의 일을 해오지 않았는가?"

"아닙니다. 스승님이 계셨기에 믿고 움직였던 것 아닙니까? 아직은 이 귀한 것을 제가 받을 수가 없습니다. 스승님께서 더 가지고 계십시오. 제게는 스승님의 가르침이 더 필요합니다."

금원은 베 보자기를 다시 꾸려 묶으려 했지만, 스승의 다음 말이 그를 멈추게 했다.

"이미 그 물건은 자네 손으로 넘어가 자네가 들고 있지 않은가. 공연한 고집 피우지 말고 모처럼 세상에 나온 스승님들의 밥그릇에 인사나 올리세."

스승은 이미 안배를 했던 모양이다. 밥그릇을 올려놓을 만한 바위가 있었고 그 앞은 평평해서 절을 올리기 적당했다.

"그냥 정성을 담아 삼배를 올리기로 하세."

전인회주의 발우를 물려받는다는 것은 조직의 장문인 직을 확실하게 물려받는다는 얘기였다. 결사가 형식에 크게 좌우하지 않는다는 것을 진작에 알았지만 이는 상상 밖이었다.

나무젓가락이 꽂혀 있는 대추나무 발우에 두 사제는 온 정성을 다해 삼배를 올렸다.

금원의 무릎으로 스승의 후끈한 열기가 전해졌다. 스승에게도 금원의 정과 성이 전해졌을 게다.

"저 빈 발우가 바로 공의 이치를 웅변하고 있다는 것을 새 회주님께서도 느낀 모양이오……"

절을 끝내고 두 손을 모으고 서 있을 때 스승이 한마디 했다. 스승의 공대가 한층 더 높아졌다.

"예, 스승님."

스승이 무언으로, 그리고 삼라만상에 대한 절절한 배례로 오늘 수승한 여제자, 그리고 믿음으로 선택한 후계자에게 가르친 것은 기다림의 고귀함이었고 참음의 미덕이었다.

금원은 이 발우가 정말로 신돈 편조 스님, 혹은 그의 후예인 해인 스님의 것이냐고 묻고 싶었지만 역시 참기로 했다. 금원 자신이 믿으면 그렇게 되는 것 아닌가.

그랬다. 세상은 현현하는 것이었고 벌어진 현실은 없어지는 것이 아니었다.

깨달음을 얻어 차별이 없는 경지에 이르렀다 할지라도 육신이 몸담은 차별지(差別地)인 이 세상은 여전히 존재한다고 스승은 말하고 있었다. 좌절은 현현하는 세상, 그 땅을 딛고 산처럼 우뚝 서서 극복해야 하는 것이라고 온몸으로 말하고 있었다.

금원과 계의 식구들에게는 보듬어주는 산이 있었다. 태을 스님과 같은 스승이 산이었다. 그리고 수풀과 바위가 있는 산 역시 산이었다. 산에 들어 있자니 산 같은 심정이 들었다. 조급하게 화가 끓어오르지 않았다.

정작 근거지는 산 속만이 아니었다. 금원에게는, 결사에는 더 큰 근거지가 있었다. 방방곡곡 백성들의 마음속이 바로 근거지였다. 그 근거지는 절대 양반네들이 찾아낼 수 없는 근거지였다. 그 마음이 바로 산이었기에 그랬다.

변광원 대감이나 박규수 대감 등 보안재 양반 식구들은 별 탈이 없는 것 같았다. 하긴 그들은 결사 식구가 아니었다. 그래서 이 순간 그이들에게 편을 들어 달라는 것은 같이 불구덩이에 뛰어들자는 이야기밖에 안 됐다.

조 대비와 흥선군, 그리고 양반네들이 모르고 있는 일이 있었다. 저들은 이 나라가 자신들의 나라라고, 이 땅이 자신들의 땅이라고 생각하고 있지만, 결코 그렇지 않았다. 조선이 건국한 지 4백여 년 동안, 아니 고조선과 삼한 이래 이 땅의 진짜 주인은 한 번도 바뀐 적이 없는데 저들은 그 사실을 모르고 있었다.

호의호식한다고, 호통치고 호령하는 목소리가 크다고 해서 이 땅이 그들을 주인으로 받아들인 적이 없었다. 주인은 따로 있었다. 땅을 가꾸고 땅을 일구는, 땅에서 땀을 쏟는 그런 주인이 따로 있었다. 땅은 그런 땀 흘리는 사람을 받아들였다.

그래서 필이 얘기했고 용호단 청년들이 되뇌었던 '우리의 힘은 우리가 생각하는 것보다 훨씬 강하다'는 말은 헛말이 아니었다. 그런 산과 땅이 있기 때문이다. 그런 산과 땅이 있는 한 시간은 언제나 우리 편이었다.

금강산 만물상을 바라보는 금원의 눈에 동사 입구의 불가사리가 들어왔다. 녹번정에도 있었던 그 불가사리였다.

돌 불가사리가 포효하며 벌린 입에서, 곧게 뻗은 코에서 그리고 형형한 눈에서 불을 활활 내뿜고 있었다.

금원은 그 불에서 지난 임술년 여름밤 흰옷을 입고 광주 감영으로 끝없이 몰려가던 백성들이 들었던 횃불을 다시 보았다.

기다리리라. 언제까지나 지켜보리라. 그리고 끝내 일어서리라. 10년이 짧으면 100년이라도. 그래서 때가 되면 불을 활활 내뿜으리라.

작가 후기

'갑질'이라는 말이 유행처럼 널리 쓰이고 있다. 어감이 노골적이어서 그런지 꽤나 중독성이 있다. '질'이라는 투박하고 거친 어감이 이 땅의 많은 을(乙)들에게 일종의 카타르시스와 통쾌감을 던지는 모양이다. 서방질, 도둑질할 때 쓰는 그 질이다. 미국 신문에까지 소개됐다고 한다.

기실 가진 자, 힘센 자의 횡포, 갑질이 어제오늘 시작된 것은 아님에도 최근 부쩍 이어지는 지적과 지탄은 그냥 당하고만 있지 않겠다는 을들의 의지와 결기가 여느 때보다 강하다는 얘기다.

이 이야기는 우리 사회의 역사적 고질병인 기득권 세력의 갑질, 그러면서 끈질기게 전개되어온 을들의 저항과 관련해 추사 김정희 선생과 그의 제자들 그리고 여말 개혁승 신돈 후예들의 활약을 그리고 있다.

먼저 추사에 대해 말한다면 한마디로 추사는 우리 역사 르네상스의 상징이라고 할 수 있는 인물이다. 그는 또 조선 후기 최고의 예술가이자 지식인이며, 경세가였다. 거기에 스스로 고단했던 그의 인생 역정은 엄청난 서사(敍事)의 보고이기도 하다.

추사의 일생이야말로 가진 자, 금수저의 갑질에 맞선 을의 고군분투였다고 해도 과언이 아니다.

그는 당시로는 집권세력이었던 노론, 그것도 실세 벽파의 중심가문에서 태어났지만 그 기득권을 분연히 포기하고 당시로서는 '을'이었던 북학인의 길을 걸었다.

하지만 을로서 그는 언제나 당당했다. 그 당당한 태도로 갑질을 규탄했고 종당에는 갑의 항복을 받아내 을의 입지를 곧추세우곤 했다. 학자로서도 예술인으로서, 또 정치에 참여한 경세가로서도 그랬다.

그의 옥고와 귀양살이 또한 갑질을 참지 않고 분연히 맞서는 그의 성정 때문이었다.

다른 어사 같았더라면 안동 김문의 일원인 사또의 비행과 갑질을 적당히 눈감아 주었겠지만 그렇지 않았기에 제주 유배의 근원이 됐고, 노년의 북청 유배 또한 조카의 양자가 되어 임금에 오르는 조천의 불합리를 지적했기 때문이다.

그는 형식과 체면을 배격했다. 그래서 장년의 사대부가 임금의 행차길에 징을 치며 격쟁을 할 수 있었고, 제주 귀양 시절 임금이나 권세가가 글을 써달라고 하면 종이가 없다고 핑계를 댔지만,

서책을 보내준 중인 역관에게는 아껴둔 상급지 몇 장을 손수 이어 붙여 세한도를 그려 줬다. 국보급 서화인 불이선란도 또한 먹동(童)인 하인 달준에게 그려준 것이다.

그랬기에 언제나 망설임 없이 을의 편에 섰던 추사는 모든 을들의 희망이었다.

그러던 차 추사에게 인척이 되는 김금원이라는 빼어난 여류가 홀연 내 앞에 나타났다.

추사에게는 김덕희라는 규장각 학사 출신의 명민한 육촌 동생이 있었다. 제주 유배에서 돌아온 추사에게 용산(한강 변)의 거처를 마련해 준 이다. 덕희에게는 기생 후실이 있었는데 그가 바로 김금원이다. 『호동서락기』라는 멋진 시집을 펴낸 조선 후기의 대표적 여류시인 그녀다. 시대의 질곡과 성차별 그리고 신분질서에 맞섰던 그녀다.

추사가 서울로 돌아올 무렵 금원은 남편의 후원으로 용산강 가에 서호정이라는 정자를 세우고 여류 시회를 갖고 있었다.

현존하는 기록에는 추사가 과천 과지초당 시절, 세상을 떠난 남편 덕희를 추모해 금원이 지은 제망부가를 보고 금원의 문재를 극찬했다는 후일의 일만 전하지만, 같은 시기 같은 장소에 있었던 두 걸출한 예인이 자리를 함께하지 않았을 리 없다.

두 사람이 만난다. 무슨 얘기와 감정의 교류가 오갈까. 두 빼어난 예인의 학문과 재주가 한꺼번에 쏟아지지 않겠는가.

그런데 그것뿐이었을까. 두 사람의 만남은 학문과 예술의 시너지이기도 했지만 그보다 더 큰 무엇이 있지 않을 성싶지 않은가. 어차피 상상의 나래를 펼 바에는 두 빼어난 예인의 만남을 근대사로 이어지는 19세기의 일대 사변으로 만들면 어떨까 생각이 들었던 것이다.

갑질을 싫어하는 추사와 남녀차별, 신분질서에 맞서 항거했던 김금원.

1857년 정사년 이후 김금원 그녀는 한양 인근의 사찰로 들어간 뒤 종적이 끊겼다. 『호동서락기』를 썼던 걸출한 여류 김금원이 그냥 자취 없이 산사의 공양주 보살로 살았을 리 없다는 것이 나의 일관된 생각이었다.

이럴 때 광주 춘궁리 동사의 두 석탑이 떠올랐다. 나에게는 고려말의 개혁승 신돈의 꿈과 좌절을 상징하는 석탑이다.

하남시 초입에 있는 춘궁동으로 들어서는 널다리 고갯길을 내려오다 보면 눈에 띄는 안내판이 있다. 바로 '동사지(桐社祉)'라고 쓰여 있는 안내판이다. 절 이름치고는 뭔가 부족한 듯한 동사. 거기다 지(祉)라는 접미사는 무슨 뜻인가. 절터만 남았다는 이야기인가. 그리고 더 눈길을 끄는 것은 바로 밑에 쓰여 있는 '국가 지정 보물 3, 5층 석탑'이라는 문구다.

안내판의 안내를 따라 고골 저수지가 쪽으로 들어가 다시 오른쪽으로 얼마간 들어가면 동사지가 나온다. 안내대로 두 개의 돌탑

이 서 있다.

고색창연하면서도 우람한 자태가 보는 이의 경탄을 자아내게 한다. 국가 보물로 지정된 5층 석탑과 3층 석탑은 신라의 양식을 답습한 고려 초기 양식이라고 안내판에 소개돼 있다.

사람을 압도하는 그 힘과 멋에 빠져 한참을 탑 앞에 서 있다가 주변을 돌아보면서 절을 찾게 된다. 하지만 정작 절은 탑과 어울리지 않게 초라했다.

저 멋진 탑을 두 개나 가지고 있는 절이 어떻게 된 일일까. 일대 광활한 부지 3천 평방미터가 문화재 보존 구역으로 설정돼 있다는 하남시와 문화재청의 표지가 서너 군데 설치돼 있지만, 절에 대한 설명은 어디서도 찾을 수 없었다. 그래서 동사지라고 하는 모양이다. 절이 있었던 터라는 뜻이다.

동사지 전체가 사적 231호라면서도 이에 대한 기록은 전무 했다. 문화재청에서도 하남시에서도 그리고 인터넷에서도 동사 절에 대해서는 어떤 설명도 찾을 수 없었다. 모든 기록이 멸실 돼 있기 때문이다.

그럴 수 있을까? 이토록 큰 규모의 사찰에 대한 기록이 전혀 없다는 것에 의문이 들 수밖에 없었다.

그 후 몇 차례 더 동사를 다시 찾았고 얼마 뒤에는 그곳 주지 스님을 만날 수 있었다. 생각보다는 젊은 스님이었다. 절이 조계종 소속이었기에 당연히 소정의 교육을 마친 영민한 비구승이었다.

다른 것보다 절에 대한 기록이 전혀 남아 있지 않은 것을 화제로 올렸다. 스님은 고려말 개혁승 신돈과 연관된 일이 아닐까 생각한다고 했다. 동리에 전해오는 이야기라는 것이다.

"나라에 의해 절이 멸실되게 되면 모든 기록까지 삭제할 수 있을 겁니다."

그럴 수도 있겠구나 싶었다. 신돈이라면 권좌에서 쫓겨나면서 참형이라는 가장 끔찍한 탄압을 받았고, 역사적으로도 못된 패륜배 취급을 받아야 했던 인물이기 때문이다.

개혁승 신돈이라……

금원에 심취해 있던 나는 대뜸 그녀를 신돈과 연결시켰다.

신분질서를 한탄하고 원망하면서 절로 들어가야 했다면, 진취적인 성격의 금원이 불교사상 가운데 가장 역동적이고 현실 참여적인 미륵사상과 또 그 사상을 현실화하려 했던 편조 스님 신돈을 받아들였을 가능성은 자못 크다.

신돈이야말로 이 나라 역사 속에서 민초, 민중을 위한 정치를 폈던 거의 유일무이한 개혁가다. 임금 공민왕도 개혁을 위한 동지였고 동맹이었을 뿐이다.

신돈은 한때 자신이 미륵이라고 자처했고 속퇴 이후에는 그의 양자인 신해인을 미륵동자로 부르면서 미륵사상을 전파했다. 실제 미륵종파와 그 사상은 금원이 절에 들어갔을 그 무렵 큰 위세를 보이고 있었다. 마을마다 사찰마다 돌미륵이 있었다고 하지 않는가.

소설이란 무엇인가. 일어나지 않은 사실을 일어난 것처럼 쓰는 것 아닌가. 그리고 쉽게 일어날 수 없는 일이 일어났을 때 이를 밝히는 것이 다큐멘터리다.

바로 그랬다. 금원이 핍박받고 설움 받는 을들의 조직, 신돈을 비조로 하는 연원 있는 결사에 들어 끝내는 그 수장이 되었다고 하면 어떨까. 그 무렵 결사라는 명칭의 불교 모임은 꽤 많았다.

내 상상은 실패한 개혁가 신돈과 만나면서 무르익어 갔다.

추사 사후를 금원과 을해결사의 시대라고 한다면 그 기간은 안동 김씨의 갑질이 극성을 부리던 시기였다. 그런 갑질을 종식한 것이 바로 대원군의 집권이다. 그 집권은 우연히 행운으로 찾아온 것이 아니다.

그 지난한 과정이 바로 이 소설이다.

하지만 알다시피 대원군의 개혁도 한계가 많았고 그나마도 실패했다. 대원군의 개혁정치가 빛이 바래기 시작한 것은 경복궁을 중건하면서부터였다. 그래도 을해결사는 전면에 나서지 않았다. 결사는 앞장서서 일을 만드는 결사가 아니라 뒤에서 일을 돕는 결사라는 강령에 맞춰 그림자 조직으로서 활동을 했던 것으로 여겨지게끔 하는 나름의 안배였다.

그렇다면 금원은 어떻게 됐을까.

내가 당초 그린 그림은 금원이 1890년대에 동사로 돌아와 기와집을 짓고 후학을 양성하다가 70여 세를 일기로 세상을 떠났다는 것이다. 그 무렵 그이는 무엇보다 이필의 좌절과 동학혁명의 좌절에 뼛속 깊은 분루를 삼켜야 했을 것이었다.

공주 우금치에서 일본군의 대포와 기관총에 속수무책으로 몸을 맡기면서 동학의 혁명군은 자신들이 살기를 바라지 않았다. 자신이 여기서 죽어 가야만 내일이 있다고 여겼다.

그 정신이 금원에게도 피눈물과 함께 다가오지 않았을 텐가.

그녀는 우금치 영령들의 뜻을 좇아야 한다는 생각에서 그럴수록 때를 기다리고 사람을 만들어야 한다고 생각했을 것이다.

여기서 우리는 이필에 주목을 할 필요가 있다.

이필은 이필제라는 역사 속의 실제 인물이 그 모델이다. 그는 1869년 진천작변 1870년 진주작변 1871년 영해란 조령의 난 등 무려 6번의 민란을 주도한 인물이다. 한마디로 말해 그는 그 시절 보기 드문 우리나라 최초의 직업적인 혁명가였던 셈이다. 그의 출신이며 행적 일화들은 거의 알려져 있지 못하다. 역사 속에 그에 대한 기록은 취조 기록인 공초로만 남아 있다. 1869년 무렵과 그 이후의 행적만이 남아 있다는 얘기다. 그의 여섯 번 작변 가운데 영해작변은 성공한 작변이었다.

소설 내적으로 말하면 그는 대원군이 보낸 살수들의 충주 달래강 습격 때 죽지 않았다. 그래서 강물로 던져졌다는 극적 장치를 동원했던 것이다.

공초를 보면 그는 탁월한 설득력과 친화력 그리고 리더십을 보였던 인물이었다. 그는 우선 한 지방에 잠입하면 언제나 자신과 뜻을 함께할 인물을 찾았고, 그 지방에서 가장 덕망이 높은 인물을 알아내어 기어코 그를 자신의 동조자로 만들었다. 그리고 그는 격정적인 태도로 나라의 현실과 도탄에 빠진 백성을 구제해야 한다는 명분을 들어 상대방의 마음을 휘어잡았다.

그의 거사가 영해에서 성공할 수 있었던 것은 동학도를 중심으로 민중들의 참여가 있었기 때문이었다.

이들은 성중을 손아귀에 넣고 곳간에 보관된 쌀을 동민들에게 나누어 주고는 관군이 오기 전에 스스로 물러갔다. 성을 지키고 고을을 다스릴 준비까지는 이르지 못했던 것이다.

이필제는 자신이 체포되어 처형당하는 1871년 말까지 문경 등지에서 2번에 걸쳐 봉기를 더 주도 했다. 그는 1871년 여름 밀고가 들어가 그만 추포되었다. 관아에 끌려간 필제는 여느 때처럼 이름을 바꾸어 둘러댔지만 다른 연행자들의 자백으로 이필제라는 게 드러났다. 그렇게 20여 년 동안 팔도를 누비며 신출귀몰한 수법으로 몸을 날리고 이름을 날리던 그가 끝내 죄인의 몸이 되고 말았다.

그는 국가 변란을 도모한 대역죄인이라 의금부로 이송됐다. 의금부에서는 이들을 문초하기 위해 추국청을 열었다. 이들을 심문한 문사 낭청은 훗날 친일파가 되어 나라를 팔아먹은 박정양이었고, 이들의 심문을 기록한 서관은 뒷날 고부 군수로 있을 때 전봉준의 봉기를 일어나게 한 조병갑이었다.

이필제는 문초에 이렇게 답했다.

“천하에 진정(眞情) 없는 일이 없고, 일 없는 죄도 없다. 나는 거리낄 것 없으며 천하 대산 심해에 떳떳하노라.”

그는 47세의 나이로 군기시 앞에서 모반대역죄로 참형에 처해졌고, 그의 팔다리는 찢겨 남해 하동 등지에 걸렸다. 그러나 그의 이름은 민중봉기를 꿈꾸는 사람들에게 홍경래의 이름과 함께 신화처럼 전해져 왔다. 이필제의 정혁 정신도 우리 을들의 정신 속에 면면히 살아 숨 쉬고 있다고 믿어 의심치 않는다.

을해결사가 현대에 이르기까지 그 정신이 면면히 유지되고 있다면 그 같은 고귀한 희생과 준열한 참여 위에 은인자중의 시간을 보냈다는 얘기다. 조선이 멸망한 뒤 일제 치하를 견디고 이념의 갈등과 동족상잔의 비극을 겪으면서도 그 명맥을 유지했다는 얘기다.

김금원과 이필제 그리고 전봉준 등의 실패 이후 민족의 좌절은 알다시피 끝 모를 데까지 가 망국과 식민 침탈, 분단과 동족상잔으로, 그리고 탐욕스러운 독재정치, 부익부 빈익빈의 불평등과 가진 자들의 갑질로 이어졌다. 하지만 우리는 종국에 이를 극복했다. 적어도 이를 극복해 가는 과정이 아닐까.

단재 신채호 선생이 역사는 아(我)와 비아(非我)의 투쟁이라고 단언했듯이, 이 땅의 역사를 가진 자와 못 가진 자, 지키려는 자와 그리고 살기 위해 빼앗으려는 자, 그러니까 갑과 을의 투쟁으로 파악하는 것이 당연한 귀결이다.

그런 점에서 지금 시점에서 돌아보면 을해결사야말로 면면히 내려온 을의 결사였고 종국의 승리결사였던 것이다.

역사의 고비마다 백성, 민초, 민중 한마디로 을의 편에 서서 변혁의 지렛대 역할을 하는 그림자 조직 을해결사는 지금도 우리 속에 살아 있다는 것이 나의 확신이다.

을처럼 생각하고 을처럼 살아가는 이는 모두 을이다. 때리는 자의 편에 서지 않고 기꺼이 같이 맞기를 주저하지 않는 이가 을이다. 이 땅의 을들이여 영원하라.

2018년 늦가을

남한산성 자락 우거에서 안동일

조선 여인 금원(錦園)

초판1쇄 인쇄 2018년 11월 10일
초판1쇄 발행 2018년 11월 18일
지은이 : 안동일
펴낸이 : 김향숙
펴낸곳 : 인북스
주소 : 경기 고양시 일산서구 성저로 121, 1102-102
전화 : 031) 924 7402
팩스 : 031) 924 7408
이메일 editorman@hanmail.net

ISBN 978-89-89449-66-9 03810

* 책값은 뒤표지에 있습니다.
* 잘못된 책은 바꾸어 드립니다.

이 도서는 한국출판문화산업진흥원의 출판콘텐츠 창작 자금 지원 사업의 일환으로 국민체육진흥기금을 지원받아 제작되었습니다.

이 도서의 국립중앙도서관 출판예정도서목록(CIP)은 서지정보유통지원시스템 홈페이지(http://seoji.nl.go.kr)와 국가자료종합목록시스템(http://www.nl.go.kr/kolisnet)에서 이용하실 수 있습니다. (CIP제어번호 : CIP2018035416)